B

heyne>fliegt

W0330260

REBECCA SKY

LOVE CURSE

LIEBEN VERBOTEN

ROMAN

Aus dem Amerikanischen
von Cornelia Röser

heyne>fliegt

Die Originalausgabe erscheint unter dem Titel
The Love Curse: Arrow Heart
bei Hodder Children's Books, Hachette, London

MIX
Papier aus verantwortungsvollen Quellen
FSC® C083411
FSC
www.fsc.org

Verlagsgruppe Random House FSC® N001967

Copyright © 2018 by Rebecca Sky
Copyright © 2018 der deutschsprachigen Ausgabe
by Wilhelm Heyne Verlag, München,
in der Verlagsgruppe Random House GmbH,
Neumarkter Straße 28, 81673 München
Alle Rechte sind vorbehalten. Printed in Germany
Redaktion: Diana Mantel
Umschlaggestaltung: Das Illustrat, München,
unter Verwendung von Motiven von © Sergey Nivens/Shutterstock,
© oneinchpunch/Shutterstock und
© Subbotina Anna/Shutterstock
Satz: Leingärtner, Nabburg
Druck und Bindung: CPI books GmbH, Leck
Printed in the Czech Republic

ISBN: 978-3-453-27164-7

~~Es ist deine Gabe.~~
Es ist mein Fluch.

~~Deine Berührung bringt Liebe hervor.~~
Meine Berührung stiehlt.

~~Du bist ein Kind der Götter.~~
Ich bin ein Monster.

Und ich bin nicht das einzige …

Anakreon, Fragment 413

Wieder einmal hat Eros (die Liebe) mich wie ein Schmied mit seinem großen Hammer getroffen und mich in den eisigen Strom gestürzt.

KAPITEL 1

Jungen verschwanden. Manchmal vergingen Wochen, bevor sie verwirrt und benommen in einem Park, auf der Straße oder einem Hochhausdach wiederauftauchten. Wurden sie danach von der Polizei befragt, hatten sie keine Ahnung, wie sie dorthin gekommen oder wo sie gewesen waren oder was während ihrer Abwesenheit passiert war. Wenn sie angestrengt genug nachdachten, waren da manchmal verschwommene Erinnerungen an ein Mädchen. Ich aber weiß, was passiert ist. Und ich weiß, wer dafür verantwortlich ist.

Auf dem Rücksitz des Taxis sitzend drehe ich den Ton meines Handys lauter, als gerade in den Nachrichten ein Reporter dem letzten Opfer sein Mikro unter die Nase hält – einem achtzehnjährigen Jungen, den man vor ein paar Stunden unter der Tribüne am Time Square gefunden hat. Er wurde seit zwei Wochen vermisst.

»Ich … weiß nicht«, sagt der Junge. »Ich wollte mit dem Fahrrad zum Einkaufen fahren, und dann bin ich hier aufgewacht.«

Der Reporter klopft ihm auf die Schulter und wendet sich wieder der Kamera zu. »In der jüngsten Serie von Vermisstenfällen fehlt von drei Jungen noch immer jede Spur. Die Polizei bittet jeden, der Hinweise zu ihrem Aufenthaltsort liefern kann, die Hotline anzurufen.«

In fetter, blinkender Leuchtschrift wird eine Telefonnummer eingeblendet. Es folgen Passbilder der vermissten Jungen mit ihren Namen, Geburtsdaten und der Beschreibung der Kleidung, in der sie zuletzt gesehen wurden. Ich stecke mein Handy zurück in die Tasche und starre aus dem regenüberströmten Fenster – der Anblick des durchnässten New York ist mir lieber als der ihrer Gesichter. Außerdem kann ich nichts an dieser Sache ändern, und im Augenblick muss ich mich um Dringenderes kümmern, mir zum Beispiel eine Entschuldigung für mein Zuspätkommen einfallen lassen.

Als das Taxi auf den Parkplatz einbiegt, fährt es durch eine große Pfütze. Ich rutsche tiefer in den Sitz, um den Zeitpunkt noch etwas hinauszuzögern, in dem mich die Blondine entdecken wird, die gerade um die Ecke stolziert. Diesen Gang kenne ich: die Schultern nach hinten, schnelle, entschlossene Schritte, wie ein professionelles Model.

Sie tippt etwas in ihr Handy, und gleich darauf summt es in meiner Tasche. Ich hole mein Handy heraus, und unser Chat explodiert förmlich vor wütenden Emojis. Die stolzierende Blondine, Marissa Bale, ist für mich das, was einer Freundin am nächsten kommt. Wo ich herkomme, darf man sich seine Freunde nämlich nicht aussuchen – stattdessen werden uns jeweils bestimmte Partnerinnen für unseren Unterricht zugewiesen – »Ausbildungs-Partnerinnen« werden sie genannt oder kurz: A.P.

»Entschuldigung?« Der Fahrer räuspert sich. »Hey, wir sind da.«

Ich seufze, setze mich auf und ringe mir ein angestrengtes Lächeln ab, während mich der Mann im Rückspiegel neugierig beobachtet. Inzwischen hat Marissa mich entdeckt, kommt auf mich zugestürmt und reißt die Tür auf, noch bevor ich mich ganz aufgerichtet habe.

»Hast du eine Ahnung, wie spät es ist?«

»Es hat geregnet«, sage ich, während ich eilig bezahle und aus dem Taxi steige. »Da war es unmöglich, ein Taxi …« Vor lauter Hektik rutsche ich auf dem nassen Gehweg aus und lande auf dem Hintern.

»Stilvoll, Rachel, wirklich stilvoll.« Marissas dunkelblaue Augen verfolgen meine kläglichen Versuche, wieder auf die Beine zu kommen.

Ich werfe ihr einen wütenden Blick zu. »Ein bisschen Hilfe vielleicht?«

Doch stattdessen sieht sie auf die Uhr und rückt ihre knallgoldene Handtasche zurecht.

»Ist das dein Ernst? Daran werde ich dich erinnern, wenn du das nächste Mal was von mir willst.« Ich gebe mir keine Mühe, meinen Ärger zu verbergen.

Meine schwarzen Locken fallen mir jetzt wirr ins Gesicht. Ich streiche eine Strähne zurück und stecke sie wieder in den Pferdeschwanz. Dabei rutscht mir der Rock hoch, und die abgeschnittene Jeans, die ich heimlich daruntergeschmuggelt habe, kommt zum Vorschein.

Marissa verzieht höhnisch die Lippen, als ihr Blick an den Shorts hängen bleibt. *Für Marissa muss immer alles todschick sein.* »Wirklich, Rachel?«

Kopfschüttelnd wendet sie sich ab, und ich habe Gelegenheit, sie genauer anzusehen. Sie ist etwa fünfzehn Zentimeter größer als ich, auch wenn das Meiste davon den hochhackigen marineblauen Schuhen zu verdanken ist; ihre Größe unterstreicht noch den Eindruck, dass sie sogar in ihrer Schuluniform wie ein Model aussieht. Die weiße Bluse umschmeichelt ihre gertenschlanke Figur, und darüber trägt sie einen makellos gebügelten blauen Blazer mit Goldknöpfen. Der passende Rock reicht ihr genau bis zum Knie, was ihre langen Beine betont. Bei mir dagegen fällt er fast bis auf die Waden.

Seufzend stütze ich mich an der Tür ab, um mir den Schmutz abzuklopfen und den Rock glatt zu streichen. Der Fahrer trommelt ungeduldig auf sein Lenkrad, und das Taxi setzt plötzlich sogar ruckartig ein Stück nach vorn. Bevor ich meine Sachen zusammenraffen kann, wirbelt Marissa mit aufgerissenen Augen zu mir herum.

»Der Typ hetzt dich? Und du hast ihn bezahlt?«

»Schon gut«, sage ich, während ich mir im Rekordtempo die Arme volllade.

Trotzdem will sie jetzt mit entschlossenen Schritten auf die Fahrertür zulaufen, und ich muss meine Tasche fallen lassen, um sie noch schnell am Arm festzuhalten. Vor meinem geistigen Auge sehe ich das Gesicht des Taxifahrers neben denen der drei Jungs in den Nachrichten auftauchen.

»Lass es einfach gut sein«, sage ich und ziehe sie behutsam zurück.

»Ich soll es gut sein lassen?« Marissa reißt die Augen noch weiter auf. »Du kommst seinetwegen zu spät, und das heißt, dass *ich* zu spät komme.« Sie macht sich von mir los. »Außerdem darf es sich niemand herausnehmen, dich so zu behandeln.«

»Ach, wirklich?« Ich schürze die Lippen zu einem kleinen Lächeln, um ihre Stimmung aufzuhellen.

»Wirklich.« Marissa schlägt gegen die Scheibe des Beifahrerfensters, bevor sie sich zu mir umdreht und hinzufügt: »Niemand, außer mir.«

Ich schüttle den Kopf, als sie den Rücken krümmt wie eine Katze, die sich zum Angriff bereit macht.

Der Taxifahrer sieht an ihr vorbei und fixiert stattdessen mich.

»Ich hole nur noch meine Sachen«, sage ich und schnappe mir hastig meine letzten Unterlagen und Papiere vom Rücksitz. Kaum habe ich die Tür geschlossen, braust der Wagen davon und spritzt dabei Marissas Schuhe nass.

»Igitt. Idiot!« Marissa greift sich einen Umschlag von meinem Unterlagenstapel, knüllt ihn zusammen und schleudert ihn dem Taxi hinterher. Er landet ein paar Schritte weiter in einer Pfütze.

»Das war meine Bewerbung für das Programm für Sozialarbeit.«

Mit verschränkten Armen registriert sie meinen frustrierten Blick. *»Und?«*

»*Und?* Es hat mich Stunden gekostet, die auszufüllen.«

»Zeitverschwendung.« Sie quittiert meinen wütenden Blick mit einem Seufzen und bückt sich, um sich die Schuhe abzuwischen. Finster betrachtet sie das schmutzige Wasser an ihren Händen.

»Verschwendung? Es gibt so viele Kinder, die Hilfe brauchen. Gerade du müsstest doch wissen, wie es ist, wenn niemand für einen da ist.«

»Müsste ich das?« Mit einem wütenden Blick hält sie sich an meinem Arm fest und lässt die Hand länger als nötig darauf liegen – garantiert, um sich die Finger abzutrocknen. Ihr Blick fällt auf meinen zerzausten Pferdeschwanz, aus dem sich immer mehr Haarsträhnen lösen. »Du siehst erbärmlich aus.«

»Wie freundlich von dir.« Ich schlage ihre Hand weg, verdrehe die Augen, sortiere den Stapel Unterlagen auf meinem Arm und weiß nicht recht, ob ich jetzt Richtung Schule loslaufen oder auf Marissa warten soll, die aussieht, als würde sie mal wieder zu einem Vortrag ansetzen.

»Wir sind spät dran, schon vergessen?«, sagt sie jedoch nur und läuft mit schnellen Schritten voran in den Park.

Ich zucke die Achseln und eile hinter ihr her.

»Warum bezahlst du den Fahrer überhaupt?«, fragt sie. »Verwandle einfach jemand und mache ihn zu deinem persönlichen Chauffeur. Damit sparst du massig Kohle.«

»Das finde ich nicht richtig.«

»Ach, bitte. Unsere Gabe *nicht* zu benutzen ist falsch. In New York ist es selbst bei gutem Wetter unmöglich, ein Taxi zu kriegen. Du könntest wenigstens dagegen etwas unternehmen.«

»Wie auch immer.« Ich habe keine Lust darauf, dass aus dem Vortrag über meine Unpünktlichkeit einer über meinen fehlenden Respekt vor unserer *Gabe* wird. »Wie war dein Abend?«, frage ich stattdessen.

Marissa zieht ihre säuberlich gezupften Augenbrauen nach oben. »Meine Mom hat mir diese Tasche aus London geschickt. Als Belohnung dafür, dass ich im letzten Halbjahr nur Einsen hatte.«

»Aus London?«

Sie macht eine Pause und denkt über die Antwort nach. »Da ist sie mit ihrem neuen Liebhaber im Urlaub.«

Liebhaber ist eine nette Bezeichnung dafür.

»Und?«, fragt sie langsam. »Gefällt sie dir?«

Es ist bestimmt eine hübsche Tasche, nur für meinen Geschmack etwas zu schrill. Aber da schimmert dieses Funkeln in Marissas Augen, das ich schon länger nicht mehr gesehen habe, und ich möchte nicht dafür verantwortlich sein, dass es gleich wieder erlischt. »Damit fällst du auf jeden Fall auf.«

Ihr Lächeln erstrahlt. »Und sie passt zu den Knöpfen an meiner Schuluniform. Mom denkt einfach an alles.« Ihre Miene wird weicher, und für einen kurzen Moment wirkt sie fast verletzlich. Dann hakt sie sich bei mir unter, wobei sie mir fast die Bücher aus dem Arm reißt, und lässt sich an meinem Ellbogen durch den Park in Richtung Schule schleifen. Bei jedem Schritt schlägt mir ihre Tasche in die Seite.

Für einen Wochentag ist es ungewöhnlich leer im Central Park, was am morgendlichen Regen liegt. Trotzdem gehen ein paar Leute mit ihren Hunden spazieren, und am Bethesda-Brunnen sitzt ein dunkelhaariger Junge. Irgendwie hat er etwas an sich, wie er sich mit einer Hand die Kopfhörer ans Ohr hält und leise vor sich hin singt, während er in einer Zeitschrift liest. Es scheint ihn kein bisschen zu kümmern, ob jemand das mitbekommt, und um dieses Gefühl beneide ich ihn.

Als wir an ihm vorbeigehen, sieht er hoch. Ich wende den Blick ab, kann aber aus den Augenwinkeln gut erkennen, dass er uns hinterherschaut. Wahrscheinlich checkt er Marissa ab. Das tun sie alle. Trotzdem schießt mir das Blut in die Wangen.

»Wann kommt deine Mom nach Hause?«, frage ich, um mich von dem Jungen abzulenken.

Marissa sieht starr zu Boden und legt einen Schritt zu. »Weiß ich nicht.« Sie räuspert sich. »Aber das eilt nicht, so habe ich die Wohnung wenigstens für mich allein.« Dann reckt sie trotzig das Kinn und streckt ihre Schultern. »Sturmfrei zu haben ist toll.«

Ich zwinge mich zu einem Lächeln. »Grüß sie von mir. Wenn du sie das nächste Mal sprichst.«

Marissa stolpert.

»Vorsicht.« Ich drehe mich zu ihr und lasse sogar meine Bücher fallen, um Marissa aufzufangen.

»Schon gut.« Sie reißt sich von mir los und tritt einen Ordner aus dem Weg. Liniertes Papier wirbelt durch die Gegend.

Seufzend bücke ich mich, um die Blätter aufzusammeln.

»Na toll, jetzt kommen wir erst recht zu spät.« Marissa verschränkt die Arme vor der Brust.

»Du könntest mir wenigstens helfen.« Schließlich kann ich die Sachen nicht einfach liegen lassen. Meine Bewerbung in der Pfütze zu verlieren, das ist eine Sache – aber die Schulbücher und meine Notizen enthalten Informationen, die mir eine Menge Ärger einbringen können, wenn sie in die falschen Hände geraten. Die meisten Seiten habe ich schon eingesammelt, als ich den Blick wieder hebe, um nachzusehen, was Marissa inzwischen tut. Sie wickelt sich gerade eine Haarsträhne um den Finger und bringt das Kunststück fertig, gleichzeitig frech zu grinsen und sich auf die Unterlippe zu beißen. Ich folge ihrem Blick … zu dem Jungen am Brunnen. *Natürlich.*

Er steht auf, lächelt und macht einen Schritt auf uns zu.

»Er kommt zu uns«, sagt Marissa. Ihre Stimme klingt höher als sonst. Sie streicht sich die Haare glatt, und dann nimmt ihr Gesicht einen ernsten Ausdruck an. »Du solltest ihn aufhalten.«

»Wenn du damit das meinst, von dem ich glaube, dass du es meinst, ist die Antwort: Nein. Wie immer.«

»Wir können doch nicht zulassen, dass er das hier sieht.« Marissa tritt mit dem Absatz gegen den Rücken eines ledergebundenen Buchs, auf dem in goldenen Blockbuchstaben steht: *Eros' Pfeile: Gleichgültigkeit und Betörung.* »Wir müssen etwas unternehmen.«

»Ich unternehme etwas«, sage ich und sammle das nächste lose Blatt ein.

Sie reckt das Kinn, was sie noch selbstgefälliger wirken lässt. »Ich habe schon alle Bonuspunkte für Verwandlungen zusammen, und du stehst für dieses Jahr immer noch bei null. Du solltest es wirklich tun. Ist doch keine große Sache.«

»Wahrscheinlich will er uns nur helfen.« Ich deute auf das Durcheinander auf dem Boden, doch Marissa ignoriert den Hinweis. »Er ist keine Bedrohung, und solange wir cool bleiben, gibt es auch keinen Grund, warum er eine werden sollte.«

»Du bist die schlimmste A.P. der Welt«, sagt sie. Ihre Kiefermuskeln treten hervor – das passiert immer, wenn sie wütend ist. Marissa findet, als ihre Ausbildungs-Partnerin müsste ich alles tun, was sie sagt. In Wahrheit muss ich zwar alles mit ihr zusammen machen, aber *gut finden* muss ich es deshalb nicht.

Der Typ kommt näher. Er geht an Marissa vorbei, schenkt ihr ein höfliches Lächeln und geht weiter in meine Richtung. »Tu es«, formt sie lautlos mit den Lippen, doch ich schüttle entschieden den Kopf und widme mich wieder meinen Unterlagen. Als ich nach einem Blatt Papier greife, bückt sich der Junge und hebt es für mich auf. Beinahe berühren sich unsere Hände.

»Hier«, sagt er. »Lass mich dir helfen.«

Ich lächle ihn an, und mir fallen seine leuchtend blauen Augen auf. Er reicht mir das ledergebundene Buch und lächelt ebenfalls. Schnell drehe ich das Buch um und hoffe sehr, dass er den Titel nicht gelesen hat. Marissa ist schon ein paar Schritte weitergegangen und winkt mir, mich zu beeilen.

Ohne auf sie zu achten jage ich mit einem großen Sprung einem weiteren Blatt Papier mit zu viel verräterischen Informationen hinterher und erwische es mit dem Fuß. Wild flatternd schlägt es über die Schuhspitze meines Converse. Marissa stößt ein Schnauben aus und läuft auf einmal schnurstracks auf den Jungen zu.

»Hi, ich bin Marissa.« Sie streckt ihm die Hand hin.

»Nein! Nicht …«

Zu spät. Sie reißt den Jungen ohne zu zögern an sich und streift seine Lippen mit einem Kuss. Er zuckt zurück, und in seinen Augen sieht man den Kampf gegen die Kräfte, die gerade sein Bewusstsein abspalten und ihn in eine tiefe Trance stürzen. Marissa schreit vor Schmerzen, während sie ihre Gabe benutzt. Eine Hand presst sie sich auf den Bauch, die andere an die Stirn. Doch ich achte nur auf ihr Opfer: darauf, wie starr seine blauen Augen jetzt blicken, wie sein Körper zuckt, wie ihn eine Mischung aus Angst und innerer Befreiung überkommt, als seine Knie unter dem gewaltigen Druck zu zittern beginnen.

Dann renne ich los. Doch bevor ich den Jungen mit den umwerfend blauen Augen erreiche, geben seine Beine nach. Er schlägt hart auf dem gepflasterten Weg auf und windet sich vor unseren Füßen. Und ich kann nur noch daran denken, dass es jetzt vier sind.

Vier vermisste Jungen.

KAPITEL 2

Marissa steigt über die zuckende Gestalt hinweg, streicht sich den Rock glatt und schlendert weiter, als wäre nichts passiert. In Wahrheit ist es ihr völlig egal, dass sie gerade jemandem den Willen geraubt hat. *Und das macht mich wütend!* Es ist eine Sache, seine A.P. schlecht zu behandeln, aber das – einem Fremden jede Entscheidungsfreiheit zu nehmen –, das ist erbärmlich.

»Du … du kannst ihn nicht einfach da liegen lassen!«

Sie dreht sich um und wirft schwungvoll die blonden Haare zurück. »Sei nicht blöd, Rachel. Er wird mich finden, das tun sie doch immer. Du musst endlich damit klarkommen.«

Ich sehe den Jungen an, der sich in der Embryonalhaltung zusammengekrümmt auf dem Boden hin und her wiegt. Seine Jeansjacke beult sich im Nacken aus, und sein weißes T-Shirt ist mit nassem Staub bedeckt. Um Hilfe rufen kann ich nicht – wenn wir Aufmerksamkeit erregen, laufen wir Gefahr, enttarnt zu werden.

»Warum, Marissa? Warum hast du ihn verwandelt?«

Sie zuckt die Achseln. »Abgesehen vom Offensichtlichen«, sie deutet auf den Stapel schmutziger Blätter und Bücher in meinen Armen, »ist er niedlich … und er hat hübsche Schuhe.«

»Hübsche Schuhe?«

»Typen mit hübschen Schuhen bringen Glück.«

Ich bin mir ziemlich sicher, dass sie sich das gerade ausgedacht hat. »Ihm hat es nicht so viel Glück gebracht, oder?«

»Mein Gott, bist du melodramatisch. Es musste getan werden, und ich bin froh, dass ich es gemacht habe. Seit Tagen habe ich keinen Typen mehr verwandelt. Hab schon angefangen, mich irgendwie komisch zu fühlen.«

»Du bist komplett durchgedreht.«

Darauf geht Marissa aber gar nicht ein. »Nichts ist besser für dein Ego als eine frische Verwandlung. Sie versuchen so verzweifelt, dir zu gefallen.« Marissa verzieht ihre Mundwinkel zu einer gruseligen Mischung aus Lächeln und Zähnefletschen. »Es gibt nichts Besseres als einen Mann, der alles tut, um mich glücklich zu machen. Solltest du unbedingt auch mal ausprobieren.«

»Hörst du dir eigentlich selbst zu?«

Dass ich sie unterbreche, bringt mir einen wütenden Blick ein. »Vielleicht sollte ich dem hier sagen, dass ich einen will, der fliegen kann, und dann zusehen, wie er von einem Dach springt.«

Ich schaudere. Das kann sie nicht ernst meinen, aber ich habe schon von anderen gehört, die Ähnliches getan haben. Aus Gründen wie diesen hasse ich meine Gabe – wenn man das überhaupt so nennen kann. *Gabe* erscheint mir als ein makabrer Begriff für das, was wir in Wirklichkeit tun:

Stehlen.

Und vor allem stehlen wir eines: den freien Willen anderer.

Einen Mann zur Liebe zu zwingen erscheint mir nicht erstrebenswert.

Schaudernd kicke ich mit dem Fuß ein paar Steine von dem Jungen weg, damit er sich nicht verletzt. Sonst gibt es nichts, was ich für ihn tun könnte. Er wird so bleiben, bis die Verwandlung abgeschlossen ist.

Marissa atmet langsam aus und wartet darauf, dass ich etwas sage. Und das tue ich: »Ich glaube einfach nicht, dass es richtig ist.«

Aus irgendeinem Grund macht sie das so wütend, dass sie wieder in Richtung Schule losläuft. Als sie ein bisschen Vorsprung hat, dreht sie sich auf dem Absatz zu mir um. »Erst das Taxi und jetzt das!« Dabei rudert sie mit den Armen wie eine dieser aufblasbaren Werbefiguren auf Parkplätzen. Es wäre zum Totlachen, wenn da nicht die speziellen Umstände dieses Streits wären. »Wenn das deine *Ich-will-wahre-Liebe-*Tirade wird, die habe ich satt! Die Frauen in echten Wahre-Liebe-Situationen würden für das, was wir haben, ihr Leben hergeben. Oder besser gesagt für das, was ich habe: einen Mann, der kein anderes Ziel hat, als mir jeden Wunsch zu erfüllen.«

Ich balle die Fäuste und sehe mich um, ob sie auch niemand gehört hat – oder hören wird, was ich als Nächstes sage. Zum Glück ist der Park noch immer wie ausgestorben. »Wenn Frauen das wirklich wollten, würden sie sich einen Hund anschaffen. Niemand will ein Spielzeug, das einem blind hinterherläuft. Sie wollen jemanden, der ihre schlimmsten Eigenschaften sieht und sie trotzdem liebt.«

»Verdammt, du kannst einen so runterziehen.« Marissa deutet mit dem Kopf hinter sich. »Wenn das, was wir tun, so schlimm ist, warum haben uns die Götter dann diese Gabe verliehen, hm?«

Diese Frage stelle ich mir selbst jeden Tag.

Ich senke den Kopf und schließe die Augen, um den Jungen nicht sehen zu müssen. Warum musste ausgerechnet ich eine Nachfahrin des Gottes der Liebe sein? Warum konnte ich nicht in eine andere Familie hineingeboren werden, ohne dieses Monster-Gen? Obwohl es schmerzhaft ist, öffne ich die Augen und werfe einen letzten Blick auf Marissas Opfer.

In einem hat sie recht: Er sieht gut aus – selbst mitten in diesem Anfall, und das will etwas heißen. Er ist nicht viel älter als ich. *Und jetzt ist er Marissas Marionette.*

»Hör auf zu maulen«, sagt sie mit einem Blick auf ihr Handy. »In fünf Minuten fängt die erste Stunde an. Wir sollen uns heute Morgen doch eine berühmte Liebesgöttin aus der Geschichte als Vorbild aussuchen, die wir für unser Abschlussprojekt studieren. Ich will da sein, bevor mir jemand Marilyn Monroe wegschnappt.«

Ich zeige auf den Jungen am Boden. »Und was ist mit ihm?«

Marissa verschränkt die Arme vor der Brust und ergreift den Riemen ihrer goldenen Handtasche. »Hast du mir nicht zugehört?« Sie seufzt genervt auf. »Ehrlich, vergiss ihn. Wenn er meine Kräfte ganz absorbiert hat, wird er mich schon finden. Bis dahin muss ich in den Unterricht.« Und mit diesen Worten wirft sie sich die blonden Haare über die Schulter und stolziert davon.

Mein Herz sagt mir, ich sollte hierbleiben, aber es gibt nichts, womit ich dem Jungen helfen könnte. Wem will ich hier etwas vormachen? Marissa hat recht: Ich bin eine Liebesgöttin, und das kann ich nicht ändern, sosehr ich es mir auch wünsche.

Ich renne ihr hinterher, doch mit jedem Schritt, den ich mich weiter von dem willenlosen Jungen entferne, wachsen meine Schuldgefühle. Und verwandeln sich schnell in Wut. Es ärgert mich, dass Marissa über dem Boden zu schweben scheint und ihre goldene Mähne im Takt ihrer Hüften schwingt. Sie bräuchte ihre Kräfte nicht einmal, damit die Männer ihr verfallen. Nein, sie benutzt sie einfach nur aus Faulheit.

Erst kurz vor unserer Klosterschule hole ich Marissa ein. Sie nimmt mich mit einem knappen Nicken zur Kenntnis, bevor sie ihre Rede von vorhin fortsetzt:

»*Amor est vitae essentia.*« Marissa zeigt auf die geschnitzten Worte in der hölzernen Tür. »*Liebe ist die Essenz des Lebens*. Bis du dich damit abgefunden hast, Rachel«, fährt sie verächtlich fort, »wirst du nie irgendeine Art von Liebe erfahren. Was wir tun, mag deinen hohen moralischen Ansprüchen nicht genügen, aber es ist unsere Berufung, unsere Bestimmung.«

»Meine Damen«, ertönt auf einmal eine schroffe Stimme aus dem Türbogen. »Sie sind zu spät.«

Ich hebe den Blick und sehe Marissa vor der großen schwarzen Gestalt knicksen und den Kopf senken. »Ja, Mutter Oberin. Entschuldigung.«

Die Frau in Schwarz wendet sich an mich. Sie legt den Kopf schief, wodurch die drahtigen grauen Barthaare unter ihrem Kinn gut sichtbar sind. »Und warum, Rachel?«

»Ehrwürdige Mutter …« Ich unterbreche mich und probiere es ebenfalls mit einem Knicks. Ihrem Blick nach zu urteilen sieht es wohl eher aus wie ein Betrunkener, der versucht ein Plié zu machen. Vorsichtig schaue ich zu Marissa. Wenn ich sie verpetze, könnte ich mir die dringend benötigte Gunst der Nonne erkaufen. Aber mir entgeht nicht, wie verkrampft Marissa sich jetzt an den Träger ihrer Tasche klammert.

»Das Taxi …«, fange ich an, doch Marissa fällt mir ins Wort.

»Ich bin stehen geblieben, um einen Jungen zu verwandeln.«

Mit angehaltenem Atem warte ich darauf, dass die Oberin Marissa anschreit, wie unvorsichtig es sei, ihre Kräfte ohne die Aufsicht eines Lehrers zu benutzen – gerade jetzt, wo die verschwundenen Jungen in den Medien für so viel Aufmerksamkeit sorgen.

Doch stattdessen sagt sie: »Gut«, klatscht in die Hände und hebt die Mundwinkel zu etwas, das ich nur als den Versuch eines Lächelns deuten kann. »Was ist deine aktuelle Verwandlungsspanne?«

»Normalerweise ein paar Tage«, sagt Marisa. »Dann verwandle ich sie entweder noch einmal, oder ich lasse sie frei, je nachdem, was im Unterricht gefordert wird.«

Die Oberin streicht sich über ihre Barthaare. »Das ist schon ganz ordentlich, aber Sie sind eine herausragende Schülerin, und ich habe sehr hohe Erwartungen an Sie. Sie sollten sich bald einige Wochen als Ziel setzen, oder Monate, vielleicht sogar Jahre.«

Ich bin ziemlich sicher, dass mir der Mund offen steht. Die ganze Zeit erzählen uns die Nonnen, wir sollen vorsichtig sein und uns bloß nicht dabei beobachten lassen, wenn wir unsere Gabe benutzen. Und jetzt ermutigt uns die Oberin regelrecht dazu. Kein Wunder, dass die Reporter anfangen, Fragen zu stellen.

Die Oberin legt Marissa die Hand auf die Schulter, sieht dabei allerdings mich an. »Es ist wichtig, dass Sie lernen, Ihre

Gabe zu kontrollieren. Eines Tages werden Sie Ihren zukünftigen Partner verwandeln, und dabei darf Ihnen kein Fehler unterlaufen – es muss für immer halten. ›Seid fruchtbar und mehret euch‹, das ist Ihre Pflicht, um das Fortbestehen der Gabe zu sichern, die Ihnen mitgegeben wurde.« Sie nimmt die Hand von Marissas Schulter, lässt mich jedoch nicht aus den Augen. Allmählich begreife ich, warum Marissa keinen Ärger bekommen hat. Die Oberin scheint sich wegen meiner Ablehnung unserer Gabe größere Sorgen zu machen als wegen Marissas übermäßigem und fahrlässigem Einsatz.

Sie lässt den Blick an mir hinunterwandern und begutachtet mein unordentliches Erscheinungsbild. »Gütiger Himmel, welch schlammiges Missgeschick ist Ihrer Uniform widerfahren?« Als sie meine Schuhe sieht, bricht ihre Stimme, und ihre Augen treten richtiggehend hervor. »Haben Sie Ihre Schuhe in weiße Farbe getaucht?«

»Das sind Converse.«

»Die sind für den Minuspunkt verantwortlich, den ich in Ihre Schülerakte eintragen werde.« Sie reckt die Nase in die Luft und zeigt auf die Schuhe. »Ich will diese Dinger nie wieder auf dem Schulgelände sehen.«

»Ja, Mutter Oberin.«

Sie beugt sich näher zu mir. »Und, wie laufen Ihre Studien? Hatten Sie schon eine erfolgreiche Verwandlung?«, fragt sie mit einem Seitenblick zu Marissa.

Man sollte meinen, sie müsste das wissen – so oft, wie ich schon in ihr Büro geschickt worden bin.

Nein, ich hatte noch keine erfolgreiche Verwandlung, und ich habe auch nicht vor, eine zu haben.

Die Oberin räuspert sich. Sie wartet auf meine Antwort.

Ich lasse den Kopf hängen und zupfe an meinem Mantelärmel. Am liebsten würde ich ihr sagen, dass ich vollkommen zufrieden damit bin, meine Fähigkeit niemals einzusetzen. Stattdessen sage ich: »Nein, Mutter Oberin.«

Sie schnalzt mit der Zunge und kommt einen Schritt auf mich zu. Eine schwarze Wand, die mir den Eingang versperrt. »Das macht mir Sorgen, Rachel. Ihre Mutter war eine unserer besten Schülerinnen – ein wahres Kleinod. Es gibt keinen Grund, warum sich Ihre Gabe nicht genauso entwickelt haben sollte.«

Schon wieder dieses Wort: *Gabe*. Wenn es eine Gabe ist, dann eine sehr blöde.

Es klingelt, und Marissa tritt von einem Fuß auf den anderen.

»Die Damen sollten sich lieber beeilen, damit Sie nicht aus Ihrem Klassenraum ausgeschlossen werden.« Kaum haben diese Worte den Mund der Oberin verlassen, saust Marissa an ihr vorbei und flitzt durch die Tür. Ich ringe mir ein Lächeln ab und folge ihr.

»Rachel«, sagt die Oberin. »Sie möchte ich nach der Schule in meinem Büro sehen. Dringend.«

Ich unterdrücke die aufkommende Nervosität und nicke, bevor ich den Flur betrete. Der Dienstag verspricht schon jetzt der schlimmste Tag der Woche zu werden.

Meine Schuhe quietschen auf dem Boden, als ich durch den Wohntrakt gehe und in den Gang mit den Klassenzimmern einbiege. Marissa ist mir schon ein gutes Stück voraus, und während ich zu den gewölbten Decken aufsehe, an denen eindrucksvolle Szenen aus dem tödlichen Kampf zwischen Engeln und Dämonen dargestellt sind, wird mir klar, dass ich wahrscheinlich in jedem Fall zu spät komme.

Die Flure mit ihren Holzverkleidungen und blau gestreiften Tapeten sind mit Kunstwerken übersät. Hauptsächlich historische Stücke, gerettet aus griechischen Museen, die schließen mussten, aber auch einige eigens angefertigte Arbeiten, so wie die Deckenfresken. Ich nehme mir einen kurzen Augenblick, um mein Lieblingsbild zu betrachten – ein Barockgemälde von Eros, in einer Hand sein magischer goldener Pfeil und in der anderen ein pechschwarzer. Er hat lockige Haare, genau wie ich, aber deutlich hellere Haut und verblüffend blaue Augen. Doch in den Bogen, den er über der Schulter trägt und der mich an diesem Bild besonders fasziniert, ist eine himmlische Kampfszene geschnitzt, ähnlich der an der Gewölbedecke, nur dass anstelle von Engeln und Dämonen die Götter des Olymp gegen die Menschen kämpfen.

Ich renne die Treppe hinauf, immer zwei Stufen auf einmal nehmend, und schlittere direkt vor einer Prozession von Schwestern ins nächste Stockwerk; sie begleiten gerade eine Gruppe Schülerinnen im ersten Jahr zu ihrem Klassenzimmer. Mir tut jedes einzelne dieser Mädchen leid. Eine normale Dreizehnjährige zu sein ist schon schwer genug, aber wir Liebesgöttinnen müssen in diesem Alter erfahren, dass wir eine grässliche Fähigkeit besitzen, dass wir Monster sind und dass alles, was wir über das Leben und uns selbst zu wissen glaubten, eine einzige große Lüge war. Wir werden aus unseren normalen Schulen gerissen und auf andere geschickt, die sich als religiöse Einrichtungen tarnen. Schulen wie St. Valentine's, die darauf spezialisiert sind, uns in unsere Kräfte und den Umgang damit einzuweisen.

Das erste Jahr besteht aus vielen, vielen Mädchen und ebenso viel Verwirrung, Wut und Tränen – was in der Gruppe vor mir deutlich sichtbar ist. Sie betrachten jeden Zentimeter dieses Flurs und versuchen, diesen neuen Ort, diesen neuen Lebensabschnitt zu begreifen. Die Mädchen gehen in Zweierreihen und müssen die Hände ihrer frisch zugewiesenen Ausbildungs-Partnerin halten.

Die Nonnen bleiben stehen, um mir einen mahnenden Blick zuzuwerfen – schließlich können sie meine Unpünktlichkeit nicht als Beispiel für die Erstklässler gelten lassen. Ich beschleunige mein Tempo – weniger, weil ich Angst hätte, sie zu verärgern, sondern vielmehr, weil ich die stummen Hilfeschreie in den Augen der Mädchen nicht ertragen kann. Das erinnert mich nur daran, wie ausweglos meine Situation ist.

Als ich endlich vor meinem Klassenraum ankomme, ist die große Eichenholztür bereits verschlossen. Ich nehme mir einen Moment Zeit, um meine Uniform glatt zu streichen, auch wenn das nicht viel bringt. Dann läute ich die Glocke, um zu signalisieren, dass im Flur eine verspätete Schülerin wartet.

Ächzend öffnet sich die Tür, und Schwester Anthony Christine späht heraus. Als ihre grünbraunen Augen mich erblicken, lächelt sie herzlich.

»Tut mir leid, dass ich zu spät bin, Schwester, ich war …«

»Sie brauchen nichts zu erklären, Marissa hat mich bereits informiert. Kommen Sie bitte herein und setzen Sie sich.« Sie deutet auf einen Platz in der ersten Reihe. Als ich die Klasse nach Marissa absuche, entdecke ich sie an unserem üblichen Tisch in einer der hinteren Reihen. Sie zuckt kurz die Schultern, bevor sie ihre Sachen auch auf meiner Tischhälfte ausbreitet.

Ich setze mich auf einen anderen Platz, und die Schwester reicht mir ein Blatt Papier. »Die anderen Schülerinnen haben sich bereits ihr Jahresabschlussprojekt ausgesucht. Ich fürchte, für Sie bleiben nur noch Jeanne d'Arc und Königin Guinevere übrig.« Sie sieht mich erwartungsvoll an.

Ich beiße mir in die Wange und wackle mit meinem Bleistift, während ich die Möglichkeiten überdenke. Ehrlich gesagt ist es mir egal, welche historische Liebesgöttin ich für mein Projekt auswähle, aber meine Lehrerin hat ihr ganzes Leben der Aufgabe gewidmet, die Traditionen unserer Vorfahrinnen zu bewahren, und nach meiner Begegnung mit der Oberin gerade eben will ich mit meiner Antwort vorsichtig sein. Wenn ich irgendetwas im Moment nicht gebrauchen kann, sind es noch mehr Minuspunkte – in einem Kurs durchzufallen ist in St. Valentine's noch schlimmer als irgendwo anders, und ich will die Schule wirklich nicht noch mal ganz von vorne machen müssen.

»Wer wird es nun?« Die Schwester klatscht in die Hände.

»Ich weiß nicht genau. Wen schlagen Sie vor?«

Die Schwester lehnt sich an ihr Pult und verschränkt die Hände im Schoß. Im Schatten ihres Habits sieht sie aus wie eine traurige Puppe. »Hmmm …«, denkt sie laut. »Jeanne hat ihre Gabe benutzt, um den Willen der Männer ihrer Sache zu unterwerfen, und hat dazu beigetragen, einen Krieg zu beenden. Sie hatte kein Interesse an der Liebe *an sich*. Aber Guinevere machte die Männer glauben, sie wäre die schönste Maid auf der Welt, obwohl sie in Wahrheit ein ganz normales Mädchen war, so wie Sie eines sind.« Die anderen in der Klasse müssen mühsam ein Kichern unterdrücken, aber das macht mir nichts – ich weiß, dass ich keine Marissa bin. Trotzdem kann ich den Reflex nicht unterdrücken, mir über meine wilden schwarzen Locken zu streichen.

Auf mir lasten die Blicke der ganzen Klasse, und das ist zu viel für mich. »Dann nehme ich wohl Jeanne d'Arc«, sage ich, denn ich weiß, dass ich eher eine Kämpferin werde als eine Schönheitskönigin.

»Ausgezeichnete Wahl.« Schwester Anthony Christine macht sich ein paar Notizen in ihren Kalender. Als sie damit fertig ist, steht sie auf, streicht sich ihren Habit glatt und wendet sich an die Klasse. »Meine Damen, nutzen Sie den Rest der Stunde bitte, um Ihre Essays und Präsentationen zu planen. Falls Sie dafür Hilfsmittel benötigen, holen Sie sich von mir eine Genehmigung, bevor Sie in die Bibliothek gehen.«

Ich schlage mein Notizbuch auf und sehe mich um – der Großteil der Klasse hat sich schon an die Arbeit gemacht. Paisley, die neben mir sitzt, beugt sich zu mir. Wir kennen uns auch außerhalb der Schule ein wenig, denn unsere Mütter waren Ausbildungs-Partnerinnen, als sie hier waren, und sind im Laufe der Jahre in Kontakt geblieben. Außerdem sind wir die einzigen beiden Schülerinnen, deren Eltern nicht aus den USA stammen. Meine Mutter kommt aus Indien und mein Vater aus England. Paisleys Eltern kommen aus Südafrika. Sie ist nett, und ich glaube, wir wären echte Freundinnen geworden, wenn die Schulrichtlinien nicht vorschreiben würden, dass wir ausschließlich mit unseren zugewiesenen A.P.s befreundet sein dürfen.

»Hast du gestern Abend *Mein Leben als Vampir-Alien* gesehen?«, fragt sie. Paisley spricht eine melodischere und wildere Version des britischen Akzents meines Vaters. Sie greift nach ihrer auffälligen Kette, deren Anhänger die Form eines Raumschiffs hat, das aber gleichzeitig mit Vampirzähnen verziert ist. Klingt wild – und so sieht die Kette auch aus.

»Noch nicht.« Ich lächle sie an.

»Oh mein Gott, das musst du unbedingt! Das ist DIE neue Serie über sexy Vampire, die aus dem Weltraum kommen und sich mit Mädchen von der Highschool …«

»Paisley.« Schwester Anthony Christine wirft ihr einen mahnenden Blick zu. »Dass Ihre A.P. heute nicht im Unterricht ist, heißt noch lange nicht, dass Sie Rachel stören dürfen.«

»Ja, Schwester.« Paisley nickt und stützt den Kopf in die Hand.

Es kommt mir vor, als würden Stunden vergehen, bis es endlich klingelt. Ich schaue in mein Notizbuch, wo ich in verschnörkelten Buchstaben immer wieder die Worte »Jeanne d'Arc« und »Kämpferin« geschrieben habe. Leise seufzend packe ich meine Bücher zusammen und mache mich auf den Weg zum nächsten Kurs: »Verwandeln in Theorie und Praxis«. Als ich an Schwester Anthony Christines Pult vorbeikomme, schaut sie mich kurz an, und in ihrem Blick blitzt Missbilligung auf.

»Hey«, ruft Marissa aus dem Flur und liefert mir so eine Ausrede, um schnell an der Schwester vorbei hinauszulaufen.

»Ich habe vorhin wirklich Marylin gekriegt! Rita wollte sie sich schon schnappen, aber ich habe sie supergiftig angeschaut.« Marissa hakt sich bei mir unter und plappert weiter, während wir uns auf den Weg zur nächsten Stunde machen. »Sie ist so schnell eingeknickt, dass es schon lachhaft war. Das hättest du sehen sollen!«

Als sie stehen bleibt, um meine Antwort abzuwarten, werden wir im Flur von einem anderen A.P.-Paar überholt. Die beiden stecken kichernd die Köpfe zusammen und quatschen über ihre Projekte. Ich sehe auf und versuche, mich daran zu erinnern, was Marissa gerade gesagt hat.

»Wie schön.« Mühsam ringe ich mir ein Lächeln ab und hoffe, dass das die richtige Antwort war.

»Du hörst mir ja nicht mal zu.« Sie sieht den beiden Mädchen nach, bis sie um eine Ecke biegen.

»Ich gebe mein Bestes …«

»*Was?*« Sie dreht sich wieder zu mir um und schafft es irgendwie, dieses eine Wort wie eine Waffe zu benutzen.

Ich packe meine Bücher fester. »Erst dieser Junge heute Morgen und dann die Mutter Oberin …«, ich seufze, »ich bin mit den Gedanken heute irgendwo anders.«

Sie verschränkt die Arme. »Manchmal ist es echt ätzend, deine A.P. zu sein!«

Ich bin zu perplex, um etwas darauf zu erwidern. Eigentlich hätte ich gedacht, dass von uns beiden ich diejenige sein würde, die so etwas sagen würde. »Ich wollte nur, dass du dich für mich freust«, sagt sie. »Über die neue Tasche von meiner Mutter, über den heißen Typen, den ich verwandelt habe, über Marilyn. Aber du denkst nur an dich selbst.«

»Ich wollte nicht …«

Mit finsterem Blick wirft Marissa die Haare zurück, dreht sich um und stapft davon, und ich komme mir vor wie die mieseste A.P. aller Zeiten.

Ein normales Mädchen darf ich nicht sein, und als Liebesgöttin bin ich eine Vollkatastrophe.

KAPITEL 3

Vielleicht hat Marissa recht. Vielleicht bin ich wirklich egozentrisch. Ihr sind solche Dinge offenbar wichtig, auch wenn ich nicht begreife, warum. Die letzten drei Jahre war sie in der Schule immer an meiner Seite. Da ist es wohl das Mindeste, dass ich jetzt für sie da bin, wie es jede gute A.P. wäre. Außerdem ist sie irgendwann im Laufe der Zeit mehr für mich geworden als nur eine A.P. – nämlich trotz allem eine wirklich gute Freundin.

»Marissa?«, rufe ich ihr nach. »Warte auf mich, Marissa!«

Als ich hinter ihr in den Klassenraum komme, zucke ich zusammen. Ganz vorne auf einer Bank sitzen nämlich brav die drei Jungen aus den Nachrichten, die seit gestern hier warten sollten. Im Gegensatz zu den ernsten Passbildern, die man im Fernsehen zu sehen bekam, haben sie jetzt ein megabreites Lächeln auf dem Gesicht. Gezwungen. Falsch. Aber trotzdem ein Lächeln.

Als sie die Mädchen, die sie jeweils verwandelt haben, entdecken, werden sie munter und winken ihnen. Paisley geht auf ihr Opfer zu; der Junge hat die gleiche Haarfarbe wie mein Vater. Er stolpert fast über seine eigenen Füße, als er eilig von der Bank aufsteht, um sie zu begrüßen.

»Wie war deine Nacht?«, fragt sie ihn. »Kann ich irgendetwas tun, damit du dich besser fühlst?« Immerhin sorgt sie sich um sein Wohlergehen. Irgendwie.

»Am besten fühle ich mich, wenn ich dich glücklich machen kann«, sagt er mit einem ungeheuer breiten Lächeln.

Ich verdrehe die Augen und wende mich ab, um den Rest ihres Gesprächs nicht mitbekommen zu müssen.

Marissa hat ihre Sachen bereits wieder auf dem Platz neben sich ausgebreitet, also dort, wo ich normalerweise sitze. Ohne auf diese indirekte Botschaft einzugehen lasse ich mich auf meinen Stuhl fallen und fange mir einen ihrer theatralischen Blicke ein.

Ich ringe mir ein Lächeln ab. »Du hast also Marilyn gekriegt, das ist toll. Wie willst du die Präsentation aufziehen?«

Sie verschränkt die Arme und stützt sie auf den Tisch. »Als ob dich das interessieren würde.«

Bevor ich antworten kann, klingelt es, und Schwester Hannah Marie kommt herein.

»Guten Morgen, meine Damen. Ich gehe davon aus, dass Sie hier sind, um etwas zu lernen.« Sie spricht in einem fröhlichen Singsang, was mit größter Wahrscheinlichkeit auf einen unangekündigten Test oder eine praktische Übung schließen lässt. Ich bete zu Gott, dass es keins von beidem ist – aber wenn es schon sein muss, dann lieber der Test. »Schieben Sie die Tische zurück, holen Sie sich ein paar Matten und bilden Sie hier vorne einen Kreis.«

Ich stöhne. Matten bedeuten praktische Übungen. Nach heute Morgen ist das das Letzte, wonach mir zumute ist. Kurz überlege ich, ob ich vorgeben soll, zur Toilette oder ins Krankenzimmer zu müssen. Aber von allen Schwestern liebt Hannah Marie ihre Arbeit am meisten, und ihr Lehreifer hat mir oft genug Nachsitzen eingebracht. Wenn ich nicht schon früher ins Büro der Oberin geschickt werden will, muss ich während der heutigen Lektion wenigstens einen interessierten Eindruck machen.

»Wie sind Sie mit Ihren Aufgaben der letzten Stunde zurechtgekommen?«, fragt Schwester Hannah Marie, die den Blick prüfend durch den Raum gleiten lässt und ihre gedankliche Anwesenheitsliste abhakt, während wir unsere Matten bereitlegen.

Marissa meldet sich als Erste. Sie streift ihre hohen Schuhe ab, stellt sich an den Rand des weichen Schaumstoffs und wartet darauf, dass sie aufgerufen wird.

»Marissa.« Die Schwester nickt ihr zu.

Marissa hebt den Kopf und setzt ihr Miss-Wahl-verdächtiges Strahlen auf. »Ich habe heute Morgen einen Jungen verwandelt. Einen niedlichen.«

Die Klasse bricht in albernes Gekicher aus, und Schwester Hannah Marie klatscht vor Begeisterung über diese Nachricht in die Hände. Ich ringe mir ein Lächeln ab, um nicht fehl am Platze zu wirken.

Sie kommt durch die Reihen auf uns zu. »Was genau ist passiert?«

Marissa nimmt eine aufrechtere Haltung an. »Es schien stärker zu wirken als bei allen anderen, die ich bisher verwandelt habe.« Da liegt ein gewisser Erfolgsdruck in ihrem Blick, eine Sehnsucht nach Perfektion, die mich rasend macht.

»Das sind großartige Neuigkeiten, Marissa«, sagt die Schwester. »Mit Ihren gesammelten Verwandlungspunkten sind Sie auf dem besten Weg zu herausragenden Noten. Wo ist er jetzt?«

Marissas Lächeln fällt in sich zusammen. »Mir wurde noch kein Besucher gemeldet, und es ist schon über eine Stunde her. Sollte er nicht inzwischen hier sein?«

»Bei manchen dauert es länger.«

Ich mag meinen Ohren kaum trauen, wie beiläufig die beiden darüber sprechen, jemandem seinen freien Willen zu rauben. Andererseits sitzen dort vorne vor der Klasse drei Jungen, die darauf warten, für Experimente aufgerufen zu werden. Ich verdrehe die Augen über diese absurde Situation. Schwester Hannah Marie bemerkt das leider und wirft mir einen mahnenden Blick zu, bevor sie sich zur Tafel umdreht und einige Stichpunkte anschreibt.

»Es ist wichtig, dass Sie lernen, die Freisetzung Ihrer Kräfte zu kontrollieren. Bis zu Ihrem Abschluss sollten Sie in der Lage sein, die richtige Dosierung für die benötigte Verwandlungsdauer zu bestimmen. Wenn Sie sich nicht konzentrieren, kann es passieren, dass Sie die Zielperson ›unter-verwandeln‹. Das heißt, zu viel Ihrer Kraft in zu kurzer Zeit kann zu sehr starken, aber kurzen Verwandlungen von nur wenigen Tagen Dauer führen. Wenn Sie Ihre Gabe dagegen konzentrieren, können Sie eine Person für immer verwandeln.« Sie schreibt ihre Aussagen sorgfältig an die Tafel und unterstreicht die wichtigsten Punkte.

Ich kann ein Schaudern nicht unterdrücken. Schließlich kenne ich jemanden, der für immer verwandelt wurde – das ist nicht so glamourös, wie es bei Schwester Hannah Marie klingt.

Die Schwester hört auf zu schreiben, dreht sich um und

klatscht in die Hände, um unsere Aufmerksamkeit zu bekommen. Von ihren Händen steigt eine Kreidestaubwolke auf und glitzert im farbigen Licht, das durch die Buntglasfenster hereinfällt. »Mir scheint, Marissa, du hast zu viel von deiner Kraft eingesetzt und den Zielvorgang nicht ausreichend kontrolliert.« Sie dreht sich wieder zur Tafel, schreibt in großen Buchstaben das Wort KONTROLLE und malt einen Kreis darum herum.

»Kann mir jemand aus der Klasse sagen, was Marissa empfunden hat, als sie ihre Gabe in dem Mann freigesetzt hat?«

»Der Teil war echt ätzend«, sagt Marissa und erntet eine weitere Runde Gelächter. Stolz lächelnd setzt sie sich neben mich auf die Matte.

Alle in der Klasse heben die Hand, nur ich nicht. Das bringt mir den nächsten missbilligenden Blick von Marissa ein und natürlich ebenso einen von Schwester Hannah Marie.

Die Schwester zeigt auf Paisley, die ganz in ihrer Nähe auf einer Matte kniet und ein bisschen übereifrig winkt. »Ja?«

Paisley springt auf, wobei ihr ein Knopf von der Strickjacke abspringt. »Es tut weh. Fast so, als wenn einem der Arm eingeschlafen ist oder man von einer Biene gestochen wird. Oder wie Vampirgift.«

Die Klasse kichert, und Schwester Hannah Marie schürzt die Lippen. »Wenn es Vampire gäbe, wäre das bestimmt richtig. Vielen Dank für Ihren Beitrag, Paisley.« Sie sieht zur anderen Seite des Klassenzimmers. »Kann mir jetzt jemand sagen, warum es schmerzt, wenn wir unsere Gabe benutzen?«

Ich weiß die Antwort – ich habe das Lehrbuch gelesen. Dort steht, Eros wollte den Pfeil der Betörung von seiner

Mutter Aphrodite fernhalten. Offenbar war Aphrodite nicht damit einverstanden, dass er Psyche heiraten wollte, und Eros hatte befürchtet, sie könnte seinen goldenen Pfeil benutzen, um Psyches Liebe auf einen anderen Mann umzulenken. Deshalb hatte er den Pfeil in Psyche versteckt, während diese schlief. Doch er wusste nicht, dass sie schwanger war – der Pfeil durchbohrte ihr ungeborenes Kind, und seine Kraft übertrug sich dadurch auf die kleine Hedone, seine Tochter. Daher tragen wir als Hedones Nachfahren die Kraft von Eros' goldenem Pfeil in uns. Aber jedes Mal, wenn wir sie benutzen, spüren wir genau das, was das Baby gespürt hat. Außerdem werden wir darum nicht nur »Liebesgöttinnen« genannt (obwohl wir eigentlich höchstens Halbgöttinnen sind und keine »richtigen« Göttinnen), sondern manchmal auch »Hedoninnen«.

Ich melde mich allerdings nicht, obwohl ich die richtige Antwort wüsste. Es ist eine Sache, diese Geschichte zu lesen, aber eine andere, sie als Wahrheit zu verkünden.

Als niemand antwortet, schreitet Schwester Hannah Marie durch den Mittelgang. »Schlagt euer Buch auf. *Eros' Pfeile*, Seite 230.«

Ich ziehe das Lehrbuch unter meinem Stapel Schulsachen hervor. Der Ledereinband ist noch von heute Morgen schmutzig. Bevor ich die gewünschte Seite aufschlage, fahre ich mit dem Finger über den Abdruck, den Marissas Absatz auf dem Einband hinterlassen hat. Auf dem Buch ist ein Farbdruck eines Freskos von Eros zu sehen, der Psyche gerade einen goldenen Pfeil in den runden Bauch steckt, und die Worte AM ANFANG. So sind wir in die Welt gekommen – der Ursprung von uns Liebesgöttinnen war ein einziger großer Fehler.

Die Schwester nickt voller Begeisterung. »Das alles geht auf den Pfeil zurück. Liebe zu erschaffen ist ein schmerzhafter Vorgang. All diese Anspannung, die Scham und die gebündelten Gefühle, die der Person eingeflößt werden, das ist wie ein Pfeil, der ein Herz durchbohrt. Genau das spüren Ihre Auserwählten, wenn Sie Ihre Kräfte benutzen. Was Sie spüren, ist die physische Manifestation dessen, was Hedone gefühlt hat, als sie im Mutterleib durchbohrt wurde: Angst, Schmerz, Einsamkeit, die Abwesenheit von Liebe – und dann alle Liebe auf einmal.« Sie macht eine Pause, damit wir ihre Worte auf uns wirken lassen können. »Kann mir eine von Ihnen sagen, warum Eros seinen Pfeil – und damit seine größte Stärke – aufgegeben hat?«

Meine Gedanken schweifen zu dem Eros-Gemälde draußen im Flur. Dass Schwester Hannah Marie mich aufruft, kriege ich erst mit, als Marissa mich in die Seite stößt.

»Ja, Schwester?« Ich reibe mir die Rippen und werfe Marissa einen bösen Blick zu.

Sie zieht die Augenbrauen hoch und flüstert lautlos: *Gern geschehen.*

»Ich habe gefragt, ob Sie wissen, warum Eros seinen Pfeil versteckt hat«, wiederholt die Nonne.

Obwohl ich es weiß, zucke ich mit den Schultern. Ich habe diese Geschichte schon öfter gehört, als mir lieb ist. An dieser Diskussion möchte ich mich einfach nicht beteiligen.

Die Schwester runzelt die Stirn und tritt einen Schritt zurück, um den Blick über die Klasse wandern zu lassen. »Er gab den Pfeil weg, um mit Psyche zusammenbleiben zu können.« Sie fasst sich ans Herz, der Rosenkranz verschwindet unter den kreidebestäubten Fingern. »Und Sie, die Liebesgöttinnen, sind aus diesem Akt der Liebe hervorgegangen. Eros gab seine größte Macht hin, um seine wahre Liebe zu halten. Ein solches Geschenk von einem Gott ist keine Kleinigkeit, und deshalb lastet eine ungemein große Verantwortung auf Ihnen. Jedes Mal, wenn Sie einen Mann verwandeln, geben Sie damit einen Teil Ihrer Kräfte hin, genau wie Eros.«

Marissas Hand schießt in die Höhe.

»Ja, mein Kind?«

»Verlieren wir unsere Fähigkeit, Männer zu verwandeln, wenn wir zu viel von unserer Kraft auf einmal hergeben?«

Ich lache in mich hinein. Klar, dass sie sich darum Gedanken macht.

»Kein Grund zur Sorge«, sagt die Schwester. »Die Liebe, die Sie von Ihren Schützlingen bekommen, wird Ihre Kraft wieder auffüllen und verstärken. Bei den meisten jungen Liebesgöttinnen blühen die Kräfte erstmalig auf, wenn sie Liebe empfinden oder sich bewusst darum bemühen. Und manche Liebesgöttinnen lernen sogar, die Liebe der Männer auf eine gewisse Art zu erwidern. In diesen Fällen konnten wir einen exponentiellen Anstieg ihrer Kräfte beobachten. In sehr seltenen Fällen können sie Männer sogar durch eine bloße Berührung verwandeln.« Sie lächelt und sieht mich direkt an. »So wie Ihre Mutter, Rachel.«

Unbehaglich rutsche ich auf meinem Stuhl hin und her und wage es nicht aufzusehen, um niemandes Blick zu begegnen. Ich hasse es, wenn jemand über die außergewöhnlich große Begabung meiner Mutter spricht. Fast so sehr, wie ich es hasse, das Kind einer erzwungenen Liebe zu sein. Für einen

Moment stelle ich mir vor, wie Jeanne d'Arc mit grimmigem Blick in die Klasse geritten kommt, in roter Schrift das Wort *Kämpferin* auf dem Rücken, und die Schwester mit ihrem Schwert durchbohrt.

Wieder meldet sich Marissa eifrig. »Wenn ich also einen Jungen liebe, den ich verwandle, werden meine Kräfte vielleicht so stark, dass ich durch bloße Berührung verwandeln kann?«

»Liebe ist die mächtigste Form der Magie«, antwortet die Schwester.

Ich kann das alles nicht mehr hören. »Was wir tun, ist keine Liebe!«, platzt es aus mir heraus – und ich bereue es sofort, als ich Schwester Hannah Maries Gesichtsausdruck sehe.

»Es *ist* Liebe«, erwidert sie mit eisiger Schärfe. »Erkennen Sie das denn nicht? Die Menge an Liebe, die Sie geben, wird in Ihrem Schützling freigesetzt. Je wahrhaftiger die Absichten sind, umso mehr Kraft wird auf ihn übertragen, umso länger bleibt er verwandelt, und umso stärker können Sie dann Einfluss nehmen.«

Die Klasse bricht in verständiges Gemurmel aus. Dass sie alles unhinterfragt schlucken, macht mich nur noch wütender. Wenn wir wirklich die Nachkommen eines Gottes sind, sollten wir dann nicht das Recht auf eine eigene Kraft haben? Auf etwas Stärkeres, als nur Männer in Marionetten zu verwandeln?

Beim Anblick der Jungen, die vorn in der Klasse warten, lodert Wut in mir auf. »Wer entscheidet über die Absichten? Der eine glaubt vielleicht etwas, das ein anderer für falsch hält.«

Marissa schnappt nach Luft, und der hoffnungsvolle Ausdruck auf Schwester Hannah Maries Gesicht versteinert.

»Ich habe genug von Ihren Zweifeln.« Die Schwester kritzelt etwas auf ein Blatt Papier. Ein langes Etwas, sie schreibt das ganze Blatt voll. Als sie fertig ist, versiegelt sie es mit Wachs von ihrer Altarkerze und legt es auf den Rand ihres Pults. »Bringen Sie diesen Brief der Mutter Oberin, und bleiben Sie in ihrem Büro, bis sie Sie wieder entlässt.«

Ich mache mich ganz langsam daran, meine Sachen zusammenzupacken, und überlege schon, welche Entschuldigung ich meiner Ma präsentieren kann, wenn sie davon erfährt. Das wird sie nämlich. Das tut sie immer.

Marissa beobachtet mich mit einer Mischung aus Mitgefühl und Irritation. Für sie sind solche Dinge wichtig – sie findet ihre Identität darin, eine Liebesgöttin zu sein. Aber ich möchte einfach nur normal sein.

Die Schwester klatscht in die Hände, und der Rest der Klasse wendet sich von mir ab. »Marissa, nehmen Sie Paisley als Partnerin. Sie dürfen mit der ersten Demonstration beginnen.«

Marissa hüpft nach vorn und stellt sich am Rand der Matte auf. Paisley steht mit ausgestreckten Händen und steifen Schultern einige Zentimeter vor ihr, beide Füße fest auf dem Boden. Dann nimmt Marissa Paisleys Hand und drückt behutsam einen Kuss darauf. Sofort rollen Paisleys Augen nach hinten, und ihre Knie fangen an zu zittern, aber die Reaktion ist schwächer als bei dem blauäugigen Jungen im Park. Bei uns selbst wirken die Kräfte der Liebesgöttinnen anders. Deshalb sollen wir zuerst aneinander üben.

Paisley reibt sich kichernd die Hand. »Das war heftig. Fast wäre mir schwarz vor Augen geworden.«

»Sehr gut. Setz dich lieber hin, falls es noch passiert«, sagt die Schwester. »Was hast du gespürt, Marissa?«

»Es tut weniger weh, als einen Jungen zu küssen«, sagt sie. »Aber es macht auch viel weniger Spaß.«

Wieder kichert die Klasse. Selbst die Schwester schmunzelt. Ich unterdrücke den Drang, den Kopf zu schütteln.

»Paisley, können Sie Ihren Verehrer zu sich rufen? Marissa soll ihre Gabe an ihm demonstrieren.«

Paisley zögert. »Das wird ihm doch nicht wehtun?«

Schwester Hannah Marie lächelt. »Ich versichere Ihnen, er wird sich an nichts erinnern. Was er nicht weiß, kann ihm nichts anhaben.«

Ich verdrehe die Augen. Paisley nickt und winkt ihren Jungen zu sich. Er nimmt ihre Stelle auf der Matte ein und wartet auf Marissas Kuss, ohne den Blick von Paisley abzuwenden.

»Wer von Ihnen weiß, was geschieht, wenn einem verwandelten Jungen die Kräfte einer anderen Liebesgöttin eingeflößt werden?«, fragt die Schwester.

Paisley hebt die Hand, und die Schwester ruft sie mit einem Nicken auf.

»Löscht es die Anweisungen der vorherigen Liebesgöttin aus?«

»Nein, das tut es nicht«, sagt die Schwester nachdrücklich. »Jeder Befehl, der einem verwandelten Mann gegeben wird, bleibt auch dann in Kraft, wenn die Gabe der Liebesgöttin abklingt. Es sei denn natürlich, die nächste Liebesgöttin erteilt ihm andere Anweisungen. Aber vielen Dank für die Frage, Paisley. Würden Sie ihm jetzt bitte befehlen, etwas zu tun? Anschließend wird Marissa uns die Verwandlung demonstrieren.«

Inzwischen habe ich meine Sachen zusammengepackt und gehe an Schwester Hannah Maries Pult vorbei, um den Brief abzuholen, bevor ich mir noch so ein Experiment ansehen muss. In ihren Augen liegt Enttäuschung, ganz ähnlich jener, die ich vorhin bei Schwester Anthony Christine gesehen habe. Ich bemühe mich, in diesen Blick nichts hineinzuinterpretieren, als ich den Brief aus ihrer ausgestreckten Hand entgegennehme und zur Tür gehe.

»Ach, Rachel?«

Ich halte kurz inne, drehe mich aber nicht um.

»Es ist Ihr Herz, das das Urteil fällt«, sagt sie.

Der Oberin rutscht die Lesebrille auf die Nasenspitze, während ihr Blick über den Brief huscht.

Von einem Fuß auf den anderen tretend stehe ich in der Tür, schlucke und erwarte mein Urteil. Meine Converse rutschen unangenehm auf dem gefliesten Boden.

Sie sieht von dem Papier auf, mustert mich mit ihren dunklen Augen und liest dann weiter.

Einige Räusperer und ein oder zwei »Hmmms« später lässt sie das Blatt auf ihr Pult sinken. »Setzen Sie sich, Rachel.«

Sie deutet auf einen Chorstuhl in der Ecke. Ich lege meine Bücher beiseite und setze mich zittrig hinein. Aufrecht sitzend, die Hände im Schoß gefaltet, ziehe ich die Füße ein, damit sie meine Schuhe nicht sieht und wieder sauer deswegen wird. Schwester Hannah Maries Verwandlungskurs ist nicht zum Aushalten, aber alles ist besser als das Büro der Oberin. Hier ist es düster und staubig, an der Wand hängt eine Sammlung gotischer Altarkreuze, und überall stehen in kleinen Grüppchen Dutzende Gebetskerzen herum – auf jeder einzelnen ist die Todesszene eines Heiligen dargestellt. Es gleicht eher einem Bestattungsinstitut als einem Büro. Mein Blick bleibt an einem grauen, goldgeäderten Stein hängen, der unter einer Glasglocke am Rand des Schreibtischs liegt. Es ist das Einzige in diesem Raum, das nicht inszeniert ist, und auch das Einzige, das nicht von einer Staubschicht überzogen ist.

»Das ist ein Stein der Weisen«, sagt sie, als sie meinen Blick bemerkt. »Damit verwandelt man unedle Metalle in Gold. Aber dieser hier hat seine Magie verbraucht.« Sie reibt einen imaginären Fleck vom Glas. »Er könnte wieder funktionieren, wenn ich einen Gott fände, der mir etwas Blut überließe, das die Magie auffrischen würde.« Einen Moment lächelt sie vor sich hin, bevor sie aufsieht. »Er war ein Geschenk des Gremiums.«

Als ich nicht auf ihre Geschichte reagiere, seufzt die Oberin und richtet sich auf ihrem Platz noch ein wenig mehr auf. Den Brief und ihre Brille legt sie auf den großen Mahagonischreibtisch. »Es gefällt Ihnen nicht in St. Valentine's, oder?«

Mein erster Instinkt ist, mich zu entschuldigen. Doch stattdessen hole ich tief Luft, hebe das Kinn und richte den Blick auf eine besonders grausige Kerze mit dem Zerrbild eines enthaupteten Mannes darauf. »Eigentlich nicht, nein.«

»Sie haben nicht das Bedürfnis, Ihre Gabe zu benutzen?«

Mein Magen zieht sich zusammen. Genau diese Überzeugung ist es, die mich so reizbar macht: die Vorstellung, dass ich nur ein einziges Talent, nur einen einzigen Lebenszweck habe. Ich glaube eher, dass ich mehrere Begabungen habe, und Liebesgöttin zu sein gehört nicht unbedingt dazu.

»Welche *Gabe* meinen Sie?«

Die Oberin schlägt mit der flachen Hand auf den Tisch. »Spielen Sie keine Spielchen mit mir, Rachel! Sie wissen, wovon ich spreche. Ich werde keine Respektlosigkeit dulden.«

Mir bleibt für einen Moment die Luft weg. »Ganz ehrlich? Nein, ich halte es nicht für eine Gabe, einem Mann seinen Willen zu stehlen. Ich halte das für egoistisch, ja sogar für böse.« Hitze schießt mir in die Wangen, und ich erwarte einen Ausbruch von Wut und Geschrei. Doch die Nonne bleibt wider Erwarten dieses Mal ruhig. Ich beuge mich vor und umklammere die Stuhlkante, das abgewetzte Holz unter meiner Hand gibt mir merkwürdigerweise einen gewissen Halt. »Sollte Liebe kein …«

»Rachel!« Sie faucht meinen Namen, und ich zucke zurück. Das Wechselbad ihres Temperaments macht mich nervlich völlig fertig. »Sie sollten endlich anfangen, dankbar für das zu sein, was Sie haben, anstatt immer nur an das zu denken, was Sie nicht haben.«

»Und was soll das sein, das ich habe?«, frage ich eine Spur zu scharf.

Die Oberin fixiert mich unerbittlich. »Sie sind eine starke, intelligente junge Frau mit einer Gabe, die die Welt verbessern könnte. *Das Wunderbarste auf der Welt ist die Liebe.* Stellen Sie sich nur vor, wozu Sie fähig wären, wenn Sie Ihren Kopf dazu benutzen würden, über Lösungen statt über Probleme nachzudenken. Schauen Sie sich an, was die Liebesgöttinnen vor Ihnen alles Gutes bewirkt haben. In fast jeder Regierung auf der Welt sitzen Frauen, die genau hier in St. Valentine's angefangen haben, in entscheidenden politischen Positionen. Bei Bedarf kann das Gremium eingreifen und die Kontrolle übernehmen – das haben wir den Liebesgöttinnen zu verdanken.«

»Wie nett von ihnen.«

»Rachel …« Mein Name klingt aus ihrem Mund wie ein Seufzer. »Es ist enttäuschend, dass Sie Ihre Gabe nicht benutzen wollen. Bei den außergewöhnlichen Fähigkeiten Ihrer Mutter hatte ich große Hoffnungen in Sie gesetzt. Im Gremium war sogar die Rede davon, Ihre Ausbildung nach der Schule fortzusetzen und Sie in eine angesehene Position zu bringen. Doch Ihre mangelnde Akzeptanz lässt uns zweifeln, ob Sie dafür wirklich bereit sind.«

Das Letzte, was ich will, ist, mich nach dem Abschluss für das dringend empfohlene Arbeitsprogramm eintragen zu lassen. Und ganz bestimmt will ich in dieser Zeit nicht mit Leuten arbeiten, die die Kräfte der Liebesgöttinnen gutheißen.

»Sollten Sie in Ihrem letzten Semester keine deutlichen Fortschritte zeigen, werde ich das Gremium anweisen, Sie ein weiteres Jahr in St. Valentine's zu behalten.«

»Was? Das ist nicht fair!«

»Zu den Begnadeten ist das Leben selten fair.«

»Wenn ich also jemanden verwandle, darf ich meinen Abschluss machen und mein Leben leben? Ist das alles, worum es Ihnen geht?«

Sie faltet die Hände auf dem Tisch und holt tief Luft, um sich zu beruhigen. »Ja, darum geht es, und um Kenntnisse der Gesetze und der Geschichte der Liebesgöttinnen. Es ist zwingend erforderlich, dass Sie vor der nächsten Ausbildungsstufe lernen, Ihre Kräfte zu beherrschen.«

»Nächste Stufe? Und wenn ich das nicht will?«

»Dann sind Sie für das Gremium ein Problem.«

»Hat das Gremium nichts Wichtigeres zu tun? Was sollen die mit einer Liebesgöttin, die keine sein möchte?«

»Das Gremium überwacht alles, was wir tun. Aber darüber können wir später sprechen. Im Augenblick sprechen wir über Sie.« Sie setzt die Brille wieder auf und nimmt den Brief noch einmal in die Hand, aber dieses Mal, ohne ihn zu lesen. Ein Teil von mir hat den Eindruck, dass sie die Brille nur als zusätzliche Barriere zwischen uns braucht, so klein und unbedeutend sie auch sein mag.

»Rachel?« Ein missbilligender Ausdruck huscht über das Gesicht der Nonne. »Das hier ist eine ernste Angelegenheit. Die Götter haben Ihnen ein Geschenk gemacht, und Sie weigern sich, es anzunehmen.«

Ich versuche, ruhig und gefasst weiterzuatmen, während mich die Nonne mit ihren Blicken durchbohrt. Es funktioniert allerdings nicht. Nein, ich komme mir vor wie auf der Anklagebank.

Mein Schweigen fasst sie als Zweifel auf. »Wie können Sie die Existenz der Götter immer noch infrage stellen, obwohl Sie eine solche Gabe besitzen?«

»Es ist nicht so, dass ich nicht an die Götter glaube. Ich glaube nur, dass ich nicht ihrer Meinung bin.« Ich bereue die Worte, sobald sie über meine Lippen gekommen sind. Nicht, weil ich es nicht so meinen würde, das tue ich. Aber ich habe keine Lust auf den Vortrag, der ihr auf der Zunge liegt. »Und außerdem«, sage ich in der Hoffnung, damit das Thema zu wechseln, »begreife ich einfach nicht, warum das Gremium

Liebesgöttinnen braucht, um seine Arbeit zu machen, wenn es doch echte Götter gibt.«

»Die Götter dürfen sich nicht mehr in die Geschicke der Menschen einmischen und den Olymp daher nicht verlassen. Das wissen Sie.«

»Es kommt mir seltsam vor, dass diejenigen, die Götter und Halbgötter davon abhalten, sich in das Leben der Menschen einzumischen, die Liebesgöttinnen dazu ermutigen …«

Die Oberin seufzt. »Im Laufe der Jahre hat das Gremium gelernt, dass sie die Götter mithilfe der Liebesgöttinnen leichter kontrollieren können. Jetzt, da sich die Götter nicht mehr in unsere Welt einmischen, hat sich das Gremium der Weltpolitik zugewandt und versucht, Frieden zu verbreiten, indem es Liebesgöttinnen in einflussreichen und strategischen Positionen platziert. Das sollten Sie ebenfalls wissen, Rachel.«

»Vielleicht wäre es besser, sie freizulassen, anstatt einen Haufen Kinder aus erzwungener Liebe ihre Arbeit machen zu lassen.«

»Jetzt verstehe ich, worum es Ihnen wirklich geht.« Sie schiebt ihre Brille ein Stückchen höher, dann faltet sie die Hände wieder und beugt sich über den Tisch zu mir. »Ein Kind, das ein Produkt erzwungener Liebe ist, ist ein Stück aus Dunkelheit geborener Schönheit. Ein Geschenk. Sie wurden von Sündern geboren, ja. Das wurden wir alle. Aber die Sünden der Zukunft sind unsere Entscheidung, nicht unser Recht. Sie können Teil von etwas Großem sein, Rachel.«

Die ruhige Antwort der Nonne versetzt mir einen Stich ins Herz.

Sie hat mir bestätigt, was ich schon immer wusste – ich bin ein Produkt der Sünde.

Ich bin aus Dunkelheit geboren.

Ich bin ein Monster.

KAPITEL 4

Zu Hause stürme ich praktisch direkt in die Küche, wo mich der vertraute Geruch von Kardamom, Asafoetida und Koriander empfängt – meine Eltern haben mal wieder gebacken.

Ma steht vor der Arbeitsfläche. Die dunklen Haare hat sie sorgfältig zurückgesteckt, sodass die wunderschöne schwarzgoldene Halskette zur Geltung kommt, ohne die ich sie noch nie gesehen habe. Dazu trägt sie einen langen marineblauen Sari. Sie dreht sich zu mir um und fragt: »Wie war's in der Schule, Schätzchen?« Beim Lächeln verengen sich ihre warmen braunen Augen.

»Zwing mich bitte nicht, wieder dahin zu gehen, Ma.« Ich schmeiße meine Bücher auf den Tisch neben ihre marineblauen ledernen Ausgehhandschuhe und lasse mich auf den Stuhl daneben fallen.

»Ich kann mich ja gar nicht daran erinnern, so etwas schon mal von dir gehört zu haben.« Sie lacht. »Ach, doch. Das war gestern.« Dann wendet sie sich wieder der Teekanne zu.

»Ma, das ist mein Ernst. Warum kann ich nicht einfach auf eine andere Schule gehen?«

»Rachel …«

»›Hass‹ trifft es nicht einmal annähernd.«

»Wenn es in St. Valentine's so schlimm ist, kann ich dich ja auch nach Gujarat schicken. Du könntest bei deiner Nani wohnen und dort auf die Liebesgöttinnen-Schule gehen.«

»Nein, danke. Ich liebe New York. Ich will nirgendwo anders leben. Und ich will hier zur Schule gehen, nur eben nicht auf eine Liebesgöttinnen-Schule. Ich möchte meine *Gabe* niemals benutzen.« Ich kann es mir nicht verkneifen, das Wort »Gabe« giftig zu zischen.

»Über den Ort lasse ich mit mir reden, aber die Liebesgöttinnen-Ausbildung ist Pflicht.«

Ich seufze.

Ma legt mir die Hand auf die Schulter. »Meine Liebe, du weißt, dass du nicht zur Uni zu gehen brauchst, wenn du mit der Schule fertig bist. Es ist vielleicht nicht das, was du dir wünschst, aber Liebesgöttinnen sind zu Höherem berufen. Unsere Aufgabe ist es, die Menschheit zu beschützen. Und es ist unsere Pflicht, große Familien zu gründen.«

Noch mehr kleine Liebesgöttinnen. Der Gedanke lässt mich schaudern. Verpflichtungen, Erwartungen. Mir ist egal, was Mom oder das Gremium nach der Schule von mir erwarten – mir reicht's. Schon solange ich denken kann, wollte ich immer nur Sozialarbeiterin werden, um Kindern zu helfen, die keine Familie haben. Kindern, die verwaist sind und keine Wahl im Leben haben.

Ich spiele mit dem Salzstreuer und verschütte einige Körner auf Mas Handschuhe und ihr handgefärbtes Tischtuch. »Hey«, sage ich, »du solltest auf meiner Seite sein.« Dann schüttle ich die Handschuhe aus und schnippe das Salz vom Tisch.

»Ich bin auf deiner Seite. Aber ich sorge mich auch um dein

zukünftiges Glück. Dein Glück ist mir wichtiger als mein eigenes.« Sie stellt eine Tasse Tee und einen Teller perfekt gerollte Khandvi auf den Tisch. Mir knurrt der Magen, und die herzhafte Köstlichkeit lässt mir das Wasser im Mund zusammenlaufen.

»Eines Tages möchte ich auch Nani werden«, sagt sie.

»Ich dachte, du sorgst dich um *mein* Glück.« Ich presse ein Stück Zitrone über den Khandvi aus und stecke mir eines davon in den Mund.

»Wo wir gerade davon reden, hast du dir schon die Lebensläufe der Heiratskandidaten angesehen, die Nani dir geschickt hat? Sie wird mich danach fragen, wenn wir das nächste Mal miteinander reden.«

Die Antwort kann ich mir sparen. Sie weiß, was ich von Nanis Kuppelversuchen halte. Meine Nani ist eine ältere Version von Ma, nur dass sie unser Liebesgöttinnen-Erbe noch mehr liebt, sofern so etwas überhaupt möglich ist. Als ich dreizehn war, haben wir sie einmal besucht. Alles, was ich von Gujarat in Indien noch in Erinnerung habe, ist, dass es bunt ist und voll und laut, und es wäre die schönste Reise meines Lebens gewesen, wenn es nicht zugleich auch die peinlichste gewesen wäre. Statt mir die Sehenswürdigkeiten zu zeigen und gemeinsam mit mir die Kultur zu erkunden, die die eine Hälfte von mir ausmacht, schleppte Nani mich durch sämtliche Klosterschulen für Liebesgöttinnen. Dort präsentierte sie mich den Schülerinnen, die meine Konkurrenz als »mächtigste Liebesgöttin unserer Zeit« seien, wie sie es nannte.

»Es kann nicht schaden, einen Blick darauf zu werfen«, sagt Ma. Sie setzt sich mir gegenüber an den Tisch, tätschelt aus

Gewohnheit ihre Handschuhe und legt die Hände dann um ihre dampfende Tasse. »Ich weiß, dass es dir unangenehm ist, jemanden zu verwandeln. Aber die Patel-Männer in Nanis Formularen gehören zu den wenigen, die wissen, was Liebesgöttinnen sind. Sie sind bereit und willens, mit einer zusammen zu sein. Für sie ist das eine Ehre.«

Ich denke an den Umschlag mit Profilen, der ungeöffnet in meinem Zimmer liegt, obenauf eine handgeschriebene Nachricht von Nani: »Du bist ein hübsches Mädchen, nicht zu dünn, nicht zu dick, helle Haut. Du hast die Wahl unter den besten Kandidaten.« Und dann trifft mich die Erkenntnis: Ma hat sich auf Nanis Seite geschlagen. Es ist ihr ernst damit – sie will Enkelkinder.

»Oh nein, nein, nein.« Ich wedle abwehrend mit den Händen, während meine Gedanken zu jenem beängstigenden Telefongespräch zurückkehren, das ich an meinem dreizehnten Geburtstag mit meiner Nani geführt habe. An jenem Tag erfuhr ich, was ich bin. Sie sagte, ich hätte Glück, als Liebesgöttin und als Patel geboren worden zu sein. Sie sagte, die Patels müssten zusammenhalten, und meine Vorfahren hätten im Laufe der Geschichte Bemerkenswertes geleistet, ja sogar Kriege beendet. Aber vor allem hat sie gesagt, es sei wichtig, dass ich nicht denselben Fehler mache wie Mom und einen Nicht-Patel heirate.

Wäre ich in eine Familie ohne das Liebesgöttinnen-Gen hineingeboren worden, hieße ich nicht einmal Patel, sondern trüge wie jedes andere Mädchen den Nachnamen meines Vaters – Rachel Madhu Groundwater.

Als ich aufsehe, betrachtet Ma gerade intensiv ihre Tasse. Ich setze ein falsches Lächeln auf und sage: »Ich bin mir nicht so sicher, ob meine Zukunft wirklich im Heiraten und Kinderkriegen liegt.« Was ich nicht sage, ist, dass es nicht unbedingt mein Traum ist, einen Mann dazu zu zwingen, sein Leben mit mir zu verbringen und meine Kinder großzuziehen. Ich hätte liebend gern eine Familie – nur eben nicht auf die Liebesgöttinnen-Art. »Außerdem ist es mein Ernst, dass ich Sozialarbeiterin werden will, und das wird eine Menge Zeit in Anspruch nehmen.«

Über den Rand ihrer Tasse hinweg sieht Ma mich jetzt mit hochgezogenen Augenbrauen an. »Ich weiß, dass du das möchtest«, sagt sie. »Dafür hast du im Laufe der Jahre genug obdachlose Kinder mit nach Hause gebracht, die ich durchfüttern musste.«

»Sie haben es sich nicht ausgesucht, von ihren Eltern verlassen zu werden.«

»Und nur die Götter wissen, warum du Marissa eine Chance nach der anderen gibst.«

»Tja, sie ist nun mal meine Ausbildungs-Partnerin.«

»Du hast ein großes Herz, Rachel.« Ma lächelt. »Aber vielleicht unterschätzt du dich und deine Gabe. Ich habe meinen Abschluss als Klassenbeste gemacht, und für mich ist es doch gar nicht so übel gelaufen. Außerdem hat Eros ein Auge auf seine Nachfahren. Ihm habe ich es zu verdanken, dass ich die Liebe meines Lebens getroffen habe.«

»Die Liebe deines Lebens?« Damit kann sie unmöglich Dad meinen.

»Dich, Dummerchen.« Ma streichelt meine Hand. »Denk immer daran – *wenn du dich der Liebe hingibst, wird Eros dich finden.*«

Ich frage mich, ob das jetzt eine von Mas Ansprachen darüber wird, dass ich meine Gabe akzeptieren soll, doch ihr Lächeln ist so strahlend und voller Hoffnung, dass es mir schwerfällt, sie nicht ernst zu nehmen.

»Bestimmt«, sage ich unsicher. »Wo wir gerade von Eros' Version von Liebe reden, wo ist eigentlich Dad?« Es ist ungewöhnlich, dass er nicht in Moms Nähe ist. Eigentlich ist es sogar richtig unheimlich.

»Er ist draußen im Garten. Ich habe ihn gebeten, Unkraut zu jäten.« Sie nippt an ihrem Tee.

»Er gärtnert? Wie läuft das?«

Ma sieht auf. »Du kennst ja deinen Vater – normal, nehme ich an.«

»Normal« heißt bei Dad eigentlich, dass er an Mas Seite klebt. Aber er ist gerade nicht hier, das scheint also ein Schritt in die richtige Richtung zu sein. »Ich gehe mal Hallo sagen.« Ich schiebe meinen Stuhl zurück und stehe auf, während meine Mutter sich bemüht, eine ausdruckslose Miene zu bewahren. Auf dem Weg zur Hintertür streiche ich mir das Oberteil glatt und ziehe meinen Pferdeschwanz fest.

»Hey, Dad«, sage ich, als ich durch die Fliegengittertür in die schmale Gasse zwischen den Backsteinhäusern hinaustrete, die Mom in ein Blütenparadies verwandelt hat.

Anscheinend hört er mich nicht, jedenfalls antwortet er nicht und dreht sich auch nicht um. Er steht vor Mas exotischem Lilienbeet, hat die Hände vors Gesicht geschlagen und weint.

»Dad?«, rufe ich noch einmal, dieses Mal lauter. Er hebt den Kopf und fährt sich mit der Hand über die sommersprossigen

Wangen. Das gleiche dunkle Braun wie meine Sommersprossen. Ein Lächeln legt sich auf sein Gesicht, und mir wird wärmer ums Herz.

Ich lächle zurück. »Du arbeitest im Gar…«

»Will deine Ma, dass ich reinkomme? Hat sie dich geschickt, um mich zu holen?« Sein britischer Akzent hat heute einen düsteren Beiklang.

Ich hätte wissen müssen, dass sein Lächeln nicht mir galt.

»Nein, ich wollte nur Hallo sagen. Warum weinst du?«

Mit der schmutzigen Hand fährt er sich durch die rotblonden Locken. »Ich vermisse deine Mutter so sehr«, sagt er und bricht in heftiges Schluchzen aus.

»Sie ist im Haus. Gerade mal zehn Schritte entfernt!«

Seine Antwort sollte mich nicht überraschen – es ist jedes Mal genau dieselbe.

»Das kommt mir so weit vor.« Er lässt sich auf die Knie fallen und zupft weiter Unkraut.

Weil ich es nicht aushalte, ihn so zu sehen, renne ich zurück ins Haus und in mein Zimmer, wo ich mich aufs Bett werfe. Dort liege ich und frage mich, wie Dad wohl wäre, wenn er Mom nie begegnet wäre, und ob der ungezwungene Junge aus dem Park jetzt auch so ist wie mein Vater.

In meinem Handy-Chat piept es. Ich hole mein Handy raus und sehe eine neue Nachricht.

MARISSA: Schalte mal City News ein und schau dir an, was ich heute in der Schule mit Paisleys Typ gemacht habe. Es ist zum Totlachen.

Ich suche den Livestream von City News. Mir ist mulmig zumute, während der Stream lädt und das verängstigte Gesicht des rothaarigen Jungen schließlich meinen Bildschirm ausfüllt. Er drückt sich ein blutgetränktes Tuch an den Hals, und über seinem Shirt hängt Paisleys Alien-Vampir-Halskette. Ich stelle den Ton lauter, als der Reporter eine Frage stellt:

»Wissen Sie mit Sicherheit, was passiert ist?« Er hält dem Jungen das Mikro hin.

»Ja«, sagt der Junge mit zitternder Stimme. »Ich wurde gebissen. Ich bin von … Vampiren entführt worden. Von Alien-Vampiren.«

»Und von denen hast du auch die Halskette?«, fragt der Reporter.

»Halskette?« Der Junge sieht an sich hinunter, und seine Augen weiten sich. »Nehmen Sie das weg!«, kreischt er und greift panisch nach der Kette – nach genau der ungewöhnlichen Kette, die vor ein paar Stunden noch um Paisleys Hals hing.

Ein Polizist kommt ihm zu Hilfe, und die Kamera schwenkt zurück auf den Reporter. »Das jüngste Opfer der Entführungsserie lässt uns mit mehr Fragen als Antworten zurück. Gibt es wirklich Monster? Sind sie in New York? Entführen sie unsere Jungs?«

KAPITEL 5

Am nächsten Tag, nur fünf Minuten nach Beginn der dritten Stunde, wird Marissa ins Büro gerufen. Langsam packt sie ihre Sachen in ihre goldene Tasche und sieht mich mit einem selbstgefälligen Lächeln an, aus dem zu lesen ist: *Ich hab's dir doch gesagt*. Ich verdrehe die Augen, aber in Wahrheit freue ich mich für sie. Auch wenn mir der Grund für ihre Freude dermaßen gegen den Strich geht, habe ich sie schon lange nicht mehr so glücklich gesehen. Marissas Lächeln ist eine Mischung aus Erleichterung und Vorfreude. Ihre neue Eroberung – oder »Der-mit-den-hübschen-Schuhen«, wie ich ihn inzwischen nenne – ist offenbar im Büro aufgekreuzt. Einen Tag zu spät zwar, aber immerhin.

Die Klasse beobachtet sie mit einer Neugier, bei der mir unbehaglich wird. Man könnte meinen, Marissa hätte im Lotto gewonnen oder so.

Ich schüttle den Kopf und frage mich, ob sie sich extra Zeit lässt, um sich noch länger in der Bewunderung ihrer Klassenkameradinnen zu sonnen – bisher waren nur sieben Mädchen aus unserem Jahrgang in der Lage, jemanden zu verwandeln, und bei Marissa ist es jetzt das fünfte Mal. Aber wie ich Marissa kenne, könnte es für sie auch einfach nur ein Spiel sein, den

Jungen so lange warten zu lassen, bis er vor Sehnsucht ganz verrückt wird.

Das Läuten der Messingglocke vor der Tür unterbricht Marissas Triumph. Schwester Hannah Marie steht von ihrem Pult auf und geht zur Tür, um nachzusehen, wer dort ist. Sie öffnet die Tür einen Spalt und schlüpft dann hinaus auf den Flur. Ein ungewöhnliches Verhalten für eine Schwester. Normalerweise lassen sie uns nie unbeaufsichtigt. Die Klasse fängt an zu schwatzen, eine Mischung aus aufgeregter Freude über Marissas Erfolg und Tratsch über die letzte Folge von *Mein Leben als Vampir-Alien*.

Ich glaube, ich bin die Einzige, die die Serie noch nicht gesehen hat.

Einige Augenblicke später kommt die Schwester zurück und unterbricht das Stimmengewirr. Auf ihr sonst so munteres Gesicht hat sich ein ernster Ausdruck gelegt. Ich spüre, dass irgendetwas nicht stimmt.

»Rachel, packen Sie ebenfalls Ihre Sachen und begleiten Sie Marissa ins Büro.« Die Schwester sieht mir nicht in die Augen, sondern huscht eilig zur Tafel und wischt die Auflistung vom gestrigen Unterricht weg. Marissa und ich wechseln einen besorgten Blick.

»Bin ich in Schwierigkeiten?«

Das ist eine sehr berechtigte Frage, doch Schwester Hannah Marie lässt nur den Kopf hängen. »Gehen Sie einfach«, murmelt sie.

Marissa zuckt die Achseln, und ich suche meine Bücher zusammen und folge ihr in den Flur. Es ist erst Mittwoch, und ich werde schon zum zweiten Mal ins Büro geschickt – das muss mein neuer Rekord sein.

»Hoffentlich ist er so süß, wie ich ihn in Erinnerung habe«, sagt Marissa. »Ich habe ein gutes Gefühl bei diesem Jungen. Wer weiß, vielleicht behalte ich ihn sogar.«

Ich verdrehe die Augen.

»Ooh, vielleicht hat er ja ein Sixpack.« Marissa quietscht und beschleunigt ihr Tempo, sodass ich mich ins Zeug legen muss, um mit ihr Schritt zu halten. Sie ist mit ihren Gedanken ganz bei Dem-mit-den-hübschen-Schuhen. Aber ich kann nur daran denken, wie merkwürdig sich Schwester Hannah Marie eben verhalten hat.

Die Flure sind ungewöhnlich leer – wir begegnen nicht einmal patrouillierenden Nonnen, die Schülerinnen im ersten Jahr zu ihren Unterrichtsräumen scheuchen. Das macht mich nur noch nervöser, und ich beiße mir auf die Wange. Je näher wir dem Büro kommen, umso unsicherer werde ich. Alles in mir schreit mich an, sofort die Flucht zu ergreifen. Doch stattdessen bleibe ich mitten im Flur stehen.

»Ich hab das Gefühl, dass irgendetwas nicht stimmt.«

Marissa verdreht auf ihre übliche herablassende Art die Augen. Dann drängt sie sich an mir vorbei und streckt schon die Hand nach der Bürotür aus, nimmt sich dann aber doch noch einen kurzen Moment Zeit, um ihr Outfit zu richten und sich die Augenbrauen zu glätten, obwohl sie längst perfekt liegen.

»Meine Brauen?«, fragt sie und zeigt darauf.

»Gut«, sage ich.

»Und der Rest?«

Makellos. »Auch gut.«

Zufrieden mit meiner Antwort schnappt sie sich meine Hand

und zieht mich hinter sich her, als sie ins Büro stolziert. Doch dann bleibt sie so abrupt stehen, dass ich von hinten in sie hineinlaufe und wir beide in den Raum stolpern. Ich finde meine Balance wieder, ringe nach Luft und pralle dann im nächsten Moment zurück.

Vor uns stehen drei Polizisten und richten ihre Waffen direkt auf uns.

Einer von ihnen trägt eine dicke, rotrandige Brille und einen Wollpullover, der den gleichen Braunton hat wie seine Haut. Dass er Polizist ist, erkennt man nur an der Marke um seinen Hals. Der Mann tritt einen Schritt vor. Mit zitternder Hand hält er seine Waffe umklammert. Ich werfe einen Blick zur Oberin, in der Hoffnung, dort irgendeine Art von Hinweis zu entdecken. Sie steht hinter den Polizisten und lächelt uns schwach an. Als sie nicht hinsehen, formt die Oberin mit den Lippen etwas, das wohl heißt: *Wir holen euch da wieder raus.*

»Rachel Patel, Marissa Bale, Sie sind ver…«

Seine Worte füllen den ganzen Raum aus. Alles läuft in Zeitlupe ab, als mich die Polizisten packen und neben Marissa zu Boden bringen. Ich verdränge alle Bilder von Polizeigewalt, die ich im Fernsehen gesehen habe, und rede mir ein, dass mir so etwas nicht passieren wird. Aber dann reißen sie mir schon die Bücher aus dem Arm und drehen mir ruckartig die Hände auf den Rücken, um mir Handschellen anzulegen, bevor sie mich hochhieven und an die Wand drücken.

Marissa wird neben mich geführt. Es ist verblüffend, wie unterschiedlich wir behandelt werden. Die Polizisten haben völlig falsch beurteilt, von wem von uns beiden die Gefahr ausgeht. Und Marissa scheint nicht einmal zu bemerken, wie verängstigt ich bin, sie sieht aus, als würde diese ganze Sache sie langweilen. Es frustriert mich, dass ihr ihre coole, überhebliche Art nicht einmal dann abhandenkommt, als uns Handschellen angelegt werden. Um nicht loszuheulen, konzentriere ich mich darauf, langsam und tief zu atmen.

»Keine Sorge«, flüstert Marissa, und ihr Blick schnellt zu dem Polizisten, der mich festhält. »Wir haben das im Griff. Bist du bereit?«

Ich kann nicht glauben, was sie da vorschlägt. Dennoch gerät ein Teil von mir in Versuchung, meine Gabe einzusetzen, um zu sehen, ob ich mich selbst retten könnte. Meine Vermutung ist, dass die Nonnen so tun würden, als wäre das hier eine ganz normale Schule, und sich im Zweifelsfall gegen uns stellen. Trotzdem kann ich es nicht tun, nicht einmal jetzt. Nicht nur, weil es falsch ist, sondern auch, weil ich keine Übung darin habe. Und selbst wenn ich einen der Polizisten erfolgreich verwandeln könnte und Marissa einen weiteren, würden wir mit dem dritten nicht fertigwerden. *Oder doch?*

Ich schüttle den Kopf. *Nein.* Sie verdreht die Augen.

Und deshalb tue ich das Einzige, was ich kann: Ich hebe das Kinn und versuche, tapfer zu sein. »Was werfen Sie uns vor?«

Der Polizist, der mich festhält, drückt mich fester gegen die Wand, und der mit der roten Brille fängt an, uns unsere Rechte vorzutragen. Das Einzige, was ich wirklich verstehe, ist, dass wir das Recht haben zu schweigen. Allerdings ist es schwer, sich auf seine Worte zu konzentrieren, wenn er mich dabei anstarrt, als würden jeden Moment Laserstrahlen aus meinen Augen schießen. Es sieht aus, als hätte er Angst vor uns.

Er kann doch nichts von unserer *Gabe* wissen, oder?

Ich beiße mir auf die Lippe und erwidere seinen starren Blick in der Hoffnung, irgendetwas in seinen Zügen lesen zu können, das mir Antworten liefert. Seine Augen hinter den dicken Brillengläsern treten hervor, und er weicht zurück.

»Bringen Sie diese … diese Mädchen in die Zelle.«

Ich werde herumgerissen und stehe einem großen, schwitzenden Mann gegenüber.

»Ich bin Officer Tucker Johnson, das ist Officer Mark White, und das«, er zeigt auf den Polizisten mit der Brille, »ist Officer Ammon Matos. Sie beide kommen mit uns.«

Die Polizisten stoßen uns Richtung Tür, und Officer Matos beobachtet uns, während er sich die Brille an seinem Pullover sauber reibt.

Ich winde mich im Griff der Polizisten, um den Kopf zu wenden und ihn ansehen zu können. »Verraten Sie uns, was wir getan haben sollen?«

Ich werde wieder herumgerissen.

»Wenn ich herausfinde, was Sie – was auch immer Sie überhaupt sind – genau getan haben, dann sorge ich dafür, dass … na ja, dass Sie es nie zu Ihrem Mutterschiff schaffen.«

Das verwirrt mich zuerst, doch dann setzt langsam und schmerzhaft die Erkenntnis ein. Sie haben wirklich Angst. Aber es ist schlimmer, als ich dachte. Sie halten uns für Vampir-Aliens.

KAPITEL 6

Als der Einsatzwagen vor dem Revier anhält, rutsche ich dichter an Marissa heran. Matos steigt aus und streift sich OP-Handschuhe über, ehe er die hintere Tür öffnet. Selbst mit Handschuhen zögert er, Marissa zu berühren, und tut so, als müsste er eine heiße Herdplatte anfassen und kein sechzehnjähriges Mädchen.

Sie spielt das Spiel mit, fletscht die Zähne und grinst stolz, als er erschrocken die Hand zurückreißt.

Ich beuge mich zu ihr und flüstere: »Hör auf damit! Wenn sie uns bisher nicht ohnehin schon für Vampire gehalten haben, tun sie es spätestens jetzt.«

»Ach, bitte.« Sie verdreht die Augen. »Wenn ich schon hier sein muss, kann ich wenigstens ein bisschen Spaß haben.«

Matos zupft sich am Kragen seines Pullovers und wischt sich über die Stirn. »Seien Sie vorsichtig mit denen.« Er tritt beiseite, um den anderen Polizisten Platz zu machen, die uns aus dem Wagen ziehen.

Die sehen den Mann an, als hätte er nicht mehr alle Tassen im Schrank. Trotzdem packen sie uns und zerren uns aus dem Wagen.

»Mund auf.« Matos hält ein langes Plastikröhrchen hoch,

und erst als ich ganz herumgerissen werde, sehe ich, dass ein Wattestäbchen darin steckt.

Marissa lächelt breit. »Achten Sie darauf, richtig an meine Eckzähne ranzukommen. Ist schon eine Weile her, dass sie zuletzt gründlich gereinigt wurden.«

Er zieht das Wattestäbchen zurück, noch bevor es uns berührt hat, und steckt die Röhrchen mit zitternder Hand in seine Brusttasche. Ich bin ziemlich froh, dass Marissa ihn daran gehindert hat, uns die Stäbchen in den Mund zu stecken. Ich weiß nicht genau, wie die DNS von Liebesgöttinnen aussieht.

»Bringt sie in die Zelle. Den Rest können wir auch erledigen, wenn sie hinter Gittern sitzen.«

Die Polizisten schieben uns in die Wache, die Hand an meinem Arm packt zu fest zu. Matos läuft eilig voraus und verschwindet in einem Flur. Die Männer führen uns immer weiter bis zu einer Glastür, wo sie stehen bleiben und ihre Marken vor eine Kamera halten.

»Hat er allen Ernstes Angst vor zwei Teenagern?«, fragt Officer Johnson, dem es egal zu sein scheint, dass wir ihn hören können.

Officer White lacht. »Sieht ganz so aus.«

Hinter der Glasabtrennung beobachtet uns ein blonder Polizist mit großen blauen Augen, in denen der Schalk blitzt. Etwas an ihm kommt mir bekannt vor, aber ich weiß nicht genau, was es ist. Als der Summer ertönt und wir reingelassen werden, zwinkert er mir zu. Stirnrunzelnd sehe ich Marissa an. Ihr breites Lächeln macht mich so wütend, dass ich zittere – man könnte uns wegen irgendwas anklagen. Mit einem Eintrag in meiner Akte würden meine Chancen schwinden, in das Programm für Sozialarbeit aufgenommen zu werden. Aber Marissa findet die ganze Sache nur lustig.

»Matos hat zu viele Zombie-Serien auf dem Science-Fiction-Kanal geguckt«, sagt Johnson. »Aber er ist der ranghöhere Polizist, also ab in die Zellen.«

Ihr mangelnder Respekt gegenüber Officer Matos weckt in mir die Hoffnung, die beiden könnten sich vielleicht überzeugen lassen, ein klein wenig von ihren Befehlen abzuweichen. Ich senke den Kopf und lasse die Tränen laufen, die ich bis eben zurückgehalten habe. Sie kommen viel schneller als erwartet und werden zu heftigem Schluchzen. Mein ganzer Körper krampft sich zusammen.

»Ich … ich …« Ich weine so sehr, dass ich kaum sprechen kann.

»Du verschwendest unsere Zeit.« Johnson schüttelt mich kräftiger.

»Ganz ruhig, atme einfach«, sagt Officer White.

»Ich … ich weiß nicht, was man uns vorwirft.« Ich schluchze und hole noch einmal tief Luft, bevor ich mir die Augen an der Schulter abwische, »aber ich hätte wirklich gern meine Mutter hier. Darf ich sie bitte anrufen?«

White sieht seinen Kollegen an.

»Wir sollen sie in die Zelle bringen«, sagt er entschieden und drückt meinen Arm fester.

Marissa steigt in mein Spiel mit ein. »Und ich muss die Mutter Oberin anrufen«, jammert sie. »Sie ist mein Vormund, meine Mutter ist nicht in der Stadt.«

Ich werfe ihr einen warnenden Blick zu und schüttle den Kopf, damit sie damit aufhört, aber sie kapiert es nicht – sondern steigert sich in das schlechteste falsche Weinen hinein, das ich je gehört habe. Sie hört sich an wie eine rollige Katze.

»Netter Versuch, junge Dame.« Johnson schiebt uns weiter.

Ich will gerade etwas zu Marissa sagen, doch da schwingt die Tür auf, und wir hören herzzerreißende Schreie:

»Marissa ... Marissa, meine Geliebte ...«

Das ist nicht möglich.

Meine Knie werden zu Wackelpudding. Ich starre Marissa an, die voller Angst zurückstarrt. Jetzt hat auch sie es geschnallt. Die Polizei hat Den-mit-den-hübschen-Schuhen, und irgendwoher wissen sie, dass Marissa ihn verwandelt hat.

Wir biegen um die nächste Ecke, wo uns Matos schon erwartet. Er stößt eine große blaue Stahltür auf und schiebt uns in den Raum dahinter. Die Schreie werden lauter, und diesmal sind sie direkt an Marissa gerichtet.

»Meine Geliebte, du hast mich gefunden! Ich wusste, dass du kommen würdest. Oh, meine Geliebte ...« Marissa ist klug genug, ihn nicht anzusehen, doch das steigert die Verzweiflung des Jungen nur noch. »Bitte, Marissa.« Er streckt die Hände durchs Gitter, presst das Gesicht gegen die Stäbe und versucht alles, um irgendwie ihren Arm zu berühren.

Nachdem der Junge Marissa gerade persönlich identifiziert hat, wird es schwierig, die Sache als Verwechslung hinzustellen. Als ich die Polizisten und den Raum mit den Arrestzellen betrachte, fällt mir ein alter Computerbildschirm ins Auge, auf dem ein verschwommenes Bild von Marissa und mir im Central Park flimmert.

Wir sind geliefert.

Ich deute mit dem Kopf auf den Computer, doch Marissa

hält den Blick gesenkt und bemüht sich, Den-mit-den-hübschen-Schuhen zu ignorieren.

»Geliebte, was habe ich getan, das dich verärgert hat? Sag es mir, und ich werde es wiedergutmachen. Bitte, meine Liebste.«

Er klingt wie mein Vater. So sind sie immer – verzweifelt, schwach, nicht mehr sie selbst.

Der Polizist sagt etwas zu mir, was ich über die Heulerei hinweg nicht verstehen kann. Aber wenn ich nicht bald antworte, befürchte ich, wieder im eisernen Griff von Officer Johnson zu landen.

Marissa wirbelt so schnell herum, dass mir ihre Haare ins Gesicht peitschen. »Könntest du einfach *den Mund halten?*«

Der-mit-den-hübschen-Schuhen verstummt und sackt zu Boden, streckt aber immer noch die Arme durch die Gitterstäbe nach ihr aus. Officer Matos steht der Mund offen, und hinter der dickrandigen roten Brille treten seine Augen hervor. Der-mit-den-hübschen-Schuhen ist wahrscheinlich ziemlich anstrengend gewesen. Anstrengend und laut. Ich kann mir nicht vorstellen, dass es leicht gewesen ist, ihn in die Zelle zu kriegen. Schließlich weiß ich, wie Dad sich aufführt, wenn Mom nicht in der Nähe ist.

Matos zupft sich am Kragen und atmet tief durch, bevor er fortfährt: »Wie ich schon sagte, so verhält sich Benjamin Blake seit seiner Begegnung mit Ihnen.«

»Begegnung?«, fragt Marissa.

Matos zeigt auf den Monitor. »Sie können sich das Theater sparen. Der Junge war meinetwegen im Park. Wir hatten verabredet, uns dort zu treffen, und als ich ankam, wurde ich Zeuge Ihrer Auseinandersetzung. Den Vorfall habe ich mit dem Handy gefilmt. Ich habe ihn zur Vernehmung hergebracht, aber weil klar war, dass er nicht kooperieren würde, haben wir ihn heute Morgen freigelassen. Er hat uns direkt zu Ihrer Schule geführt.«

»Ich möchte bitte meine Mutter anrufen«, sage ich, bemüht, meine Stimme ruhig klingen zu lassen. »Wir haben das Recht auf einen Anruf.«

»Das wird arrangiert.« Matos wendet sich an die Polizisten, die uns festhalten. »Leert ihre Taschen aus, nehmt ihnen die Handys und die Handschellen ab und steckt sie dann in die Zelle neben dem Jungen. Anschließend kommt ihr zu mir ins Chefbüro.«

Johnsons starke Hand schließt sich um meinen Arm.

KAPITEL 7

Ich mache mir Sorgen um meine gesamte Zukunft, und Marissa denkt nur an ihre Klamotten. Sie lehnt an der Rückwand der Zelle und reibt sich einen Schmutzfleck vom Rock. Dabei sollte sie lieber mithelfen, eine Lösung zu finden, wie wir aus diesem Schlamassel wieder herauskommen.

»Wir wurden von einem Cop gefilmt!« Ich schüttle den Kopf. »Ich hab dir doch gesagt, du sollst ihn nicht verwandeln, aber du hörst ja nie auf mich!«

»Halt den Mund, Rachel. Kein Wort mehr.« Sie sieht sich um, als würde sie sich Sorgen machen, jemand könnte uns hören.

»Du hast Angst, erwischt zu werden? Schau uns an, Marissa. Wir sind längst erwischt worden!«

Sie hört auf, an ihrem Rock herumzureiben, seufzt und sieht mir zu, wie ich am linken Zellenrand – auf der Seite, die so weit wie möglich von Ben entfernt ist – auf und ab laufe.

»Woher hätte ich das wissen sollen?«

Ich kneife die Augen zusammen und laufe weiter.

»Meine Liebste?« Ben drückt das Gesicht so weit durch die Gitterstäbe, dass seine Augen und sein Mund zu schmalen Schlitzen verzerrt werden. »Kann ich irgendetwas tun, um dich glücklich zu machen?«

Säßen wir seinetwegen nicht im Gefängnis, müsste ich über diese Szene glatt lachen. »Oh, du hast schon genug getan«, antworte ich an Marissas Stelle.

»Lass ihn in Ruhe.« Marissa funkelt mich wütend an, bevor sie sich an den Jungen wendet, der im Gitter zwischen unseren Zellen klebt. »Und du kannst still s…«

Die blaue Stahltür öffnet sich, und Marissa macht uns ein Zeichen, still zu sein.

In der Tür erscheint Matos. Sein Pullover ist verrutscht, und er zieht sich ein frisches Paar weißer Handschuhe über.

»Dürfen wir jetzt telefonieren?«, frage ich. Marissa sieht mich finster an.

»Deswegen bin ich hier. Sie«, Matos zeigt auf Marissa, »Sie gehen ganz nach hinten und bleiben an der Wand stehen. Ihre Freundin kriegt den ersten Anruf.«

Marissa bohrt mir ihren Finger ins Schlüsselbein. »Ruf lieber die Mutter Oberin an.«

Ich habe es satt, ihre Anweisungen zu befolgen. Die haben uns überhaupt erst hierhergebracht. Trotzdem nicke ich – es würde nichts bringen, mit ihr zu streiten.

Matos holt mich aus der Zelle, knallt die Tür hinter mir zu und schließt sie sorgfältig ab. Seine knochigen Finger umfassen meinen Arm und packen fest zu. Es tut weh, aber wenigstens legt er mir nicht wieder Handschellen an.

Ben geht in den hinteren Teil der Zelle, auf eine Höhe mit Marissa und streckt wieder die Hände durch die Gitterstäbe. Währenddessen führt mich Matos an der Zellenreihe vorbei, und wir verlassen den kalten Raum aus Stahl und Beton. Auf der anderen Seite der großen blauen Tür hängen in ordentlichen Reihen Zeitungsartikel und Fotos von den Polizisten an der Wand. Hier ist es nicht so kalt wie in den Zellen, aber mindestens genauso einschüchternd. Überall sind Polizisten. Wir kommen an dem Beamten vorbei, der die Tür zur Arrestzelle bewacht. Matos führt mich durch ein Labyrinth aus Fluren und bleibt schließlich vor einem Glasfenster stehen. Auf ein Zeichen von ihm bekommen wir Einlass in einen Sicherheitsraum, in dem sich ein Tisch und ein Telefon befinden. Ein Summer ertönt, und die Tür öffnet sich mit einem Klicken. Matos prüft die Klinke und schiebt mich in den Raum.

»Machen Sie's kurz.«

Mit einem metallischen Kreischen schließt sich die Tür, und ich bin allein.

Ich gehe zum Telefon und nehme den Hörer ab. Mit zitternden Fingern tippe ich Mas Handynummer.

Sie geht sofort dran.

»Hallo?«

»Rachel, den Göttern sei Dank! Gerade habe ich mit der Schule telefoniert. Geht es euch beiden gut?«

Erleichterung erfüllt mich. Zum ersten Mal seit meiner Festnahme kann ich richtig atmen.

»Wo halten sie euch fest?«, fragt sie.

»Wir sind auf dem Revier in der East 67th Street.«

»Bin gleich da.«

In meine Gedanken drängen sich Bilder davon, wie Ma in Handschellen in die letzte freie Zelle gesteckt wird. Mein Herz fängt an zu rasen.

»Hör zu, Mom … probier nichts … Komisches, okay?«

»Keine Sorge, ich kümmere mich um alles –«

»Ma, mach nichts …« Aus dem Hörer dringen nur noch die gleichförmigen Pieptöne einer einseitigen Konversation.

KAPITEL 8

Ma müsste inzwischen schon hier sein, aber ich sitze immer noch allein in der Zelle neben Ben, während Marissa telefonieren darf. Unsere Handys liegen neben unseren Schulsachen in Umschlägen auf dem Tisch, gerade außerhalb unserer Reichweite. Wenn meine Arme nur lang genug wären.

Ich ziehe meinen Blazer aus und benutze ihn auf dem kalten Betonboden als Kissen. Dabei fällt mein Blick auf meinen Oberarm, wo sich langsam ein Bluterguss entwickelt. Vorsichtig reibe ich mir die Stelle und überdenke die Ereignisse des heutigen Tages.

Ben lässt sich gegen die Gitterstäbe sinken, den Kopf auf die Faust gestützt. Immer und immer wieder sagt er Marissas Namen. Ich betrachte seine elegante Kleidung, die allerdings an den Ärmeln und am Kragen leicht abgenutzt ist. Wie bei jemandem, der zwar auf seine Sachen achtgibt, sie aber viel zu oft und zu lange trägt. Irgendetwas hat er an sich, das mich überrascht. Weil ich nicht darauf komme, was es ist, mustere ich ihn gründlich, von den leuchtend blauen Augen über die gepflegten dunkelbraunen Haare bis zu seiner athletischen Figur. Dass sich mir dabei der Magen zusammenzieht, schiebe ich auf meine Nervosität.

Als Ben aufhört, nach Marissa zu rufen, macht sich eine unheimliche Stille in den Zellen breit. Er lässt den Kopf in die Hände sinken, sieht aber nach wenigen Sekunden wieder auf und ertappt mich dabei, dass ich ihn beobachte.

Ich tue so, als würde ich mir nur eine bequemere Sitzposition suchen, damit er nicht denkt, ich hätte ihn angestarrt.

Allen Bemühungen zum Trotz wandert mein Blick immer wieder zu Ben hinüber. Als ich das nächste Mal hinsehe, verlagert er das Gewicht und streckt den Rücken.

»Warum bin ich hier?«

Ich bin nicht sicher, ob er mit mir spricht oder nur laut denkt. »Wie bitte?«

»Warum bin ich eingesperrt?« Er steht auf und geht auf die Seite der Zelle, die am nächsten an der Tür liegt. »Hallo?«, ruft er.

Marissas Kräfte müssen bereits aufgehört haben zu wirken.

Als er keine Antwort erhält, kommt er wieder auf mich zu. »Warum sind meine Schuhe so dreckig?« Seine Stimme klingt heiser, aber selbstsicher. Das überrascht mich, nachdem ich ihm stundenlang beim Wimmern und Jammern zugehört habe.

»Du kannst dich an nichts ... und niemanden ... erinnern?« Ich beuge mich vor und schlinge die Arme um die Knie.

»Es blitzen immer wieder kurz Bilder von einem wunderschönen Mädchen auf, aber dann ist da nichts mehr.« Er fährt sich durch die Haare. Jetzt wirkt er aufgebracht, verwirrt, und dann leuchtet plötzlich Erkenntnis in seinen Augen auf. »Ich war mit einem Mann namens Ammon Matos verabredet, wir wollten darüber sprechen, dass ich Polizist werden will, und dann ...«

Dann hat Marissa dich erwischt. Schweigend beobachte ich, wie er versucht, sich einen Reim auf die Ereignisse zu machen.

Er sieht wieder auf. »Und warum bist du hier? Kinder werden normalerweise nicht eingesperrt.«

Ich verschränke die Arme vor der Brust und beuge mich vor. »Kinder? Ich bin sechzehn.«

Er hebt die Hände und lächelt. »So war das nicht gemeint.« Etwas an ihm, an der Art, wie er ohne den Einfluss von Marissas Kräften ist, dieses Selbstbewusstsein, die starke Haltung … irgendetwas daran zieht mich an. »Aber mal ehrlich, warum bist du hier? Hast du bei den Pfadfinderinnen geklaut?«

Ich weiß nicht, ob das ein Witz sein soll oder nicht. Jedenfalls hat noch nie ein Junge so mit mir geredet. Sicher, normalerweise komme ich nur in die Nähe von Jungs, die verwandelt sind. Aber nach dem heutigen Tag bin ich nicht zum Scherzen aufgelegt.

»Ich bin deinetwegen hier.«

»Meinetwegen? Das ergibt keinen Sinn.« Der Blick seiner blauen Augen gleitet über mein Gesicht, gründlich musternd, analysierend, und dann macht etwas klick. »Sind wir uns schon mal begegnet?«

Ich zucke die Achseln und versuche, ganz natürlich zu gucken.

»Es ist alles so verschwommen. Ich kann mich nicht erinnern … wenn ich einen Blackout hatte, kann ich nichts verbrochen haben«, murmelt er, auf und ab gehend. »Oder etwa doch? So etwas würde ich nie tun. Polizist zu werden ist für mich das Wichtigste auf der Welt.«

Er sagt *Polizist*, als würde ihm das Wort gehören, und das erinnert mich daran, wie weit ich von meinem eigenen Traum entfernt bin, Sozialarbeiterin zu werden. Irgendetwas daran geht mir auf die Nerven.

»Du meinst wohl eher Pfadfinder als Polizist, oder?«

Verblüfft dreht er sich um und muss sich ein Grinsen verkneifen. »Pfadfinder?«

»Ja, das habe ich gesagt.«

Er lehnt sich von der anderen Seite gegen die Gitterstäbe. »Bist du immer so?«

»Wie?«

»In Abwehrhaltung.«

Ich zucke zurück. Er hat recht, ich gehe öfter in Abwehrhaltung, als mir lieb ist. Wir haben uns nur ein paar Minuten lang unterhalten, aber irgendwie scheint er direkt in mich hineinsehen zu können. Verwirrt stammle ich: »Nur wenn ich in einer Arrestzelle sitze.«

»Verstehe.« Er lacht, und das bringt mich beinahe selbst zum Lächeln.

Ich bin noch nie einem Jungen wie ihm begegnet. Es ist erfrischend, so herausgefordert zu werden und selbst herauszufordern. Fast lenkt es mich von meiner derzeitigen Zwickmühle ab, und ich will nicht, dass dieses Gefühl schon wieder vergeht. »Wie alt bist *du* denn eigentlich?«

»Siebzehn.«

Ein Grinsen breitet sich auf meinen Wangen aus. »Trinken darf man erst mit einundzwanzig. Wenn du dir solche Sorgen um deine Akte machst, solltest du nicht …«

»Ich würde nie Alkohol trinken!« Er reißt den Kopf zu mir herum, seine blauen Augen verdüstern sich.

Etwas an der Art, wie er diese Worte ausspricht, trifft mich unvorbereitet. Mir fällt auf, dass er etwas Trauriges an sich hat. Wieder landet mein Blick auf seinen zerschlissenen Ärmeln, aber vielleicht interpretiere ich alles auch falsch. »Tut mir leid, ich wollte … ich wollte nur die Stimmung etwas auflockern.«

Er will gerade etwas erwidern, als die Tür zum Arrestraum aufgestoßen wird und Marissa und meine Ma hereinstürmen.

»Schnell!« Marissa winkt sie zu meiner Zelle.

»Was ist hier los?«, fragt Ben.

»Ma?« Ich springe auf.

»Keine Zeit für Erklärungen«, drängt Ma. Sie trägt Handschuhe und macht sich mit den Schlüsseln an meiner Zelle zu schaffen. »Du musst mir vertrauen.« Ein Klicken im Schloss und sie reißt die Tür auf.

Es gibt niemanden, dem ich mehr vertraue als ihr, trotzdem rühre ich mich nicht vom Fleck. Meine Beine sind wie festzementiert, und mein Herz hämmert so schnell, dass es in meinen Ohren rauscht. »Was hast du getan?«, bringe ich heraus, den Blick fest auf die Schlüssel in ihrer Hand gerichtet.

»Bitte, Rachel!« Mom winkt mich aus der Zelle. »Kommst du jetzt?« Als sie meinen inneren Aufruhr und die quälende Unentschlossenheit bemerkt, mischt sich Besorgnis in ihren Blick. Wenn ich die Zelle ohne polizeiliche Erlaubnis verlasse, bekomme ich noch größere Schwierigkeiten. Dann kann ich meine Chance, jemals Sozialarbeiterin zu werden, vergessen. Und sie weiß, wie viel mir das bedeutet. All die Jahre war sie Zeugin meiner ausdrücklichen Ablehnung der Mittel der Liebesgöttinnen. Ihre Bitte, ihr zu vertrauen, ist im Grunde genommen die Bitte, mich für ein Leben als Liebesgöttin zu entscheiden. Noch dazu für eines auf der Flucht.

Ich mag mir kaum ausmalen, was Matos und Johnson mir antun würden, wenn sie uns erwischen.

Panisch atme ich immer schneller, kriege aber einfach nicht genug Sauerstoff in die Lunge. Marissa sagt irgendetwas, aber durch das Rauschen in meinen Ohren höre ich nur ein dumpfes Murmeln. Ma greift in die Zelle, fasst mich am Arm und zieht vorsichtig daran. Ich stelle mir vor, wie Jeanne d'Arc auf ihrem Pferd in die Wache reitet und sich mit dem Schwert einen Weg bahnt, um mich zu retten. Es ist kein großer Unterschied zu dem, was Ma gerade tut.

Sie hält mir die Hand im Handschuh hin und öffnet und schließt sie, damit ich meine hineinlege. Für mich heißt es: Knast oder Ma. Meine Füße machen einen zögerlichen Schritt vorwärts, und es fühlt sich an, als würde sich der Stoff von Mas Sari um mich schlingen und mich zu ihr ziehen.

Ich trete aus der Zelle hinaus.

»Oh, verdammt, nein.« Ben weicht von den Gitterstäben zurück. »Hilfe!«, ruft er. »Hier bricht jemand aus!«

Marissa bleibt stehen. Endlich bemerkt sie die Veränderung an Ben.

»Er kann sich an nichts erinnern«, sage ich.

Ohne mich zu beachten, geht sie zu seiner Zelle. »Wir nehmen dich mit – das willst du doch, oder nicht?«

Mit zusammengekniffenen Augen mustert er sie und versucht, die Teile dieses Puzzles zusammenzusetzen. »Du. An dich erinnere ich mich.«

Marissa lächelt. »Natürlich tust du das, Liebster.«

»Liebster? Oh Mann, ich weiß nicht, was der Officer mit mir angestellt hat, aber wenn ich dahinterkomme …« Er unterbricht sich, als ihm aufgeht, dass mehr dahintersteckt. »Was tust du da?«

Marissa zuckt die Achseln und wirft sich eine Haarsträhne über die Schulter. »Wir stehen sozusagen am Anfang einer neuen Beziehung.«

Ich würde ja die Augen verdrehen, aber Bens bestürzter Blick reicht für uns beide.

»Mir ist klar, dass du das glaubst.« Langsam atmet er aus. »Ich kann mich an nichts mehr erinnern. Aber ich meine, jetzt und hier …« Er deutet auf meine Ma, die versucht, seine Zellentür zu öffnen. »Was macht ihr hier?«

Marissa beugt sich zu Ma. »Vielleicht sollte ich ihn einfach verwandeln …«

»Denk nicht einmal daran«, sage ich.

Ma wirft mir einen Blick zu und wendet sich dann wieder an Marissa. »Tu es.«

Bevor Ben oder ich reagieren können, greift Marissa durch die Gitterstäbe, zieht sein Gesicht zu sich heran und drückt ihre Lippen auf seine. Zuerst ist er vor Schreck wie gelähmt, dann weicht er ruckartig zurück. Sie presst sich den Arm vor den Mund, um ihren Schrei zu unterdrücken, und hält sich den Kopf. Heftig zitternd rutscht Ben an den Gitterstäben hinunter zu Boden.

Das ist das zweite Mal in dieser Woche, dass ich zusehen muss, wie ihm meine beste Freundin seinen Willen raubt, und es wird nicht leichter.

Minuten vergehen. Voller Sorge, entdeckt zu werden, sehe ich zwischen ihm und der Tür hin und her. Endlich hört er auf zu zittern. »Meine Geliebte?«, sagt er, als er durch das Gitter zu ihr aufsieht. Seine Augen liegen wieder hinter einem glänzenden Schleier.

Der scharfsinnige Junge fehlt mir jetzt schon.

»Ja, und jetzt komm.« Marissa öffnet die Tür, fasst ihn am Arm und zerrt ihn hinaus.

»Meine …«

»Kein Wort mehr, bis ich es dir sage.«

Er nickt und greift nach ihrer Hand. Sie lässt es geschehen, und gegen meinen Willen fällt mir auf, wie schön ihre feingliedrigen Finger in seiner von Arbeit gezeichneten Hand aussehen.

Ich schnappe mir Marissas Handtasche, meine Bücher und die Tüten mit unseren Handys und folge den anderen. Plötzlich bleibt Ma wie angewurzelt stehen und schickt uns mit einem Wink zurück an die Wand. »Psst!«, sagt sie, als sie die Hand nach der Türklinke ausstreckt.

Bevor sie die Klinke zu fassen bekommt, schwingt die Tür auf, und Officer Matos kommt herein. Mein Herz rast, und der Bluterguss auf meinem Arm pulsiert.

»Was in aller Welt ist hier los?« Er hält inne und betrachtet uns vier, die wir alle in einer Reihe an der Wand stehen. Sein Blick bleibt an meiner Ma hängen, als er hinter seinem Rücken nach etwas greift. »Mrs. Patel, nehme ich an?« Er gibt sich Mühe, tapfer und beherrscht auszusehen, aber die zitternden Knie verraten ihn.

Ma hebt das Kinn, tritt einen Schritt auf ihn zu und streift sich den marineblauen Handschuh von der rechten Hand. »Sie werden Ihr Waffenholster nicht öffnen.«

Matos' Hand bleibt hinter seinem Rücken, langsam weicht er zurück.

»Lassen Sie es mich anders formulieren.« Mit raubtierhafter Anmut stürzt Ma sich auf ihn und stößt ihn hinter die Gitterstäbe. Ich zucke zusammen und halte mich in größtmöglichem Abstand zu ihr. Marissa kreischt auf, als Ma den Officer am Hals packt. Der Mann verdreht die Augen nach hinten, sein Körper zuckt in Krämpfen. Für einen Augenblick vergesse ich, dass sie meine Mutter ist, und mein ganzer Körper ist von Angst erfüllt. Instinktiv will ich vor dem Monster, das da vor mir steht, die Flucht ergreifen. Bisher habe ich noch nie mit angesehen, wie sie ihre Kräfte benutzt. Und jetzt wünschte ich mir, es wäre nie passiert. In meinem Kopf kann ich die Hände, die mich als Kind so sanft getröstet haben, nicht mehr von denen trennen, die jetzt den Willen aus diesem Mann pressen.

Sie zieht den Handschuh wieder an und wartet quälende Minuten, bis er aufhört, sich zu winden. Dabei sieht sie immer wieder zur Tür, um sich zu vergewissern, dass niemand sie auf frischer Tat ertappt. Wir anderen drücken uns immer noch an die Wand und versuchen, gleichmäßig zu atmen. Es kommt mir vor, als würde es ewig dauern, bis Matos mit hingebungsvollem Blick an den Gitterstäben hinuntergleitet.

»Meine Gelieb…«

Sie hebt die Hand. »Lassen Sie das. Sagen Sie mir, welche Beweise Sie gegen die Mädchen haben.«

Officer Matos zieht die Hand hinter dem Rücken hervor und zeigt uns sein Handy, dessen Kamera angeschaltet ist. *Keine Pistole also, nur ein Smartphone.* »Ich habe alles gefilmt. Und auch die beiden mit Benjamin Blake, meine Geliebte.«

Marissa kneift sich in die Nasenwurzel. »Sie dürfen mich

nur Mrs. Patel nennen. Nicht Geliebte, nicht Liebling, nur meinen Namen. Können Sie die Videos löschen?«

»Ja, meine … Mrs. Patel.«

Es ist ein überraschend isolierendes Gefühl, an einer kalten Betonwand zu stehen und zuzusehen, wie meine Mutter einen unschuldigen Mann manipuliert. Ich rücke näher an Marissa heran, bis sich unsere Arme berühren, und zum Glück weicht sie nicht zurück. Im Augenblick brauche ich jeden Trost, den ich kriegen kann.

»Gut«, fährt Ma fort. »Ich will, dass alle Überwachungskameras ausgeschaltet werden und sämtliches Videomaterial von heute gelöscht wird. Einschließlich dem aus der Zelle. Haben Sie mich verstanden?«

»Ja, Mrs. Patel.«

»Tun Sie es sofort.«

Er stemmt sich vom Boden hoch und geht zu dem Schreibtisch, auf dem unsere Sachen gelegen haben und auf dem noch ein älterer Computermonitor steht. Ma sieht ihm über die Schulter dabei zu, wie er sich ins Sicherheitssystem einloggt, sein Kennwort eingibt und die Aufzeichnungen überschreibt.

»Macht Ihnen das Freude?«, fragt er.

»Oh ja, sehr.«

Das zaubert ein breites Lächeln auf sein Gesicht.

»Und jetzt«, sagt sie, »nehme ich die Mädchen und Benjamin mit. Es macht mich sehr traurig, sie hinter Gittern zu sehen.«

Matos fällt vor Ma auf die Knie und klammert sich an ihren Sari.

»Vergeben Sie mir, ich wollte Sie nicht traurig machen. Ich

werde sie freilassen, wann immer Sie wollen. Seien Sie bitte nicht traurig.«

»Stehen Sie auf, und verhalten Sie sich stark.« Ihre Worte klingen fest und reißen ihn aus seiner Trance. Hastig erhebt er sich von den Knien und erwartet die nächsten Anweisungen. »Gut. Ich mag Sie viel lieber, wenn Sie nicht vor mir kriechen.«

Er nickt einmal kräftig.

»Falls jemand fragt, sagen Sie ihm, die Mädchen sind unschuldig, und Sie haben ihre Freilassung veranlasst. Machen Sie ihnen deutlich, dass Sie hier das Sagen haben.« Sie unterbricht sich und wirft ihm ein Lächeln zu, das seine Augen strahlen lässt. »Sie *haben* doch hier das Sagen, oder?«

»Ja, das habe ich.« Er räuspert sich tief und kräftig.

»Gut. Wie lautet Ihre Telefondurchwahl?«

Er schreibt sie auf und gibt ihr das Blatt Papier, das sie zusammenfaltet und im Oberteil ihres Saris verstaut. »Eins noch«, sagt sie lächelnd. »Wenn Sie heute Abend schlafen gehen, will ich, dass Sie mich vergessen, bis ich mich wieder bei Ihnen melde. Haben wir uns verstanden?« Sie sieht ihm direkt in die Augen, und ein kleines Lächeln huscht über ihre Lippen. Es kostet mich meine gesamte Beherrschung, mich nicht an Marissas Arm zu klammern.

Er wirft sich in die Brust. »Für Sie würde ich sterben, Mrs. Patel.«

»Ich will nicht, dass Sie sterben. Ich will, dass Sie mich verstehen.«

»Ich brauche keinen Schlaf, und ich will Sie nicht vergessen.«

Sie seufzt. »Es ist schon so lange her, dass ich ganz vergessen habe, wie schwierig Frischverwandelte sein können.« Ma klatscht in die Hände, und Matos wartet steif wie ein Brett auf ihren nächsten Befehl. »Sie werden um Punkt elf Uhr heute Abend schlafen gehen«, sagt sie.

»Ja, Mrs. Patel«, bestätigt er. »Ich werde um elf Uhr schlafen.«

»Gut. Und jetzt bleiben Sie noch mindestens eine Stunde hier und gehen anschließend ganz normal Ihrer Arbeit nach.«

»Ja, Mrs. Patel.«

Ma öffnete die Tür und späht hinaus in den Flur. »Okay, schnell.« Sie winkt uns zu sich, doch wir rühren uns nicht.

»Wir haben nicht den ganzen Tag Zeit«, sagt sie nachdrücklich.

»Können Sie mir das alles beibringen?«, fragt Marissa, als sie aus der Tür huscht. Ben folgt ihr dicht auf den Fersen.

Ma ignoriert sie und winkt mir, ihr zu folgen.

Ich werfe einen letzten Blick zu Matos, der uns stumm dabei zusieht, wie wir aus seinem Gefängnis ausbrechen, bevor ich mich umdrehe und den anderen den Flur hinunter folge.

KAPITEL 9

Wir kommen zu dem Ausgang, der von einem Polizisten hinter einer Glasscheibe bewacht wird. Es ist ein anderer Mann als der, der mir vorhin beim Reinkommen zugezwinkert hat. Ma ruft uns zu, wir sollen stehen bleiben, und geht allein voraus. Mein Herz rast – wir sind so kurz davor, geschnappt zu werden, dass mir ganz übel wird.

Sie drückt die Sprechtaste. »Öffnen Sie die Tür.«

Der Polizist runzelt die Stirn, steht langsam auf und legt die Hand an das Holster an seiner Hüfte. »Ich wurde nicht benachricht…«

»Nein, das wurden Sie nicht. Rufen Sie Officer Matos in der Arrestzelle an. Er hat die drei in meinen Gewahrsam entlassen.«

Ich beiße mir auf die Wange und trete von einem Bein aufs andere, während wir darauf warten, dass er Matos anfunkt. Ma hingegen ist der Inbegriff von Ruhe, was mich nur noch kribbeliger macht.

Lächelnd legt der Officer den Hörer auf. »Gehen Sie durch.« Er drückt auf den Summer.

Wir laufen aus der Wache, hinaus in den herrlichen Sonnenschein, und flüchten uns zwischen die Häuser – drei Flüchtige und ein entführter Junge.

»Dort drüben steht das Taxi, das ich bestellt habe.« Ma beugt sich an einem Container vorbei und zeigt zur anderen Straßenseite, wo ein schwarzer Kombi wartet. »Mit ›bestellt‹ meine ich, dass der Fahrer gerade eine verlängerte Mittagspause macht.«

Marissa stößt mich mit dem Ellbogen an. »Deine Mom weiß einfach, wie's geht.«

Ich verdrehe die Augen, flitze hinter der grünen Tonne hervor und renne auf den Wagen zu. Ein Blick über die Schulter zeigt mir, dass Ma und Marissa direkt hinter mir sind und Ben ihnen wie ein glücklicher Welpe hinterherdackelt. Als ich den Wagen erreiche, reiße ich die hintere Tür auf und lasse Marissa zuerst einsteigen.

»Setz dich zu mir, Ben.« Marissa winkt ihn zu sich, nimmt mir ihre Tasche aus dem Arm und rutscht auf den Rücksitz des Wagens.

»Das geht nicht, er muss fahren.« Ma stellt sich zwischen ihn und die Tür. »Schnell, Rachel, steig ein.«

»Warum fährst *du* nicht?«, schnauzt Marissa mich an.

»Du weißt doch, dass ich nur einen Lernführerschein habe.«

»Ach ja? Bei Ben wissen wir nicht, ob er überhaupt einen Führerschein hat.«

Ma räuspert sich. »Wir müssen los, sofort.«

Marissa bemerkt Mas Gereiztheit und sagt schnaubend: »Also gut, er fährt.« Was für Ben das Stichwort ist, sich zum Fahrersitz des Taxis zu begeben. Ich rutsche auf den Rücksitz, und Ma quetscht sich daneben, sodass ich zwischen den beiden eingeklemmt bin.

Marissa legt ihre goldene Handtasche auf dem Boden ab und verschränkt die Arme. »Kannst du nicht vorn sitzen, Rachel? Oder Sie, Mrs. Patel?«

Ma schlägt gegen die Plexiglasscheibe. »Fahr los!«

Ben scheint nicht zu begreifen, dass wir es eilig haben. Er nimmt sich Zeit, Sitz und Lenkrad sowie die Spiegel auf Fahrer- und Beifahrerseite einzustellen.

»Sofort«, sagt Ma, während sie den Blick über die Straße schweifen lässt, um sicherzugehen, dass uns niemand folgt. Mir dreht sich der Magen um. Ich will so viel Raum wie nur möglich zwischen mich und das Polizeirevier bringen. Aber Ben bleibt bei seiner Routine, legt den Sicherheitsgurt an und zieht ihn sorgfältig über seiner Schulter zurecht.

Ma beugt sich vor und wirft Marissa an mir vorbei einen finsteren Blick zu. »Kannst du das beschleunigen?«

Bevor sie ihm irgendetwas befehlen kann, legt Ben den Gang ein, und alle atmen auf. Steif sitzt er hinter dem Lenkrad und wartet auf Anweisungen.

Wieder klopft Ma an die Scheibe. »Worauf wartest du, mein Junge?«

Er dreht sich um und sieht erst sie und dann Marissa an.

»Ich habe ihm vorhin gesagt, dass er nicht reden soll«, erklärt Marissa.

»Also, sag ihm, er soll uns zur 56th Street bringen, und zwar schnell.« Ma zieht sich den Paluv ihres Saris über die Schulter, legt die Hand auf ihre Kette aus goldenen und schwarzen Perlen und lehnt sich in ihrem Sitz zurück, als wäre das, was sie gerade gesagt hat, ganz normal.

Das kann nicht ihr Ernst sein. »Du willst zu uns nach Hause

fahren?« Ich beuge mich vor und lege die Hand an die kühle Glasscheibe.

»Ja.«

»Aber wir …«

»Oh, bitte«, sagt Ma. »Das ist der sicherste Ort. Unsere offizielle Adresse ist ein Postfach nördlich von New York. Nicht einmal die Schule weiß, wo wir wohnen.« Sie legt den Kopf schief und sieht Marissa an. »Ich brauche dich doch nicht daran zu erinnern, dass wir versuchen, uns einer Verhaftung zu entziehen.«

Marissa schürzt die Lippen.

Ma tippt sich auf die Stelle über ihrem Handschuh, wo die meisten Menschen ihre Uhr tragen, und sieht Marissa finster an.

»Du hast die Dame gehört«, sagt Marissa zu Ben. »Fahr zur 56th Street.«

Ma und ich sehen durch die Heckscheibe. Überall in der Stadt sind Polizisten, aber keiner von ihnen scheint sich für uns zu interessieren. Trotzdem fängt mein Herz jedes Mal panisch an zu rasen, wenn ich einen Streifenwagen sehe. Und je näher wir unserem Haus kommen, umso feuchter werden meine Hände. Damit sie nicht zittern, kralle ich mich im Stoff meines Rocks fest. Ich lade nie jemanden zu mir nach Hause ein, nicht einmal Marissa. Es ist so peinlich mit meinem Vater und allem. Marissa hat immerhin das Glück, dass sie nicht weiß, wer ihr Vater ist. Aber meinem wird gleich eine ganze Wagenladung Menschen begegnen. Ich kann mir keine schlimmere Strafe vorstellen. An der ganzen Sache ist allein Marissa schuld, und die ist zu sehr mit Schmollen beschäftigt, um überhaupt zu bemerken, wie ich mich gerade fühle.

Kurz darauf halten wir vor unserem Haus in der 56th an, und noch bevor wir die Türen geöffnet haben, kommt Dad schon aus dem Haus gerannt. Er trägt seinen blauen Trainingsanzug mit dem Aufdruck vom Chelsea Football Club, darüber eine rot geblümte Schürze und strahlt vor Erleichterung.

Ich rutsche tiefer in meinen Sitz. »Na toll.«

Er eilt zu Mas Fenster und kommt dabei an Ben vorbei, der schon auf dem Weg zu Marissas Tür ist.

»Meine Liebe, du warst so lange weg, ich habe mir Sorgen gemacht.« Dad reißt die Tür auf und hilft – oder zieht – Ma aus dem Wagen.

»Uns geht's gut.« Ich ringe mir ein Lächeln ab und versuche, dieses Gespräch weniger peinlich zu machen. Ben legt einen Arm um Marissa, und sie lehnt sich so selbstverständlich an ihn, als wären sie schon lange ein Paar. Es wäre ein Postkartenmotiv, wäre da nicht das glasige Glück in seinem ansonsten stechend scharfen Blick. Ich vermisse die Wachsamkeit, die ich in der Zelle kurz bei ihm gesehen habe, die Tiefe in seinem Blick, die darauf hingedeutet hat, dass Benjamin Blake irgendwie mehr ist. Definitiv mehr als dieser liebeskranke Welpe. Im Augenblick nimmt er nichts anderes wahr als Marissa.

Der neugierige Blick, mit dem Marissa meinen Dad anstarrt, raubt mir meine mühsam aufgesetzte Fassung. Meine Wangen brennen.

»Ja, uns geht's gut, Schatz«, sagt Ma mit einem Lächeln.

Obwohl ich weiß, dass es falsch ist, ist es verdammt überzeugend. »Geh doch bitte rein, koch unseren Gästen einen Tee und kümmere dich schon mal ums Abendessen.«

»Ja, natürlich, alles, was du wünschst.« Er küsst sie, dreht sich um und läuft eilig zurück ins Haus. Mich bemerkt er nicht einmal.

»Ist das dein Dad?« Marissa schaudert. »Ich hätte nicht erwartet, dass er ein …«

»Halt den Mund, Marissa.«

»Was? Was hab ich denn gesagt?« Sie hebt die Hände und sieht Ben Hilfe suchend an. Natürlich wird er ihr beipflichten.

Völlig am Ende stürme ich ins Haus, lasse in dem schmalen Flur meine Bücher fallen und reiße mir Blazer, Rock und Bluse herunter. In meinem bequemen Tanktop und der kurzen Jeans, die ich schon vorher darunter anhatte, lasse ich mich in die Sofaecke fallen und streiche über das vertraute rote Veloursleder. *Atmen, einfach nur atmen. Die sollen dich nicht weinen sehen.*

Die Tür geht auf, und Marissa kommt herein. Sie kickt meinen Rock aus dem Weg und stellt ihre goldene Handtasche auf den Kaminsims. Ben folgt ihr auf dem Fuß. Verlegene Blicke fliegen durch den Raum, und mit rasendem Herzen frage ich mich, was die anderen jetzt denken. Das ist der Grund, warum ich nie jemanden hierher einlade.

»Hier ist ganz schön viel Rot«, murmelt Marissa und hebt Mas prunkvoll bestickten Tischläufer an, auf dem der Vijaya-Vilas-Palast abgebildet ist. »Ihr seid ja wirklich richtige Inder.«

Ich muss mich korrigieren, *das* ist der Grund, warum ich nie jemanden einlade.

»Hey, ich mache mich doch auch nicht über dein Zuhause lustig, wo alles schneeweiß ist, also mach du dich nicht über meins lustig.«

Ma kommt ins Zimmer und ringt sich ein Lächeln ab. Hoffentlich hat sie Marissas Worte nicht gehört. Sie tut ihr Bestes, um unsere Kultur zu bewahren und weiterzugeben. Nach fast dreißig Jahren in Amerika kleidet sie sich immer noch genauso wie damals in Gujarat. Sosehr sie St. Valentine's verehrt: Ich frage mich oft, ob sie es manchmal bereut, dafür ihr Land und ihre Familie verlassen zu haben. Nani war auf einer Liebesgöttinnen-Schule in Indien, die sich als Hindu-Tempel tarnt, aber meine Ma sollte auch erfahren, wie andere Liebesgöttinnen auf der Welt ausgebildet werden und arbeiten. Deshalb wählte Nani St. Valentine's für sie aus, weil viele berühmte Liebesgöttinnen von hier kamen. Sie hat Ma hier einfach abgesetzt und ist schon zwei Wochen später wieder nach Hause geeilt, während Ma im Internat zurückblieb. Nani mag Amerika bis heute nicht besonders. Sie sagt, die Frauen hier hätten einen zu verträumten Blick und die Männer würden sich wie Jungen benehmen.

Ich werfe einen wütenden Blick auf Marissa, die an einem von Mas Wandteppichen herumspielt, während sie Ben angafft. *Womöglich hat Nani ja recht.*

Ich stehe auf. »Ich brauche frische Luft. Ich gehe in den Garten …«

»Du bleibst hier.« Ma wirft mir einen müden Blick zu, und ich setze mich zögerlich wieder hin. »Keiner von uns geht raus, nicht einmal in den Garten. Ich glaube nicht, dass uns jemand gefolgt ist, aber man kann nie sicher genug sein. Und jetzt entschuldigt mich, ich sehe mal nach dem Tee.« Sie streift ihre Handschuhe ab und geht in die Küche.

Marissa und Ben schmeißen sich neben mich aufs Sofa. »Mein Hals ist ganz steif«, sagt sie und sieht ihn mit klimpernden Wimpern an.

»Darf ich dich massieren, Geliebte?«

Sie dreht ihm den Rücken zu und grinst mich an, ehe sie ihren Blazer auszieht, sich die Haare hochsteckt und die Bluse etwas von ihren Schultern gleiten lässt. »So macht man das«, sagt sie und lehnt sich in Bens starke Hände.

Ich durchwühle den Zeitschriftenstapel auf dem Couchtisch und greife zu *Runner's World* und einer Ausgabe von *Femina*. Um mich irgendwie abzulenken blättere ich abwechselnd in beiden Heften. Es funktioniert nicht. Die ganze Zeit muss ich mir vorstellen, wie Ben in einer geblümten Schürze herbeieilt, um Marissa jeden Wunsch zu erfüllen. Ich kann, nein, ich *will* ihn mir nicht wie meinen Dad vorstellen.

»Weißt du was?« Ich klatsche die Zeitschriften auf den Tisch. »Ich finde, wir sollten Ben freilassen. Befiehl ihm, uns und die ganze Sache zu vergessen. Schick ihn zurück in den Central Park.«

»Ich werde dich niemals vergessen, meine Geliebte.«

Ich verdrehe die Augen.

»Also bitte.« Marissa lässt sich tiefer in seine Hände sinken. »Sieht das etwa aus, als wäre ich schon bereit, ihn gehen zu lassen?«

»Er bleibt«, sagt Ma, die mit einem Tablett, auf dem nicht nur bunt zusammengewürfelte Becher, Teetassen und eine Kanne süßer Masala-Tee stehen, sondern auch ihre Handschuhe liegen, ins Zimmer kommt. Als sie meinen düsteren Blick bemerkt, fügt sie hinzu: »Fürs Erste. Ich werde ihm ein paar Fragen stellen, dann können wir ihn wieder seiner Wege gehen lassen.«

»Also gut.« Ich seufze.

»Also gut«, sagt Marissa und verschränkt die Arme.

Der Duft des Tees durchzieht den Raum, und alle setzen sich wieder auf ihre Plätze, während Ma den Tee in die Tassen gießt. Als sie fertig ist, lässt sie sich entspannt in ihren Sessel sinken, Tasse und Untertasse neben ihren Handschuhen auf dem Schoß. »Also, Benjamin, was wollte der Polizist von dir?«

Ben sieht Marissa an, die ihm mit einem Nicken bestätigt, dass er antworten darf. »Sie meinen Ammon?«

Offensichtlich spricht Ben den Polizisten mit seinem Vornamen an.

»Ja, der Mann mit der roten Brille, Officer Matos«, sagt Ma.

»Ich möchte Polizist werden.« Ben beugt sich vor und umfasst die dampfende Tasse mit beiden Händen. »Ammon wollte sich mit mir treffen, um mir ein paar Fragen zu seiner Arbeit zu beantworten und mir vielleicht sogar eine Empfehlung für die Polizeiakademie zu schreiben. Wir wollten einen Vermisstenfall durchgehen, an dem er arbeitet. Ich habe im Central Park auf ihn gewartet …« Ben blinzelt ein paarmal und reibt sich den Kopf, als versuche er zu begreifen, warum seine Worte nicht zu seinen Erinnerungen passen wollen.

Ich versuche, mir Ben als Polizisten vorzustellen, aber ich kann ihn einfach nicht als einen dieser Männer sehen, die uns vorhin in der Zelle so grob behandelt haben.

Ma setzt ihre Tasse ab. »Was glaubt er, wer für diese Entführungen verantwortlich ist?«

»Am Telefon hat er etwas von Aliens erzählt«, sagt Ben, als wäre das etwas ganz Normales.

Mir fällt fast die Teetasse aus der Hand. »Aliens?« Jetzt habe ich Gewissheit. Als Matos, oder Ammon, wie ihn Ben einfach nannte, sagte: *»Ich werde dafür sorgen, dass Sie es nie zu Ihrem Mutterschiff schaffen«*, meinte er eigentlich: »Du bist eine von *denen.*«

Marissa schmiegt sich kichernd an Ben, der den Arm um sie legt und ihr etwas ins Ohr flüstert. Alles, was ich verstehe, ist das Wort *Liebe.*

»Man hat mich ja schon als vieles bezeichnet«, schnaubt Ma von ihrem Sessel aus. »Aber das ist neu.«

»Hab ich doch gesagt.« Marissa stößt mich mit dem Ellbogen an. »Es gibt keinen Grund zur Sorge.«

Ich werfe einen Seitenblick zu Ma, die sich einen spöttischen Blick verkneifen muss, und das bringt mich zum Lächeln. Jetzt kommen mir die ganzen Sorgen, unser Geheimnis könnte aufgeflogen sein, albern vor. Aliens sind etwas, das man begreifen kann. Nachfahren von Eros? Das ist einfach nur lachhaft. »Nee, Aliens sind gut.« Ich nicke Marissa zu. »Wir sind Aliens, schon klar – manche von uns mehr als andere.«

»Ach, bitte.« Marissa schnaubt. »Sehen wir für dich aus wie Aliens?« Sie wirft sich die langen blonden Haare über die Schulter und sieht Ben wimpernklimpernd an. »Wir sind viel mehr als Außerirdische – eher schon Allmächtige.«

»Marissa …«, sagt Ma warnend.

»Was? Ist ja nicht so, als würde er sich daran erinnern.« Sie dreht sich zu Ben um und kneift ihn in die Wange. »Außerdem glaube ich, dass ich den hier behalten will.«

Und dann sagt der Junge, der genauso ist und aussieht wie Benjamin Blake, nur eben gerade nicht so denkt: »Oh ja, meine Geliebte. Du solltest mich behalten.«

KAPITEL 10

»Was machen wir jetzt?« Ich beuge mich an Bens und Marissas Kuschelorgie vorbei, um mit Ma sprechen zu können.

»Ich habe in der Schule angerufen …«

»Oh, da fällt mir was ein«, unterbricht Marissa meine Mutter. Sie streichelt zärtlich über Bens Schulter und sagt: »Hol mir meine Handtasche, ich brauche mein Handy.«

Ben springt auf und durchquert den Raum, nimmt ihre goldene Handtasche vom Kaminsims und bringt sie ihr. Dabei fällt sein glasiger Blick auf die Tasche, die er in den Händen hält. Er runzelt auf einmal die Stirn, starrt die Tasche an, blinzelt und versucht sich zu konzentrieren, als würde ihm ein ganz alltägliches Wort nicht mehr einfallen.

»Setz dich«, sagt Marissa und klopft neben sich aufs Sofapolster. Ben gehorcht allerdings nicht, sondern lässt die Tasche fallen und fasst sich an den Kopf.

Marissa klappt die Kinnlade herunter. »Es lässt nach. Wie kann das sein? Meine letzte Verwandlung hat zwei Tage gehalten.«

»Tja.« Ma stellt ihre Teetasse auf den Unterteller und beugt sich vor. »Hattest du guten Kontakt?«

Marissa verschränkt die Arme. »Ich habe getan, was ich konnte, so gut das mit den Gitterstäben eben ging …«

Ben, der sich immer noch den Kopf hält, setzt sich langsam auf den freien Platz neben Marissa. Er starrt seine Socken an und rätselt über einen Schmutzfleck, der von seinem Sturz im Park stammt. Über seinen Kopf hinweg sieht Ma mich besorgt an.

»Soll ich ihn noch einmal verwandeln?«, fragt Marissa.

»Was? Nein«, sage ich.

»Warten wir erst mal ab, was passiert«, sagt Ma lauter.

Ben zuckt auf einmal zusammen, als würde er gewaltsam in seinen Körper zurückgestoßen. Blinzelnd betrachtet er uns. Ich kann mir kaum vorstellen, wie es sein muss, unter dem Bann einer Liebesgöttin zu stehen und dann plötzlich befreit zu werden. Als würde man an einem Jo-Jo zwischen normalem Verstand und Besessenheit hin und her schnellen. Er sieht verwirrt und verloren aus und tut mir entsetzlich leid.

»Was ist hier los?« Mit unstetem Blick sieht er sich im Zimmer um und steht dann eilig auf. »Wer seid ihr? Wo bin ich?«

Marissa zupft ihn am Ärmel und zieht ihn zurück aufs Sofa. Er setzt sich, verlagert das Gewicht aber auf die Füße, als wollte er jeden Moment Richtung Tür lossprinten. »Es ist alles gut, wir wollen dir helfen«, sagt sie.

»Dich.« Jetzt sieht er sie an, sieht sie *richtig* an. Dann richtet er seine blauen Augen auf mich, und ich erkenne voller Erleichterung die Neugier in ihnen wieder. »Und dich auch«, sagt er. »Euch kenne ich, zumindest glaube ich das. In meinem Kopf ist alles voller Nebel.«

Ma trinkt einen Schluck Tee. »Marissa, erklär du ihm doch bitte, warum er hier ist«, sagt sie, doch es klingt weniger nach *»Sag ihm die Wahrheit«* als nach *»Du hast uns die Suppe eingebrockt, jetzt löffle sie auch aus«*.

Marissa ringt sich ein Lächeln ab und schaut sich um, ohne etwas Bestimmtes ins Auge zu fassen. Diesen gerissenen Blick kenne ich nur zu gut. Ein Teil von mir möchte etwas sagen, aber der andere, größere Teil kann es nicht erwarten zu hören, was für eine wilde Story ihr diesmal einfällt. Als ihr Blick meine Bücher streift, die neben der Tür verstreut liegen, blitzt eine Idee darin auf. Sofort setzt sie sich ein Stückchen aufrechter hin.

»Als wir heute Morgen auf dem Weg zur Schule waren, haben wir dich bewusstlos im Park gefunden. Wir wussten nicht, ob du krankenversichert bist, deshalb haben wir Rachels Mutter angerufen, und sie hat dich hergebracht.«

Er sieht erst mich und dann Ma an, wie um sich seine eigenen Indizien zu suchen.

»Bewusstlos?«, wiederholt er, als könnte er es nicht glauben.

Als er keine Antwort bekommt, steht er auf und zieht sich den Mantel zurecht. »Also dann, danke für Ihre Hilfe, aber ich sollte jetzt gehen. Ich war mit jemandem verabredet, der sich jetzt wahrscheinlich fragt, wo ich bin.«

Ma beugt sich vor, stellt ihre Teetasse auf den Tisch und ergreift mit der anderen Hand ihre Handschuhe.

»Nein.« Marissa zieht Ben zurück. »Ich meine, du hast dir ziemlich den Kopf angeschlagen, als du umgekippt bist. Wir haben auf dem Revier angerufen, und die haben gesagt, Officer Matos würde kommen und dich abholen.« Sie wirft Ma einen fragenden Blick zu, als wolle sie sicher gehen, ob sie das gut gemacht habe. Ma antwortet darauf, indem sie sich ganz entspannt Tee nachschenkt und sich in ihrem Sessel zurücklehnt. Marissa lächelt.

»Oh ja, Ammon, richtig.« Er runzelt die Stirn. »Wie bist du darauf gekommen, ausgerechnet Ammon anzurufen?«

Mas Rücken versteift sich.

Marissa schlägt die Beine übereinander. »Also, wir … äh …«

»Wir haben bei der Polizei angerufen, um zu melden, dass wir dich gefunden haben«, sagt Ma. Ich verschlucke mich an meinem Tee. »Wir haben deine Beschreibung durchgegeben, und da hat man uns mit Officer Matos verbunden.«

Bei diesen Worten lässt Bens Anspannung ein wenig nach, soweit das in einem Raum voller Fremder eben möglich ist. Mit einer Hand fährt er sich durch die dunklen Haare. »Ich hätte nie gedacht, dass ich der Typ bin, der ohnmächtig wird.« Ben lächelt Marissa an, und jetzt ist es ein echtes Lächeln, das er ihr freiwillig schenkt, nicht das dumpfe, erzwungene Grinsen eines Verwandelten. Er ist gerade erst in seinen Körper zurückgerissen worden und erinnert sich praktisch an gar nichts, und doch verhält er sich in diesem ganzen Durcheinander so gefasst und selbstbewusst. Ich kann mich nicht erinnern, meinen Vater auch nur ein einziges Mal so selbstsicher gesehen zu haben.

Marissa kriegt rote Ohren. Das habe ich bei ihr auch noch nie gesehen. Sie mag ihn. Ich kann es ihr nicht verdenken, der Junge hat wirklich etwas an sich. Etwas Entwaffnendes.

»Danke, dass Sie mir geholfen haben«, sagt er noch einmal und sieht ganz bewusst jeder Einzelnen von uns in die Augen. »Ich sollte jetzt wohl Ammon anrufen und ihn fragen, wann er herkommt.«

Marissa und ich sehen beide zu Ma hinüber. Wenn wir ihn nicht telefonieren lassen, weiß er, dass hier etwas nicht stimmt.

Und wenn er anruft, weiß er erst recht, dass hier etwas nicht stimmt – und was noch schlimmer ist: Dann weiß die Polizei, wo wir sind.

»Ich hole das Telefon«, sagt Ma, setzt ihre Tasse ab und steht auf.

Marissa und ich wechseln einen Blick.

»Ich könnte ihn einfach … du weißt schon«, bietet Marissa an.

»Das ist nicht nötig«, sagt Ma mit fester, warnender Stimme, ehe sie den Raum verlässt.

Ben gießt sich Chai-Tee in einen leeren Becher und rückt auf dem Sofa ein Stück von Marissa ab. Sie lehnt sich zurück, beugt sich mit verschränkten Armen zu mir und flüstert: »Mein Plan hat mir besser gefallen.«

»Sei ein einziges Mal ernst«, flüstere ich zurück und drehe mich zu ihr. »Das hier ist alles deine Schuld.«

»Meine Schuld?« Marissa fährt herum und stößt dabei gegen Ben, der fast seinen Tee verschüttet. Sie zeigt über die Schulter auf ihn, und ihr Flüstern wird immer lauter, so laut, dass ich mich frage, ob Ben nicht doch das Meiste versteht: »Wenn er nicht gewesen wäre, wäre ich nicht stehen geblieben, um ihn zu verwandeln. Also gib *ihm* die Schuld. Weißt du was? Eigentlich bist du diejenige, die mich so geärgert hat. Wäre ich nicht zu spät dran gewesen, wäre nichts von alledem passiert.«

»Du versuchst nicht allen Ernstes, mir die Schuld dafür zuzuschieben?«

»Dann schieb die Schuld auf Bens süßes Gesicht, wenn es dir damit besser geht.«

Ich klatsche die Zeitschrift, die ich immer noch in der Hand halte, auf den Tisch und lasse mich dann schwungvoll gegen die Sofalehne fallen. »Du meinst wohl seine *hübschen Schuhe.*«

Ben räuspert sich, und das Geräusch lässt uns innehalten. Langsam sehen wir zu ihm. »Also, worüber reden wir hier?«, fragt er, und ein breites Lächeln legt sich auf sein Gesicht. »Wessen Schuld? Was für ein Plan?«

Er hat seinen Verstand wieder, aber der ist offenbar noch etwas beeinträchtigt, denn Ben flirtet so heftig mit Marissa, dass es schon ekelhaft ist. Ich unterdrücke ein Stöhnen.

»Ach, nichts.« Marissa verengt die Augen und legt den Kopf schief, als würde sie eine unausgesprochene Herausforderung annehmen. »Wir haben in der Schule heute einen wichtigen Test versäumt, und deswegen ist Rachel ein bisschen sauer. Oder vielleicht ist sie nur eifersüchtig, weil ich dich zuerst gesehen habe. Keine Ahnung.«

Die nächste rasend schnell ausgedachte Lüge.

Das quittiert Ben mit einem kurzen Lächeln, bevor er sich zurücklehnt. Das Letzte, was ich jetzt sehen möchte, ist sein freches Lächeln, das an Marissa gerichtet ist. Ich stemme mich vom Sofa hoch und gehe in die Küche.

Hinter mir höre ich: »Meine Schuhe gefallen dir also, ja?«

In der Küche angekommen lasse ich mich auf einen Stuhl fallen.

»Hat dich deine Mutter geschickt? Braucht sie mehr Tee?« Dad stolpert beinahe über seine eigenen Füße, als er schon in vorauseilendem Gehorsam zum Herd flitzt und nach dem Kessel greift.

»Nein, sie braucht nichts.« Ich benutze meinen Arm als Kopfkissen.

»Eine Kleinigkeit zu essen vielleicht?«

»Ich habe gesagt, sie braucht nichts!« Ich ramme das Knie gegen den Tisch.

»Sprich nicht so mit mir, junge Dame!«

»Was…?« Ganz offensichtlich habe ich mir gerade Ärger eingehandelt, und das heißt … Dad muss tatsächlich etwas von dem bemerkt haben, was ich tue. Mein Herz schlägt schneller, und ich setze mich aufrecht hin.

»Deine Mutter mag es nicht, wenn jemand laut wird«, fährt er fort.

Und schon wird mir wieder schwer ums Herz. Jedes Mal falle ich darauf herein. Man sollte meinen, ich hätte inzwischen kapiert, dass er sich kein bisschen für mich interessiert, nicht einmal genug, um wütend auf mich zu werden. Trotzdem hatte ich mir mal wieder die kurze Hoffnung erlaubt, dass es ein Mal, nur ein einziges Mal, anders sein könnte. Das ist der Grund, warum ich Sozialarbeiterin werden möchte: Niemand soll sich so fühlen müssen.

Weil ich sonst nirgendwohin gehen kann, bleibe ich einfach sitzen, stütze das Kinn in die Hände und starre hinaus in den Garten.

Und dort entdecke ich Ma mit dem schnurlosen Telefon. Ich werfe einen Blick zu Dad, der sich über den dampfenden Topf beugt und so eifrig mit dem Abendessen für Ma beschäftigt ist, dass er meine Anwesenheit schon wieder vergessen hat. Leise husche ich hinüber zur Tür und öffne sie einen Spalt, um mitzuhören.

»Ammon, ich bin's … ja … hören Sie zu. Sie müssen Benjamin Blake sagen, dass er verletzt war und bei uns bleiben muss, bis Sie ihn abholen kommen. Ist das klar? … Nein, Sie brauchen nicht herzukommen, sagen Sie ihm nur … Gut. Und jetzt berichten Sie mir, was die Polizei über die entflohenen Gefangenen weiß … Okay … Sie haben sie freigelassen, ja? … Hmm … Okay … Wenn sich irgendetwas ändert, sagen Sie, Sie hätten einen anonymen Tipp bekommen, die Mädchen hätten sich nach Kanada abgesetzt … Gut. Nach Ihrem Telefonat mit Ben werden Sie mich und dieses Gespräch vergessen. Ist das klar?« Ma richtet ihren Sari, wirft sich den Paluv über die Schulter und drückt den Telefonhörer dagegen. Dann macht sie auf dem Absatz kehrt und geht zur Tür. Ich flitze schnell zurück in die Küche, lehne mich ungeschickt an die Arbeitsfläche und hoffe, dass Ma mich nicht bemerkt. Aber natürlich tut sie das, und deshalb lächle ich, versuche, so natürlich wie möglich auszusehen, und folge ihr dann ins Wohnzimmer. Sie marschiert direkt auf Ben zu und hält ihm das Telefon hin, die Hände in Handschuhen. »Hier. Es ist Officer Matos.«

KAPITEL 11

Als er das Gespräch beendet hat, gibt Ben meiner Ma das Telefon zurück und lächelt nervös. »Ich hoffe, es macht Ihnen keine Umstände, dass ich ein wenig länger bleibe, bis Ammon mich abholt?«

»Natürlich nicht«, sagt Ma, nimmt ihm das Telefon ab und legt die freie Hand auf ihre schwarz-goldene Perlenkette. »Wie wäre es, wenn ich uns jetzt eine Kleinigkeit zu essen hole? Rachel, hilfst du mir?«

Mas Tonfall reicht aus, um jeden eventuellen Widerspruch von Marissa zu unterbinden, die nur die Achseln zuckt und auf dem Sofa näher an Ben heranrückt. Er lächelt sie an, und ich beschleunige meine Schritte, um schneller aus dem Zimmer zu kommen.

Als wir in die Küche kommen, sieht Dad vom Herd auf.

»Meine Liebste, was kann ich für dich tun?«

»Du tust schon mehr als genug«, sagt Ma, setzt sich hin und streicht aus Gewohnheit das gefärbte Tischtuch glatt. Während ich auf eine Erklärung von ihr warte, klopfe ich mit dem Fuß auf den Boden – so fest, dass der Küchentisch wackelt.

Dad bringt Ma trotzdem einen Becher Masala-Tee. Sie bedankt sich mit einem Lächeln und dreht sich dann zu mir.

»Was ist hier los, Ma?«

Sie seufzt, trinkt einen Schluck Tee und setzt den Becher dann hart auf dem Tisch ab. »Wie du sicher weißt, wird jeder Liebesgöttin nahegelegt, sich nach ihrem Abschluss für ein Siebenjahresprogramm einzuschreiben.«

»Ja, aber das habe ich nicht vor.«

Sie sieht auf. »Man hat dir gesagt, dieses Arbeitsprogramm wäre freiwillig, aber das stimmt nicht. Es ist Pflicht.«

»Pflicht? Aber … was ist mit meinen Plänen?«, frage ich und spüre den Verlust in dem Moment, als das Wort meine Lippen verlässt. Kein Wunder, dass Mom immer wieder versucht hat, mir meine Pläne auszureden.

»Ja.« Sie weicht meinem Blick aus. »Das war auch für mich damals eine schwierige Offenbarung. Aber ich hoffe, dass sie einen Job für dich finden, der dem einer Sozialarbeiterin ähnlich ist.«

Ich möchte ihr sagen, dass jeder Job, zu dem die Arbeit einer Liebesgöttin gehört, meine Seele zerstören würde, aber jetzt scheint nicht der richtige Zeitpunkt dafür zu sein.

»Nachdem St. Valentine's inzwischen geschlossen ist …«

»Was? Moment! Geschlossen? Was ist passie…?«

»Vor dem Telefonat mit diesem Ammon habe ich mit der Mutter Oberin gesprochen. Die Polizei war bei ihnen und hat herumgeschnüffelt, einige Schwestern wurden zur Vernehmung aufs Revier geholt. Da ist das Gremium eingeschritten, wie es das oft tut.« Sie sagt das so leichthin, dass ich eine Geschichte dahinter wittere. »Jedenfalls werden alle Schüler sofort weggebracht.«

Ich beuge mich vor. »Weggebracht? Wohin?«

»Es wurde arrangiert, dass ihr zum Hauptsitz des Gremiums nach Athen umzieht. Du wirst deine Ausbildung dort fortsetzen.«

»Was soll das eigentlich mit diesem Gremium?«, platze ich heraus. »Warum glauben die, über mein ganzes Leben bestimmen zu können?«

»Rachel ...« Sie legt den Kopf schief.

»Das ist mein Ernst, Ma. Was soll das Ganze?«

Sie schiebt ihre Tasse von sich und beugt sich zu mir. »Wie du weißt, gab es einmal eine Zeit, in der Götter und Menschen zusammenlebten«, beginnt sie. Sie klingt ein bisschen zu sehr wie eine der Schwestern, die aus einem Schulbuch vorliest. »Die Sache ging schief, wie das meistens so ist, und es wurde ein Pakt geschlossen, damit die Götter den Olymp nie wieder verlassen und sich darum auch nicht mehr in die Geschicke der Menschen einmischen konnten. Bei diesem Pakt wurde das Gremium gegründet – eine Gruppe von Sterblichen, denen die Verantwortung übertragen wurde, die halb göttlichen Nachfahren zu regieren und über sie dort zu wachen, wo es die Götter nicht können. Das Gremium lernte schnell, welche Schwierigkeiten die Erziehung junger Liebesgöttinnen mit sich bringt, und etablierte das interreligiöse Programm, das diverse religiöse Einrichtungen imitiert, um uns zu tarnen und unsere Ausbildung zu unterstützen.«

Ich seufze entnervt auf. »Das weiß ich alles. Aber was ich nicht weiß, ist, ob ich dorthin gehe.«

»Natürlich gehst du«, sagt sie, und ihrem Tonfall nach hat sie keine Ahnung, dass sie mir gerade das Herz in tausend Stücke gebrochen hat. »Ob es dir gefällt oder nicht, du musst deine

Ausbildung abschließen. Und wenn sie dich dafür im Hauptquartier haben wollen, dann ziehen wir eben alle nach Athen. Ich werde jedenfalls nicht zulassen, dass das Gremium meine einzige Tochter ohne mich ans andere Ende der Welt verfrachtet.« Sie lacht kurz auf, doch es ist nicht ihr übliches warmes Lachen, es liegt ein gewisses Zögern darin. Nach einem Moment des Schweigens räuspert sie sich und sieht sich mit einem tiefen Seufzen im Zimmer um. »Das Haus werden wir wohl verkaufen müssen.«

»Bitte, Ma, ich will das nicht.«

»Tut mir leid, Rachel. So ist das nun mal bei uns.«

»Warum? Warum muss das so sein?«

»Rachel …«

Auf einmal bedeutet mir hier alles so viel – das handgefärbte Tischtuch, das ich zusammen mit Ma auf unserer Indienreise ausgesucht habe, diese kleine Küche, in der ich all meine Mahlzeiten eingenommen habe, die Backsteinmauer mit der Macke von dem Stuhl, auf den ich jahrelang meine Büchertasche geworfen habe und der dabei jedes Mal an die Wand schlug. Hier ist mein Zuhause. Es ist alles, was ich habe. Ich habe es satt, alles zu verlieren, weil ich eine Liebesgöttin bin. »Ich gehe nicht dahin«, flüstere ich.

»Wie bitte?« Ma verschränkt die Arme.

»Ma, ich will mich nicht mit dir streiten. Aber das Leben als Liebesgöttin ist nicht das, was ich mir erträume.«

»Träume sind Luxus«, sagt sie, den Blick in die Ferne gerichtet.

Ich fasse über den Tisch hinweg nach ihrem Arm, sie verspannt sich unter meiner Berührung. »Bitte, das ist mir sehr wichtig. Gibt es nicht irgendeine andere Möglichkeit?«

»Was würden die Leute sagen, wenn wir uns dem Gremium widersetzen?«

»Was die Leute sagen, ist mir egal – es geht ja nicht um deren Leben.«

Ma atmet langsam aus und lehnt sich zurück. An der Art und Weise, wie sie mich ansieht, kann ich erkennen, dass ihre Gedanken rasen. Aber ich habe keine Ahnung, was für Gedanken das sind.

»Du hast gesagt, du willst, dass ich glücklich bin. New York macht mich glücklich.«

Sie zieht ihren Arm zurück und dreht ihre Tasse in den Händen, trinkt aber nicht.

»Ma? Bitte, rede mit mir«

Ma sieht auf. »Meine erste Wahl ist das auch nicht.«

Mein Herz schlägt schneller. »Wir könnten einfach noch ein bisschen abwarten, bis sich dieses Durcheinander geklärt hat und St. Valentine's wieder geöffnet wird.«

Sie zieht die Brauen hoch. »Gestern hast du mich noch angefleht, nie wieder auf diese Schule zurückzumüssen.«

»Da hieß das auch noch nicht, dass ich von zu Hause wegmuss.«

Wieder schweigt sie. Ich muss jetzt irgendetwas sagen, das sie dazu bringt, die Dinge aus meiner Position zu betrachten. »Ich habe nicht viel, Ma. Ich darf mir meine Freunde nicht selbst aussuchen, ich darf mir meine Schule und meine Kleidung nicht aussuchen. Meine Zukunft ist festgeschrieben wie ein schlechtes Drehbuch, aber dieses Zuhause, diese Stadt, das ist alles, was ich je gekannt habe. Lass mich das bitte nicht auch noch verlieren.«

Sie nimmt einen langen Zug von ihrem Tee, setzt die Tasse präzise in der Mitte einer großen Blume auf der Tischdecke ab und sieht wieder auf. »Es wird wohl nicht schaden, mehr Informationen zu sammeln, bevor wir das Haus aufgeben.« Stirnrunzelnd blickt sie in ihre Tasse. »Für die Übergangszeit müssen wir jedenfalls eine andere Unterkunft finden.«

Es kostet mich meine ganze Selbstbeherrschung, nicht zu quietschen: *Danke, danke, danke!*

»Freu dich nicht zu früh, Rachel. Das ist nur vorübergehend. Ich zweifle nicht daran, dass wir schon bald nach Athen gehen werden.« Sie unterbricht sich, und ihr Gesicht nimmt einen ernsteren Ausdruck an. »Davon abgesehen traue ich der Sache hier nicht. Es kommt mir seltsam vor, eine ganze Schule aufzugeben.« Sie trinkt noch einen Schluck. »Das erinnert mich zu sehr an einen Vorfall, den ich vor deiner Geburt erlebt habe. Es wird mich beruhigen, wenn ich alle Fakten dazu kenne.«

»Was für ein Vorfall?«

Sie zögert einen Herzschlag lang, bevor sie antwortet. »›Vorfall‹ ist vielleicht das falsche Wort. Ich weiß nicht genau, ob es Zufall war, aber einmal ist das Gremium auf mich zugekommen und hat mir eine Position im Hauptquartier angeboten. Damals habe ich gerade meine Arbeitsjahre im Konsulat abgeleistet, und weil es mir dort gefiel, habe ich dem Gremium abgesagt.« Etwas Weicheres, Kälteres tritt in ihren Blick. Traurigkeit? Oder vielleicht Zorn? »Zwei Wochen nach meiner Absage jedenfalls wurde meine Stelle im Konsulat aufgrund einer mysteriösen Budgetkürzung gestrichen.«

»Ernsthaft?«

»Es hatte auch sein Gutes«, fährt sie fort. »In dem Konsulat habe ich deinen Vater kennengelernt, und statt meine Arbeit dort fortzusetzen, habe ich mich der höheren Berufung der Liebesgöttinnen gewidmet. Ich habe dich bekommen.« Sie sagt das beinahe so, als wäre sie eine normale Mutter, die ihrem normalen Kind erzählt, wie sich seine Eltern kennengelernt haben. Beinahe.

Ich lehne mich an den Tisch und denke über ihre letzten Worte nach. »Und was jetzt?«

»Jetzt werde ich ein bisschen herumtelefonieren und …«

Ein schrilles Kichern aus dem Flur unterbricht sie. Ma stellt ihre Tasse auf den Tisch und zupft aus Gewohnheit an ihren Handschuhen. »Du solltest die beiden nicht zu lange allein lassen. Ich traue diesem Ben nicht.«

KAPITEL 12

Ich gehe ins Wohnzimmer und werfe mich neben Ben aufs Sofa. Gerade bin ich mir nicht ganz sicher, wer von uns beiden hier das fünfte Rad am Wagen ist.

»Nicht zu glauben, dass ich immer noch diese verdreckte Uniform anhabe«, beschwert sich Marissa und reibt sich die Stelle an ihrem Rock, die auf dem Polizeirevier schmutzig geworden ist. Für mich sieht er sauber aus, aber sie scheint Phantomflecken zu sehen. »Kann ich jetzt endlich nach Hause gehen und mich umziehen?«

Nach seinem Gesichtsausdruck zu urteilen scheint sich Ben über diesen Anfall von Weinerlichkeit zu amüsieren. »Ich sitze hier fest, bis Ammon kommt – warum sollte es dir besser gehen?« Er lehnt sich zurück und streckt die Hände hinter den Kopf.

Marissa schnaubt leise, verschränkt die Arme und schmollt. »Das ist nicht lustig.«

Er wirft eins von Mas Kissen nach ihr. »Doch, ziemlich sogar.« Dann fährt er sich durch die Haare, extra gründlich, damit sie alle in dieselbe Richtung fallen. Marissa nutzt den Moment, um sich ihre vorher perfekten Augenbrauen nach dem Kissenangriff zu glätten.

Ben merkt, dass ich ihn beobachte, und legt den Kopf schief.

»Ihr beide habt viel gemeinsam«, sage ich und ernte einen finsteren Blick von Marissa, den ich mit einem Lächeln erwidere. »Du kannst dir was zum Anziehen von mir leihen.«

»Na toll.« Sie bemüht sich nicht einmal, ihren Sarkasmus zu verbergen. »Da sind mir meine dreckigen Sachen lieber als deine sauberen.« Marissa rümpft die Nase und stapft in den Flur, um mein Zimmer zu suchen.

»Zweite Tür rechts«, rufe ich ihr hinterher. Ein Teil von mir hat ein schlechtes Gewissen, weil Marissa nicht weiß, wo mein Zimmer ist – all die Jahre habe ich sie immer davon abgehalten, mich zu besuchen.

»Ist sie immer so?«, fragt Ben.

»Normalerweise ist sie schlimmer.«

Sein Lächeln ist ansteckend, und ich kann nicht anders, als es zu erwidern. Er greift nach einer Zeitschrift und blättert darin, es ist eine Ausgabe von *Runner's World.* »Du läufst also?«

Das trifft mich unvorbereitet. Ich bin es nicht gewohnt, dass jemandem etwas an mir auffällt. »Ja«, piepse ich. »Na ja, früher jedenfalls.«

»Ich habe in der Schule Leichtathletik gemacht«, sagt er. »Weitsprung.«

Das würde ich auch, wenn es das in St. Valentine's gäbe. »Ich war zuletzt auf der Grundschule im Team, und da sind wir eigentlich nur hintereinander hergelaufen, und jeder hat eine Teilnehmermedaille gekriegt. Das zählt wohl nicht.«

»Hört sich für mich zu kommunistisch an.« Auf seinem Gesicht zeigt sich ein freches Grinsen – anders als das, mit dem er Marissa ansieht. Es ist durchschaubarer, echter – und das erste Mal überhaupt, dass mich ein Junge so ansieht.

Ein Türenknallen lässt uns den Kopf Richtung Flur herumreißen. Die Arme voller Klamotten kommt Marissa ins Wohnzimmer gestürmt. Sie lässt die Kleidung auf den Couchtisch fallen und macht sich daran, sie durchzusehen. Dabei fasst sie die Sachen mit spitzen Fingern an, als wären sie mit irgendetwas infiziert. »Wenn ich es mir recht überlege: Hast du vielleicht eins von diesen schicken Kleidern, wie deine Mutter sie trägt?«

»Einen Sari?«

»Genau. Ich will einen, der meinen flachen Bauch betont.«

Ben wirft mir einen mitleidigen Blick zu und macht lautlos: *Wow!* »Ich glaub, ich geh mal ins Bad. Ihr zwei spielt so schön zusammen.« Er steht auf und geht zur Tür.

Noch bevor er draußen im Flur ist, geht Marissa auf mich los. »Ehrlich, Rachel, kein Wunder, dass du keinen Freund hast. Sieh dir nur diese Klamotten an.«

»Wie soll ich denn überhaupt einen Freund haben?«, murmle ich mit einem Blick in den leeren Flur, wo Ben gerade verschwunden ist.

»Es geht ums Prinzip.« Sie schmeißt mein Wonder-Woman-T-Shirt nach mir.

»Soweit ich mich erinnern kann, hast du auch keinen.«

»Ja, aber das liegt nicht daran, dass ich nicht könnte – ich will mich nur nicht binden.«

In mir kocht Wut hoch, und deshalb schließe ich die Augen und stelle mir vor, wie Jeanne d'Arc mit ihrem Schwert ins Zimmer geritten kommt und Marissa entführt. Nicht einmal das reicht aus, um mich zu beruhigen.

Marissa hält ein weißes Tanktop hoch. »Das probiere ich mal an«, seufzt sie.

»Hörst du dir eigentlich selbst zu? Du denkst nur darüber nach, was du anziehen sollst. Übernimm doch einmal im Leben ein bisschen Verantwortung.«

»Verantwortung? Du weißt doch gar nicht, was Verantwortung ist.« Marissa legt den Kopf schief, lässt das Top fallen und stemmt die Hände in die Hüften.

»Wie bitte? Ich bin nicht diejenige, die uns in diese Lage gebracht hat.«

Marissa lacht. »Hast du es immer noch nicht kapiert? Ich hätte dich echt für schlauer gehalten.«

Mein Gesichtsausdruck scheint ihr zu verraten, dass ich keinen Schimmer habe, wovon sie redet, denn sie dreht die Augen zur Decke.

»Damals, im ersten Jahr, als wir uns unsere Ausbildungs-Partnerinnen aussuchen mussten, habe ich dich nur ausgewählt, weil mich die Schwestern darum gebeten hatten. Ihnen war dein Widerstand aufgefallen, und ich sollte dir zeigen, wie sich eine richtige Liebesgöttin verhält. Sie haben gehofft, dass du an das Potenzial deiner Mutter heranreichen würdest. Aber da konnte selbst ich nicht helfen.«

Ich weiß nicht, was sich sagen soll, und starre sie nur an. Mir war immer bewusst, dass man von uns erwartet, uns mit unseren Partnern anzufreunden. Aber ich dachte, das wäre gegenseitig gewesen. Und jetzt stellt sich heraus, dass Marissa dazu gezwungen wurde. Irgendwie tut das noch mehr weh.

»Ich sollte dich dazu bringen, Ben zu verwandeln. Das hat

mir die Oberin aufgetragen. Aber weil du versagt hast, musste ich mich darum kümmern. Wie immer. Wir haben nicht mehr viel Zeit bis zu unserem Abschluss, und die Schwestern machen sich langsam Sorgen, weil du deine Gabe noch nicht entwickelt hast. Wenn du es nur ein einziges Mal probiert hättest, wäre das alles kein Problem. Aber aus irgendeinem Grund weigerst du dich, die Wahrheit über dich anzuerkennen.« Sie nickt ein paarmal, um ihre Worte zu bekräftigen.

Diese Selbstgerechtigkeit ist zu viel für mich. Mir reicht's, ich springe vom Sofa auf und gebe Marissa einen Schubs.

Sie stolpert, bleibt mit dem Fuß am Tisch hängen und fällt in den Kleiderhaufen.

»Das hast du gerade nicht wirklich …« Marissa hechtet nach meinen Beinen und reißt mich zu Boden. Wir ringen auf dem Kleiderberg, ziehen uns an den Haaren und drücken uns gegenseitig die Hände ins Gesicht. Der aufgestaute Frust der ganzen letzten Jahre macht sich Luft, und ich halte mich nicht mehr zurück.

Von dem Tumult angelockt kommt Ben zurück ins Wohnzimmer geeilt. Schlitternd kommt er zum Stehen. »Was zum …?« Er fährt sich mit beiden Händen durch die Haare und sieht unserem Kampf zu. Schließlich versucht er, uns auseinanderzuziehen. Erst nach mehreren Versuchen bekommt er Marissa am Arm zu fassen.

»Halt dich da raus, Ben. Um dich geht es doch.« Marissa krallt sich in meinen Haaren fest, als Ben sie hochzieht.

»Um mich?« Er lässt ihren Arm los und taumelt zurück. Ein Lächeln breitet sich auf seinem Gesicht aus. »Ihr kämpft um mich?«

»Nicht so, wie du denkst«, bringe ich zwischen keuchenden Atemzügen hervor.

»Es sieht aber ganz so aus, wie ich denke.«

Ich versuche, Marissas Finger gewaltsam von meinem Pferdeschwanz loszureißen. »Es geht nicht um dich … sie kann dich … gerne haben.«

In diesem Moment platzt Ma ins Zimmer, ihre Ausgehhandschuhe in der Hand. »Was ist hier los?« Sie klingt nicht gerade begeistert.

Marissa lässt meine Haare los und kommt eilig auf die Füße. Ich springe ebenfalls auf und sehe mich im Zimmer um, das jetzt aussieht wie ein Schlachtfeld aus dem großen Wäschekrieg.

Marissa verzieht ihr Gesicht zu einer düsteren Miene. »Ich gehe.«

»Vielleicht sollte ich mich kurz bei Ammon melden«, sagt Ben. Er wirkt verlegen.

»Niemand geht hier irgendwohin!«

»Was?« Marissa stemmt die Hände in die Hüften und reißt die Augen auf. »Warum? Das ist so unfair!«

»Ist mir egal, ob es unfair ist. Ich bin die Erwachsene, und ihr befindet euch unter meinem Dach. Solange ich nicht mehr über die momentane Situation weiß, bleibt ihr hier bei mir. Wir haben schon genug Sorgen. Gerade habe ich mit Cassandra Turner telefoniert, Paisleys Mutter. Die Mütter tun sich zusammen, um das Chaos zu beseitigen, das durch all diese Ereignisse entstanden ist.«

»Ma!« Ich deute auf Ben. So sollte sie vor ihm nicht reden.

»Schon gut, um den kümmere ich mich, wenn es nötig ist. Hier geht es um etwas viel Größeres«, sagt sie.

Ben weicht einen Schritt zurück. So langsam sieht er wirklich beunruhigt aus.

»*Alle* Mütter?«, fragt Marissa. Sie verlagert das Gewicht auf den anderen Fuß und sieht mich an.

Die Miene meiner Mutter wird weicher. »Tut mir leid, Marissa, deine Mutter konnten sie nicht erreichen. Sie würde bestimmt kommen, wenn sie Bescheid wüsste.«

Marissa lässt sich aufs Sofa fallen.

»Zum Schmollen haben wir jetzt keine Zeit. Wir müssen los. Das erste Flugzeug mit Schülerinnen von St. Valentine's ist schon gestartet.«

»Wohin?«, fragt Marissa.

»Die Schule wurde geschlossen. Eure Ausbildung wird an einen anderen Ort verlegt.«

»Was?«, fragt Marissa.

»Aber wir gehen doch nicht mit, oder?«, frage ich.

Ma legt mir eine Hand auf die Schulter. In ihrem Blick liegt Angst.

»Was ist los, Ma?«

»Das Gremium«, sagt sie. »Sie haben gesagt, dass sie euch beide holen kommen wollen.«

KAPITEL 13

Während Ma loszieht, um das gestohlene Taxi sauber zu wischen und ein anderes Auto für uns aufzutreiben, packe ich eine Reisetasche. Da wir jetzt wissen, dass das Gremium auf dem Weg zu uns ist, werden wir früher aufbrechen müssen – und zwar, sobald Ma wieder da ist –, sonst haben wir keine Chance mehr auf ein normales Leben. Ich setze mich wieder zu Ben und Marissa auf die Couch, eine vollgestopfte Tasche neben mir. Marissa scrollt auf ihrem Handydisplay und zeigt mir alle Fotos, die sie von unseren Klassenkameradinnen auf dem Weg nach Athen finden kann. Obwohl sie nur auf unserer privaten Schulplattform Quiver und nicht bei Facebook oder sonst wo gepostet werden, macht es mich nervös. Wir wissen nicht, wer uns in diesem Moment beobachtet, und wir können nicht vorsichtig genug sein.

Ben sitzt neben ihr und blättert in meiner Zeitschrift – ich weiß, dass er nicht wirklich liest, weil er nur hektisch blättert und seine Blicke überall sind, nur nicht auf den Seiten.

»Es wird langsam spät«, sagt er nervös. »Ammon muss mich wohl vergessen haben.«

Die Arme voller Taschen kommt Ma ins Zimmer. »Unsinn, er ist wahrscheinlich nur aufgehalten worden.«

»Vielleicht sollte ich ihn anrufen.« Ben zupft an seiner Jacke.

Marissa und ich wechseln einen Blick, Ma sieht ihn an. »Wirst du irgendwo erwartet? Macht sich deine Familie Sorgen, wenn du zu spät kommst?«

»Nein«, bringt er mühsam hervor. »Niemand, ich …«

In diesem Moment klingelt es an der Tür.

Ich sehe zu Ma, die offenbar genauso irritiert ist wie ich.

»Ammon, na endlich.« Ben steht auf und schüttelt sein Bein aus, als wäre es eingeschlafen.

»Eigentlich ist es meine Pizza«, sagt Marissa und springt auf.

»Was?« Ich schreie fast.

»Bist du verrückt geworden?«, fragt Ma wütend.

»Was denn? Niemand kennt diese Adresse. Sonst gebt ihr doch das Postfach nördlich der Stadt an, oder? Ich dachte nicht, dass das ein Problem ist.«

»Ganz genau«, sagt Ma, die wütend herumfährt. »Du hast nicht gedacht.«

Marissa flitzt durch den schmalen Flur zur Haustür, schneidet Ben dabei den Weg ab und öffnet die Tür. Davor steht ein älterer Herr mit einer roten Weste und Schirmmütze vom Pizza-Service und hält lächelnd die Schachtel hoch. »Haben Sie eine Pizza bestellt?«

»Ja, kommen Sie herein«, sagt sie, öffnet die Tür und schiebt Ben beiseite, der auf den Zehenspitzen steht, um über ihren Kopf hinwegzusehen, immer noch in der Hoffnung, Ammon zu entdecken. »Ich hole nur schnell meine Kreditkarte.«

Der Pizzabote kommt mit der Pizza ins Wohnzimmer, Ben

und Marissa im Schlepptau. Ma erstarrt, ihre Anspannung zerrt an den Fältchen in ihrem Gesicht. Sie streicht ihren Sari glatt, ohne den Pizzaboten auch nur für einen Moment aus den Augen zu lassen.

Diesen Blick kenne ich. Es ist der Blick, der sagt, dass gleich etwas Schlimmes passieren wird.

Bevor ich sie aufhalten kann, tritt sie an den Mann heran, zieht ihren Handschuh aus und streicht mit der Hand über die nackte Haut an seinem Hals. Der Pizzabote verdreht sofort die Augen und fängt an, sich in Krämpfen zu winden.

»Was zum …«, sagt Ben. Er macht einen Satz nach vorn, fängt den heftig zitternden Mann auf und legt ihn sanft auf den Boden. Ich bin zu verblüfft, um mich zu rühren.

»Holt ein paar Kissen!«, schreit Ben uns an und räumt den Bereich um den Mann herum frei. »Er hat einen Anfall.«

Aber Marissa und ich bewegen uns nicht vom Fleck. Wir sind vor Schreck wie gelähmt und starren … nicht den Pizzaboten an, sondern meine Ma.

»Gebt mir die Kissen«, wiederholt Ben nachdrücklich. Als wir nicht reagieren, reißt er sich seine Jacke herunter und legt sie dem Mann unter den Kopf. Dann zieht er meinen Kleiderhaufen zu sich herüber. »Ruft wenigstens einen Krankenwagen!« Als wir uns auch jetzt noch nicht rühren, folgt er unseren Blicken zu meiner Mutter. Ein Sweatshirt rutscht ihm aus der Hand und fällt zu Boden. »Was haben Sie getan?«

Sie hebt das Kinn und starrt ihn wütend an. »Was notwendig war.«

»Notwendig?« Er steht mit geballten Fäusten da.

Ich kann mir ausmalen, was er jetzt denken muss, nachdem

er eine Verwandlung durch eine Liebesgöttin mit angesehen hat. Mich beunruhigt, wie kampfbereit er aussieht. Ich mag diesen Ben, diesen störrischen, fordernden Ben. Und ich will ihn nicht schon wieder in die willenlose Hülle verwandelt sehen, die er unter Marissas Einfluss war.

»Bitte, Ma, können wir …«

Sie hebt die nackte Hand und sieht mich mit hartem Blick an. »Marissa musste daran erinnert werden, wer hier das Sagen hat, und wir brauchen einen Wagen. Ich habe getan, was notwendig war.« Ma will an Ben vorbeigehen, doch der weicht keinen Zentimeter zurück und hält sie dadurch von dem Mann fern. »Hör auf, dich wie ein Kind zu benehmen, und sieh dir an, was wir hier machen.«

»Ma?« Ich greife nach ihrem Arm, doch sie weicht mir aus. »Wir sollen das doch niemandem zeigen.«

»Er ist doch nur ein kleiner Junge. Wenn er sich aufspielt, kümmere ich mich schon darum.«

Bens Gesicht nimmt einen aschfahlen Ton an, doch noch immer zögert er, Ma aus dem Weg zu gehen.

»Ich möchte nicht, dass du dich bewegst«, sagt sie zu dem Mann, der sich in Krämpfen auf unserem Läufer windet. »Hör auf, wie ein Schwachsinniger zu zittern, und steh auf.«

»Ma!« Ich schnappe nach Luft. »Du überschreitest gerade so viele Grenzen!«

Sofort hört der Mann auf zu zittern und steht auf. »Meine Liebste, was darf ich für dich tun?«

»Zuerst will ich, dass du dich da drüben auf die Kiste setzt.« Sie deutet auf ihre antike Aussteuerkommode.

»Ja, meine Liebste.« Der Mann hinkt hinüber und setzt

sich. Sein Humpeln zeigt eindeutig, dass er sich beim Sturz verletzt hat. Noch immer hält er die verbogene Pizzaschachtel umklammert.

Ben klappt auf einmal der Kiefer hinunter, das Blau seiner Augen wird frostig, als in ihnen die Erinnerung an seine eigene Verwandlung aufflackert. Schließlich sieht er mich an und sagt: »Ammon wird nicht kommen, oder?«

KAPITEL 14

Ma stellt sich zwischen Ben und die Tür. »Wir wollen dir nichts tun, aber du bist in diese Sache hineingeraten, und jetzt bist du hier. Wir können dich nicht gehen lassen.«

»Ich will nicht das werden … was Sie aus diesem Mann gemacht haben.« Ben deutet mit dem Kinn auf den Pizza-Lieferanten, der auf der Kiste sitzt und Ma zuwinkt.

Ma streicht ihren Sari glatt und tritt mit erhobener Hand auf Ben zu.

»Halt!« Ich stelle mich zwischen die beiden. »Das wirst du nicht tun. Es ist nicht richtig.«

»Entweder bleibt er von selbst, oder ich muss ihn zwingen. Ich muss für eure Sicherheit sorgen.«

»Ich werde für deine Sicherheit sorgen, Geliebte«, sagt der Pizzabote.

»Wenn ihn jemand verwandelt, dann sollte ich das sein«, sagt Marissa.

»Niemand verwandelt ihn«, sage ich.

Ben sieht sich im Raum um, hinter seinen lebhaften Augen arbeitet es. Er hat die Beine fluchtbereit angespannt und die Fäuste geballt, und ich weiß, dass er sich nicht kampflos ergeben wird.

»Bitte«, sage ich sanft und fasse ihn am Ärmel. Er verspannt sich unter meiner Berührung, was ich ihm nicht verdenken kann, und ich ziehe die Hand wieder weg. »Es tut mir leid, dass du in diese Sache verwickelt wurdest, aber Ma hat recht. Wir wollen dir nichts tun, das wollten wir nie. Im Augenblick versuchen wir nur, einen sicheren Ort zu finden, dann lassen wir dich gehen. Das verspreche ich dir. Meine Familie … wir sind anders. Wir können Dinge, die andere nicht können. Aber wir sind keine bösen Menschen. Bitte, wenn du jetzt mit uns kooperierst, verspreche ich dir, dass die beiden dir nicht das antun, was sie dem Mann angetan haben.«

Sein Blick wandert zu dem Pizzaboten, und etwas in ihm verändert sich. »Was sie mit ihm gemacht haben … das ist auch mit mir passiert, oder?«

»Ja«, sage ich und ignoriere dabei, dass Ma nach Luft schnappt. »Er wird keine dauerhaften Schäden davontragen, er ist nur verwirrt. Es wird nicht lange anhalten.« Mehr Details gebe ich nicht preis, und ich sehe Ben an, dass ihm das Sorgen macht. Er will es wissen, er *muss* es wissen. Seine Schultern sind noch immer angespannt, aber er öffnet die Fäuste, und in seinen Augen rührt sich etwas. Dann nickt er knapp, tritt von der Tür zurück, nimmt sich eine meiner Zeitschriften und setzt sich steif auf das Sofa.

Erleichtert atme ich auf.

»Und jetzt?«, fragt Marissa, die sich inzwischen auch wieder aufs Sofa gesetzt hat und unruhig an ihren Nägeln zupft.

Ma richtet ihren Paluv und zieht sich den Handschuh wieder an. »Jetzt packen wir den Wagen voll, und dann fahren wir los.«

Der Pizzabote steht auf und salutiert vor Ma. »Ich kann für dich packen, meine Geliebte.«

»Warum nennt er dich seine Geliebte?«

Ma fährt erschrocken herum und fasst sich an die Brust. Wir waren so auf Ben fokussiert, dass keine von uns Dad hereinkommen gehört hat.

»Es ist nichts, Schatz. Geh wieder in die Küche.«

»Es ist nicht nichts. Ich liebe dich«, sagt der Pizza-Lieferant.

»Nein, *ich* liebe sie.« Langsam tritt Dad einen Schritt zurück.

Der Pizzabote streckt die Brust raus und stellt sich vor Ma.

Mein Vater weicht noch einen Schritt zurück. Tränen treten in seine Augen, während er sich im Raum umsieht und sein Blick schließlich an Ma hängen bleibt. Immer an Ma. »Ich gehe in die Küche, wie du es sagst.« Seine Unterlippe zittert. »Bitte, ersetz mich nicht. Ich werde mir mehr Mühe geben, dich glücklich zu machen.«

Trotz aller Bitterkeit, die ich meinem Vater gegenüber empfinde, ertrage ich es nicht, ihn so zu sehen. Und nach der ganzen Sache mit Ben platzt mir jetzt der Kragen. »Es reicht, Ma. Lass einen von beiden gehen.«

Bens Blick schnellt zu mir, voller Neugier, Sorge und etwas, das ich nicht einordnen kann. Das macht alles nur noch schlimmer.

»So einfach ist das nicht.« Ma lässt Dad, der sich langsam davonschleicht, nicht aus den Augen. »Jedenfalls nicht für deinen Vater.«

Diese neue Version von Ma gefällt mir nicht. Vor allem weil ich weiß, dass sie gar nicht neu ist – sie ist nur für mich neu.

Ich verschränke die Arme. »Kannst du ihm nicht einfach befehlen …«

»Rachel!«, ermahnt mich Ma. »Eines Tages wirst du es verstehen.« Ihre Stimme bricht ab, und für einen kurzen Moment ist ihr Blick von einer tiefen Traurigkeit erfüllt. Dann nimmt sie entschlossen die Schultern zurück und sagt: »Jetzt ist keine Zeit für Erklärungen.« Sie dreht sich zu dem Pizzaboten und streckt die Hand aus. »Ich brauche deine Autoschlüssel.« Sofort fischt der Mann sie aus seiner Tasche. Ma dreht sich wieder zu uns um. »Habt ihr Mädchen alles, was ihr braucht?«

Ich nicke zähneknirschend und hebe meine Tasche hoch. Marissa drückt ihre Handtasche an sich und murmelt »Nein«. Ben beobachtet alles.

»Also gut, holen wir die restlichen Lebensmittel und Vorräte und packen sie in den Wagen.«

Hintereinander gehen wir in die Küche, laden uns die Arme voll und gehen dann hinaus auf die schwach beleuchtete Straße vor unserem Backsteinhaus. Ma trägt nur eine Tasche und nur einen Handschuh. Ihre nackte Hand folgt Ben immer in wenigen Zentimetern Abstand.

KAPITEL 15

Dad führt uns einen Block die Straße hinauf zu einem alten, zweitürigen Civic-Kombi mit einem Rollstuhlsymbol am Rückspiegel und einer Transportbox, die an der beleuchteten Pizzareklame auf dem Dach festgebunden ist. »Alt« heißt in diesem Fall nicht »schicker Oldtimer«, sondern »ein Wunder, dass die Kiste noch fährt«. Der Kofferraum ist komplett vollgestopft. Begleitet von dem Kreischen sich biegenden Metalls öffnet Dad die Tür und winkt uns hinein.

Marissa versucht nicht einmal, ihre finstere Miene zu verbergen. »Da passen wir unmöglich alle rein.«

»Uns bleibt nichts anderes übrig«, sagt Ma.

Ben gibt uns eine weitere Ladung Fertiggerichte zum Einladen und reibt sich dann gedankenverloren die Arme.

»Kalt?«, frage ich.

»Schon okay.« Er steckt die Hände in die Taschen. Argwöhnisch registriert er, wie wir ihn beobachten. »Ich muss wohl meine Jacke vergessen haben.«

Ma greift in den Wagen und zieht ein blaues Sweatshirt heraus, auf dem eine lachende Pizza abgebildet ist. »Hier, zieh das an. Um deine Jacke zu holen, fehlt uns die Zeit.«

Er steigt ohne Widerrede ein und setzt sich auf den Rücksitz. Marissa rümpft die Nase über das Shirt, ehe sie ihm folgt. Als Letzte quetsche ich mich dazu. Ma kämpft mit dem Beifahrersitz und versucht, ihn einrasten zu lassen, damit sie sich setzen kann. Mit einem metallischen Ächzen springt der Sitz endlich zurück. Sie hält inne, sieht sich prüfend um und tritt vom Auto zurück. Dann wirft sie die Tür zu und sperrt uns drei ein.

»Ma?«, frage ich panisch.

Aber sie antwortet nicht, sondern geht um den Wagen herum zu meinem Dad. »Nimm die Kinder und halte dich an den Plan.« Als Nächstes drückt sie ihm die Autoschlüssel in die Hand und drängt ihn zur Fahrertür. »Ich sorge dafür, dass sie euch nicht folgen.«

»Ohne dich gehe ich nicht, meine Geliebte.«

»Zeig mir deine Liebe, indem du Rachel mit deinem Leben beschützt. Befolge den Plan. Und jetzt fahr los.«

»Ma, nein!« Verzweifelt suche ich nach dem Hebel für den Vordersitz, um aus diesem verdammten Auto rauszukommen.

»Es ist okay, Rachel. Ich komme nach.« Sie zieht ihren Handschuh wieder an und läuft zurück zu unserem Haus. Nach ein paar Schritten dreht sie sich um und fügt hinzu: »Ich liebe dich.«

Meine Finger ertasten etwas Scharfes am unteren Rand des Sitzes, und ich ziehe daran. Der Sitz springt nach vorn. Ich recke mich durch den schmalen Spalt und taste nach dem Türgriff, doch Marissa zieht mich zurück. Dad sitzt schon auf dem Fahrersitz, der Schlüssel steckt in der Zündung, der Motor läuft. Er fährt los.

»Wir dürfen sie nicht zurücklassen!« Ich drehe mich auf der Rückbank um und starre durch die Heckscheibe.

»Wenn uns jemand finden kann, dann deine Mutter«, sagt Marissa.

Und dann hören wir die Sirenen.

Mit blitzendem Blaulicht rasen drei Streifenwagen an uns vorbei. Zwei weitere kommen aus der entgegengesetzten Richtung und halten mit quietschenden Reifen vor unserem Haus. Ma sitzt in der Falle.

Noch einmal recke ich mich nach der Tür, bekomme endlich den Griff zu fassen, doch sie lässt sich nicht öffnen.

»Das ist jetzt nicht dein Ernst, oder?« Marissa packt mich am Shirt und reißt mich zurück, der morsche Plastikgriff bricht dabei ab. Ich schmeiße ihn auf den Boden, drehe mich wieder um und beobachte zwischen den Stapeln von Lebensmitteln und Taschen hindurch, wie die Cops meine Ma mit gezogenen Waffen umzingeln. Mit angehaltenem Atem sehe ich, wie sie sich zu uns umdreht. Sie nimmt die Hände in den Handschuhen hoch und sinkt auf die Knie. Ihr Sari bläht sich. Als die Scheibe unter dem Rattern des Motors vibriert, kommt es mir vor, als würde die ganze Welt erzittern. Je weiter wir uns entfernen, desto kleiner wird das Bild, aber ich sehe immer noch ganz genau, wie ein Polizist meine Mutter packt, ihr Handschellen anlegt und sie grob auf die Füße zerrt. Mit gezogenen und entsicherten Waffen nähert sich eine weitere Gruppe vorsichtig unserem Haus.

Ich sehe zu Ben, der die Fäuste geballt hat – garantiert würde er am liebsten gegen die Scheibe trommeln und um Hilfe schreien. Doch er tut es nicht. *Warum nicht?*

Ich bin nicht so stark.

»Ma!«, schreie ich mit Tränen in den Augen und hämmere mit den Fäusten gegen die Scheibe. »Ich hole dich da raus!«

Mit kreischenden Reifen biegt das klapprige alte Auto um die Ecke, und ich verliere meine Mutter aus den Augen.

KAPITEL 16

Auch nachdem sie weg ist, starre ich weiter durch die Heckscheibe, eine Hand ans Glas gepresst. Ich bringe einfach nicht die Kraft auf, mich umzudrehen.

Stunden vergehen auf diese Weise, die Motorengeräusche füllen die Stille, und die Welt zieht in tränenüberströmten Farben an mir vorüber. Ich weiß nicht, wie weit wir gefahren sind, aber die Sonne geht unter, und die weite, offene Landschaft verrät mir, dass wir nicht mehr in New York sind. Der Schock über Mas Festnahme hält mich noch immer in seinem Bann, und je weiter wir uns von ihr entfernen, desto beklemmender wird es hier auf dem Rücksitz.

Als ich es nicht mehr aushalte, klettere ich über Marissa hinweg, ignoriere ihren Protest und setze mich auf den leeren Sitz neben Dad. Nach ein paar beruhigenden Atemzügen wende ich mich an ihn. »Wir müssen umkehren.«

»Wir halten uns an den Plan.« Er nimmt die Augen nicht von der Straße.

»Und was ist mit Ma?«, bringe ich erstickt hervor.

»Den Plan befolgen, nach Nashville fahren, für Rachels Sicherheit sorgen. Ich tue, was deine Ma glücklich macht«, sagt er.

»Nashville?« Marissa beugt sich vor. »Ich will mit der Schule nach Athen!«

Ich möchte mich nicht mit Dad streiten, schon gar nicht vor Marissa. Außerdem hat er recht, wir müssen an einen sicheren Ort. Dort kann ich mir einen Weg überlegen, um Ma zu helfen. Also frage ich stattdessen: »Warum nach Nashville?«

»Meine Schwägerin lebt dort.«

»Was?« Ma hat nie andere Familienmitglieder erwähnt. Eine ätzende Art, davon zu erfahren. »Ich habe eine Tante?«

Dad nickt. »Joyce, sie hat meinen Bruder geheiratet.«

»Deinen Bruder?«

Dad hält den Blick auf der Straße und umklammert das Lenkrad so fest, dass seine Knöchel weiß hervortreten. »Er ist noch vor deiner Geburt gestorben.«

Mir kommen ein Dutzend neuer Fragen in den Sinn, aber eine schreit lauter als alle anderen. »Wie sollen wir Ma von Nashville aus retten?«

Er zögert. »Wir halten uns an den Plan.«

Bei ihm komme ich offenbar nicht weiter, also drehe ich mich zur Rückbank um. »Gibst du mir mal meine Tasche? Ich will Paisley anrufen. Vielleicht hat ihre Mutter irgendwas gehört, das uns helfen kann.«

Widerwillig reicht mir Marissa meinen Rucksack. »Mach das über Quiver. Wir können nicht vorsichtig genug sein.«

»Hatte ich auch vor.«

Das erregt Bens Aufmerksamkeit, und er reißt endlich den Blick vom Fenster los, durch das er mit finsterer Miene nach draußen gestarrt hat, seit wir unsere Straße verlassen haben.

Ich zeige ihm mein Handy. »Wir haben eine spezielle Seite,

über die wir mit anderen wie uns kommunizieren. Ein geheimer Ort im Internet, wo wir ungestört reden können.«

»Das sollte ein Geheimnis sein«, sagt Marissa.

»Na ja, Ben weiß inzwischen eine Menge Dinge, die eigentlich geheim sein sollten.«

Einen Herzschlag lang sieht er mich mit seinen blauen Augen direkt an und versucht offenbar, in meiner Seele zu lesen, dann richtet er den Blick wieder aus dem Fenster.

Ich logge mich ein, sehe, dass Paisley online ist, und rufe sie sofort an.

»Rachel? Oh mein Gott, geht's dir gut? Wo bist du?«

»Hey, ja uns geht's gut …«

»Oh, gut. Hört zu, meine Mutter ist hier, und sie möchte mit dir über deine Mutter sprechen.«

»Das hatte ich gehofft.« Immerhin war meine Mutter die Ausbildungs-Partnerin von Paisleys Mutter gewesen.

Ein Rascheln, dann meldet sich Mrs. Turner. »Rachel?« Ihre Stimme ist voller Sorge. »Ich habe das von deiner Mutter gehört. Mach dir keine Sorgen. Ich habe ein paar Telefonate geführt und mich ein bisschen umgehört. Bisher habe ich noch nichts Hilfreiches erfahren, aber ich versuche es weiter.«

»Vielen Dank, Mrs. Turner. Ihre Hilfe bedeutet mir sehr viel.«

»Natürlich, das würde jede A.P. tun. Wir stehen füreinander ein. Hör zu, haltet euch von New York und von Flughäfen fern. Bringt euch einfach irgendwo in Sicherheit. Wir kümmern uns um alles. Sobald deine Mom frei ist und der Verdacht gegen euch fallen gelassen wurde, geben wir euch Bescheid. Fürs Erste bleibt einfach in Deckung und haltet euch aus allen Schwierigkeiten raus.«

Ich kann mir nicht verkneifen, Marissa im Rückspiegel anzusehen und mich zu fragen, ob sie für mich dasselbe tun würde wie Mrs. Turner für meine Ma.

Als ich nichts erwidere, räuspert sich Mrs. Turner. »Also dann, ich gebe dir noch mal Paisley. Macht es bitte kurz. Trotz allem, was hier vor sich geht, sollten wir uns an die Regeln halten.«

Ich beiße mir auf die Lippe, um nichts zu sagen, was ich bereuen würde, und sehe wieder meine A.P. an, die irgendetwas in ihrer goldenen Tasche sucht.

Wieder ein Rascheln, dann ist Paisley am Telefon. »Hast du gehört? Sie haben ein paar von den Schwestern festgenommen, und das Gremium will uns alle ins Hauptquartier holen.«

»Hab ich gehört, ja. Weißt du, was da los ist?«

»Nein. Mom sagt, ich muss nicht nach Athen. Jedenfalls noch nicht. Außerdem gibt es eine Protestkundgebung für die Schwestern. Mom und einige weitere Mütter helfen mit. Sie hoffen, damit so viel Aufmerksamkeit zu erregen, dass die Polizei die Schwestern laufen lässt. Vorhin waren wir unten bei der Kundgebung, überall in der Straße sind Reporter, die alles filmen. Dank Marissa ist auch eine Fangemeinde da, die sich darüber aufregt, dass die Polizei nicht ausreichend auf die Alien-Vampire in New York reagiert. Im Moment ist alles aus den Fugen. Hast du den Fernsehbericht über die Festnahme deiner Mutter gesehen? Der läuft auf fast jedem Sender.«

»Was? Nein! Ich melde mich später noch mal.« Ich lege auf und suche den Livestream von *City News*. Das Video lädt, und mir fällt fast das Handy aus der Hand, als ich einen Reporter vor unserem Haus stehen sehe.

»Oh mein Gott, das ist ja euer Haus!« Marissa beugt sich vor.

Ich halte das Handy so, dass alle das Display sehen können, und selbst Ben wendet sich vom Fenster ab, um mitzugucken.

»… dem Polizeibericht zufolge soll eine Verkehrskamera eine Gruppe Frauen dabei gefilmt haben, wie sie wenige Augenblicke nach einem mutmaßlichen Gefängnisausbruch mit einem entführten Jungen in einem Taxi geflohen sind. Durch das Filmmaterial konnte die Polizei das Nummernschild des Fahrzeugs ermitteln und es bis zu dem Haus verfolgen, vor dem ich gerade stehe. Nachdem ein Beamter eine der Verdächtigen wiedererkannt hat, kam es zu einer Festnahme. Zum jetzigen Zeitpunkt liegen uns keine weiteren Informationen über diese Festnahme vor. Unser Kontakt im Krankenhaus meldet, die Polizei habe einen älteren Herrn eingeliefert, der behauptet hatte, das Haus besetzt zu haben. Eine Überprüfung ergab, dass der Mann ein Pizza-Lieferant ist. Er war stark desorientiert und wurde einer psychiatrischen Untersuchung unterzogen. Man kann nur spekulieren, dass diese Frauen auch für die übrigen Vermisstenfälle verantwortlich sind. Und wenn es so ist – stimmen die Gerüchte? Sind sie Vamp …«

Ich schalte den Beitrag ab, bevor ich noch mehr davon sehen muss, und stecke das Handy in die Tasche.

Marissa wirft sich in ihrem Sitz zurück und schnaubt. »Da spielt man so einem Rotschopf einmal einen Streich, und die ganze Welt nimmt es ernst.«

»Das war ein bisschen mehr als ein Streich.«

»Ist ja auch egal.«

»Es ist *nicht* egal!« Ich drehe mich zu ihr um. »Die Polizei weiß von dem Lieferanten, das heißt, es wird schon bald nach seinem Wagen gefahndet werden. Wenn es nicht längst so weit ist. Wir brauchen ein anderes Auto.«

»Wir halten uns an den Plan«, sagt Dad. »Wir fahren nach Nashville.«

Ich verdrehe die Augen und will ihm gerade widersprechen, als mein Handy piept. Fast muss ich lächeln, als ich sehe, dass es eine Nachricht von Paisley ist.

PAISLEY: Mom sagt, sie haben deine Mutter in Gewahrsam und untersuchen, was mit den Beweismitteln passiert ist. Wie es aussieht, haben sie bis auf den Namen Benjamin Blake und die Erinnerung eines Polizisten an ein Video keine Spuren, die zu euch führen. Sie wissen nicht einmal, wie ihr ausseht. Der Polizist, der euch festgenommen hat, hat euch offenbar selbst die Tür geöffnet, als ihr die Wache verlassen habt. Aber plötzlich kann er sich an nichts mehr erinnern, nur noch an deine Mutter. Also hat sie da offenbar ihre Finger im Spiel. Ihr müsstet jetzt hoffentlich schon in Sicherheit sein. Wenn sich etwas ändert, melde ich mich. Macht euch keine Sorgen, meine Mom kümmert sich darum. Sie ist fest entschlossen, deine Mom da rauszuholen. Oh, und sag Marissa, dass ich stinksauer auf sie bin. Ich kann den Fernseher nicht mehr einschalten, ohne etwas über die Vampir-Aliens zu sehen. Sie ist schuld, dass jetzt alle über meine Lieblingsserie reden. Außerdem hat sie mir meine Kette weggenommen und überhaupt. Aber das Gute an der Sache ist, dass es jetzt wenigstens nicht mehr langweilig ist, mit Mom die Nachrichten zu gucken.

Ich lese die Nachricht laut vor.

»Siehst du, alles ist gut«, sagt Marissa. »Und Paisley kann das verkraften.«

»Meine Ma eher weniger.«

»Rachel ist in Sicherheit«, sagt Dad.

Ben sagt nichts.

Ich tippe schnell eine Antwort.

ICH: Danke. Gib bitte Bescheid, wenn sich was tut.

ICH: Du hast was gut bei mir.

Mit Paisley zu schreiben verschafft mir ein bisschen Erleichterung. Wir sind in Sicherheit, und Ma wird es hoffentlich auch bald sein.

Trotz meiner Einwände, wir müssten uns ein neues Transportmittel suchen, fahren wir in der rostigen alten Blechkiste die ganze Nacht durch und halten nur an, um zu tanken und aufs Klo zu gehen. In unbequemer Haltung, einen Arm als Kissen ans Fenster gelehnt, versuche ich zu schlafen. Doch obwohl ich erschöpft bin, finde ich keinen Schlaf. Stattdessen lausche ich auf die Geräusche in der Stille – das Quietschen einer Sprungfeder, wenn sich jemand im Wagen bewegt, das Rattern des Motors, Bens tiefe Atemzüge, Marissas schneller, flacher Atem – all das klingt ohrenbetäubend für mich.

Mitten in der Nacht rührt sich Marissa. Im Rückspiegel beobachte ich, wie sie den Kopf auf Bens Schoß legt. Er wacht auf, weicht aber nicht zurück, wie ich erwartet hätte.

Unter den aktuellen Umständen kommt mir das komisch vor. Dann fällt mir auf, wie unbehaglich er dasitzt: steif und von ihr abgewandt. Sein Atem geht jetzt nicht mehr tief und langsam. Er will sie nicht so nah bei sich haben, aber er hindert sie auch nicht daran. Ich drehe mich wieder zum Fenster und schließe die Augen. Mehr Erholung werde ich nicht finden.

Ein Stück weiter hält Dad an einer Tankstelle an und parkt den Wagen. »Bleibt hier drin in Sicherheit«, sagt er beim Aussteigen. »Ich hole uns Kaffee.« Er schließt den Wagen von außen ab und geht in den Shop.

Ich drehe mich auf dem Sitz um, den Rücken gegen das Armaturenbrett gedrückt, und will gerade Guten Morgen sagen, als Marissa den Sitz einfach ohne zu fragen nach vorne schiebt und mich zwischen ihm und dem Handschuhfach einklemmt.

»Ähm?«

»Ich geh mich frisch machen. Hab ein Auge auf Ben«, sagt sie und umgeht den kaputten Türgriff, indem sie das Fenster herunterkurbelt, hinausgreift und die Tür von außen öffnet.

Nachdem sie die Tür geschlossen hat, klappt Ben den Sitz für mich zurück.

»Danke.« Ich falte mich wieder auseinander und kurble das Fenster wieder hoch.

»Kein Ding.« Er lächelt schwach, lehnt den Kopf an den Fahrersitz und sieht unter seinem fransigen Pony zu mir auf. Als er mein Gesicht betrachtet, entdeckt er dort etwas, das aus seinem Lächeln ein Stirnrunzeln werden lässt. Eine unbehagliche Stille macht sich zwischen uns breit. Mir kommen tausend Dinge in den Sinn, die ich sagen könnte, aber nichts davon erscheint mir richtig.

Dafür fällt Ben etwas ein: »Das mit deiner Mom tut mir leid«, sagt er. Er beobachtet mich ganz intensiv, und im Wagen ist es auf einmal so stickig, dass ich kaum Luft bekomme. Ich beuge mich vor, um das Fenster so weit wie möglich zu öffnen und frische Luft hereinzulassen.

Nach allem, was er unseretwegen durchmachen musste, geht er auf meinen Schmerz ein. Das ergibt keinen Sinn. »Wieso bist du so nett?«

»Bild dir nur nichts drauf ein«, sagt er mit einem halbherzigen Lachen. Er unterbricht sich. An der Art, wie sich seine Atmung verändert, erkenne ich, dass er seine Deckung sinken lässt, und dieses alberne, rauschende Gefühl kehrt mit voller Wucht zurück. Als er weiterspricht, klingt seine Stimme weich: »Ich weiß nicht. Vielleicht weil mich Ammons Alien-Geschichte ganz verrückt macht, weil ich entführt werde und wegen der Sache, die deine Mom mit diesem Mann gemacht hat, und … ich weiß nicht mehr, was ich glauben soll. Ich habe die Alien-Geschichte für einen Witz gehalten, aber jetzt …« Er räuspert sich. »Jedenfalls scheinst du die Vernünftigste hier zu sein, und ich muss einfach mit jemandem reden, um dieses ganze Chaos zu begreifen.«

»Oh.« *Oh? Fällt dir wirklich nichts Besseres ein?*

»Also, zum Beispiel … was bist du?« Seine Frage ist nur ein Flüstern, aber er hätte es genauso gut laut herausschreien können.

Ein Monster – möchte ich sagen, aber wie erklärt man jemandem, dass man die Nachfahrin eines Gottes ist? Wie verändert man sein ganzes Weltbild? »Vielleicht fangen wir lieber mit einer anderen Frage an.«

Er holt tief Luft. »Ammons Vermisstenfälle. Wart das auch ihr?«

Ein Teil von mir sitzt wieder hinter Gefängnisgittern und wird von einem Polizisten vernommen, ein anderer Teil ist einfach ein seelisch kaputtes, verwirrtes Mädchen vor einem genauso kaputten, verwirrten Jungen.

»Ja«, sage ich. »Nicht wir, aber andere wie wir.«

»Gibt es noch viele andere?«

»Ja.«

Er schweigt einige lange Augenblicke. Ich zähle seine unregelmäßigen Atemzüge, während er versucht, dieses seltsame Puzzle zusammenzusetzen. Endlich räuspert er sich. »Und mir wird wirklich nichts passieren?«

»Nein.« Ich richte mich auf. »Das verspreche ich dir. Ich werde nicht zulassen, dass dir jemand etwas tut.«

Ben lacht, wenn auch nur für einen Moment. »Ist es verrückt, dass ich dir glaube?«

»Wahrscheinlich«, sage ich lächelnd. Wir schweigen eine Sekunde lang, und dabei treffen sich immer wieder unsere Blicke. Ich fühle mich schuldig wegen dem, was wir ihm angetan haben. »Deine Familie«, sage ich. Verwirrt lehnt er sich zurück. »Wahrscheinlich sind sie schon ganz krank vor Sorge um dich. Tut mir leid, dass du in diese Sache hineingezogen worden bist.«

Ben wendet den Blick ab, doch in der Spiegelung in der Fensterscheibe sehe ich, wie traurig seine Augen sind. »Das sind sie nicht«, sagt er. »Aber ich vermisse sie.« Dann räuspert er sich und fährt sich mit der Hand übers Gesicht, bevor er sich wieder zu mir umdreht. Er will noch etwas sagen, doch da wird seine Aufmerksamkeit von etwas anderem eingefangen, und er deutet mit dem Kopf zur Windschutzscheibe. Ich sehe über meine Schulter und entdecke Dad und Marissa – Dad trägt einen ganzen Berg von Tüten und Marissa keine einzige. Ich möchte Ben so vieles fragen, ihm so viel sagen, aber vor allem will ich diese Traurigkeit aus seinem Blick verschwinden sehen.

Als Marissa die Tür aufreißt, biete ich ihr meinen Platz auf dem Beifahrersitz an, doch sie wählt wieder die Rückbank, den Platz neben Ben. Dad stopft die Einkäufe in jede letzte freie Ecke und steigt dann ebenfalls ein. Ab jetzt beteiligt sich Ben mehr an allem, fängt Gespräche an und hilft bei der Navigation. Dennoch wirkt er noch weniger entspannt als bei uns zu Hause – bevor er wusste, wozu wir fähig sind.

Wir folgen den großen, beleuchteten Highway-Schildern, die wie riesige gelbe Pfeile geformt sind – ich hasse jeden einzelnen, den wir passieren –, und fünfzehn Stunden nach unserem Aufbruch in New York kommen wir endlich in Nashville an und halten neben einem hellgelb gestrichenen, extrabreiten Trailer mit Rollläden.

Die Schule und der ganze Ärger mit der Polizei sind jetzt so weit weg, dass ich mich fast darauf freuen könnte, meine Tante kennenzulernen. Fast. Wenn Ma auch hier wäre, würde ich ausflippen vor Freude.

Wir lassen das meiste Zeug im Wagen und folgen meinem Dad zur Eingangstür. Am Türgriff klebt ein Zettel, auf dem in türkisfarbener, schnörkeliger Handschrift steht: *»Bin einkaufen, geht schon mal rein, Gruß und Kuss Joyce.«*

Das Innere des Trailers ist im Vintage-Stil eingerichtet, mit hellblauen Elektrogeräten und einem Fußboden in schwarzweißem Schachbrettmuster. Überall stehen Secondhandschätze herum, und statt nach Gewürzen riecht es nach Kaffee und frisch gebackenem Brot. Ich frage mich, ob es in den meisten amerikanischen Häusern so riecht. Und in diesem Moment, als ich in einem fremden Haus mit fremden Gerüchen stehe, sehne ich mich mit meinem ganzen Körper schmerzlich nach dem Duft von Kreuzkümmel und Masala-Tee zurück, der mein Zuhause ist. Alles in mir sehnt sich nach meiner Mutter.

KAPITEL 17

Joyce lehnt sich auf dem Stuhl zurück und nippt an ihrem Kaffee. Wenn uns jemand hier nebeneinander sehen könnte, würde er nie auf die Idee kommen, dass wir zur selben Familie gehören. Meine Tante hat stark toupierte Haare in einem verwaschenen, künstlichen Blond, sehr blasse Haut, die fast an einen Vampir erinnert, und trägt ein blaues Karohemd zu einer ausgebleichten Jeans, die an den Taschen und Außennähten mit Strass besetzt ist.

Ich frage mich, wie viel Joyce über uns weiß. Hat meine Familie ihr das Geheimnis der Liebesgöttinnen vorenthalten, so wie sie mir Joyce' Existenz vorenthalten haben?

Sie setzt ihre *I-love-Lucy*-Tasse ab. »Ich muss sagen, es war eine Überraschung, nach all den Jahren von deinem Vater zu hören.« Mit ihrem Südstaatenakzent klingt sie, als würde sie singen.

»Ich freue mich einfach, dich endlich kennenzulernen«, sage ich.

»Ich mich auch. Es ist so schön, euch und eure Gäste zu Besuch zu haben. Zu schade, dass deine Mutter es nicht geschafft hat. Ich hatte mich schon gefreut, Priya wiederzusehen. Sag ihr liebe Grüße von mir, ja?«

»Das mache ich.« Ich ringe mir ein Lächeln ab und schlucke meine Nervosität, Angst und Sorgen hinunter.

»Dein Vater sieht Tommy so ähnlich.« Das Funkeln in ihren Augen wird matter. »Das ruft Erinnerungen wach.« Joyce' Lächeln ist warm und herzlich. Ich mag meine neue Tante. »Ich kann es kaum erwarten, dass du meinen Kyle kennenlernst«, sagt sie. »Ihr beide werdet euch prächtig verstehen.«

»Kyle?« Vielleicht hat Joyce wieder geheiratet.

»Dein Cousin«, sagt sie, als hätte ich das wissen müssen.

»Mein Cousin. Natürlich, klar«, beeile ich mich zu sagen. »Ich freu mich schon sehr darauf, ihn kennenzulernen.« Und das tue ich wirklich. Meine Familie wächst von Sekunde zu Sekunde.

»Sieh dich nur an, Rachel, wie groß du geworden bist.« Sie beugt sich über den Esstisch aus poliertem Chrom und drückt meine Hand. Als sich unsere Haut berührt, gibt es einen elektrischen Schlag. »Du bist ja elektrisch aufgeladen.« Sie zuckt lachend zurück. »Dein Vater hat mir ein Foto von dir geschickt, als du noch ein Baby warst. So oft habe ich mich gefragt, wie du inzwischen aussiehst. Du bist sehr hübsch – das musst du von deiner Mutter haben.«

»Er hat dir ein Bild geschickt?« Meine Tante wusste also die ganze Zeit von mir und hat sogar öfter an mich gedacht. Und Dad hat ihr ein Foto geschickt? Mir droht eine Träne zu entwischen. Ich reibe mir die Augen, bevor Joyce es bemerkt.

»Dort drüben.«

Neugierig folge ich ihrem Finger, und wirklich, neben verschiedenen anderen Familienfotos hängt dort ein kleines, goldgerahmtes Babyfoto vom mir auf dem Schoß meines Vaters.

Ich gehe hin und streiche behutsam mit dem Finger über das Bild.

»Das auf dem Foto darüber ist Grandma Rachel.«

»Grandma Rachel?« Ich sehe zu dem Foto einer Frau mit roten Locken und einem fröhlichen Lächeln auf.

»Die Mutter deines Vaters. Nach ihr wurdest du benannt«, sagt Joyce. Es scheint sie etwas zu verunsichern, dass ich das nicht weiß. Inzwischen wird es mir fast unmöglich, die Tränen zurückzuhalten. Ich hatte keine Ahnung, dass ich nach jemandem benannt worden bin, der meinem Vater viel bedeutet hat.

Tante Joyce schlägt mit der flachen Hand auf den Küchentisch. »Wenn Kyle vom Baseballtraining kommt, soll er mit dir und deinen beiden Freunden ausgehen und euch die Stadt zeigen. Hier in Nashville kann man unendlich viel unternehmen.«

Zum ersten Mal in meinem Leben fange ich an, mich fast so ähnlich wie normal zu fühlen – ich habe einen Cousin, eine Tante und eine Großmutter väterlicherseits, nach der ich benannt wurde. Ich möchte nichts lieber, als mit Kyle auszugehen und einen Abend in der Stadt zu verbringen wie ganz normale Jugendliche, aber dann fällt mir unser aktuelles Dilemma wieder ein.

»Ich weiß nicht, ob das eine so gute Idee ist. Wir sind gerade erst angekommen und sollten wohl lieber im Haus bleiben.« Ich ringe mir ein Lächeln ab und gehe wieder an den Küchentisch zurück.

»Ihr braucht euch keine Sorgen zu machen.« Joyce schenkt sich Kaffee nach. »Kyle kennt sich in der Stadt aus. Er wird gut auf euch aufpassen.«

Wenn Marissa dabei ist, kann alles Mögliche schiefgehen. Aber Paisley hat gesagt, die Polizei wisse nicht, wer wir sind. Selbst wenn sie nach uns suchen, haben sie also keine Ahnung, wen sie suchen sollten, ganz zu schweigen davon, wo sie das tun sollten. Und ich würde meinen Cousin so gern kennenlernen. Ein lustiger Abend in der Stadt klingt genau nach der Ablenkung, die ich im Augenblick brauche. Und da ich ohnehin nichts tun kann, bis ich wieder etwas von Paisley und ihrer Mutter höre, kann es sicher nicht schaden, in der Zwischenzeit auszugehen. Oder?

»Also gut, das wäre nett«, ändere ich meine Entscheidung.

»Wie schön.« Joyce klatscht in die Hände und steht auf. »Dann sag doch deinen Freunden Bescheid, während ich Eistee mache.«

Ich umarme sie und gehe hinüber in die angrenzende Garage, wo Marissa, Ben und Dad Joyce' Gästebetten zusammenbauen. Wir planen, so lange hierzubleiben, bis Ma wieder frei ist, was hoffentlich eher früher als später der Fall sein wird. Jedenfalls ist das mein Plan. Ich weiß nicht, ob Mas ursprünglicher Plan noch mehr umfasst hat. Dad hat nichts weiter erwähnt, als hierherzukommen.

»Hey«, sage ich, als ich durch die Tür trete. Marissa lehnt an einer Tiefkühltruhe und gafft Ben an, der damit beschäftigt ist, die Bretter für die Gästebetten zurechtzulegen.

Als sie mich bemerkt, schaut sie auf und zieht die Stirn kraus. »Woher dieses Lächeln?«

»Freiheit«, antworte ich, was sie nur noch mehr verwirrt. »Mein Cousin geht heute Abend mit uns aus.« Ich weiß nicht mehr, wann ich mich zuletzt so normal gefühlt habe. Die Familie besuchen, mit Freunden und einem Cousin etwas unternehmen – so etwas kommt in meinem Leben sonst nicht vor.

»Du hast einen Cousin?«

»Sieht so aus, ja.«

Gelangweilt von unserer Unterhaltung hüpft Marissa zu Ben hinüber. Er flüstert etwas, woraufhin sie so schrill kichert, dass ich zusammenzucke.

Ben grinst verlegen und fährt sich mit der Hand durch die Haare. »Gibst du mir mal einen Hammer, Marissa?«

Ich verdrehe die Augen, als sie mit heftig klackernden Absätzen zur Werkzeugkiste flitzt. Obwohl es nur eine kleine Aufgabe ist, tut sie so, als bräuchte er sie ganz dringend und könnte ohne ihre Hilfe nicht überleben.

»Hier, bitte.« Sie schmiegt sich an Ben, als sie ihm den Hammer reicht. Er lächelt schwach. »Danke.«

Von diesem Getue wird mir ganz übel. Ich gehe zu Dad hinüber, der in der anderen Ecke der Garage sorgfältig die Bretter eines Gästebetts sortiert und Einzelteile zusammensteckt. Tränen laufen ihm übers Gesicht, während er lautlos vor sich hin weint.

Ich brauche ihn nicht zu fragen, was los ist. Ich kenne die Antwort. *Ich vermisse deine Ma so sehr.*

»Mann, ist das heiß hier drin«, sagt Ben hinter mir.

»Dagegen kann ich etwas tun«, antwortet Marissa.

Meine Neugier gewinnt, also drehe ich mich um, nur um zu beobachten, wie Marissa den Saum seines T-Shirts packt und versucht, es ihm auszuziehen. Etwas so Verzweifeltes und Peinliches habe ich sie noch nie tun sehen. Ich will etwas Witziges oder Schlaues sagen, aber der plötzliche Anblick von

Bens durchtrainiertem Oberkörper legt mein Hirn total lahm. Als hätte ich noch nie zuvor einen heißen Typen gesehen.

Er zieht sich das Shirt schnell wieder herunter. »Ich dachte eher an ein kühles Glas Wasser oder so.«

Damit lässt er Marissa stehen und geht an Dad vorbei zu einem anderen Bretterstapel. Mein Vater kriegt überhaupt nicht mit, dass außer ihm noch andere Menschen im Raum sind.

Marissa bemerkt mein Stirnrunzeln. »Ihm war heiß.« Sie zuckt die Achseln.

Auf dem Weg zu Dad wirft Ben mir einen Blick über die Schulter zu und lächelt mich dabei an – und dieses Mal mit einem echten Lächeln. Ich weiß nicht, wie mein Dad war, bevor er Ma kennengelernt hat, aber in seinem derzeitigen Zustand könnte der Unterschied zu Ben nicht größer sein. Dad weint in seine Arbeitshandschuhe, während Ben es fertigbringt, Marissa um den kleinen Finger zu wickeln. Etwas an dem Bild der beiden nebeneinander lässt mich wie erstarrt stehen bleiben, denn ich fürchte, dass Ben schließlich doch genauso enden wird wie mein Dad.

Dann reiße ich mich aus der Starre und weiche einen Schritt zurück. Ich weiß nicht, was ich denke oder warum mich plötzlich das Bedürfnis überkommt, Dad beim Heulen Gesellschaft zu leisten. Ich weiß nur, dass meine Fröhlichkeit mit einem Mal von einer überwältigenden Niedergeschlagenheit verdrängt wird – wegen Ben und Marissa und Dad und, na ja, einfach allem. So schnell wie möglich laufe ich aus der Garage, ziehe die Tür hinter mir zu und lehne mich dagegen. Noch immer kann ich alles in der Garage hören, jeden Schritt auf dem Zementboden, jeden unbehaglichen Atemzug, das Geräusch, wie Dad Bretterstapel sortiert, als wäre ich noch da drin bei den anderen. Und jedes Wort, das dort gesprochen wird.

»Solltest du nicht nach deiner Freundin sehen?«, fragt Ben.

»Der geht's gut.« Marissa gibt sich keine Mühe, die Verachtung in ihrer Stimme zu verbergen.

»Sah für mich nicht so aus«, sagt Ben.

Marissa seufzt. »Ich geh ja schon.«

Weil ich nicht direkt von ihr vor der Garage gefunden werden will, verschwinde ich schleunigst von meinem Platz hinter der Tür und laufe hinaus in den Garten, um frische Luft zu schnappen.

Von meinem Platz auf der Schaukel aus beobachte ich, wie Marissa mit der Hüfte die Seitentür des Trailers aufschiebt. In beiden Händen trägt sie ein Tablett mit Eistee und Keksen. Sie geht mit langsamen, vorsichtigen Schritten, achtet darauf, nicht mit den Absätzen im unbefestigten Boden stecken zu bleiben, und bleibt jedes Mal stehen, wenn der Tee über den Glasrand schwappt.

»Hier«, sagt sie, stellt das Tablett auf einen Baumstumpf und hält mir ein Glas hin.

»Danke.« Ich nehme das Getränk entgegen. Die Kälte jagt mir einen Schauer über die Hand. »Wo ist Ben?«

»Ich habe deinem Dad gesagt, er soll ihn nicht aus den Augen lassen, das wäre wichtig für deine Sicherheit.« Mit vollem Schwung setzt sie sich auf die freie Schaukel neben mir und dreht sich im Kreis damit. »Ist alles okay mit dir?« Ihr Blick wandert sehnsüchtig zur Garage.

Mein erster Impuls ist zu sagen, dass es mir gut geht, und auch so zu tun, als wäre das so. In meinem Kopf läuft immer wieder mein Jeanne-d'Arc-Mantra: *Kämpferin, Kämpferin, Kämpferin.* Aber es geht mir nicht gut. Nicht, dass sich Marissa wirklich für meine Gefühle interessieren würde. Die ganze Zeit über habe ich mich mit ihrem schwierigen Benehmen abgefunden, weil ich glaube, dass es von einer tiefen Verletzung stammt, und wahrscheinlich habe ich gehofft, dass ich ihr irgendwo ganz tief im Inneren doch etwas bedeuten würde, genau wie sie mir – ein bisschen wie bei Schwestern. Damals, als sie mich als Ausbildungs-Partnerin ausgewählt hat, war ich so glücklich. Ich dachte, jetzt würde alles anders werden als in der Grundschule, wo man immer als Letzte ausgewählt und oft mit anderen Kindern zusammengesteckt wurde, deren Eltern auch aus anderen Ländern kamen. Meine Klassenkameraden kannten meine genaue Abstammung nicht einmal. Wegen meiner Sommersprossen und der wilden Locken, die ich von meinem Dad geerbt habe, dachten die meisten, ich käme von einer Pazifikinsel. Ich hätte wissen müssen, dass es nicht wirklich um mich geht, wenn mich ein beliebtes Mädchen als Erste auswählt. Nein, ich war nur eine weitere Sprosse auf ihrer Liebesgöttinnen-Erfolgsleiter. Und auch jetzt gibt sie nur vor, sich für mich zu interessieren, weil es ihr jemand aufgetragen hat.

»Rachel?« Sie wedelt mit der Hand vor meinem Gesicht. »Du guckst schon wieder so komisch ins Nichts.«

»Du willst doch gar nicht wissen, was ich denke.«

»Stell mich auf die Probe«, gibt sie halbherzig zurück.

Ich hole tief Luft. »Ich frage mich, ob wir wirklich Freundinnen sind oder ob alles in den letzten drei Jahren nur war, weil man dir vorgeschrieben hat, mich als A.P. auszuwählen.«

»Woah.« Marissa fällt das falsche Lächeln aus dem Gesicht. »Ernsthaft?«

»Ernsthaft.«

»Okay. Also, zuerst war es wirklich nur, weil man mich gebeten hat, deine Freundin zu sein. Ich meine, schau uns an, normalerweise würden wir uns nicht in den gleichen sozialen Kreisen bewegen.«

Ich stelle mein Glas ab und ramme die Fußspitze in den Boden.

Marissa seufzt. »Aber natürlich sind wir Freundinnen.« Sie boxt mich leicht in die Seite. »Du bist die Einzige, die es mit mir aushält.«

Ich werfe ihr einen Seitenblick zu, sehe ihre blauen Augen, die fast den gleichen Ton haben wie die von Eros auf dem Gemälde. Sie sieht ihm so viel ähnlicher als ich, bei ihr lässt sich die Verbindung leicht nachvollziehen. Und in diesem Moment sind diese blauen Augen so aufrichtig, wie ich sie noch nie gesehen habe, fast flehen sie mich an, ihr zu glauben. Das Wissen, dass ich ihr wirklich wichtig bin, macht alles ein bisschen leichter.

Marissa schwingt auf ihrer Schaukel näher zu mir. »Ich wäre selbst dann mit dir befreundet, wenn du aufgemalte Augenbrauen hättest. Und du weißt genau, wie ich zu solchen Augenbrauen stehe.«

Ich lache.

»Was geht in deinem Kopf vor?«, fragt sie.

»Es ist wohl … einfach schwierig, sich an die neuen Umstände zu gewöhnen. Ich habe meine Tante kennengelernt, und ich habe einen Cousin, von dem ich bisher nichts wusste. Meine Ma sitzt im Knast, wo man wer weiß was mit ihr anstellt. Und das ist noch nicht alles …« Ich räuspere mich, hole tief Luft und überlege, wie ehrlich ich sein soll. »Mir wird langsam bewusst, dass manches, was ich will, nie Realität werden wird.« Das ist so nah an der Wahrheit, wie es geht. Die ganze Wahrheit ist: dass ich mich aus irgendwelchen albernen Gründen zu Ben hingezogen fühle und es hart ist, die Verbindung zwischen den beiden mit anzusehen.

»Wem sagst du das!« Marissa pfeift durch die Zähne.

»Ach, bitte. Du hast doch alles, was du willst.«

Sie hört auf zu schaukeln. »Eigentlich nicht.«

»Was meinst du?« Dann fällt mir ihre Mutter wieder ein. In all den Jahren, die ich Marissa kenne, bin ich ihrer Mutter nur ein Mal begegnet. Sie ist die meiste Zeit unterwegs und lebt irgendeine Midlife-Crisis aus; sie flirtet mit Männern und verwandelt sie, statt bei ihrer Tochter zu sein.

Marissa streicht sich die Haare über die Schultern. »Ich meine, wir können keine echte Liebe finden, nicht wahr? Schon klar, ich ziehe dich immer mit dem *Wahre-Liebe*-Kram auf, aber in letzter Zeit denke ich mir …«

Hier geht es nicht um ihre Mutter. »Ben?«, frage ich.

Marissa wird rot.

Und wieder wird mir schwer ums Herz.

KAPITEL 18

Das laute Brummen eines Motors lässt mich aus meinen Gedanken hochfahren. Ich springe von der Schaukel und renne so schnell wie möglich zur Vorderseite des Hauses.

»Wo willst du hin?«, ruft mir Marissa hinterher.

»Meinen Cousin kennenlernen.«

Ich öffne die Gartentür und bleibe vor einem dunkelroten Pick-up mit extragroßen Reifen stehen. Die Fahrertür öffnet sich, und ein großer, muskulöser junger Mann in Baseballmontur springt heraus. Im Gegensatz zu Joyce sieht Kyle durchaus so aus, als würden wir zur selben Familie gehören, und darüber muss ich lächeln. Wir haben beide braune Haut und schwarze Haare, aber er hat sich die Spitzen im gleichen Blondton gefärbt wie Joyce' Haare. Ohne mich zu bemerken, setzt Kyle seine Mütze auf, geht zum Heck des Wagens und holt seine Tasche von der Ladefläche. Sie sieht aus, als würde sie fünfzig Pfund wiegen, aber er schwingt sich den großen Sack mühelos über die Schulter.

Dann geht er zum Haus, und endlich sieht er mich.

»Oh, hi.« Er zeigt ein perfektes weißes Lächeln, seine dunkelbraunen Augen blitzen frech. »Kann ich dir helfen?«

Ich werde rot, als mir bewusst wird, dass ich Kyle auf dieselbe Art anstarre, wie Marissa Ben anstarrt. »Oh. Äh. Bist du Kyle?«

Seine Miene verändert sich. »Ja, das bin ich. Hör zu, wenn du deswegen hier bist: Es ist nett von dir, dass du gekommen bist, aber ich bin nicht an Dates interessiert …«

Mein nervöses Lachen unterbricht ihn. »Nein, das ist es nicht. Ich glaube, ich bin deine Cousine.«

»Cousine? Ach, dann musst du Rachel sein!« Er zwinkert mir zu. »Es hat mich ein bisschen überrascht, dass ihr nach all den Jahren so plötzlich zu Besuch kommt. Seid ihr vor irgendwas auf der Flucht? Oder war es einfach endlich mal Zeit, die Familie kennenzulernen?«

»Auf der Flucht? Nein … ich … wir …«

Er lächelt. »Egal warum, ich freue mich, dich kennenzulernen.«

Hinter mir raschelt etwas, und als ich mich umdrehe, sehe ich Marissa durchs Tor kommen. Sie klopft sich den Staub vom Rock. Als sie Kyle erblickt, hält sie inne.

»Woah!«

»Marissa, das ist Kyle. Kyle, meine Freundin Marissa.«

Er tippt sich an die Mütze. »Freut mich.«

Marissa kichert.

Ihn scheint das kein bisschen aus der Fassung zu bringen. Aber ich gehe davon aus, dass er keinen Mangel an weiblicher Aufmerksamkeit hat. Lächelnd geht er an uns vorbei zum Haus, und wir starren ihm hinterher.

»Schade, dass er weggeht«, sagt Marissa. »Aber was für eine Rückansicht!«

Ich verdrehe die Augen. »Jaja. Ist schon ganz okay.«

»Ganz okay? Er ist mehr als ganz okay. Er ist heiß. Heiß und sexy.«

Mir rutscht eine Mischung aus Lachen und Schnauben heraus, während ich Marissa kopfschüttelnd ansehe. »Komm schon«, sage ich und gehe zurück ins Haus.

Marissa folgt mir ein bisschen zu eifrig. »Ich gehe überallhin, wo er hingeht.«

»Die Gästebetten sind fertig!«

Marissa, Joyce und ich sitzen am Küchentisch und drehen uns um, als Ben und Dad aus der Garage stolpern. Von Kopf bis Fuß mit Holzmehl und Schweiß bedeckt kommen sie in die Küche.

»Das ging ja schnell.« Joyce lächelt. »Wollt ihr ein Glas Eistee, während ihr auf Kyle wartet?« Sie hält einen vor Kälte beschlagenen Krug hoch.

»Das wäre nett, danke.« Ben geht um Marissa herum und nimmt sich ein Glas. Weil Dad den letzten freien Platz am anderen Ende des Tischs besetzt hat, geht Ben ins Nebenzimmer und hockt sich dort auf die Couch.

Bevor Marissa aufspringen und sich neben ihn setzen kann, öffnet sich die Badezimmertür, und eine Dampfwolke quillt heraus. Nur mit einem Handtuch um die Hüften schlendert Kyle in den Flur. Die nassen Haare fallen ihm ins Gesicht, umrahmen perfekt sein markantes Kinn und die breiten Schultern. Wassertröpfchen glitzern auf seiner Haut. Als er in die Küche kommt, schnappen Marissa und ich hörbar nach Luft. Ich vor Schreck, sie vor Faszination.

»Hey, Mom.«

»Kyle? Was um alles … geh dir was anziehen!«

Er grinst sie an, dann wendet er sich zu meinem Dad, der

still in seiner Ecke sitzt, und streckt ihm die Hand hin. »Und du musst mein Onkel sein.«

Dad betrachtet die dargebotene Hand, schüttelt sie aber nicht. »Hi«, sagt er.

Kyle lächelt, obwohl ihn das Verhalten meines Vaters sichtlich irritiert. Er gibt seiner Mutter einen Kuss auf die Wange, ehe er sich an Marissa und mich wendet. Als er Ben im Nebenzimmer entdeckt, hält er inne und hebt lächelnd die Hand zum Gruß. »Hey Mann, ich bin Kyle. Und du?«

»Ben. Freut mich, dich kennenzulernen.« Ben nickt und widmet sich wieder einer Zeitung, die er von der Küchentheke mitgenommen hat.

»Und wer bist du?«

»Er ist ein Freund«, sage ich, bevor Marissa oder Ben irgendetwas antworten können, das lieber nicht ausgesprochen werden sollte.

»Ah, cool.« Kyle mustert mich von Kopf bis Fuß. Sein selbstsicherer Blick macht mich ganz nervös. Während so ein Blick bei Ben eine entspannte Souveränität ausstrahlt, wirkt er bei Kyle forsch, fast schon raubtierhaft.

»Unsere Familie ist einfach zu attraktiv«, sagt er.

Marissas Lächeln verblasst, und sie streicht sich mit einer so automatischen Bewegung über die Augenbrauen, dass ich nicht sicher bin, ob sie sich dessen überhaupt bewusst ist. »Du schmeißt dich an deine eigene Cousine ran?«

Kyle schmunzelt. »Ich schmeiße mich nicht an sie ran. Ich sage nur die Wahrheit. Aber auch sonst wäre es nicht schlimm, weil wir ja nicht blutsverwandt sind.«

Ben hebt den Blick von der Zeitung.

»Was soll das heißen?«, frage ich.

»Joyce hat mich adoptiert. Geboren bin ich auf den Philippinen.« Er zwinkert Ben zu und schlendert davon. Mit jedem Schritt rutscht das Handtuch ein Stück tiefer.

Marissa steht auf und geht zu Ben. Als er ihr keine Beachtung schenkt, zieht sie sich schmollend in unser gemeinsames Gästezimmer zurück. Ich stehe vom Tisch auf und hocke mich zu Ben aufs Sofa.

»Was für ein Tag«, sagt er und faltet die Zeitung zusammen.

»Ein verrückter Tag.« Ich lächle und drehe mich zu ihm. Als sich unsere Blicke treffen, muss ich schlucken. Wenn er mich ansieht, ist da immer so eine gewisse Intensität, als würde er mich genau studieren und analysieren und versuchen, meine Gedanken zu lesen. Es ist einschüchternd und geheimnisvoll – ich wüsste zu gerne, was er denkt.

Ben faltet die Zeitung immer wieder auseinander und zusammen. »Er hat recht mit dem, was er über dich gesagt hat, weißt du das?«

Ich bekomme kaum Luft. »Was?«

Er lächelt und legt jetzt den Arm auf die Sofalehne, dabei fallen meine Haare über seine Hand, und er schnippt mit dem Finger gegen die Spitze meines Pferdeschwanzes.

»Oh, entschuldige«, sage ich und beuge mich vor.

Er lächelt. »Kein Grund, sich zu entschuldigen. Ich mag deine Locken.«

Mein ganzer Körper versteift sich, und meine Wangen werden heiß.

»Alles okay mit dir?«, fragt er.

»Ich bin nur …« Ich breche ab. Ben beugt sich lächelnd zu

mir. Plötzlich wird mir überdeutlich bewusst, wie nah wir uns sind. Selbst die kleinen Härchen auf meinen Armen richten sich auf.

»Du hast Sommersprossen«, sagt er mit einem Blick auf meine Nase. »Die sind süß.« Dann lässt er sich an die Sofalehne zurückfallen.

Statt einer Antwort verschränke ich die Arme, um mir nicht unwillkürlich die brennende Nase zu reiben. Ich wippe nervös mit dem Fuß in der Luft.

»Du bist keine Komplimente gewöhnt, oder?«

Sein Blick durchbohrt mich, beobachtet und analysiert mich. Eines Tages wird er einen ausgezeichneten Polizisten abgeben. Diese Augen blicken direkt in mich hinein, genau in meine Seele. Am liebsten würde ich ihm die Wahrheit erzählen, die ganze Wahrheit, einfach nur, damit er aufhört, mich so anzusehen.

»Nicht, wenn immer jemand wie Marissa in der Nähe ist.«

Er lacht. »Sie ist wirklich schön. Aber das bist du auch.«

Marissa braucht zwei Stunden, um sich ausgehfertig zu machen. Ich würde darauf wetten, dass sie in dieser goldenen Handtasche einen kompletten Kosmetikladen mit sich herumschleppt. Eine geschlagene Viertelstunde verbringt sie damit, mit einem Stift ihre Augenbrauen zu korrigieren, und zwischen Minute acht und Minute fünfzehn kann ich nicht mehr den kleinsten Unterschied feststellen. Ihre Haare sind jetzt in perfekte Wellen gelegt und alle Make-up-Schichten präzise aufgetragen. Ihre Kleidung ist akkurat gebügelt, und Marissa trägt sie, als wäre sie gerade einem Schaufenster entstiegen. So gut haben meine Klamotten bisher selbst an den Schaufensterpuppen niemals ausgesehen.

Marissa dreht und wendet sich vor dem Spiegel, um sich dann wieder dem Kleiderstapel zu widmen, den sie aus meiner Tasche gekippt hat. »Ich könnte stattdessen auch das hier anziehen.« Sie hält sich ein weißes T-Shirt vor den Körper und prüft, wie es zu dem Faltenrock passt.

Wo ist Jeanne d'Arc mit ihrem treuen Schwert, wenn man mal jemanden abstechen muss? »Zum letzten Mal, Marissa, du siehst perfekt aus.« Ich atme deutlich hörbar aus und sehe in meinem Chat nach, ob es etwas Neues von Paisleys Mutter gibt. Keine Antwort bisher, das macht mir Sorgen.

»Es ist ja nicht so, als ob ich echte Alternativen hätte.« Marissa dreht sich ein letztes Mal vor dem Spiegel und betrachtet sich. »In dieser Situation ist das wohl das Beste, was ich draus machen kann.«

Wieder ein Seitenhieb gegen meine Kleidung. Das Level ihrer passiv-aggressiven Energie ist so hoch wie nie, und ich bin ein bisschen enttäuscht. Ich dachte, wir wären uns vorhin hinter dem Haus nähergekommen, aber sie scheint das schon wieder vergessen zu haben. Und im Augenblick kann ich wirklich nicht noch mehr Drama gebrauchen.

Mein Handy piepst, und als ich nachsehe, finde ich eine Nachricht von der Mutter Oberin, die Marissa und mich auffordert, den Anweisungen des Gremiums endlich Folge zu leisten und sofort nach Athen aufzubrechen. Als ich die Nachricht wegklicke, wird mir eine Liste von Accounts vorgeschlagen, denen ich folgen könnte. Einer davon ist jemand namens Surrender2Love, kurz S2L, mit einem von Pfeilen durchbohrten menschlichen Herzen als Profilbild. Surrender2Love – gib dich der Liebe hin, wie einfallsreich.

Plötzlich habe ich Mas Worte wieder im Ohr. *Wenn du dich der Liebe hingibst, wird Eros dich finden.*

Das kann doch nicht … oder doch?

Von Neugier getrieben schicke ich eine Freundschaftsanfrage. Sie wird sofort angenommen. Mein Herz rast, als ich den Chat öffne und auf das Nachrichtenfeld klicke.

ICH: Hallo?

Im Chatfeld wird angezeigt, dass jemand eine Antwort tippt. Die Knie eng an die Brust gezogen, starre ich auf den Bildschirm.

S2L: Hallo, meine Liebe.
ICH: Wer bist du?
S2L: Du weißt, wer ich bin.

Wenn auch nur die kleinste Chance besteht, dass das wirklich Eros ist, muss ich es wissen. Vielleicht kann wenigstens er meiner Ma helfen.

ICH: Ich hoffe, dass du mir helfen kannst.
S2L: Geht es um deine Mutter?

Meine Hände zittern so sehr, dass ich fast das Handy fallen lasse. Ich sehe zu Marissa hinüber, die gerade eine weitere Schicht Wimperntusche aufträgt und mich nicht beachtet.

ICH: Wenn du der bist, von dem ich glaube, dass du es bist, kannst du mir dann helfen, sie zu retten?
S2L: Dazu brauchst du mich nicht. Versuche, deine Gabe zu akzeptieren.

Wenn Marissa nicht direkt neben mir stünde, würde ich das für irgendeinen kranken Scherz von ihr halten. Aber sie steht nun mal neben mir, und wer bleibt dann noch übrig? Die Mutter Oberin? Eine meiner Lehrerinnen? Ich bin wütend – haben sie meine Hoffnung ausgenutzt, um mich zu überlisten und auf die Seite der Liebesgöttinnen zu ziehen? Davon abgesehen bin ich wütend auf mich selbst, weil ich vor lauter Verzweiflung tatsächlich geglaubt habe, der Gott der Liebe würde eine Freundschaftsanfrage von mir akzeptieren.

ICH: Wer auch immer du bist, das ist nicht lustig. Und weißt du was? Ich will keine Liebesgöttin sein. Meiner Meinung nach ist das nicht die Lösung der Probleme, sondern ihre Ursache. Ich habe es satt, mich von Eros und seinem blöden Pfeilfluch herumkommandieren zu lassen. Seinetwegen sitzt meine Ma im Gefängnis, und ich habe mein Zuhause verloren.
S2L: Vielleicht wird es Zeit, dass du aufhörst, über Eros zu jammern, und verdammt noch mal deinem eigenen Pfeil folgst.
ICH: Äh, was?
S2L: Bis später, meine Liebe.

»Rachel?«

»Was?« Ich schaue auf und stelle fest, dass Marissa mich mit finsterer Miene ansieht.

»Bist du fertig?«

Ich sehe auf den Bildschirm. S2L ist jetzt offline. Seufzend stecke ich das Handy in meine Gesäßtasche. »Ich bin schon seit einer Stunde und siebenundvierzig Minuten fertig.«

Marissa verdreht die Augen, nimmt meine Hand und zieht mich vom Bett hoch. »Du willst das hier doch nicht ernsthaft anziehen, oder?«

Ich betrachte meine Converse, die kniehohen schwarzen Strümpfe, die abgeschnittenen Jeans, das weiße Wonder-Woman-T-Shirt und den langen schwarzen Cardigan. Das ist mein Standard-Ausgeh-Outfit. »Sieht aber so aus, als hätte ich es schon angezogen.«

Marissa rümpft die Nase. »Darf ich dir wenigstens die Haare machen? Ich hasse deinen ewigen Pferdeschwanz.«

»Nein.«

»Ach, komm schon, du bist mit deinem Pferdeschwanz doch nicht verheiratet.«

Ich verschränke die Arme vor der Brust und schaue sie finster an.

»Was ist mit deinen Augenbrauen?« Sie streckt die Hand danach aus, aber ich schlage sie weg.

Augenrollend nimmt sie ihre Tasche und kramt darin nach einem kirschroten Lipgloss. Nachdem sie zwei Schichten davon aufgetragen hat, geht sie aus der Tür und lässt mich einfach stehen.

Ich folge ihr ins Wohnzimmer, wo Ben und Kyle unbehaglich herumstehen, die Hände in den Hosentaschen, und aussehen, als wären ihnen die Gesprächsthemen ausgegangen. Neben Kyle in seiner Lederjacke wirkt Ben im Pizza-Sweatshirt mit dem Smiley darauf ziemlich deplatziert. Als er sieht, dass ich beim Anblick seines Sweatshirts grinsen muss, blickt er erst an sich hinunter und dann an Kyle.

»Ich kann dir eine Jacke leihen, Mann«, sagt Kyle.

»Schon gut.« Ben zieht das Sweatshirt aus, dreht es auf links und zieht es wieder an.

»Irgendwie besser«, bemerkt Marissa.

Joyce sitzt am Küchentisch und tut so, als würde sie uns nicht beobachten. Ich komme mir vor wie ein Mädchen aus einer dieser Fernsehserien – wie in *Mein Leben als Vampir-Alien* –, die sich aufstylen und mit Typen ausgehen, die zu heiß sind, um wahr zu sein. Für einen kurzen Moment vergesse ich sogar Ma, doch gleich darauf kehren Angst und Sorgen zurück, diesmal in Begleitung von Schuldgefühlen. Es fällt mir schwer, so zu tun, als wäre alles in Ordnung, sosehr ich es mir auch wünsche.

Die Worte meiner Ma schwirren mir durch den Kopf. *Dein Glück ist mir wichtiger als mein eigenes*, und irgendetwas daran vermittelt mir das Gefühl, dass es richtig ist, heute auszugehen. Ma würde nicht wollen, dass ich Trübsal blase, wenn ich im Augenblick ohnehin nichts für sie tun kann. Sie würde allerdings sicher wollen, dass ich meinen Cousin kennenlerne. Für alle Fälle checke ich noch einmal mein Handy. Paisley ist immer noch offline. Ich stecke es in die Hosentasche und will gerade mit den Jungs rausgehen, als Dad mir den Weg versperrt.

»Du kannst nicht weggehen, Rachel. Ich muss auf dich aufpassen.«

Ich zeige auf Kyle und Ben, die beide ein gutes Stück größer sind als Dad. »Die beiden werden auf mich aufpassen. Und wenn nicht, habe ich immer noch Marissa.« In Wahrheit kann Marissa nämlich mehr Schaden anrichten als die beiden Jungs zusammen.

»Deine Mutter wäre damit nicht einverstanden.«

»Ma hat gesagt, es ist okay.« Es ist nur eine kleine Notlüge. In Wirklichkeit hat sie das zwar nicht gesagt, aber in meiner Vorstellung schon.

»Okay«, sagt Dad. »Deine Mutter fehlt mir nur so sehr.«

»Ich weiß, Dad.« *Mir auch.*

»Pass auf dich auf«, sagt er noch einmal.

»Uns wird nichts passieren«, sage ich und drücke seine Hand, bevor ich Marissa und den Jungs folge.

Kyle bietet mir seinen Arm an, und das Fernsehserien-Gefühl ist wieder da.

Als wir gerade aus der Tür gehen wollen, dreht sich Ben noch einmal zu Dad um. »Wir werden uns anständig benehmen, Mr. Patel. Pfadfinderehrenwort.« Er legt die Hand aufs Herz. Marissa muss darüber lächeln, aber ich runzle die Stirn. Für jemanden, der entführt wurde, verhält sich Ben zu normal. Dann sieht er mich an, und ich wünschte, ich könnte seine Gedanken lesen.

Warum hat er nicht versucht zu fliehen?

KAPITEL 19

Im Rückspiegel beobachte ich Ben, der unruhig auf seinem Sitz hin und her rutscht, sich alle paar Minuten umdreht und durch die Heckscheibe nach draußen starrt, um anschließend jedes Mal wieder meinen Blick zu suchen. In seinen Augen liegt dieser vertraute fragende Ausdruck. Marissa ist dagegen beunruhigend still. Die letzten fünf Minuten hat sie nur auf ihrem Handy herumgetippt. Ich wüsste zu gern, ob es auf Quiver irgendwelche neuen Informationen gibt. Aber als ich sie gerade fragen will, beugt Ben sich vor und lehnt sich gegen den Vordersitz. Unsere Arme berühren sich beinahe, und sein Gesicht ist so nah an meinem, dass mein ganzer Körper vor Anspannung kribbelt. Schnell lehne ich mich ein Stück zurück und entdecke einen schwarzen SUV, der unserem Pick-up folgt. Kyle biegt in eine andere Straße ein, und der SUV biegt ebenfalls ab. Mein Herz rast. Bens Körpersprache ist mir seltsam vorgekommen, und jetzt kenne ich den Grund dafür.

»Wir müssen anhalten«, sage ich mit einem Blick zu Kyle. »Irgendwo, wo viele Fußgänger sind.«

»Das ist ja ziemlich konkret.« Kyle grinst.

Ich beuge mich vor und senke die Stimme. »Ich glaube, wir

werden verfolgt, und wenn ich recht habe, sollten wir versuchen, unauffällig in der Masse unterzutauchen.«

»Unauffällig konnte ich noch nie gut.« Kyle gibt mir einen kleinen Schubs und erwartet, dass ich lache, aber ich habe zu viel damit zu tun, den schwarzen SUV zu beobachten und nicht durchzudrehen.

»Hab ich irgendwas verpasst?« Kyle fährt auf den Parkplatz einer Einkaufsmeile und stellt den Motor ab.

Der schwarze SUV fährt weiter. Ben lässt die Schultern sinken, und ein eigenartiger Ausdruck huscht über seine Züge.

»Leute?«, fragt Kyle mit mehr Nachdruck.

»Ein paar Polizisten halten uns für Aliens«, wirft Marissa ein, ohne von ihrem Handy aufzusehen. »Und ein paar Nonnen wurden festgenommen, als sie uns beschützen wollten. Rachel macht sich Sorgen, dass sie uns auch wieder festnehmen.«

Kyles Augen weiten sich, als er erst Marissa und dann mich ansieht. Dann wirft er ruckartig den Kopf zurück und fängt mit bebender Brust an zu lachen. Nach einer Weile beruhigt er sich wieder. »Gut, ich bin fertig. Jetzt erzählt aber wirklich mal, was los ist.«

Er hat recht, unsere Wahrheit ist zu abgedreht, um sie zu glauben.

Bens Blick bleibt am Armaturenbrett hängen. »Ist das ein Polizeifunkscanner?«

»Jupp«, sagt Kyle und greift nach dem Mikro.

Ben reckt sich nach vorn und sucht die Frequenzen ab, immer wieder hält er inne, um zu lauschen. Ich behalte die Augen auf der Straße, falls der SUV noch mal zurückkommt.

»Willst du dich vielleicht einfach nach vorn setzen?«, fragt Kyle.

Ben ignoriert ihn und dreht weiter an der Skala, den Kopf zum Lautsprecher geneigt. Nur wenige Zentimeter trennen uns. Sein Geruch – nach Papier und Meer – füllt meinen Kopf aus, bis er fast platzt. Auf dem Arm, der Ben am nächsten ist, richten sich die Härchen auf, und ich spüre das Pulsieren statischer Energie unter der Haut. Ich tue es als Nervosität ab, doch dann streift Ben meinen Arm, und die ganze Spannung in meinem Körper entlädt sich.

Mit einem Aufschrei fährt Ben zurück. »Du hast mir einen elektrischen Schlag verpasst!«

Marissa reißt den Blick von ihrem Handy los und sieht mich warnend an.

»Tut mir leid, ich …«

»Hast du gerade versucht, mich zu … zu …? Du weißt schon?« Vor Angst stolpert er über seine eigenen Worte.

»Nein, hab ich nicht! Das würde ich doch nie tun. Ich war statisch aufgeladen, vom Gurt oder so.«

Marissa springt aus dem Pick-up, stürmt zu meiner Tür, reißt sie auf und zerrt mich aus dem Wagen. Sie zieht mich nach hinten zum Heck und drückt mich auf die Stoßstange hinunter, damit die Jungs uns nicht beobachten können.

»Was war das?«

»Ich weiß nicht – mein Arm hat sich komisch angefühlt, und dann hat Ben einen Schlag gekriegt.«

»Wir wissen beide, dass *das* nicht passiert ist.«

»Das kann nicht sein. Ich habe noch nie …«

»Du weißt ganz genau, wie stark die Gabe in deiner Familie

ausgeprägt ist. Deshalb kann deine Mutter Männer durch bloße Berührung verwandeln. Und du kannst das wahrscheinlich auch.« Marissa fängt an, vor mir auf und ab zu laufen.

»Nein. Das kann nicht sein.« Ich starre auf meinen Arm. *Bitte mach, dass es das nicht ist.*

Marissa bleibt direkt vor mir stehen und packt mich an den Schultern. »Hast du so etwas schon mal vorher gespürt?«

Ich weiche ihrem Blick aus, weil ich nicht sehen will, was mich dort erwartet. Deshalb lasse ich den Kopf hängen und murmle: »Nein.«

»Mist. Nicht zu fassen, dass du beinahe meinen Freund verwandelt hättest. Als hätten wir nicht schon genug Aufmerksamkeit auf uns gezogen.«

»Deinen … Freund?«

Marissa funkelt mich an.

Ich weiß nicht, was schlimmer ist, mir Ben und Marissa als Paar vorzustellen oder dass sich gerade womöglich meine Liebesgöttinnenkräfte bei ihm gezeigt haben. »Seit wann seid ihr zwei zusammen?«

»Ich dachte, das wäre offensichtlich.« Marissa lässt die goldene Handtasche von ihrer Schulter gleiten, kramt darin herum und holt ihr Handy heraus. Sie schaltet in den Selfie-Modus, überprüft ihre Zähne und fängt an, eine rebellische Haarsträhne zu glätten.

»Wann hat er dich gefragt, ob du mit ihm gehen willst?« *Wer fragt seinen Entführer, ob er mit ihm gehen will?*

»Er braucht mich nicht zu fragen. Ich *weiß*, dass er mich mag.« Sie lässt von der Haarsträhne ab und steckt sie sich hinters Ohr. Das Handy lässt sie in die Handtasche fallen.

»Dann weiß er also gar nicht, dass ihr zusammen seid?«

Marissa seufzt und stützt die Hände in die Hüften. »Du hast einfach keine Ahnung von Beziehungen. Es muss nicht alles definiert werden, um real zu sein. Warum glaubst du, hat er nicht versucht zu fliehen? Weil er mich mag, deshalb.«

»Es ist nur ...«

»Wo ist denn das Problem?« Marissa schreit schon fast, und ich mache mir Sorgen, dass die Jungs uns hören könnten. »Es ist ja nicht so, als würdest du auf Ben stehen, oder?«

»Nein... Quatsch!«

Sie wirft mir einen eigenartigen Blick zu. »Lass uns wieder reingehen. Und pass auf, was du tust. Wenn du dich wieder so komisch fühlst, steig lieber aus oder so.«

Als wir wieder ins Auto steigen, unterhalten sich Ben und Kyle, und da Ben auf den Vordersitz gewechselt ist, muss ich jetzt zu Marissa nach hinten. Sie lehnt sich von innen gegen die Tür und starrt mich böse an.

»Ich sag doch, es ist nicht wegen der Waffe.« Ben ringt sich ein Lachen ab, doch sein Ton ist ernst.

»Na klar.« Kyle wirft einen Blick zu uns auf den Rücksitz. »Ich habe den harten Kerl hier nur gefragt, warum er Bulle werden will. Er behauptet, es liegt nicht daran, dass er mit 'ner Waffe rumfuchteln darf.« Kyle schnaubt.

»Das ist auch nicht der Grund«, murmle ich.

»Ach, wirklich?«, fragt Kyle. »Was dann?«

Ich werfe einen kurzen Blick zu Ben, der sich auf seinem Sitz umgedreht hat und mich gründlich mustert.

»Äh.« Marissas böse und Bens neugierige Blicke machen mir das Denken schwer. »Weil ihm das wichtig ist. Die Menschen und so.« Als ich ihn wieder ansehe, wendet er den Blick ab.

»Wichtig?« Kyle wackelt mit den Augenbrauen. »Woher willst du das wissen?«

Ich schlucke den turnschuhgroßen Kloß hinunter, der sich in meinem Hals bildet. »Er, äh, er nimmt sich die Zeit, zu fragen, wie es einem geht. So … als würde es ihn wirklich interessieren.«

»Oooh, du bist so sensibel.« Kyle stößt Ben mit dem Ellbogen an, der die Gelegenheit nutzt, sich wieder nach vorne zu drehen und sich in den Sitz fallen zu lassen. »Und ausgerechnet der Typ Mann muss unbedingt mit einer Waffe rumlaufen. Ich finde, sensible Kerle geben tolle Freunde ab, aber sie sollten nicht Polizist werden.«

Marissa kichert, was meine innere Jeanne d'Arc erst recht an die Oberfläche drängt. »Sensibilität ist doch nichts Schlechtes«, sage ich verärgert.

»Oha, da habe ich wohl einen wunden Punkt erwischt«, scherzt Kyle.

Ben wirft ihm einen Blick zu und beugt sich vor. »Lass sie in Ruhe, Mann.«

»Ich versteh, was du meinst, Rachel.« Kyle lacht. »Er ist wirklich sensibel.«

Mir platzt der Kragen. Vielleicht liegt es daran, dass ich immer noch von Marissa enttäuscht bin, vielleicht auch an etwas anderem. Jedenfalls stoße ich die Tür auf und steige aus.

»Hab ich was Falsches gesagt?«, ruft Kyle mir hinterher.

Ich kenne ihn nicht gut genug, um zu wissen, ob er die Frage ernst meint. Und nach allem, was heute passiert ist, liegen meine Nerven blank. Also bleibe ich mit dem Rücken zum Pick-up wie angewurzelt stehen. »Ja, du hast was Falsches gesagt!« Ich schreie das sogar, und ich kann nichts dagegen tun. Menschen am anderen Ende des Parkplatzes drehen sich nach mir um und starren mich an. »Und die Art, *wie* du es gesagt hast! Mein ganzes Leben lang behandelt mich mein Dad, als würde ich gar nicht existieren, als wären meine Gefühle überhaupt nicht wichtig. Deshalb bin ich wirklich dankbar, wenn mich mal jemand fragt, wie es mir geht. Egal ob Junge oder Mädchen. Ich halte das nicht für ein Zeichen von Schwäche. Nein, ich glaube, man muss sehr stark sein, um andere wichtiger zu nehmen als sich selbst. Ben wird mal ein ausgezeichneter Polizist. Die Art Polizist, wie sie die Welt braucht.«

»Du hast wenigstens einen Dad«, sagt Kyle.

Mir wird das Herz schwer. Kyle und Marissa haben gar keinen Vater, und ich beschwere mich hier über meinen.

Auf dem Gehweg bildet sich eine Menschentraube. Als ich hinsehe, schauen die Leute schnell in die andere Richtung, um sich nicht anmerken zu lassen, dass sie mich beobachtet haben. Ich atme noch einmal durch, stecke das Handy in die Tasche und gehe davon. »Ich brauche ein bisschen Zeit für mich«, sage ich.

»Warte, Rachel«, ruft Ben mir nach. »Es wird schon dunkel.«

Ich marschiere weiter, ohne ihn zu beachten.

Als ich an der Einkaufsmeile vorbeikomme, fange ich an zu joggen. Der vertraute Rhythmus meiner Schritte im Einklang mit meinem Atem beruhigt mich ein bisschen. Schon bald bin ich einige Straßen entfernt und komme an Häuserreihen vorbei, die sich so gleichförmig aneinanderreihen wie die Tasten eines Klaviers. Die Sonne ist beinahe untergegangen und wirft ihre letzten Strahlen auf Schornsteine und zwischen Ästen hindurch. Als ich in eine andere Straße einbiege, sehe ich die schwachen Umrisse eines Glockenturms. Ich laufe die Straße hinunter, und als ich innehalte, um zu Atem zu kommen, stehe ich vor den Stufen einer Kirche. Die Ironie der Situation ist mir durchaus bewusst. Mit rasendem Herzen und immer noch zitternden Händen von meinem plötzlichen Wutausbruch im Pick-up gehe ich zur Tür und greife nach der Klinke.

Die Tür öffnet sich, und eine Wolke aus Weihrauch umhüllt mich – ein vertrauter Geruch, der mich sofort wieder in die blau gestreiften Wände von St. Valentine's versetzt. Seltsamerweise sehnt sich ein Teil von mir dorthin zurück – zurück zu einem Zeitpunkt, bevor Marissa Ben geküsst hat. Vielleicht würde der Schmerz in meiner Brust dann aufhören.

Zögernd trete ich ein und sehe mich um. Ein Priester in einem traditionellen langen schwarzen Gewand hört das Quietschen der alten Türangeln und dreht sich um.

»Hallo?«

»Oh, hi. Ich wollte nur sehen, ob Sie geöffnet haben.« Meine ungeschickte Wortwahl ist mir peinlich.

»Natürlich, nur herein. Brauchst du jemanden zum Reden?«

Ich bleibe in der Tür stehen und weiß nicht recht, was ich von dem Priester will oder erwarte. Aber nach den Jahren in St. Valentine's bin ich die Nähe von Menschen gewöhnt, die wie Geistliche aussehen, und ein offenes Ohr kann ich im Moment gut gebrauchen. »Kann schon sein.«

Er lächelt und winkt mich zu den Beichtstühlen in der Ecke.

»Ach ja, richtig. Die Beichte.«

Er hält mir die Tür auf und wartet, bis ich auf der Holzbank Platz genommen habe, bevor er die Tür schließt und auf seiner Seite eintritt. Seine Tür schließt sich mit einem leisen Klicken, dann wird das Fenster in der Trennwand geöffnet. Wunderschönes Gitterwerk überlagert den bunten Schatten des Priesters.

Ich drücke meine leicht zitternden Knie aneinander, während ich den nötigen Mut suche, um zu sprechen. Obwohl ich Schülerin in St. Valentine's bin und es dort eine ziemlich gute Nachbildung einer Kapelle gibt, bin ich zum ersten Mal in einem Beichtstuhl. Aber ich bin hier, er ist hier, und ich habe es satt, mich so allein zu fühlen. Mit ihm zu reden ist meine beste und gleichzeitig einzige Option.

»Herr Pfarrer, äh … Ich weiß nicht genau, was ich sagen muss. Dabei bin ich auf so etwas Ähnliches wie eine katholische Schule gegangen, und man sollte meinen, ich wüsste so was.« Ich lache tonlos und beiße mir auf die Wange. Unruhig warte ich auf seine Antwort.

»Sag einfach, was du auf dem Herzen hast, mein Kind.« Seine Stimme ist so ruhig, dass ich spüren kann, wie die Anspannung von mir abfällt.

»Okay.« Ich hole tief Luft. »Vergib mir, Vater, denn ich glaube, ich habe gesündigt. Ich bin wütend auf die Götter … äh, ich meine auf Gott, weil er mir eine Gabe verliehen hat, die ich nicht haben will.« Ich hole tief Luft und hoffe, dass der Priester meinen Versprecher nicht bemerkt. Während ich auf seine Antwort warte, starre ich durch die Schlitze im Holzgitter, das uns trennt, um seine Reaktion auf meine Beichte von seinem Gesicht abzulesen.

»Was für eine Gabe, mein Kind?«

»Darüber darf ich nicht sprechen.« In dieser muffigen Kiste fange ich an zu schwitzen. Ich bin dankbar, dass er mich im Schutz des Beichtstuhls nicht sehen kann, und fahre mir über die Stirn.

»Alles, was du hier sagst, bleibt unter uns«, sagt er.

Die Vorstellung eines heimlichen Geständnisses, einer Beichte ohne alle Konsequenzen, ist verdammt verlockend. »Also gut, dann ist es wohl … nun … ich weiß nicht, ob Sie schon mal davon gehört haben oder wissen, was das bedeutet, aber ich bin …« Ich mache eine Pause. Mir gehen sämtliche Warnungen durch den Kopf, die mir im Laufe der letzten drei Jahre eingetrichtert worden sind. Aber was kann es schon schaden, das Ganze einem Priester zu erzählen? Er würde ohnehin nicht verstehen, was das alles bedeutet. Außerdem hat er gerade gesagt, alles bliebe unter uns. »Was ich bin, bezeichnen manche Menschen als Liebesgö…« Ich breche mitten im Wort ab, weil mir plötzlich der strenge Blick der Mutter Oberin vor Augen steht.

Eine unbehagliche Stille macht sich zwischen uns breit, dann räuspert sich der Pfarrer. »Tut mir leid, mein Kind, ich weiß nicht, was du meinst. Aber der Herr gibt uns nur, wovon er weiß, dass wir stark genug sind, um damit fertigzuwerden. Ich bin sicher, du wirst diese Gabe annehmen und etwas daraus machen, wofür du dankbar bist.«

Ein entferntes Klopfen unterbricht uns. »Wartest du bitte einen Moment?«, fragt der Priester. »Ich muss an die Tür gehen.«

Eigentlich habe ich nichts weiter zu sagen, aber ich möchte nicht unhöflich sein. »Oh ja, sicher.«

Ein Rascheln auf seiner Seite, gefolgt von leichten Schritten auf dem Weg zur Tür.

Um die nächsten Minuten totzuschlagen, hole ich mein Handy aus der Tasche, rufe die Schulwebsite auf und sehe nach, ob ich Marissa über das Netzwerk anrufen kann. Doch sie wird nicht als online angezeigt. Ebenso wenig S2L oder Paisley. Aber nach dem, was gerade im Pick-up passiert ist, schreibe ich eine weitere Frage in unseren Thread:

ICH: Hey, Paisley, könntest du deine Mom nach den Kräften meiner Ma fragen? Ich hatte keine Gelegenheit, das zu klären, bevor ... na ja, du weißt schon. Ma hat mir gesagt, worauf ich achten soll, aber das hier scheint anders zu sein. Kann du sie fragen, ob sie sich noch an irgendwas aus ihrer Zeit als A.P.s erinnert, damals, als alles mit der Gabe meiner Ma angefangen hat? Danke!

Ich warte noch ein paar Minuten und hoffe, dass Paisley online geht. Doch das tut sie nicht, und schließlich stecke ich das Handy wieder ein. Dann höre ich ein Rascheln vor dem Beichtstuhl, dann ein Klicken, aber der vielfarbige Schatten des Pfarrers taucht nicht wieder auf der anderen Seite auf.

Weil ich davon ausgehe, dass wir fertig sind, will ich die Tür öffnen. Allerdings ist sie auf einmal verschlossen. »Herr Pfarrer?« Ich klopfe an das geschnitzte Holz. »Hallo, Herr Pfarrer? Ich glaube, ich sitze hier fest.«

Er antwortet nicht. Ich rüttle fester am Griff. Nichts rührt sich. »Was zum ...« Dann ramme ich die Schulter gegen die Tür, doch das führt nur dazu, dass ein Stück vom Rahmen abspringt. »Scheibenkleister.« Ich hebe das abgebrochene Stück auf und versuche, es wieder zu befestigen.

»Hallo? Hilfe! Ich bin im Beichtstuhl eingesperrt!« Als keine Antwort kommt, lasse ich mich schwer auf die Bank fallen.

Und in diesem Moment ruft jemand meinen Namen.

KAPITEL 20

»Rachel?«

Dieses Mal ist es laut genug, dass ich die Stimme identifizieren kann.

»Ben! Hier drüben!« Ich rüttle an der Beichtstuhltür. »Ich bin hier eingesperrt.« Das Herz schlägt mir wild gegen die Rippen. Allein das Wissen, dass er da ist, macht alles besser.

»Was zum …? Wie ist das passiert?«

Ich lehne den Kopf an die Tür und stöhne. »Das ist so peinlich – ich weiß es nicht.«

»Das ist ziemlich witzig.«

Sein Versuch, das Lachen zu unterdrücken, ist kläglich. Ich schüttle den Kopf, und auf meinen Lippen bildet sich ein Lächeln. »So witzig ist es auch wieder nicht.«

»Offenbar gibt es in diesem Teil der Stadt nicht so viele indische Mädchen mit Locken. Fast jeder, den ich gefragt habe, wusste, in welche Richtung du gelaufen bist. Aber darauf, dass du in einem Beichtstuhl eingesperrt bist, wäre ich nie gekommen. Mit dir wird es nie langweilig, oder?«

»Sieht nicht so aus.«

Von außen wird an der Tür gerüttelt.

»Abgeschlossen. Ist da ein Riegel?«, fragt er.

»Ich bin nicht total blöd. Wenn es einen Riegel gäbe, hätte ich ihn geöffnet.«

»Ein einfaches Nein hätte auch gereicht.« Er stemmt die obere Ecke der Tür einige Zentimeter weit auf, sodass ich sein freches Grinsen sehen kann.

»Oh, das gefällt dir, was?«, sage ich.

»Oh ja, allerdings.«

Ich verdrehe die Augen und will zum nächsten geistreichen Schlag ausholen, doch Bens Gesicht wird ernst. Er lehnt sich an die Tür.

Das erinnert mich daran, in welcher Situation wir stecken. Er ist nicht mein Freund, sondern mein Gefangener. »Wo ist Marissa?« Wenn Ben hier ist, kann sie nicht weit sein.

»Im Pick-up bei Kyle«, sagt er.

»Du hättest fliehen können«, stoße ich atemlos hervor. »Gerade eben hättest du weglaufen können.«

»Ich habe daran gedacht«, sagt er. »An jeder Kreuzung, jedes Mal, wenn wir abgebogen sind. Aber aus irgendeinem Grund bin ich jetzt hier und rette dir den Arsch.«

Mein Herz hämmert wild in meiner Brust. Ich rücke ein Stück von der Wand ab, damit es nicht gegen das Holz schlägt und mich verrät.

Ben lächelt. »Aber ich könnte immer noch abhauen … du kannst mir ja gerade schlecht hinterherlaufen.« Er sieht sich um, reibt sich die Arme, und sein Lächeln weicht einem traurigen Ausdruck. »Und ich will nicht länger als nötig hierbleiben.«

»Ein Ungläubiger?«

»Nein, daran liegt es nicht.« Ben lacht. »Nachdem ich dir begegnet bin und gesehen habe, wie … na ja, du weißt schon …

habe ich keine Ahnung mehr, woran ich glauben soll. Das muss ich noch herausfinden.« Er sieht mich durch den Spalt an. »Es liegt daran, dass ich keine Kirchen mag. Sie erinnern mich an Beerdigungen. Und es sind zu viele Menschen gestorben, die ich geliebt habe.«

Mein Herz schmerzt vor Mitgefühl, und ich überlege, von wem er wohl spricht. Doch bevor ich nachfragen kann, wird die Kirche von einem ratternden Geräusch ähnlich dem Ventilatorensystem in St. Valentine's erfüllt. Es ist so laut, dass ich kaum noch denken kann.

Nach einigen Augenblicken bricht das Geräusch jäh ab.

»Das war komisch«, sage ich.

»Ja, das war wirklich seltsam.«

Die Tür zum Altarraum wird auf einmal geöffnet. Ben dreht den Kopf, und durch die kleine Öffnung, die er geschaffen hat, sehe ich drei schwarz gekleidete Personen auf uns zurennen.

»Hey!« Einer von ihnen zeigt auf Ben. »Weg da!«

»Schon in Ordnung, meine Freundin sitzt da drin fest.«

Sie rennen weiter, und in diesem Moment sehe ich, wie einer der Männer in seine Jacke greift und eine Waffe zieht.

»Runter, Rachel!«

Ich traue meinen Augen nicht. Der Knall hallt in der Kirche wider, und Ben wirft sich zu Boden.

»Ben!«, schreie ich. »Was ist los?«

»Auf drei breche ich die Tür auf! Und dann lauf weg!«

An das Zählen kann ich mich nicht erinnern, aber gleich darauf erzittert der ganze Beichtstuhl unter seiner Attacke.

»Aufhören!«, ruft einer der fremden Männer, die zwischen

den Kirchenbänken hindurchrennen und jetzt nur noch wenige Meter entfernt sind.

Ben tritt gewaltsam gegen die Tür. Das Holz gibt nach und bricht aus den Angeln. Er greift in den Hohlraum, packt mich am Shirt und zieht mich hinter sich her. Seine Berührung, nur durch einen Millimeter T-Shirt-Stoff von meiner Haut getrennt, weckt das elektrische Kribbeln in meinem Blut, und ich bin zu sehr mit Weglaufen beschäftigt, um etwas dagegen zu tun.

»Nicht schießen!«, schreit einer der Männer. »Wir dürfen das Mädchen nicht treffen. Das Gremium will sie lebend.«

Das Gremium? Alles in mir gefriert zu Eis.

Ben schirmt mich mit seinem Körper ab und drängt mich vorwärts, bei jeder unserer Berührungen gibt es eine elektrische Entladung. Die Männer sind uns dicht auf den Fersen, und wir rennen immer schneller. Als wir an einem der Altäre vorbeikommen, tritt Ben ihn um. Steinfiguren und Kerzen poltern über den Boden.

»Die Tür da vorne!« Er schiebt mich darauf zu.

Ich schlucke meine Angst hinunter und konzentriere mich auf den Sprint zum Ausgang. Bens Hand auf meinem Rücken drängt mich vorwärts.

Für einen Augenblick sieht es so aus, als könnten wir ihnen entkommen.

Doch dann, als ich aus der Tür stürme, bleibe ich mit dem Fuß an der Schwelle hängen, stolpere und falle hin. Der raue Betonboden reißt mir die Haut an den Händen auf. Bens Schwung trägt ihn ein gutes Stück an mir vorbei, ehe er schlitternd zum Stehen kommt und zurückrennt, um mir zu helfen. Von hinten nähern sich schwere Schritte.

Die Männer haben uns eingeholt.

Ich stemme mich hoch und halte mitten in der Bewegung inne. Meine Arme zittern unter meinem Gewicht. Doch ich kann mich nicht rühren, mein ganzer Körper ist starr vor Angst. Nur Zentimeter vor Bens Gesicht zeichnet sich ein Gewehrlauf ab.

KAPITEL 21

»Es ist okay, Rachel«, sagt Ben. Er steht da wie ein Reh im Scheinwerferlicht, starr und reglos – bis auf seine Hand, mit der er mir ein Zeichen gibt, mich zurückzuhalten.

»Gib deinen Widerstand auf, dann passiert deinem Freund nichts«, sagt der Mann zu mir und deutet mit seiner Waffe auf ihn.

Ich reiße den Kopf herum, das Herz hämmert in meinen Ohren. Tief in meiner Kehle glaube ich schon, etwas Metallisches zu schmecken. Das war's. Ben wird sterben. Und ich bin schuld.

Ein Arm hebt sich bei einem der anderen Männer, und eine neue Art von Entsetzen packt mich. Bei dem Gedanken daran, was ich tun muss, zieht sich alles in mir zusammen. »Pass auf, Ben!« Ich springe auf, stürze mich auf Ben und ramme den Mann, der die Waffe hält, mit meiner Schulter. In einem Gewirr aus Körperteilen stürzen wir übereinander. Stahl blitzt in meinem Blickfeld auf, als ich mit ihm um die Waffe ringe.

»Ergreift sie!«, schreit jemand.

Meine Finger rutschen auf der kühlen Oberfläche ab, als der Mann seine Waffe fester packt. Er schlägt mich nieder. Ich kauere mich zu einer Kugel zusammen und warte darauf, das

Knallen einer Kugel zu hören, die aus der Pistole geschleudert wird. Stattdessen ertönt nur ein hohles Klicken. Der Mann knurrt und wirft die leere Pistole nach meinem Kopf. Ich kann sie im letzten Moment mit dem Unterarm abwehren. Es tut weh, doch ich ignoriere den Schmerz, stemme mich hoch und laufe zu Ben, der mir entgegengerannt kommt. Wir treffen uns in der Mitte, Ben nimmt meine Hand, und ich spüre wieder einen Stromstoß. Einer der Männer stürzt sich auf mich, bekommt meinen Cardigan zu fassen und versucht, mich zurückzureißen. »Wir werden dir nichts tun«, sagt er.

»Lassen Sie sie los!«

Ohne zu zögern schlägt Ben dem Mann ins Gesicht. Der Mann taumelt, und Ben nutzt die Gelegenheit, um mich hinter sich zu schieben. Dann nimmt er die Hände hoch, um den nächsten Angriff abzuwehren.

Menschen kommen aus ihren Häusern gelaufen, einige zücken Handys, andere rennen auf uns zu, bleiben aber mitten auf der Straße stehen und wissen nicht, was sie tun sollen, wem sie helfen sollen. Einen Kampf vor einer Kirche bekommen sie nicht alle Tage zu sehen.

»Überlass sie uns, dann wird niemand verletzt«, sagt einer der Männer.

Ben greift mit einer beschützenden Geste hinter sich, während sich die Männer in einer Reihe vor ihm aufbauen.

Selbst wenn wir das hier überstehen, wird man uns finden. Die Nachbarn schießen Fotos und rufen wahrscheinlich gerade die Polizei. Vielleicht ist das Gremium sogar die bessere Alternative zum Gefängnis. Vielleicht tun sie Ben wirklich nichts, wenn wir aufhören, uns zu wehren. Vielleicht.

Auf der Straße nähert sich ein Motorengeräusch. Als ich mich umdrehe, entdecke ich Kyles roten Pick-up.

»Hier drüben!« Ich winke und hüpfe, laufe näher zur Straße und kriege zum ersten Mal seit einer ganzen Weile wieder richtig Luft.

Kyle fährt hinter uns an den Straßenrand. »Was ist hier los?«

Als die Männer unsere neue Fluchtmöglichkeit erkennen, stürmen sie auf uns zu.

»Los!« Ben stößt mich Richtung Pick-up und läuft den Angreifern entgegen.

Die Männer kreisen ihn ein, während er sie mit Tritten und Schlägen davon abhält, mich zu fassen zu kriegen. Sie sind zu dritt gegen einen, und Ben muss eine Menge Schläge einstecken.

Ich schwanke unentschlossen. Soll ich zu Kyle und Marissa in den sicheren Wagen steigen oder bei Ben bleiben? Die Vorstellung, ihn zu verlieren, macht mich ganz krank. »Ich gehe nicht«, sage ich und sehe mich suchend nach irgendetwas um, das uns helfen könnte.

»Rachel?«, ruft Marissa. »Komm da weg!«

»Nicht ohne Ben.« Ich drehe mich gerade rechtzeitig um, denn ich sehe in diesem Moment, dass ein Mann es an Ben vorbei schafft und auf mich zustürmt. Weil ich nirgendwo hinkann, hebe ich die Fäuste und mache mich darauf gefasst, mich selbst zu verteidigen. Doch da packen mich von hinten zwei kräftige Arme und reißen mich zurück. In einem Wimpernschlag ist Kyle da, stößt den Mann beiseite und mischt sich in den Kampf ein.

»Steig in den Wagen«, ruft Ben noch einmal. Er duckt sich, um einem Faustschlag auf sein Gesicht auszuweichen, doch dann packt ihn einer der Männer von hinten.

»Oh. Mein. Gott. Was ist hier los?«, fragt Marissa, als ich auf den Rücksitz klettere und nach etwas suche, das uns helfen könnte. Ich ziehe einen Baseballschläger unter dem Sitz hervor, packe ihn fest mit beiden Händen und behalte die Jungs im Auge.

Kyle reißt den Mann von Ben herunter.

Ben wendet sich von seinem aktuellen Gegner ab und rammt dem Mann, den Kyle festhält, das Knie in den Bauch. Dann dreht er sich gerade rechtzeitig wieder um, um einen Fausthieb abzuwehren und dem anderen Mann den Handballen gegen den Kiefer zu schlagen. Der Mann verdreht die Augen und geht wie ein gefällter Baum zu Boden.

Marissa richtet sich auf. »Woah!«

»Mann«, sagt Kyle mit einem Blick auf die Szene.

Vor Bens Füßen liegt eine ganze Reihe bewusstloser Männer.

»Verschwinden wir von hier.« Ben läuft auf uns zu, und Kyle folgt ihm.

Ich halte den Baseballschläger umklammert und wippe ungeduldig mit den Knien gegen den Sitz. Mein Blick schnellt zur Kirchentür, und ich hoffe, dass nicht gleich die nächsten Angreifer herausgeschossen kommen.

Einer der Männer schafft es, aufzustehen und zum Pick-up zu laufen.

»Pass auf!«, warnt Marissa.

Mein Instinkt übernimmt die Kontrolle, ich stütze mich an Kyles Schulter ab, stürze nach draußen und prügle auf den

Angreifer ein. Mit einem dumpfen Geräusch geht er zu Boden. Ich werfe ihm den Schläger hinterher, springe zurück in den Wagen, und Kyle knallt die Tür zu.

»Fahr los!«, ruft Ben und haut mit der Hand aufs Armaturenbrett.

Kyle tritt so heftig aufs Gas, dass ich nach hinten geschleudert werde. Qualm steigt von den Reifen auf und hängt in Schwaden über dem Parkplatz, als wir auf die Straße hinausfahren.

Auf dem Rasen vor der Kirche steht ein blau-gelber Helikopter. Der war noch nicht da, als ich hineingegangen bin. Die Tür öffnet sich, und eine Dame im Hosenanzug steigt aus. Sie hält inne und sieht den Pick-up vorbeibrausen.

»Was ist hier los?«, fragt Kyle, während er einen Kombi schneidet, der im Schritttempo unterwegs ist.

Ben dreht sich um und sieht mich über die Sitzlehne hinweg an. Ich weiß nicht, was ich ihm sagen soll.

»Was das auch war …«, fährt Kyle fort, »Mann, Alter!« Er schlägt mit der Hand aufs Lenkrad.

»Fahr einfach weiter«, sagt Ben, wischt sich das Blut von den Fäusten und reicht Marissa ihren Sicherheitsgurt, damit sie sich anschnallt. »Du hättest im Wagen bleiben sollen. Ich hatte alles unter Kontrolle.«

»Wenn du es *Kontrolle* nennst, dich in einer Kirche zusammenschlagen zu lassen …« Beim Anblick von Bens Händen rümpft Kyle die Nase. »Mach mir bloß keine Blutflecken auf die Sitze.« Dann greift er unter seinen Sitz und zieht ein altes T-Shirt darunter hervor. »Hier, zum Abwischen.« Er reicht es Ben. »Wohin jetzt?«

»Hauptsache nicht gleich nach Hause.« Ben nimmt das Shirt entgegen, tupft sich die Lippe ab und wickelt es sich um die Hand. »Erst müssen wir sichergehen, dass uns niemand folgt.«

Ich drehe mich auf dem Sitz um. In einiger Entfernung rennen uns ein paar Männer mit erhobenen Handys hinterher und versuchen, unsere Flucht zu filmen. Kyle biegt um die nächste Ecke, und wir sind endlich außer Sichtweite.

»Was ist passiert?«, fragt Marissa.

Ich schüttle den Kopf. »Ich weiß es selbst nicht.«

»Hier vorn wird es ein bisschen eng«, sagt Ben. »Ich gehe nach hinten auf die Rückbank.«

»Soll ich rechts ranfahren?«, fragt Kyle.

»Nein«, sagt Ben. »Bring so viel Abstand zwischen uns und diese Kirche, wie es nur geht.«

Marissa schmollt, sie will eindeutig nicht, dass er von ihrer Seite weicht, aber zum Glück kann Kyle sie schnell mit einem wilden, dramatischen Bericht über den Kampf fesseln. Ben klettert über den Sitz und setzt sich neben mich auf die Rückbank.

Er schnallt sich an, beugt sich ein Stück zu mir herüber und senkt die Stimme zu einem Flüstern: »Danke.«

Plötzlich fällt mir das Atmen schwer, und das elektrische Kribbeln unter meiner Haut schwillt an. Beides zusammen macht es fast unmöglich, Worte zu bilden. »Danke? Wo...für?«

Er senkt den Blick auf meine Hände, die ich fest auf meinen Bauch drücke, um meine Gabe nicht entweichen zu lassen.

»Für das, was du vorhin da drin getan hast«, sagt er leise. »Die hätten mich erschießen können.«

Und wäre er nicht gewesen, hätte ich zur Gefangenen des Gremiums werden können. »Ich hatte so ein Gefühl, dass sie nicht auf mich schießen würden«, sage ich und rutsche ein Stück Richtung Tür, weiter von ihm weg, um freier atmen zu können. »Und den Dank kann ich nur zurückgeben.«

Ein innerer Konflikt zeichnet sich auf Bens Zügen ab. »Hör mal, Rachel.« Er zögert. »Wir müssen zurück zu deinem Dad, die Sachen in den Wagen packen und abhauen. Jetzt gleich, noch heute Abend.«

»Du glaubst, die Männer werden uns finden?« Ben macht mir Angst. Ich will nicht weg von Kyle und Joyce – wir sind doch gerade erst angekommen.

»Ich muss dir etwas erzählen«, sagt er und holt tief Luft. »Meine Jacke … die habe ich absichtlich bei dir zu Hause liegen lassen.« Auf seinem Gesicht zeigt sich keine Emotion. »Damit Ammon sie findet.«

»Was?«, keuche ich, das Herz hämmert mir gegen die Rippen.

Er sieht in meine Richtung, doch unsere Blicke begegnen sich nicht. »Als Marissa mich dann allein mit deinem Dad in der Garage gelassen hat, habe ich ihn vom schnurlosen Telefon aus angerufen.«

Ich bin zu schockiert, um etwas zu antworten.

»Wahrscheinlich ist Ammon schon hier und sucht uns. Vielleicht war das, was gerade passiert ist, also meine Schuld.« Ich korrigiere ihn nicht – er weiß nichts vom Gremium. Und dann sieht er mich intensiv an, so ähnlich, wie er den älteren Pizzaboten angesehen hat. Mit einem Blick, der sagt: *Ich werde dich beschützen.* Mein Magen schlägt Purzelbäume.

»Ich habe getan, was ich für richtig gehalten habe«, gesteht er. »Mein Ziel ist es, Polizist zu werden, und das nehme ich sehr ernst. Ich dachte, es könnte der Polizei helfen, wenn ich mit euch mitgehe. Du weißt schon, Hinweise hinterlassen und Informationen über euch sammeln. Ich dachte, das würde mir vielleicht einen Platz an der Akademie sichern. Aber jetzt …«

Mir wird flau im Magen. Unseretwegen entgeht ihm womöglich die Chance, seinen Traum zu leben.

Dann wird mir klar, was er mir gerade erzählt hat, und mir wird auch im Herzen flau. Deshalb hat er nicht geschrien oder gegen die Scheibe gehämmert, deshalb war er nett zu Marissa, deshalb … »Dass du so nett zu mir warst, das war nur, damit du bei den Cops einen Stein im Brett hast?«

Ben schlägt den Kopf gegen die Rückenlehne. »Nein. Das war nicht gespielt. Ich halte mich für einen guten Menschenkenner, und wenn ich dich ansehe, sehe ich keinen Bösewicht.« Er schüttelt den Kopf, braune Haarsträhnen fallen ihm über die Augen. Als ich nicht antworte, fährt er fort: »In diesem ganzen Durcheinander weiß ich nicht mehr, wer die Guten sind, was richtig und was falsch ist. Ich weiß nur, dass es sich richtig angefühlt hat, dich zu retten.« Schalk blitzt in seinen Augen auf und entfacht ein Feuer in meinen Adern. »Außerdem weiß ich nicht, was mir deine Familie antun würde, wenn ich zulasse, dass du gefasst wirst.« Mit einem tonlosen Lachen richtet er den Blick aus dem Fenster, und seine Gedanken schweifen in eine andere Welt. Als er mich wieder ansieht, finde ich die Reflexion des einsamen Jungen mit den ausgefransten Ärmeln wieder, den ich in der Gefängniszelle zum ersten Mal gesehen habe. »Deine Familie kämpft so hart darum zusammenzubleiben«, sagt er mit sanfter Stimme. »Dass ihr euch liebt, ist nicht zu übersehen. Es ist schön, so etwas noch einmal zu erleben. Für mich ist das lange her.«

Mir bricht das Herz. Ich hebe den Blick, um zu sehen, ob Marissa mithört, doch die ist immer noch in ein Gespräch mit Kyle vertieft. Ehe ich Ben fragen kann, was er mit »lange her« meint, fährt er schon fort: »Rachel, wenn ich dir vertrauen soll, dann musst du mir auch vertrauen. Ich muss alles wissen.«

Wenn ich Ben nicht trauen kann, nachdem er gerade sein Leben für mich riskiert hat, kann ich niemandem trauen. »Okay«, sage ich und spüre die Last der ganzen Jahre von meinen Schultern fallen, in denen ich das Liebesgöttinnen-Geheimnis hüten musste.

»Okay.« Ben lächelt. »Zuerst sollten wir deinem Dad berichten, was passiert ist, damit er alles Weitere in die Wege leiten kann.« Er lehnt sich zurück und streicht sich die Haare aus dem Gesicht, so bleibt mir ein wenig Raum, um zumindest zu versuchen, meine Gabe wieder unter Kontrolle zu bringen. »Kann er auf diese Liebesgöttinnen-Website zugreifen? Falls nicht, ist es wahrscheinlich keine allzu gute Idee, dein Handy zu benutzen.«

»Nein, kann er nicht. Glaubst du, die Polizei hört unsere Anrufe ab?«

»Wir können nicht vorsichtig genug sein.«

Während seiner Worte schaue ich durch die Heckscheibe und rechne schon fast damit, dass uns jemand folgt – doch zum Glück ist das nicht der Fall.

»Kyle, leihst du uns mal dein Handy?«, fragt Ben so laut, dass er das Gespräch auf den Vordersitzen unterbricht.

Währenddessen taste ich in meiner Tasche nach meinem eigenen Handy. Zum Glück ist es da. Nach allem, was passiert ist, hätte es leicht verloren oder kaputtgehen können. Ich nehme es heraus, muss aber feststellen, dass der Akku leer ist. »Verdammt.« Enttäuscht stecke ich es vor mir in die Sitztasche.

»Na klar, Mann. Hier.« Kyle reicht Ben sein Handy nach hinten.

Ben scrollt durch Kyles Nummern, um Joyce' Festnetznummer zu finden, und schaltet den Lautsprecher ein, damit wir alle mithören können. Wir landen sofort auf dem Anrufbeantworter. Er legt auf und versucht es noch ein paarmal, erwischt aber immer nur den Anrufbeantworter. »Sag mir mal ihre Handynummer, Kyle.«

»615-555-0140.«

Ben gibt die Nummer ein und schaltet den Anruf auf Lautsprecher.

»Hallo?«, flüstert eine zittrige Stimme am anderen Ende.

»Joyce?«

»Ist mit Kyle alles okay?«, fragt sie.

»Mir geht's gut«, ruft Kyle nach hinten.

Ben beugt sich vor und hält sich das Telefon näher an den Mund. »Es gab einen Zwischenfall, aber wir sind alle in Sicherheit. Was ist los, Sie klingen aufgewühlt.«

»Passt auf, Kinder, kommt nicht nach Hause. Hier ist die Polizei und stellt Fragen. Deinem Dad haben sie schon Handschellen angelegt, Rachel. Ich bin draußen im Schuppen. Sie wissen nicht, dass ich hier bin.«

»Was?«, keuche ich.

»Sie haben ihn festgenommen? Warum? Mom? Geht's dir gut?« Kyle will nach dem Handy greifen, doch Ben hält ihn zurück.

»Mein Junge? Mir geht's gut, ich steh nur ein bisschen unter Schock.«

»Dreh um«, sage ich zu Kyle. »Wir müssen meinem Dad helfen.«

Kyle fährt auf den Seitenstreifen, um zu wenden.

»Untersteh dich«, sagt Joyce mit brüchiger Stimme. »Hast du gehört? Kommt auf keinen Fall nach Hause ...«

Dann ist die Leitung tot, und wir lauschen eine Zeit lang auf das statische Rauschen, bevor Ben auflegt und Kyle das Handy zurückgibt. Ich schlinge die Arme um meinen Bauch und kämpfe dagegen an, dass mich die Sorgen auffressen, mir die Tränen kommen *oder sich meine Gabe selbstständig macht.* Meine Eltern wurden beide eingesperrt. Voneinander getrennt. Alles wegen uns.

»Sie haben uns gefunden«, sagt Ben, und in seinem Blick liegt eine stumme Bitte um Vergebung.

Ich kann es ihm nicht verübeln. In seiner Situation hätte ich womöglich das Gleiche getan.

Kyle stellt die Automatik ruckartig auf Parken. »Wer hat euch gefunden? Und warum zum Teufel wurde dein Dad festgenommen? Hat das irgendwas mit diesen Gangstern von vorhin zu tun? Wenn meiner Mom wegen euch irgendwas passiert, werde ich ...«

»Kyle.« Ben schneidet ihm das Wort ab, bevor er etwas sagt, das er bereuen wird. Eine Nettigkeit, die Kyle offenbar nicht zu schätzen weiß, denn er durchbohrt Ben mit einem wütenden Blick. »Deiner Mom wird nichts passieren. Weißt du, wo wir hinkönnten? Wir müssen irgendwohin, wo keine Polizei ist. Die Mädchen müssen dir dringend etwas erzählen.«

KAPITEL 22

Kyle fährt uns zu einem schäbigen Diner, das meilenweit außerhalb der Stadt an einem langen Feldweg liegt – die Art Straße, auf der man leicht verloren geht. Als wir vor dem Restaurant anhalten, fällt mir als Erstes ein riesiges, flackerndes Neonschild auf, auf dem in hellrosa Buchstaben »ARROW INER« leuchtet. Eigentlich sollte da »SPARROW DINER« stehen, aber ein paar Buchstaben sind durchgebrannt. Ich kann mich nicht gegen das Gefühl wehren, dass das kein Zufall ist. *ARROW INER* ist ein bisschen zu persönlich.

Ich will aus dem Pick-up aussteigen, doch Marissa packt mich am Arm, um mich aufzuhalten, und versperrt Ben damit den Weg. »Lässt du uns zwei Minuten allein?«, bittet sie ihn.

Er sieht mich an, und ich zucke die Achseln.

»Wir suchen uns schon mal einen Platz«, sagt er und steigt auf Kyles Seite aus. »Macht nicht zu lang.«

Ich sehe den Jungs hinterher, die durch die beschlagene, mit Postern und Klebebandresten übersäte Glastür hineingehen.

»Okay«, sagt Marissa. »Also, was zum Teufel sollen wir jetzt machen?«

Ich ziehe meinen Cardigan enger um mich. »Ich glaube, wir sollten den Jungs die Wahrheit sagen.«

»Ich wusste, dass du eine blöde Idee haben würdest.«

»Erstens ist sie nicht blöd. Die beiden haben es verdient, alles zu erfahren. Ben hätte heute Abend getötet werden können.«

»Und was ist zweitens?«, fragt sie, lehnt sich ans Armaturenbrett und verschränkt die Arme.

»Zweitens ist: Du hast es Kyle vorhin an der Einkaufsmeile praktisch ohnehin schon verraten.«

»Ach was. Ich habe nur gesagt, die Polizei hält uns für Aliens. Und bei der Geschichte würde ich gerne bleiben.«

»Ich habe kein gutes Gefühl mehr dabei, ihn anzulügen.«

»Ihn?« Sie legt den Kopf schief.

»Sie beide«, sage ich.

»Also gut. Aber wenn wir deswegen Ärger kriegen, schiebe ich die ganze Schuld auf dich.« Marissa macht eine Geste, als würde sie sich die Hände waschen, und streckt mir dann die Handflächen hin.

Ich verdrehe die Augen. »Das Gremium und die Polizei sind hinter uns her. Meine Eltern sitzen im Knast. Deine Mom ist nicht zu erreichen. Wer ist noch übrig, der uns Ärger machen könnte?«

»Na, die Götter natürlich.«

»Als ob die ihre perfekte Welt verlassen würden, um sich mit uns zu befassen.« Bei diesen Worten kann ich mir einen Blick auf das Neonschild nicht verkneifen.

Marissa seufzt, lehnt sich über den Sitz und bettet den Kopf auf die Hände. »Glaubst du, dass er mich danach immer noch mag?«

»Das darf doch nicht wahr sein.«

»Ich meine es ernst, Rachel.«

»Ist es das, worum es hier geht? Du machst dir Sorgen, dass Ben dich nicht mehr mag, wenn du ihm sagst, dass du eine Liebesgöttin bist?«

Sie zuckt die Achseln, und ein hinterhältiges Lächeln legt sich auf ihr Gesicht. »Na ja, wenn er aufhört, mich zu mögen, kann ich ihn immer noch dazu zwingen.«

Ich gebe ihr einen kleinen Klaps auf die Stirn.

»Autsch, was soll das denn?« Sie reibt sich den Kopf und sieht mich finster an.

»Jetzt bist *du* blöd«, sage ich. Aber irgendwo tief in mir setzt die Erkenntnis ein: Es ist *wirklich* so einfach.

»Kann ich das noch mal von vorne hören?«, sagt Ben. »Ich will sichergehen, dass ich euch richtig verstanden habe.« Er spricht langsam und schafft es, die Panik aus seiner Stimme herauszuhalten. Aber seine Augen vergisst er dabei – die verraten alles.

Ich atme durch und beuge mich vor. In den Händen halte ich einen Kaffeebecher, doch ich ignoriere seinen frischen, nussigen Duft ebenso wie den Teller Pommes frites, der vor mir auf dem Tisch steht und darauf wartet, verspeist zu werden. Zwar habe ich einen Riesenhunger, aber zuerst muss ich das hier hinter mich bringen. »Wir sind Nachfahren von Eros, und er …«

»Das glaubst du wirklich?« Kyle wirft die Hände in die Luft. »Ist das ein Witz? Meine Mom ist vielleicht in Gefahr, und das Mädel hier reißt schlechte Witze?« Er wendet sich an Ben, wird aber ignoriert.

»So kommen wir nicht weiter.« Marissa zupft an ihren Haarspitzen herum.

»Dann erklär es so, dass es Sinn ergibt«, sagt Ben.

Ich stecke mir ein paar Pommes frites in den Mund und wünsche mir, sie würden mehr wie die schmecken, die man in New York an jeder Ecke kaufen kann, und weniger wie Pappe. Sogar von Pommes frites kriege ich also Heimweh.

Marissa lässt ihre Haare los und lächelt. »Da weiß ich was Besseres. Schaut her.« Sie steht auf und geht zu einem Tisch am anderen Ende des Restaurants.

Ich versuche noch, sie festzuhalten, bin aber nicht schnell genug. »Denk nicht mal daran …!« Zu spät. Marissa beugt sich schon vor und küsst einen ledergekleideten, gesichtsgepiercten, tätowierten Biker mitten auf den Mund. »Ernsthaft?«, schnaube ich. »Hast du aus der letzten Woche denn gar nichts gelernt?«

Sie wirft mir einen bösen Blick zu und wendet sich wieder dem Biker zu, der gerade von seiner Sitzbank fällt und sich auf dem Boden windet.

»Was zum …? Was hat sie getan?«, fragt Kyle.

Ich entschuldige mich und gehe zu dem Mann. Eine ungepflegte Kellnerin und zwei Biker von einem anderen Tisch folgen mir, um ihm zu helfen.

»Er ist okay, nur ein epileptischer Anfall«, sagt Marissa und winkt ab.

»Ich kenne den Mann, der hat vorher noch nie solche Anfälle gehabt«, sagt die zahnlose Kellnerin.

Der angeschlagene Biker stemmt sich vom Boden hoch. Marissa wird besser darin, ihre Kräfte zu kontrollieren – diese Verwandlung hat nur wenige Minuten gedauert.

Ich seufze. »Sehen Sie, es geht ihm wieder gut.«

Der Mann sieht Marissa blinzelnd an und will etwas sagen, doch sie kommt ihm zuvor: »Komm, setz dich zu uns.« Es ist ein Befehl, und der Mann nickt.

Die Kellnerin zuckt die Achseln und macht sich wieder an die Arbeit, die anderen Männer gehen an ihren Tisch zurück.

Wir fassen den Biker an den Ellbogen und führen ihn zu unserem Tisch am anderen Ende des Restaurants, doch bevor wir dort ankommen, fängt er an zu weinen.

»Meine Liebste, endlich habe ich dich gefunden.«

Marissa wendet sich an die Jungen. »Seht ihr?«

»Ich weiß nicht«, gibt Kyle zynisch zurück.

»Also gut.« Sie verschränkt die Arme und wendet sich dem Mann zu. »Ich will, dass du dich auf den Tisch stellst und den Ententanz aufführst.«

Kyle schnaubt. »Ich glaube kaum, dass *der* Typ irgendwas tanzt.«

»Wart's ab«, stöhnt Ben.

Natürlich klettert der Mann sofort auf den Tisch. Er tritt Besteck weg und verschüttet Kaffee, als er zu tanzen anfängt. Ich schnappe mir den Teller mit meinen Pommes frites, bevor er den auch noch umtritt.

»Und jetzt sing«, fügt Marissa hinzu.

Der riesenhafte Biker singt und tanzt, flattert mit den Armen und schlackert mit den Knien. Alle im Diner zeigen auf ihn und lachen. Manche zücken ihre Handys.

»Ich glaube, der hat für heute Abend genug getrunken«, ruft die Kellnerin hinter der Bar.

Ich verberge das Gesicht in den Händen und lasse mich neben Marissa auf die Bank fallen. »Hol ihn jetzt da runter. Du ziehst zu viel Aufmerksamkeit auf uns.«

Marissa gibt dem großen Mann ein Zeichen. »Komm runter.« Sofort stolpert er vom Tisch.

Ich ziehe die Augenbrauen hoch. »Und?«

Marissa seufzt. »Und ich will, dass du mich vollständig vergisst und dein Leben weiterlebst. Wenn dich jemand fragt, was gerade passiert ist, sag, du bist betrunken.«

Sofort verändert sich das Gesicht des Mannes, und er schaut die Gruppe verwirrt an. »Was glotzt ihr so?« Mit einem finsteren Blick marschiert er davon.

»Wenn ich diese Gabe hätte, wäre ich garantiert nicht Single.« Kyle stößt einen Pfiff aus.

Ich kann mir ein Kichern nicht verkneifen. Was für eine bizarre Reaktion auf das, was er gerade mit angesehen hat! Größtenteils aber bin ich dankbar, weil er mich von der Sorge um meine Eltern ablenkt. Und weil ich nicht will, dass dieses Gefühl schon aufhört, gebe ich stichelnd zurück: »Ich dachte, du willst keine Dates.«

»Nicht mit Mädchen«, sagt er und zwinkert Ben zu. »Ich will keine Dates mit Mädchen.«

Ben verschluckt sich an seinem Kaffee. »Sorry Mann, das hat mich jetzt überrascht.« Dann grinst Ben und wischt sich den Mund ab. »Du bist süß, aber nicht mein Typ.«

Alle außer Marissa lachen.

»Natürlich ist er nicht dein Typ«, sagt Marissa mit flatternden Lidern, rutscht näher zu Ben und schmiegt sich an seine Schulter, was ihr einen finsteren Blick von Kyle einbringt.

Ben räuspert sich und rückt ein Stück von ihr ab. »Die

Priester haben von einem Gremium gesprochen, als sie auf uns geschossen haben. Was ist das?«

»Das weiß ich nicht so genau«, sage ich. »Ich weiß nur, dass sie über uns herrschen und dafür sorgen, dass wir das Geheimnis der Liebesgöttinnen nicht ausplaudern oder irgendwelche anderen Probleme machen.«

»Über dieses Gespräch wären sie nicht sonderlich erfreut«, sagt Marissa.

Ben lehnt sich auf seinem Platz zurück. »Wir brauchen einen Plan.«

»Einfach so?«, frage ich.

»Einfach so. Wir brauchen einen Plan.«

»Du glaubst uns? Keine weiteren Fragen?«

»Ich hätte sehr wohl noch Fragen.« Kyle hebt die Hand. »Wie entstehen männliche Liebesgöttinnen?«

»Das ist deine einzige Frage?« Ich schüttle den Kopf. »Nach allem, was du gerade gesehen und gehört hast?«

Kyle zuckt die Achseln.

»Gar nicht, das ist die schlichte Antwort«, sagt Marissa. »Männliche Embryonen sind nicht stark genug, um die Gabe aufzunehmen, und sterben einfach.«

»Vielleicht wissen sie es auch einfach besser«, sagt Kyle.

Ich ignoriere ihn und behalte Ben im Auge. Marissa wickelt sich wieder Haarsträhnen um den Finger und wirft ihm Blicke zu, aber das scheint er nicht zu bemerken.

Er trinkt einen Schluck Kaffee. »Ich habe so viel gesehen und gehört, wie ich verkraften kann.« Nach einem Blick in Kyles Richtung sieht er wieder mich an. »Ich habe meine Entscheidung getroffen. Jetzt brauchen wir einen Plan.« Mit zitternder Hand umfasst er seine Tasse und trinkt einen Schluck.

Ich verstehe das nicht. Ben hat schon alles aufs Spiel gesetzt, und von diesem Punkt an gibt es kein Zurück mehr. Das muss ihm bewusst sein, schließlich ist er klug. »Du willst uns immer noch helfen? Was ist mit dem, was du mir im Pick-up erzählt hast?«

Er sieht mich an, Härte und Sanftheit wechseln sich in seinem Blick ab.

»Noch kannst zu zurück«, sage ich. »Noch kannst du Polizist werden. Es ist noch nicht zu spät.«

»Hier geht es um so viel mehr.« Jetzt liegt nur noch Härte in seinem Blick. »Außerdem kann ich nicht mehr zurück. Beihilfe zu einer Straftat – schon mal davon gehört?«

Kyle lächelt. »Du bist ein ganz harter Kerl.«

»Hör auf, mit meinem Freund zu flirten!«, geht Marissa dazwischen.

Ben spuckt seinen Kaffee aus. »Was …?« Er holt tief Luft und wendet sich an Marissa. »Lass uns mal ein paar Dinge klarstellen«, sagt er. »Wir«, er lässt seine Tasse los und deutet auf sie und sich, »sind nicht zusammen. Verstanden?«

Marissa antwortet nicht, und ich habe Mühe, mein Lächeln zu unterdrücken. Ben sieht sie mit hochgezogenen Augenbrauen fest an. Schließlich verschränkt sie die Arme vor der Brust und starrt ihn finster an. »Verstanden.« Trotz aller Selbstsicherheit zittert ihre Unterlippe.

Die Kellnerin kommt mit einer frischen Kanne Kaffee, doch Ben winkt sie weiter. Mit vorwurfsvollem Blick hält Kyle seine leere Kaffeetasse hoch.

»Wir sollten aufbrechen«, sagt Ben.

Ich schiebe meinen Teller an den Tischrand. »Ich probiere es noch einmal bei Paisley. Vielleicht gibt es etwas Neues. Darf ich dein Handy benutzen? Bei meinem ist der Akku leer, und das Ladegerät liegt noch bei Kyle zu Hause.«

»Hier«, sagt Marissa und zückt ihr Handy. Stirnrunzelnd blickt sie aufs Display. »Vergiss es, ich bin auf zwei Prozent runter und hab kein Ladegerät dabei.«

Bei dem ganzen Zeug, das sie in ihrer goldenen Tasche mit sich herumträgt, sollte man meinen, sie hätte an ein Ladegerät gedacht.

»Wir müssen eine Telefonzelle finden oder ein Internetcafé«, sagt Ben. »Aber zuerst müssen wir runter von der Straße. Während wir hier reden, werden wahrscheinlich gerade Kyles Daten überprüft. Es ist nur eine Frage der Zeit, bis sie Fabrikat, Modell und Nummernschild seines Wagens im System haben.«

»Was soll das heißen?« Kyle dreht seinen leeren Becher um und baut obendrauf eine Pyramide aus Kaffeesahnedöschen.

»Jede Verkehrsüberwachungskamera kann unsere Route verfolgen. Kennst du jemanden, mit dem wir den Wagen tauschen könnten?«

Kyle denkt nach. »Vielleicht mit meinem Pfarrer. Er kann uns auch helfen, einen Unterschlupf zu finden, wo uns niemand sucht. Er ist so etwas wie ein Vater für mich – er hat mich damals von den Philippinen hierhergebracht.«

Ben trinkt seinen Kaffee aus und steht auf. »Andere Möglichkeiten haben wir nicht. Einen Versuch ist es wert.«

»Ähm, sollten wir Kirchenleute nicht eher meiden, nach dem, was gerade passiert ist?«, fragt Marissa.

Kyle zieht eine weitere Schale mit Kaffeesahnedöschen zu sich heran. »Traust du mir nicht?«

»Nein«, sagt sie.

»Aber ich.« Und das meine ich wirklich so. Nicht nur, weil er mein Cousin ist – wer sich so um seine Familie sorgt, muss ein guter Mensch sein.

Er wirft mir sein charmantes Lächeln zu. »Schlafen können wir auf dem Parkplatz vor der Kirche. Der ist von Bäumen und einer großen Natursteinmauer abgeschirmt, da müssten wir in Sicherheit sein. Pfarrer Ron kommt normalerweise schon sehr früh am Morgen vorbei.«

»Gute Idee«, sagt Ben. »Wir können abwechselnd am Steuer Wache halten. Wenn jemand Verdächtiges kommt, fahren wir weg.«

»Oh, bitte, ich werde doch nicht Auto fahren.« Marissa steht von der Sitzbank auf. »Sehe ich aus wie ein Chauffeur?«

Kyle stößt mich an. »Hey, Rachel?«

»Ja?«

»Kannst du deine Gabe benutzen, um Marissa zu verwandeln und sie nett zu machen?«

»Ha.« Ich lächle und wende den Blick von Marissas wütender Miene ab.

»Ganz ehrlich, das solltest du tun.«

»Ich stehe direkt neben euch.« Marissa verschränkt die Arme.

»Das kann ich nicht.« Ich zucke die Achseln und folge den anderen zur Kasse. »Bei … unseresgleichen wirkt die Gabe anders.«

Marissa schüttelt den Kopf. »Liebesgöttinnen sind gegen

die Gabe immun. Auf Frauen ist die Wirkung sowieso allgemein schwächer, weil wir das genetisch überlegene Geschlecht sind. Wenn wir eine Frau verwandeln würden, würde sie nur ohnmächtig werden. Mehr nicht.«

»Ach, wirklich? Das würde mir reichen«, sagt Kyle. »Kannst du sie jetzt bitte verwandeln, Rachel?«

KAPITEL 23

Kyle stupst mich an, bis ich die Augen öffne. »Ja?«, murmle ich.

»Du bist dran, Wache zu halten.«

Verschlafen nicke ich, reibe mir den steifen Nacken und klettere auf den Fahrersitz. Die paar Stunden Schlaf reichen mir nicht. Ich gehe völlig auf dem Zahnfleisch und hätte jetzt gern eine Tasse von Mas starkem Tee. Oder, noch lieber, meine Ma persönlich.

Meine Beine fangen an zu kribbeln. Ich strecke mich, so gut das hinter dem Lenkrad geht. Als das nichts nützt, schlage ich mir auf die Schenkel, um das Blut wieder zum Fließen zu bringen. Ben bewegt sich auf dem Beifahrersitz, und ich merke, dass er wach ist. Fragend deutet er mit dem Kinn auf meine Beine.

»Eingeschlafen«, flüstere ich.

Er schnappt sich die Schlüssel, sein Sweatshirt und die Decke, die Kyle ihm gegeben hat, steigt aus dem Wagen und winkt mir, ihm zu folgen. Vorsichtig, um Marissa nicht zu wecken und Kyle, der gerade versucht einzuschlafen, nicht zu stören, rutsche ich aus dem Pick-up, belaste langsam meine Beine und schließe dann leise die Tür hinter mir.

Ben wirft Sweatshirt und Decke auf die Motorhaube. »Wie

wäre es mit Sternegucken? Wir können uns dafür richtig hinlegen.«

Klingt perfekt. Ich nicke.

Ich will gerade auf die Motorhaube klettern, als sich ein Auto nähert. Das Licht seiner Scheinwerfer fällt in die Parkplatzeinfahrt. So schnell mich meine Beine tragen humple ich zurück zur Tür. Ich könnte jeden Moment hineinspringen, den Motor anlassen und uns in rasender Geschwindigkeit in Sicherheit bringen. Doch der Wagen fährt vorbei, und das Motorengeräusch verklingt zu einem sanften Schnurren.

»Puh«, sage ich.

Ben hält die Schlüssel hoch. »Die behalten wir in Griffweite.« Mit einem Satz ist er auf der Motorhaube und breitet die Decke aus. Ich nutze den Moment, um meine Beine gründlich zu strecken. Als er fertig ist, dreht er sich um und reicht mir die Hand, doch ich zögere, sie zu ergreifen, denn auf meiner Haut baut sich wieder diese elektrische Spannung auf.

»Geht schon, danke«, sage ich, klettere alleine auf die Stoßstange und ziehe mich am Scheibenwischer hoch. Anmutiger hätte es ausgesehen, wenn ich mir von ihm hätte helfen lassen, aber so kommt es wenigstens nicht zu ungewollten Stromschlägen. Also sitzen wir jetzt schweigend da, an die Windschutzscheibe gelehnt, die Decke über unseren Beinen und die Schlüssel zwischen uns. Die Nachtluft ist kühl, und ich wickle mich fest in meinen Cardigan. Dabei macht mir die Kälte nichts aus – es ist die Nervosität, die mich zum Zittern bringt, weil ich direkt neben Ben sitze.

»Du brauchst nicht mit mir wach zu bleiben. Ab jetzt schaff ich es allein.«

»Ich kann ohnehin nicht schlafen«, sagt er. »Mir geht zu viel durch den Kopf.«

»Ach ja?«

Er wendet sich zu mir, und selbst im Mondlicht fallen seine blauen Augen auf. »Ich habe Ammon für verrückt gehalten, weil er geglaubt hat, diese Jungen wären von Aliens entführt worden«, sagt er, sein Ton wird ganz ernst dabei. »Trotzdem hat ein kleiner Teil von mir gehofft, dass er recht hat. Dass es da draußen noch mehr gibt als uns. Jetzt weiß ich, dass es wahr ist – nur nicht so, wie ich es erwartet hatte.« Er unterbricht sich und lächelt. »Wahrscheinlich habe ich mich deshalb nicht gewehrt, als ihr mich gegen meinen Willen mitgenommen habt.«

»Nicht nur, um Bonuspunkte für die Akademie zu sammeln?«

»Ja … Nein … Ich weiß nicht.« Leise lachend dreht er sich auf den Rücken und schaut zu den Sternen. »Es gibt also Götter und so. Heißt das, es gibt einen Himmel und eine Hölle?«

»Es gibt viele verschiedene Versionen davon.«

Erstaunt über meine Worte sieht er mich an. »Werde ich die Menschen, die ich verloren habe, je wiedersehen?« Die Traurigkeit ist wieder da, doch diesmal liegt in seinen Augen etwas, das sehr viel gefährlicher ist als Trauer: Es ist Hoffnung.

»Ich weiß es nicht«, gestehe ich. »Aber in der Schule war von einer schönen Welt die Rede, die Elysium genannt wird. Dort verbringt jeder gute Mensch, der den Lebenden im Gedächtnis bleibt, die Ewigkeit. Ich möchte glauben, dass es wahr ist und dass auch ich eines Tages dorthin komme.«

»Ja«, sagt er leise.

In diesem Moment ist seine Traurigkeit mehr als nur abgewetzte Ärmel und einsame Augen – sie ist dicht und greifbar und haftet an jedem Teil von ihm. Wer diese Menschen auch waren, die er verloren hat, er muss sie sehr geliebt haben.

»Vorausgesetzt, dass sich jemand an mich erinnert«, füge ich hinzu.

Er sieht mich wieder an, und sein Blick schlägt mich in seinen Bann. »Ich werde mich an dich erinnern.«

Ich breche den Blickkontakt ab, drehe mich auf den Rücken und hoffe, dass er nicht bemerkt, wie schnell mein Atem geht und mein Herz schlägt, denn das Klopfen dröhnt richtig in meinen Ohren. In seiner Nähe verliere ich die Kontrolle. Und dieses Risiko darf ich nicht eingehen.

Weil das harte Glas an meinem Kopf schmerzt, benutze ich meinen Arm als Kissen und suche eine bequemere Position.

»Hier.« Ben rollt sein Sweatshirt zusammen und schiebt es mir unter den Kopf. An den Stellen, an denen er mich berührt, brennt meine Haut.

»Danke.« Ich nehme das Sweatshirt ohne Widerspruch an und rutsche ein Stück zur Seite, weil ich dringend mehr Platz brauche. Dann streift er meinen Fuß mit seinem, und mein ganzer Körper geht in Flammen auf. Das wird eine lange Nacht.

Wieder nähert sich ein Auto. Erschrocken fahren wir hoch und greifen nach den Schlüsseln. Dabei stoßen wir mit den Köpfen zusammen. Als das Auto weiterfährt, kichern wir beide, und ich reibe mir die Stirn. Unsere Gesichter sind nur Zentimeter voneinander entfernt. Ben sieht mir fest in die Augen. In diesem Augenblick spüre ich nicht den Schmerz der entstehenden Beule, sondern nur das Feuer in meiner Seele. Alles in mir wird heiß, und ich fürchte, ich werde gleich explodieren. Ich weiche zurück, springe von der Motorhaube und reibe mir die Arme, während ich auf und ab laufe.

»Deine Gabe?«, fragt Ben. Die Frage überrascht mich, ich bleibe stehen.

»Ich glaube schon.« Ich drehe mich wieder zu ihm und spüre das Brennen seines intensiven Blicks. »Oder mir sind die Arme eingeschlafen. Fühlt sich etwa genauso an.«

»Warum passiert das?«

Deinetwegen. »Ich weiß es nicht.«

Nachdem die Woge abgeklungen ist, steige ich wieder auf die Motorhaube. Schweigend sitzen wir da, schauen uns immer wieder verlegen lächelnd an und sehen zu, wie die Sonne aufgeht und den Himmel in den schönsten Rosa- und Orangetönen färbt. In diesem kurzen, stillen Moment ist alles perfekt.

Ein Minivan fährt plötzlich auf den Parkplatz. Kyle steigt aus dem Wagen und streckt sich. Ben und ich richten uns alarmiert auf.

»Das ist Pfarrer Ron«, sagt er.

Ich sehe kurz zu Ben hinüber, für einen Moment treffen sich unsere Blicke, und uns wird bewusst, dass diese kostbare gemeinsame Zeit vorbei ist. Wie aufs Stichwort steigen wir von der Motorhaube und falten die Decke zusammen. In der Kirche gehen die Lichter an, und wir drei stehen eine Weile um den Pick-up herum und warten auf Marissa.

Kyle streckt sich. »Für einen Kaffee würde ich jetzt töten.«

»Ich auch«, sage ich, immer noch müde von der letzten

Wache. Ben muss erschöpft sein – er hat überhaupt nicht geschlafen.

Endlich steigt Marissa aus. Sie wirkt sogar erfrischt, und ihre Kleidung ist nicht einmal zerknittert.

»Können wir?« Kyle gibt uns einen Wink, und wir folgen ihm zu einer Seitentür. Als ich den Namen auf der Glastür lese, bleibe ich wie angewurzelt stehen. *Pfingstkirche Arrow Heights.*

»Alles in Ordnung?«, fragt Ben.

»Ja. Nein. Alles okay«, sage ich mit einem gezwungenen Lächeln.

Vielleicht hat Ma recht – vielleicht schicken uns die Götter wirklich Zeichen.

Wir folgen Kyle durch die Tür und einen Flur entlang und gehen ohne anzuklopfen direkt ins Büro des Pfarrers.

Hier sieht es aus wie in einer kleinen Bibliothek, die Wände sind mit dicht gefüllten Bücherregalen gesäumt, und in einer Ecke stehen zwei kleine Sessel. Pfarrer Ron sitzt an einem Schreibtisch, auf dem sich Buntstiftzeichnungen stapeln.

»Kyle? Ich dachte mir schon, dass du das auf dem Parkplatz sein könntest.« Der Pfarrer sieht von seinem uralten PC auf, einem richtigen Fossil. Auf der Rückseite klebt ein großer Sprite-Sticker, und als wir näher kommen, sehe ich, dass da »Spirit« steht, aber in derselben Schrift wie die Limonadenmarke.

»Hallo Pfarrer Ron.« Kyle eilt um den Schreibtisch, nimmt den Mann herzlich in die Arme und zieht ihn dabei vom Stuhl hoch. Die beiden umarmen sich lange, klopfen sich gegenseitig auf den Rücken und lachen.

»Es ist viel zu lange her.« Pfarrer Ron lächelt breit und schiebt Kyle ein Stück von sich, um ihn im Ganzen betrachten zu können. Dann sieht er an Kyle vorbei zu uns dreien, die wir völlig erschöpft in seinem Büro stehen. »Wen haben wir denn da?«

»Das sind meine Cousine und zwei ihrer Freunde. Wir sind hier, weil wir deine Hilfe brauchen.«

»Cousine?« Lächelnd kommt Pfarrer Ron auf mich zu und umarmt mich mit der gleichen Herzlichkeit wie Kyle. Als Familienmitglied vorgestellt zu werden ruft ein Kribbeln an meinem ganzen Körper hervor. Pfarrer Ron lässt mich los und reicht den beiden anderen die Hand. »Freunde von Kyle sind auch meine Freunde. Nennt mich Ron.« Nach der Begrüßung wendet er sich wieder Kyle zu. »Also, was kann ich für euch tun?«

»Wie gesagt, wir brauchen deine Hilfe.«

»Worum geht's?«

»Die Mädchen werden von der Polizei gesucht.

»Von der Polizei?« Ron erstarrt.

»Es kommt noch schlimmer«, sagt Kyle.

»Ich wüsste nicht, wie das gehen sollte.«

Kyle stößt zögerlich die Fußspitze auf den alten Teppichboden. »Ich glaube, sie haben meine Mom.«

»Joyce?« Besorgnis legt sich über Rons Züge. »Warum?«

Kyle sieht zu mir herüber. »Das ist im Augenblick nicht wichtig. Wichtig ist nur: Kannst du uns helfen?«

Wir nehmen alles Brauchbare aus Kyles Pick-up mit und tauschen mit Pfarrer Ron den Wagen.

»Kyle, kannst du mal herkommen?«, ruft Ron, als er aus dem Kofferraum wiederauftaucht.

Die Arme voller Decken joggt Kyle zu ihm hinüber und lehnt sich an den Van des Pfarrers.

»Sag mal, was haben die Mädchen getan, das ihnen die Aufmerksamkeit der Polizei eingebracht hat?« Als Ron zu uns herübersieht, bücke ich mich und tue so, als würde ich mir die Schuhe binden. Er soll nicht merken, dass ich lausche.

»Sind zur falschen Zeit am falschen Ort gewesen«, sagt Kyle.

Ich hasse es, dass er für uns lügen muss. Der Einzige, der zur falschen Zeit am falschen Ort war, war Ben. Aber wenn ich ehrlich sein soll, bin ich darüber ziemlich froh.

»Diese Sache gefällt mir überhaupt nicht«, sagt Ron. »Aber ich weiß, dass du mich nicht bitten würdest, wenn es nicht wichtig wäre. Hilf den Mädchen und sorg dafür, dass deiner Mom nichts passiert, ja?« Kyle nickt, und Ron zieht sein Portemonnaie aus der Tasche. »Hier«, er hält ihm ein Bündel Geldscheine hin. »Es ist nicht viel, aber für Benzin und Essen für die nächsten paar Tage sollte es reichen.«

Kyle lächelt und umarmt den Pfarrer noch einmal. Mit aller Macht muss ich gegen die aufsteigenden Tränen ankämpfen. Wenn er wüsste, was wir sind, würde er uns wahrscheinlich nicht helfen.

»Okay, okay.« Der Pfarrer klopft Kyle auf die Schulter. »Und nimm die hier mit.« Er löst zwei Schlüssel aus seinem Schlüsselbund. »Der ist für den Van«, sagt er, als er den größeren der beiden Schlüssel hochhält. »Und der andere für das Haus am Fluss. Ich habe zur Sicherheit auch Ben den Weg beschrieben, falls du ihn nicht mehr weißt. Es ist etwa eine Tagesfahrt mit dem Auto, aber dort solltet ihr eine Zeit lang in Sicherheit sein.«

»Das Haus am Fluss?« Kyle strahlt. »Wie lange habe ich auf diesen Tag gewartet!«

Pfarrer Ron sieht Kyle von oben herab an. »Ich vertraue darauf, dass du dich respektvoll verhältst!«

»Ja, Sir.« Kyle lächelt. »Vielen Dank, Sir.«

Ron grinst. »Außerdem wird es für mein altes Ego Wunder wirken, diesen Pick-up zu fahren. Vielleicht führe ich heute Abend sogar mein Mädchen aus.«

Kyle legt den Kopf schief und imitiert Pfarrer Ron: »Ich vertraue darauf, dass du dich respektvoll verhältst.« Lachend übergibt der Pfarrer ihm die Schlüssel. »Aber warte vielleicht ein paar Tage, bevor du dich mit dem Pick-up auf der Straße zeigst. Du weißt schon, wegen der Polizei und so.«

»Ja, klar.« Rons Miene hellt sich auf. »Oh, und hier.« Er greift in den Kofferraum und holt einen Reise-Akku heraus. »Ben sagte, ihr könntet so etwas gebrauchen.«

»Danke. Eigentlich braucht Rachel ihn.« Er fängt meinen Blick auf und hält den Akku hoch.

Begeistert renne ich zu ihm hinüber. »Vielen Dank, Pfarrer Ron. Für alles.« Ich deute mit dem Kinn auf den Van, nehme dann den Reiseakkku von Kyle entgegen und stöpsle mein Handy ein. Ron erwidert mein Lächeln, doch seine Augen lächeln nicht mit, was ich ihm nicht mal verdenken kann. Wir haben jemanden in Schwierigkeiten gebracht, der ihm viel bedeutet.

Ben und Marissa kommen zu uns rüber, und dann stehen alle da und sehen mich abwartend an. Ich setze mich auf die

Stoßstange, schalte das Handy ein und logge mich auf der Website unserer Schule ein.

Mir rutscht das Herz in die Hose, als ich sehe, dass Paisley offline ist. Dann finde ich aber wenigstens eine Nachricht von ihr:

PAISLEY: Hey, Rachel, noch nichts Neues von deiner Mutter, aber ich habe mit meiner Mom über die Sache mit dem Verwandeln durch Berührung und so gesprochen. Sie sagt, als deine Mom ihre Gabe entdeckt hat, seien ihr immer wieder Arme und Beine eingeschlafen. Bevor sie ihre Gabe kontrollieren konnte, hat sie wohl ein paar Jungs aus Versehen verwandelt. Sorry, dass ich dir nicht mehr sagen kann.

Mir wird schwer ums Herz – dann ist es also wirklich meine Gabe.

Obwohl Paisley nicht online ist, tippe ich schnell eine Antwort.

ICH: Das hilft mir sehr. Danke. Für alles. Bitte sag deiner Mom, sie soll sich wegen meiner Ma so schnell wie möglich bei mir melden.

Zwar versuche ich, nicht den Mut zu verlieren, aber das ist einfach unmöglich, weil ich immer noch kein Wort von meiner Ma gehört habe. Ich will schon mit der flachen Hand aufs Display schlagen, als ich eine ungelesene Nachricht in meinem Chat mit Surrender2Love entdecke. Nach unserem letzten Gespräch habe ich es nicht allzu eilig, sie zu öffnen. Doch aus Neugier klicke ich sie trotzdem an.

S2L: Deine Mutter braucht dich.

S2L: Du hast alles, was du brauchst, um ihr zu helfen.

S2L: Denk dran: Folge deinem inneren Pfeil.

Wer auch immer mir diesen Streich spielt, jetzt ist er zu weit gegangen.

ICH: Entweder du wirst jetzt endlich konkret, oder du lässt mich einfach in Ruhe. Für Spielchen habe ich keine Zeit.

Mit zitternden Händen schalte ich das Handy aus. *Deine Mutter braucht dich,* läuft in Dauerschleife durch meinen Kopf. Wer zum Geier ist S2L? Was weiß er? Ich sehe zu den anderen auf, die mich erwartungsvoll beobachten.

»Nichts«, bringe ich hervor. Jedenfalls nichts Hilfreiches.

KAPITEL 24

Der Beifahrersitz knallt mir gegen die Knie, als Ben sich zu uns umdreht. Er beugt sich zur Rückbank, und in meinen Armen breitet sich das vertraute elektrische Kribbeln aus. Ich weiche ein Stück zurück und drücke mich gegen die Schiebetür, um nicht wieder eine Berührung mit Stromschlag zu riskieren. Es wird immer deutlicher, wie gefährlich die Gefühle sind, die er in mir wachruft.

Ben hält inne, verblüfft darüber, wie sich meine Haltung ihm gegenüber verändert hat. »Wie geht es euch?«, fragt er uns beide, sieht aber nur mich an.

»Also, erstens: Minivans sind doof«, sagt Marissa.

»Dieser Minivan hier rettet dir den Arsch«, sage ich.

»Ich hoffe nur, dass mich niemand erkennt. Das ist ja gesellschaftlicher Selbstmord.« Sie verschränkt die Arme und starrt missmutig aus dem Fenster.

»Willst du einen Schluck Wasser?« Ben hält uns eine Flasche hin, vermutlich möchte er dadurch einen Streit verhindern.

Ich könnte etwas zu trinken vertragen, will aber keine Berührung mit ihm riskieren. »Nein, danke.«

Marissa schnappt sich die Flasche und dreht sich wieder zum Fenster. Der Ausdruck in ihren Augen spiegelt sich in der

Scheibe. Es ist der Blick eines verwundeten Tieres, derselbe wie in dem Moment, als ich sie nach ihrer Mutter in London gefragt habe. Bens Ansage im Diner muss sie wirklich getroffen haben.

»Hey, Marissa?« Ich lege ihr sanft die Hand auf die Schulter, damit sie weiß, dass ich für sie da bin, wenn sie mich braucht.

Sie fährt herum. »Was ist?«

Ich lasse die Hand sinken. Meine Hoffnungen auf eine zivilisierte Unterhaltung schwinden. »Darf ich vielleicht einen kleinen Schluck haben?«, frage ich stattdessen und will nach der Flasche greifen.

Marissa klemmt sie allerdings zwischen ihrem Bein und der Tür ein. »Als Ben sie dir gerade angeboten hat, wolltest du nicht.«

»Tja, aber jetzt habe ich Durst.«

»Dann besorg dir eine eigene Flasche.«

»Das war die letzte«, sagt Ben. Erst jetzt wird mir bewusst, dass er uns die ganze Zeit beobachtet.

Marissa verschränkt die Arme, und Ben zuckt die Achseln. »Wir können am nächsten Geschäft anhalten«, sagt er.

»Schon okay, ich kann bis zum Haus am Fluss warten.«

»Ist kein Problem. Wir sollten ohnehin Lebensmittel und Vorräte besorgen.«

Je mehr Aufmerksamkeit Ben mir widmet, umso steifer wird Marissas Haltung. Der Rücksitz kommt mir vor wie ein Käfig, und ich bin dort mit einem verwundeten Tier eingesperrt, das jeden Moment zuschlagen wird. »Es ist wirklich okay, Ben« sage ich und nicke Marissa zu. »Ich wollte nur einen kleinen Schluck.«

»Könnte eine Zeit dauern, bis wir zu einem Geschäft kommen.« Kyle dreht den Kopf zu uns, und als er die Anspannung bemerkt, fügt er hinzu: »Jetzt gib ihr doch einfach was ab.«

»Gib du ihr doch was. Ich hab keine Lust zu teilen.«

Ben wirft sich genervt in seinen Sitz zurück.

Kyle sieht ihn kopfschüttelnd an.

Marissa ignoriert die beiden, und bald ist im Van wieder alles normal. So normal, wie peinliches Schweigen und gezwungene Gespräche eben sein können. Ich starre aus dem Fenster und bin froh, dass es nicht lange dauert, bis Kyle an einer kleinen Tankstelle mit einem Shop daneben anhält.

Mir war nicht bewusst, dass wir Tennessee verlassen hatten, aber auf dem handgemalten Schild steht *Tank-Shop Mississippi Nord*. Als Kyle die Tür öffnet, weht der Geruch von altem Benzin zu uns herein. An der anderen Seite des Gebäudes steht vor einer ölverschmierten Werkstatt eine bunt gemischte Reihe Autokarosserien, von glänzend neu bis völlig verrostet. Und einer der Wagen, ein glänzender, ist ein schwarz-weißes Polizeiauto.

Mir bleibt das Herz stehen. Wir müssen sofort zurück in den Van und von hier verschwinden! Wenn wir erwischt werden, können wir meinen Eltern nicht helfen. In Panik strecke ich den Kopf aus dem Fenster und will nach Kyle rufen, als ich sehe, dass das Polizeiauto keine Reifen hat und die Beschriftung auf der Tür verblasst ist, einige Buchstaben fehlen sogar ganz. Ich stoße einen tiefen Seufzer aus und lasse mich kopfschüttelnd in den Sitz zurückfallen.

Ben steigt aus, holt sich von Kyle Geld und kommt dann

auf meine Seite, um die Schiebetür zu öffnen. Ich weiche ruckartig ein Stück vor ihm zurück und hänge, auf einem Bein balancierend, zwischen Marissas und meinem Platz halb in der Luft.

Er legt den Kopf schief. »Ich gehe Wasser und Lebensmittel kaufen. Möchtest du sonst noch etwas?« Ben zeigt sein fürsorgliches Lächeln, und ich bin viel zu nervös, um etwas zu sagen oder mich zu bewegen. Seit dem Vorfall mit dem elektrischen Schlag und den ganzen Emotionen, die er letzte Nacht in mir ausgelöst hat, kann ich an nichts anderes mehr denken als daran, wie gefährlich Ben ist.

Er weckt Gefühle in mir.

Ich spüre Marissas Blicke, die sich in meinen Rücken bohren. In der Scheibe spiegelt sich, wie sie uns beobachtet – und ich sehe ihr an, dass sie stinksauer ist.

In diesem Moment halte ich es zwischen den beiden nicht länger aus – zwischen Marissas Wut und was auch immer das ist, was ich für Ben empfinde –, das alles erdrückt mich. Also klettere ich auf den Vordersitz, steige aus dem Van und atme in tiefen Zügen die frische Luft. Noch immer tobt dieses stürmische Gefühl in meinen Armen. So stark wie jetzt haben sie noch nie gekribbelt, es fängt schon an wehzutun. Ich entferne mich einige Schritte vom Auto und reibe mir langsam atmend die Arme, um das Stechen zu vertreiben.

»Alles okay mit dir, Rachel?«, ruft Ben mir hinterher.

Bei seinen Worten erstarre ich und bleibe mit dem Rücken zu ihm stehen. Jedes Mal, wenn er mich das fragt, dringen diese Worte direkt in mein Herz. Ich werde mich wohl nie daran gewöhnen, dass jemand mir gegenüber so aufmerksam ist.

Ben weckt in mir Gefühle, von denen ich bisher immer nur geträumt habe.

Die Art Gefühle, die wegen meiner Gabe zu Albträumen werden.

»Ja«, sage ich und drehe mich um. »Mir ist nur der Arm eingeschlafen.«

»Na klar.« Marissa lacht. Sie wendet sich von uns ab und geht zu Kyle, der am Heck des Wagens steht, was Ben zum Anlass nimmt, auf mich zuzugehen. Als er näher kommt, wende ich mich ab, weil ich mir in seiner Nähe selbst nicht traue.

Ich reibe mir die kribbelnden Arme, und ein Teil von mir wünscht sich, ich könnte meine Gabe benutzen, um dieses Gefühl für immer loszuwerden. Als ich mich auf sie konzentriere, schnellt die Spannung in mir in die Höhe. Sogar die Härchen auf meinen Armen richten sich auf und bewegen sich in dieser elektrischen Strömung.

Knirschende Schritte auf Kies. Plötzlich werde ich gepackt und vom Boden hochgerissen.

»Hey, Cousinchen, Marissa meinte, du wärst trau…«

Die elektrische Energie in mir entlädt sich. Gelähmt vor Schmerz schreie ich auf, als die Gabe mit reißender Wucht durch meinen Körper fährt. Es fühlt sich schlimmer an, als die Schwester es beschrieben hat. Nein, es ist nicht im Geringsten wie ein Bienenstich, es ist, als würde Säure statt Blut in meinen Adern fließen. Dann sehe ich ihn. Kyle. Der sich vor meinen Füßen windet. Und wieder schreie ich auf, diesmal seinetwegen. Wegen dem, was er war und was ich ihm geraubt habe. Ich falle auf die Knie und halte ihn im Arm, während er unkontrolliert zittert. »Oh Gott, bitte nicht! Nicht Kyle! Bitte! Es tut mir so leid. Das wollte ich nicht. Bitte, verwandle dich nicht.«

KAPITEL 25

Als Kyle endlich aufhört zu zittern, lasse ich ihn los, stehe auf und kehre ihm den Rücken zu. Ich ertrage es nicht, ihn anzusehen, falls er …

»Geliebte?«

Mir werden die Knie weich. *»Nein!«*, schreie ich.

Ben kommt auf mich zugerannt und packt mich am Arm. »Was hast du getan?« Ich reiße mich los, bevor meine Gabe auch ihn zerstört. Im Augenblick ertrage ich seine Berührung nicht und auch nicht den Ausdruck von Angst in seinen Augen, der sich hinter der Wut verbirgt. Er sieht mich an, wie er mich noch nie angesehen hat. Als wäre ich ein Monster.

»Sag es mir, Rachel!«

Ich sehe von Ben zu Kyle – Blicke voller Abscheu und voller Liebe.

»Ich …«

»Tu meiner Geliebten nicht weh.« Kyle stellt sich zwischen Ben und mich, doch Ben weicht kein Stück zurück.

»Sie ist nicht deine Geliebte.« Wieder sieht er mich mit diesem Blick an. »Wie konntest du ihm das antun?«

Kyle schiebt sich näher zu mir. »Und ob sie meine Geliebte ist!«

»Es war ein Unfall. Ich wusste nicht, was ich da tue.« Tränen fangen sich in meinen Wimpern und lassen Ben zu einem Schemen verschwimmen. Mit hängendem Kopf verberge ich das Gesicht in den Händen.

»Du hast sie zum Weinen gebracht!« Kyle stößt Ben aus dem Weg und eilt auf mich zu.

Er will mich umarmen, doch ich entwinde mich seinem Griff. »Hör auf.«

Das tut er – und fällt stattdessen vor mir auf die Knie.

Ben kommt zögernd einen Schritt näher. »Was ist passiert?«

»Ich weiß es nicht. Ich habe mich irgendwie komisch gefühlt, und dann …« Kyle klammert sich inzwischen an meine Beine. Wie kann es Marissa – oder irgendeiner anderen Liebesgöttin – nur gefallen, wenn sich ein Junge so verhält? Mir bricht es das Herz.

»Oh meine Geliebte, ich bin …«

»Nein, Kyle. Ich bin nicht deine Geliebte. Ich bin deine Cousine.« Meine Stimme zittert, und ich versuche ihn abzuschütteln. Er klammert sich fester an mich. »Hör auf damit, Kyle.«

»Womit soll ich aufhören, meine Geliebte?« Er sieht mich mit diesem liebesverschleierten Blick an, und wieder zerreißt es mir das Herz.

»Dich an mich zu klammern und mich ›Geliebte‹ zu nennen.« Ich halte Ausschau nach Marissa, sie muss doch wissen, was zu tun ist. Sie lehnt am Van und grinst übers ganze Gesicht. »Das ist nicht lustig«, sage ich. »Ich weiß nicht, wie ich ihn dazu bringen soll aufzuhören.«

Marissa zuckt die Achseln. »Vielleicht hättest du in der Schule besser aufpassen sollen.«

»Jetzt hilf ihr schon«, sagt Ben. »Das hier ist auf so vielen Ebenen falsch.«

»Meine Güte, komm mal runter. Es hört bald von allein auf.«

»*Runterkommen*?« Ben zeigt auf Kyle, der sich mit Armen und Beinen an meine Beine klammert. »Das soll wohl ein Witz sein?«

Ich zittere. »Ich weiß nicht, wie lange das anhält. Es ist nicht fair, ihn so zu lassen.«

Marissa spielt an ihren Fingernägeln.

»Tu irgendwas!«, schreit Ben.

»Also gut«, sagt sie und streckt die Hände aus, um ihren Nagellack zu begutachten. »Du kannst ihm sagen, er soll vergessen, dass er dich je geliebt hat. Wenn er dich nicht liebt, ist er nicht mehr an deine Befehle gebunden. Aber ich denke, du solltest lieber abwarten. Will es ja nur gesagt haben.«

Darauf hätte ich auch selbst kommen können. Das hat sie mit dem Biker gemacht, und Ma mit dem Pizzaboten. Wieder durchzuckt mich die Angst um meine Eltern. Mit aller Kraft verdränge ich das Gefühl. Gerade darf ich nicht über sie nachdenken. Ich muss erst das mit Kyle wieder in Ordnung bringen.

Also hole ich tief Luft und wende mich an meinen Cousin, der mich voll träumerischer Hingabe anblickt. »Kyle, ich möchte, dass du vergisst, dass du mich je geliebt hast.«

Von einem Augenblick auf den anderen steht Kyle auf. Die Veränderung in seiner Miene lässt mich zurückschrecken.

»Platz da«, faucht er, drängt sich an mir vorbei und läuft mich auf dem Weg zu Marissa beinahe um.

Ich bin baff. Mir steht der Mund offen, und ich schlinge die Arme um meinen Oberkörper.

»Wow. Das war eine schnelle Kehrtwende.« Ben kommt ein Stück auf mich zu.

Kyle legt den Kopf schief und schaut mich an, als wäre ich ein alter Kaugummi, der an seiner Schuhsohle klebt.

Marissa kichert hinter vorgehaltener Hand.

Die ganzen Jahre, in denen ich Marissas Launen ertragen musste und sie damit habe durchkommen lassen, kochen in mir über, und als ich die Augen schließe, sehe ich rot. *Kämpferisches Rot.* Ich balle die Fäuste. »Das ist nicht lustig!«

Kyle verschränkt die Arme und sieht uns finster an.

»Kein Grund, sich wie ein Arsch aufzuführen. Es war ein Unfall«, sagt Ben. Schon wieder beschützt er mich, und eigentlich sollte mich das trösten, doch das tut es nicht. Denn ich weiß jetzt, wozu ich fähig bin. Ich würde ihm nur wehtun. Wenn mir Ben etwas bedeutet, muss ich ihn gehen lassen. Zu erleben, dass Kyle mich auf diese Art behandelt, hat mir das Herz gebrochen, aber wenn Ben sich so verhielte, würde das alles in mir zerstören.

Kyle schnaubt nur, verdreht die Augen und marschiert auf den Laden zu.

Ben lächelt mich mitfühlend an und macht eine fragende Geste in Kyles Richtung. Als ich nicke, joggt er ihm hinterher. Hoffentlich kann er herausfinden, was hier los ist. Irgendetwas muss schiefgegangen sein. Eine solche Reaktion habe ich noch nie gesehen.

Ich brauche Antworten, deshalb wende ich mich an den einzigen Menschen, der sie haben könnte: Marissa.

»Wie ist das passiert?«

Sie hält sich gerade die Selfie-Kamera dicht vors Gesicht und zupft an ihren Augenbrauen herum. Dabei zieht sie ein Gesicht, als würde sie Mascara auftragen. »Du hättest wohl konkreter sein und *romantische* Liebe sagen müssen.«

Auf einmal passt alles zusammen – sie hat wahrscheinlich vorher gesehen, wie ich mir die Arme rieb, und Kyle gesagt, ich wäre traurig, damit er dachte, ich könnte eine Umarmung gebrauchen. Und jetzt hat sie mich mit einem Trick dazu gebracht, dass ich meinem Cousin sage, er soll mich nicht mehr lieben. Meine beste Freundin hat mich reingelegt.

»Das hast du mit voller Absicht gemacht!«

Mit selbstgefälligem Blick sieht Marissa von ihrem Handy auf. »Ich habe genau das getan, worum du mich gebeten hast. Wenn du deinem Cousin jetzt egal bist, ist das nicht meine Schuld. Ich war schließlich nicht diejenige, die ihn verwandelt hat.«

»Wie konntest du nur?« Weil mir die Knie weich werden, gehe ich zu einem ausrangierten alten Autositz. Marissa soll auf keinen Fall sehen, wie sehr mich diese Sache trifft.

Ich lasse mich auf den Sitz fallen, streiche über einen Riss im Leder und versuche, ein kleines bisschen Fassung zurückzugewinnen. Nach ein paar tiefen Atemzügen rufe ich ihr zu: »Kann ich das wiedergutmachen?«

»Was gutmachen? Er tut genau das, worum du ihn gebeten hast.«

»Ich habe Kyle gerade erst kennengelernt. Bitte, Marissa. Ich ertrage es nicht, noch mehr Familienmitglieder zu verlieren.«

»Sei nicht albern, Rachel. Er ist gar kein richtiges Familienmitglied. Er ist adoptiert, das hat er dir doch gesagt.«

Typisch Marissa.

Eigentlich müsste ich weinen, weil mir der Schmerz über ihr fieses Verhalten das Herz bricht. Aber das tue ich nicht. Ich fühle mich zu leer, um zu weinen. Mit hängendem Kopf murmle ich: »Ich hätte einfach abwarten sollen, bis die Wirkung meiner Gabe nachlässt. Es ist mein erstes Mal, dass ich die Gabe einsetze, wahrscheinlich wäre er innerhalb von vierundzwanzig Stunden wieder normal geworden.«

»Ich hab dir ja gesagt, du sollst warten.«

Sie versteht es einfach nicht, vierundzwanzig Stunden hin oder her – wenn man jemandem gewaltsam seinen Willen raubt, ist schon eine Minute zu viel. »Ich habe es nicht ausgehalten, ihn so zu sehen.«

»Manchmal bist du so egoistisch«, sagt sie.

»Wie bitte?«

»Du musstest einfach *irgendetwas* tun, um dein Gewissen zu beruhigen. Selbst du müsstest wissen, dass jede Anweisung, die einem verwandelten Mann gegeben wird, auch dann gültig bleibt, wenn die Wirkung der Gabe abgeklungen ist. Er wird jetzt für immer so sein.« Sie lässt das Handy in ihre Tasche fallen und folgt Kyle in den Laden.

Immer wieder balle und öffne ich die Fäuste, während ich versuche, einen klaren Kopf zu bekommen.

Der letzte Rest Freundschaft, der zwischen Marissa und mir noch zu retten sein könnte, kann warten. Meine Priorität ist Kyle. Ich hätte nie geglaubt, dass dieser Tag kommen würde: Ich bereue tatsächlich, dass ich in der Schule nicht aufgepasst habe. Das Einzige, was mir einfällt, ist, ihn noch einmal zu verwandeln. Zwar wollte ich meine Gabe nie benutzen, aber wenn es jemandem hilft, kann es doch nicht verkehrt sein. Die nörgelnde Stimme in meinem Hinterkopf erinnert mich daran, dass Kyle eigentlich nichts fehlt, außer dass er mich nicht mehr mag. Hat Marissa recht – wäre es egoistisch, ihn erneut zu verwandeln? Ich konzentriere mich darauf, tief durchzuatmen, als sich das Rascheln leichter Schritte nähert. Gleich darauf folgt ein sachter Druck auf meiner Schulter, und Bens Schuhe kommen in mein Blickfeld. Ich schüttle seine Hand ab.

Diese verdammten Schuhe – mit denen hat doch alles angefangen.

»Was ist?«, frage ich ein bisschen zu scharf, ohne aufzusehen. Ich wage es nicht, dem einzigen Menschen, dem ich auf dieser Welt noch etwas bedeute, in die Augen zu blicken. Der Person, die ich am schlimmsten verletzen könnte. Außer ihm ist niemand mehr da.

»Sieht aus, als wäre er wieder ganz er selbst … jedenfalls für mich.« Er unterbricht sich, als er sieht, wie ich mich versteife. »Kannst du ihm nicht befehlen, wieder so zu sein wie vorher?« Ich hasse es, wie mir allein vom freundlichen Klang seiner Stimme leichter ums Herz wird. Noch immer durchströmt diese elektrische Spannung meinen Körper, und ich fühle mich schwächer als vorher. Ich rutsche ein Stück zur Seite, um Platz für ihn zu machen.

»So funktioniert das nicht. Unsere Kräfte bringen Männer dazu, uns zu lieben. Ohne die Liebe sind wir machtlos. Die einzige Möglichkeit ist, ihn noch mal zu verwandeln. Aber ich weiß nicht, ob das für Kyle das Richtige wäre.« Ich reibe mir die Augen. Schließlich habe ich noch nie jemanden absichtlich verwandelt.

Und es kommt mir falsch vor.

»Aber er hat dich vorher gemocht – das würdest du nur wieder in Ordnung bringen.«

»Indem ich ihm noch einmal seinen Willen raube.«

»Stimmt, das ist nicht okay.«

»Nur meinetwegen werde ich ihn nicht noch einmal verwandeln. Ich muss ihn auf die altmodische Weise dazu bringen, dass er mich wieder mag: indem wir Zeit miteinander verbringen und uns kennenlernen.«

Ben schweigt einen Herzschlag lang, bevor er fragt: »Was passiert genau, wenn ihr jemanden verwandelt? Trägt derjenige einen dauerhaften Schaden davon?« Es ist offensichtlich, dass er nicht wegen Kyle fragt. Den Blick fest in die Wolken gerichtet fährt er fort: »Weil … Marissa … sie geht mir auf die Nerven, aber ich fühle ich mich zu ihr hingezogen. Ist das … das sind die Nachwirkungen, oder?«

Meine Lippe zittert, und nur mit Mühe kann ich die Tränen zurückhalten. Ich weiß, dass ich nie mit Ben zusammen sein kann. Das weiß ich mit jeder Faser meines Körpers. Und dennoch schmerzt es mich zu hören, wie er auf Marissa reagiert.

Am Ende kriegt sie sogar noch Ben.

Er muss bemerkt haben, wie sich mein Körper versteift, denn er setzt sich neben mich und nimmt mich in die Arme.

Ich versuche ihn wegzuschieben, doch er lässt mich nicht los. »Nicht, Ben. Was ist, wenn ich …«

»Das wirst du nicht«, flüstert er und streicht mir übers Haar.

Ich werde in einen Strudel von Emotionen gerissen – es ist so tröstlich, von Ben umarmt zu werden, in seinen Armen zu liegen. Ben macht sich überhaupt keine Sorgen, dass ich ihn verwandeln könnte. Er vertraut mir. Ein wenig entspanne ich mich, ich spüre seine Wärme und seinen gleichmäßigen Herzschlag. Und für einen Moment fühle ich mich vollkommen und absolut sicher.

Dann kehrt die elektrische Spannung zurück, die dicht unter meiner Haut brennt, und droht mir den Jungen wegzunehmen, der gerade mein Herz erobert. Ich darf es einfach nicht riskieren. Ich darf nicht riskieren, ihm etwas anzutun.

Es kostet mich all meine Kraft, mich aus seinen Armen zu befreien und wegzugehen.

KAPITEL 26

Mein Herz steht in Flammen.

»Warte doch, Rachel.« Ben läuft mir nach, und obwohl ich mir in seiner Nähe selbst nicht trauen kann, bleibe ich stehen.

»Hey.« Er fasst mich an der Schulter und dreht mich zu sich um. Ich halte den Blick gesenkt und konzentriere mich darauf, die unter seiner Berührung aufwallende Energie zurückzudrängen.

»Rachel, du darfst Marissa nicht gewinnen lassen. Das will sie doch nur.«

»Sie hat doch schon gewonnen.« Ich riskiere einen Blick, wende ihn aber sofort wieder ab. Die Besorgnis in seinen Zügen zu sehen hilft mir nicht gerade, meine Gefühle unter Kontrolle zu halten. »Sie hat sogar Kyle gegen mich aufgebracht. Sicher, ich kenne ihn noch nicht lange, es ist nur …«

»Es ist schön, eine Familie zu haben.«

»Genau.« Das Wort bleibt mir fast im Hals stecken, während ich alles tue, um nicht in Tränen auszubrechen. »Ich habe meine Ma, aber das ist nicht dasselbe. Sie *muss* mich ja lieb haben. Aber Kyle hatte die Wahl, und wir waren gerade erst dabei, uns kennenzulernen.« Eine Träne kämpft sich frei und läuft mir über die Wange.

»Ich weiß, wie das ist.« Ben hebt die Hand, um mir die Träne abzuwischen, doch ich wende das Gesicht ab.

»Fass mich bitte nicht an.«

Er hebt noch einmal die Hand.

Ich weiche zurück. »Nein – das ist das Risiko nicht wert. Tu es einfach nicht, okay?« Dann drehe ich ihm den Rücken zu. In diesem Moment hasse ich es mehr als je zuvor, eine Liebesgöttin zu sein

»Rachel, geht es hier um mehr als um Kyle?«

Mit einem Ruck fahre ich herum und sehe ihn herausfordernd an. Er soll aussprechen, was er da angedeutet hat.

»Es geht um Liebe, oder? Nicht um Liebe in der Familie, sondern um … du weißt schon, *Liebe* eben.«

Er hat gefragt – ich kann nicht glauben, dass er das wirklich gefragt hat. Ausgerechnet mich. Ich versuche meine Verlegenheit zu verbergen, indem ich mich etwas von ihm abwende. Wenn er die Antwort will, werde ich sie ihm geben.

»Man sollte meinen, es hätte Vorteile, mit Eros verwandt zu sein. Wie … ich weiß nicht … einen Freund zu haben oder einen zauberhaften ersten Kuss. Aber so viel Glück habe ich nicht. Stattdessen werde ich allein bleiben, denn wenn ich einen Jungen auch nur berühre, nimmt meine Gabe ihm alles, was ihn ausmacht.«

So gut wie möglich versuche ich ruhig zu atmen, während ich auf Bens Antwort warte. Ich hoffe, dass er etwas sagt. Irgendetwas, womit es mir besser geht. Doch seine ausdruckslose Miene verrät mir, dass er in diesem Punkt genauso hilflos ist wie ich. Das ist neu – Ben wusste bisher immer das Richtige zu sagen. Aus irgendeinem Grund fühle ich mich durch sein

Schweigen wieder so wie bei dem Polizisten mit seinen verdammten Handschuhen, der Angst hatte, mich zu berühren.

Wie ein Monster.

»Rachel, das kann nicht die einzige …«

»Nicht«, sage ich und weiche einen Schritt vor ihm zurück, einen Schritt Richtung Geschäft. Ich habe es satt, dass meine Gabe mein Leben zerstört. Und ich habe es satt davonzulaufen. »Kannst du mir ein bisschen Geld leihen?«

Ben blinzelt einen Moment zu lange. »Geld?«

»Ja, Geld. Ich muss … etwas besorgen.«

Seine Kiefermuskeln verspannen sich für einen Moment, doch er greift in die Hosentasche und zieht zwei zerknitterte Geldscheine heraus. Er streicht sie glatt und gibt mir einen Zehner.

Ich weiß, was ich zu tun habe. Der Polizist hatte recht: Ich bin anders, und ich muss alles Nötige tun, um andere davor zu schützen.

Die Geldscheine fest in der Hand marschiere ich zum Laden und schiebe mit der Schulter die Tür auf. Am Türgriff hängt ein Band mit einem Glöckchen. Marissa und Kyle stehen am Ende des Ganges und reden mit jemandem. Ohne auf sie zu achten, gehe ich zu dem älteren Herrn an der Kasse.

»Tag, junge Dame. Was kann ich für Sie tun?«

»Haben Sie Handschuhe?«

»Ich sehe kurz nach, was wir dahaben.«

Ungeduldig trommle ich auf den Kassiertisch, bis er mit einer kleinen Auswahl verschiedener Modelle zurückkommt. Ich sehe sie mir alle an, finde zwei Paar aus Leder, eins in Rot und eins in Schwarz, und eine Auswahl an geblümten Gartenhandschuhen. In meinem Kopf blitzt das Bild von Mas marineblauen Ausgehhandschuhen auf. Bisher war mir nie bewusst gewesen, wozu sie eigentlich gut waren. Wieder kommt mir die Warnung von S2L in den Sinn: *Deine Mutter braucht dich.*

»Ich nehme die roten, danke.« Ich ringe mir ein Lächeln ab und lasse das Geld auf den Tresen fallen. Als er mir den Rücken zudreht, streife ich die Handschuhe schon über. Ihr weiches Leder beschützt mich vor mir selbst. Das wird die Menschen nicht davon abhalten, meine nackte Haut zu berühren, aber es ist ein Anfang. Der Kassierer klatscht mir das Wechselgeld auf die lederne Handfläche und beäugt mich neugierig. Was ich ihm nicht verdenken kann, da zurzeit nicht unbedingt Handschuh-Wetter ist.

Als ich die Hand um die Münzen schließe, fällt mir ein Vierteldollar auf. »Gibt es hier ein Münztelefon?«

Er deutet mit dem Kopf zu den Toiletten.

»Danke.«

Die Handschuhe kleben an meiner Hosentasche, als ich das restliche Wechselgeld einstecke. Eigentlich sollte ich Paisley nur über Quiver anrufen, aber ich weiß nicht, wann ich das nächste Mal die Chance habe, sie zu erreichen. Ich muss unbedingt erfahren, was mit Ma los ist, darum muss ich das Risiko eingehen, das Telefon zu benutzen. Also werfe ich einen Vierteldollar ein und fange an zu wählen, als aus dem Laden plötzlich ein kleiner Tumult zu hören ist. Der Kassierer und ich drehen uns um und sehen, wie Marissa und Kyle Schulter an Schulter stehen und den Gang blockieren. Auf dem Boden zwischen ihnen liegt ein Mann, der sich in Krämpfen windet.

»Er ist ausgerutscht«, lügt Marissa.

Wütend starre ich sie an, knalle den Hörer auf die Gabel und stürme aus dem Laden.

Ich reiße die Tür zum Van auf, wo Ben sich auf seinem Sitz zurückgelehnt hat und Radio hört. »Sie hat es schon wieder getan!«

Er zieht eine Augenbraue hoch und dreht sofort das Radio leiser.

»Marissa! Sie hat gerade irgendeinen Mann verwandelt.«

Ben richtet sich auf. »Was?«

Ich setze mich neben ihn auf den Vordersitz und öffne das Fenster. Gemeinsam behalten wir die Ladentür fest im Auge. Die Minuten vergehen quälend langsam, bis Marissa und Kyle, mit zahlreichen Tüten beladen, endlich aus dem Laden kommen.

Ben steigt aus und läuft ihnen entgegen. »Was habt ihr da alles gekauft?«, fragt er. »Ron hat uns garantiert nicht so viel Geld gegeben, dass es für all das gereicht hätte.«

»Ron?« Marissa grinst mich an. »Du solltest doch inzwischen wissen, dass ich kein Geld brauche, um klarzukommen.«

»Was hast du getan?« Ben versucht, sich an den beiden vorbei zu drücken, doch Kyle versperrt ihm den Weg.

»Das war cool, Mann! Sie hat so einen Kerl geküsst, und dann hat er ihr alles gegeben, was sie wollte. Zieh dir das mal rein.« Er hält einen Schlüssel hoch.

»Sag mir bitte, dass du nicht wirklich so blöd warst.« Ben fährt sich mit beiden Händen durch die Haare und verschränkt sie im Nacken.

»Die sind für den SUV dort drüben.« Kyle zeigt auf einen

schwarzen Tahoe mit getönten Scheiben, der hinter einem rostigen Propantank in einer Ecke des Parkplatzes steht.

»Du sitzt im falschen Wagen«, ruft sie mir zu, stolziert zum SUV hinüber und öffnet per Knopfdruck auf den Schlüsselanhänger die Tür. »Ich hab uns ein Upgrade besorgt.«

Marissa reißt die hintere Tür auf und will schon ihre Taschen in den Wagen werfen, doch dann bleibt sie abrupt stehen. Verwirrung macht sich in ihrer Miene breit, als sie ins Wageninnere späht.

»Was zum Teufel ist das denn?«

KAPITEL 27

Sie knallt die Tür wieder zu und lehnt sich an die Stoßstange.

Beim Anblick ihrer Reaktion wird mir mulmig zumute. Ich steige aus und gehe zu dem SUV hinüber.

Ben ist mit Kyle noch einige Meter entfernt, doch auch ihm fällt Marissas seltsames Verhalten auf. »Was ist los, Marissa?«

Marissa sagt nichts, aber sie scheint nur schwer Luft zu bekommen.

»Marissa? Was ist da drin?« Ich lege die Hand auf den Türgriff, doch sie hebt den Schlüsselanhänger und verriegelt die Türen wieder. »Verdammt, was soll das? Mach schon auf.«

Ben hat den SUV fast erreicht. »Mach die Tür auf, Marissa.« Seine Geduld lässt ziemlich schnell nach. »Mach die Tür auf, oder ich hole mir den Schlüssel selbst.«

Sie dreht ihm den Rücken zu, doch er greift um sie herum und entwindet den Schlüssel aus ihrem unnachgiebigen Griff.

»Autsch«, beschwert sie sich und reibt sich übertrieben die Hand.

Ohne auf sie zu achten, entriegelt Ben die Türen. Ich öffne sie, trete ein Stück zurück und sehe ins Wageninnere.

Sitze gibt es nur ganz vorne, im hinteren Teil befindet sich stattdessen eine Computeranlage mit mehreren Monitoren, die alle voller Überwachungsfotos von uns und Pfarrer Ron vor der Kirche sind.

Mit offenem Mund stehen wir da und starren das alles entgeistert an.

Kyle tritt hinter uns. »Oh Scheiße.«

»Jetzt ist es offiziell, du bist dumm wie Brot.« Ich bebe vor Wut. Mir ist egal, wie gemein das klingt. Im Moment ist Marissa nicht unbedingt mein Lieblingsmensch. »Du scheinst eine Schwäche dafür zu haben, Polizisten zu verwandeln.«

»Ach, sei doch still, Rachel. Er hat seinen Beruf ja schließlich nicht im Laden herumposaunt.« Marissa stapft davon, streicht sich die Haare glatt und versucht, ihre Fassung zurückzugewinnen.

»Aber selbst wenn, hätte es dich nicht abgehalten«, werfe ich ihr an den Kopf. »Dir geht es doch immer nur um dich selbst.«

»Wie kannst du so was sagen? Diese ganze blöde Geschichte hat angefangen, als die Mutter Oberin mich gebeten hat, *dir* zu helfen. Das ist deine Schuld!«

»*Meine* Schuld? Habe ich etwa gerade einen Polizisten verwandelt, der einen Wagen voller Überwachungs-Equipment wie aus einem James-Bond-Film hat? Nein, das warst du.«

Marissa stürzt sich mit geballten Fäusten auf mich.

»Nicht schon wieder.« Ben geht dazwischen. »Wir haben keine Zeit für Prügeleien. Wir müssen das wieder in Ordnung bringen.« Er macht eine Pause, damit wir die Ernsthaftigkeit unserer Situation auf uns wirken lassen können. »Wo ist der Polizist?«

Als Marissa nicht antwortet, packt er sie am Kinn, damit sie seinem Blick nicht ausweichen kann. »Marissa, wo ist er?«

Eifersucht überkommt mich. Sie kann er berühren, ohne dass es schlimme Konsequenzen hat, aber mich nicht. Ich hasse das.

Marissa wendet den Blick von ihm ab. »Ich habe ihm gesagt, er soll sich auf der Toilette schlafen legen und erst wieder gehen, wenn es ihm jemand sagt.«

Ich verdrehe die Augen. »War ja klar.«

Ben lässt ihr Kinn los und hebt abwehrend die Hand. »Bitte, Rachel. Das bringt uns nicht weiter.«

Ich ignoriere ihn, eine Woge der Besorgnis überkommt mich. »Das war's dann also. Sie haben uns gefunden. Und sie wissen von Ron. Zum Haus am Fluss können wir also nicht mehr. Meine Eltern sind geliefert!«

Marissa beugt sich an Ben vorbei und wirft mir einen wütenden Blick zu. »Na, wie schön, dann sind wir also weiter auf der Flucht.«

Ich balle die Hände zu Fäusten.

»Nun.« Ben holt tief Luft. »Die gute Nachricht ist, dass wir diesen Polizisten festgesetzt haben. Wir haben die Chance, ihn von unserer Spur abzubringen. Zumindest vorübergehend.«

Er hat recht, wir haben immer noch einen Vorsprung, und das ist gut. »Marissa, du musst das wieder in Ordnung bringen.« Ich packe sie am Arm, damit sie mir zuhört. »Geh da rein und frag ihn, ob er alleine war. Wenn nicht, müssen wir herausfinden, wer sein Partner ist. Und wenn er allein ist … ich weiß nicht … sag ihm, er wäre gar kein Cop oder so. Wenn wir eines jetzt nicht gebrauchen können, dann dass er Verstärkung ruft.«

»Na schön.« Marissa wirft einen giftigen Blick auf meinen roten Handschuh und schüttelt meine Hand ab.

»Dann lasst uns loslegen«, sagt Ben. »Wir sollten uns nicht länger als nötig hier aufhalten. Kyle?«

Kyle kommt mit einer Tüte Kartoffelchips in der Hand zu uns. »Was ist der Plan?«, fragt er Ben. Mich ignoriert er völlig.

Ich verdränge die Traurigkeit, die mich überkommt, und konzentriere mich darauf, uns aus dieser Lage herauszuholen. Wir haben zwei Autos und keine Ahnung, wo wir noch hinkönnen. Die Polizei kennt unseren Aufenthaltsort. Unsere Priorität sollte sein, sie abzuschütteln. Anschließend muss ich zu meiner Ma – und sie wird mir helfen, Dad zu retten.

»Wir müssen uns aufteilen«, sage ich, als mir klar wird, dass wir die Polizei so am besten abschütteln können. »Wenn Marissa und ich den Tahoe nehmen, und ihr Jungs den Van, und wir dann in entgegengesetzte Richtungen fahren, stehen die Chancen gut, dass eine der beiden Gruppen davonkommt. Und wenn euch die Polizei anhält, könnt ihr alles auf uns schieben.«

Ben stellt sich zwischen uns. »Der SUV ist sicher mit einem GPS-System ausgestattet.«

»Dann tauschen wir ihn so bald wie möglich gegen einen anderen Wagen.«

Sein Blick schnellt über mein Gesicht. »Es gefällt mir nicht, dass wir uns aufteilen. Aber der Plan an sich ist gut.«

Marissa stützt die Hände in die Hüften. »Ich bleibe nicht mit der da allein.«

Ben atmet tief durch, um sich zu beruhigen. »Wenn Kyle und ich den SUV nehmen, habt ihr beiden die besseren Chancen, zu …«

»Nein.« Sie verschränkt die Arme vor der Brust und dreht ihm den Rücken zu.

Kyle lacht. Er verhält sich so komisch. »Da ist jede Diskussion zwecklos, Mann. Marissa hat ihre Entscheidung getroffen. Teilen wir uns auf. Jeder von uns beschützt eins der Mädchen.«

»Ich brauche keinen Beschützer«, sagt Marissa.

Ben seufzt und fährt sich mit der Hand durch die Haare. »Das wissen wir, aber irgendwie müssen wir uns aufteilen.«

Mein Plan ist der klügere, aber ich sehe ihr an, dass ich sie mit Panzerband im Tahoe festkleben müsste, damit sie mit mir mitfährt. Und im Augenblick fehlt mir die Zeit, mich mit ihr zu streiten. Ein Teil von mir möchte mit Ben gehen. Ein ziemlich großer Teil. Er schafft es, mir ein Gefühl von Sicherheit zu vermitteln, wenn niemand sonst es kann. Aber in seiner Nähe fällt es mir schwer, meine Gabe unter Kontrolle zu halten. Das elektrische Kribbeln unter meiner Haut wird stärker, und ich befürchte, dass ich schon bald explodieren werde, wenn ich ihn nur ansehe. Davor können meine Handschuhe weder ihn noch mich bewahren. Und dann ist da Kyle. Zu behaupten, er würde sich wie der letzte Depp aufführen, wäre die Untertreibung des Jahrhunderts. Aber Depp oder nicht, er ist mein Cousin, und ich werde ihn nicht aufgeben. Im Moment kann er mich nicht leiden, aber vielleicht kann er das wieder lernen.

Ich platze mit meiner Antwort heraus: »Ich gehe mit Kyle.«

Ben und Kyle starren mich an, als hätte ich sie nicht mehr alle.

»Mit mir?« Kyle zeigt auf sich.

Ich kann nur nicken.

Marissa stützt die Hand in die Hüfte. »Gutes Argument.«

»Was für ein Argument?« Kyle wirft die Hände in die Luft. »Sie hat gar kein Argument vorgebracht. Ich will nicht mit ihr fahren.«

»Warte, Rachel.« Ben fasst mich am Arm, und die elektrische Spannung ist förmlich mit Händen zu greifen.

Ich reiße den Arm weg.

Er blinzelt und weicht einen Schritt zurück. »Warum Kyle?«

»Er ist mein Cousin.« Ich ertrage es nicht, in diese blauen Augen voller Fragen zu sehen.

»Er hat dich zum Weinen gebracht.« Bens Stimme klingt heiser. Er kommt näher. »Warum willst du wirklich mit ihm gehen?«

Ich schlinge die Arme um meinen Bauch, weil ich befürchte, ich könnte sonst dem Drang nachgeben, Ben zu berühren. Gerade muss ich einfach darauf vertrauen, dass er meine Motive durchschaut.

Sosehr ich ihm auch sagen will, dass ich in seiner Nähe nur zu gern die Kontrolle über meine Gabe verlieren möchte – ich kann es nicht. Es nur auszusprechen würde meine Kräfte überkochen lassen. Aber es für mich zu behalten ist auch nicht leicht. Und es geht nicht nur darum, wie süß er ist oder wie gut er oben ohne aussieht oder wie sehr seine dunklen Haare die blauen Augen betonen. Ich wünschte, ich könnte ihm sagen, was ich fühle: wie sehr ich es mag, wie er die Menschen beschützt, wie aufmerksam er zuhört, wie er andere wichtiger nimmt als sich selbst. Wie er sich um andere sorgt. Um uns zu helfen, hat er seinen Traum aufs Spiel gesetzt, Polizist zu werden. Aber Wünsche ändern nichts an der Realität – ich darf nicht riskieren, dass meine Gabe ihm schadet.

»Einfach so«, sage ich, ohne ihm in die Augen zu sehen.

»Also gut«, gibt er kurz angebunden zurück. »Sollen wir dann?« Er winkt Marissa, zum SUV mitzukommen.

»Auf keinen Fall. Wir nehmen den Van.« Sie rafft ihre Taschen zusammen und überquert den Parkplatz. »Sobald ich mit diesem Polizisten fertig bin.«

Kyle läuft ihr nach und lässt mich wieder mit Ben allein.

Ben seufzt. »Und, wo wollt ihr hinfahren?«

Ich habe es satt wegzulaufen, ich will einfach nur zurück nach New York. In jedem Fall muss ich einen Weg finden, um meine Familie zu retten und dieses Chaos zu beseitigen, in das Marissa uns verstrickt hat. Ich kicke ein Steinchen weg und schaue die Straße hinunter. Da ist ein blaues Highway-Schild mit einem großen weißen Pfeil darauf. Mein Herzschlag beschleunigt sich.

Da steht: *Vallecillo, Nuevo León, Mexico. 1180 Meilen*. Und ein Pfeil zeigt nach rechts.

Perfekt.

»Du und Marissa, ihr fahrt nach rechts auf den Highway und dann Richtung mexikanische Grenze.«

»Okay«, sagt Ben. »Dort ist unsere Polizei nicht zuständig, und wahrscheinlich kommen wir irgendwie ohne Passkontrolle rüber. Diese Herausforderung nimmt Marissa bestimmt gerne an. Aber was ist mit euch beiden?«

»Mach dir um uns keine Sorgen. Und seid vorsichtig. Auch wenn ihr die Polizei abschüttelt, das Gremium könnte dort sein.«

Ben nickt und sieht zur Tankstelle hinüber. Marissa und Kyle kommen aus dem Shop zu uns rüber. Dann sieht Ben mich an – ein Abschied liegt auf seinen Lippen. Und auf einmal wird mir klar, dass ich ihn jetzt vielleicht zum letzten Mal sehe.

Ich hole tief Luft und schaue ihm in die tiefblauen Augen. Er hat mir sowohl buchstäblich als auch im übertragenen Sinne das Leben gerettet, und ich werde ihn mehr vermissen, als ich ertragen kann. So nah wie bei Benjamin Blake war ich noch nie daran, mich zu verlieben.

KAPITEL 28

Es gibt Augenblicke im Leben, da überrascht man sich selbst. Jetzt ist ein solcher Augenblick. Ich bin in einem gestohlenen SUV auf der Flucht vor der Polizei, halte nach einem weiteren Auto Ausschau, das ich stehlen könnte, und nach einem Ort, um den Tahoe loszuwerden. Noch vor ein paar Tagen hätte ich so etwas nicht für möglich gehalten. Ein unbekannter Teil von mir fühlt sich mutig und stark und hat zum ersten Mal das Gefühl, die Kontrolle zu haben.

Trotzdem war es nicht leicht mit anzusehen, wie Ben und Marissa in die entgegengesetzte Richtung davonfuhren. Mein Blick hing am Außenspiegel, bis der Van nur noch ein winziger Fleck war. Das einzig Gute an der ganzen Sache ist: Je weiter ich von Ben entfernt bin, umso weniger zerstörerisch ist meine Gabe.

Ich versuche so zu denken wie Ben und gehe alle Möglichkeiten durch, um einen Weg zurück nach New York zu finden. Um meine Familie aus dem Gefängnis zu holen würde ich alles tun. Dann sehe ich zu Kyle hinüber. Seit ich weiß, wozu ich fähig bin, ist meine Familie alles, was ich habe.

Kyle sage ich nichts davon, dass wir zurückfahren, um meine Familie zu befreien. Noch nicht. Fürs Erste behalte ich die

Augen auf der Straße. Wir sind seit fast einer halben Stunde unterwegs, und bisher ist nichts passiert. Allerdings sind wir an einer großen Reklametafel vorbeigekommen, auf der ein Mann einer jungen Frau in den Hals beißt. *Mein Leben als Alien-Vampir*. Selbst hier kann ich mich der Serie nicht entziehen. Ich schaue in den Rückspiegel, um mich zu vergewissern, dass uns niemand folgt.

»Ist da was?«, fragt Kyle.

»Die Luft ist rein«, sage ich.

Er atmet tief aus, und ich kann hören, dass er genervt ist.

»Wir finden bald ein Auto zum Tauschen«, sage ich.

Kyle packt das Lenkrad fester, hält den Blick jedoch nach vorn gerichtet. »Wenn es so weit ist, bleibe ich im Tahoe.«

Ich runzle die Stirn. »Du willst, dass wir uns aufteilen?«

Er antwortet nicht.

»Wir sollten zusammenbleiben.«

»Tja, nun, das hast nicht du zu entscheiden.«

»Dein altes Ich fehlt mir«, murmle ich, ziehe mir die Handschuhe glatt und schalte das Radio ein. Ich finde einen Rocksender und lasse ihn laufen. Streiten können wir immer noch, wenn wir endlich einen Wagen gefunden haben, aber im Moment brauche ich etwas, das mich ablenkt. Also lasse ich mich einfach in den weichen Sitz zurücksinken, starre aus dem Fenster und lausche der Musik.

He could be your hero,
If you let him try,
Follow your own arrow,
Let your heart fly.

Folge deinem eigenen Pfeil? Kann das noch Zufall sein? Ich beuge mich vor und drehe das Radio lauter. »Weißt du, wer das singt?«

Kyle schaltet die Musik aus.

»Ich wollte das hören.«

»Ich mag es lieber ruhig.«

Ich drehe mich zu ihm. »Wir müssen das aus ...«

»Außerdem mag ich es lieber, wenn du mich nicht ansiehst.«

»Jetzt komm aber! Das ist doch langsam lächerlich.« Ich drehe mich wieder zum Fenster. Meine Schultern versteifen sich. »Weißt du, ich habe mich so gefreut zu erfahren, dass ich einen Cousin habe. Ich habe nicht viel Familie. Es gibt nur mich, meine Eltern und meine Nani. Aber dann kamt ihr, du und Joyce ...«

Kyle schaltet das Radio wieder ein und dreht es voll auf, um mich zu übertönen.

»Ernsthaft?« Ich drehe die Musik auf eine normale Lautstärke herunter. Kyle stößt meine Hand weg und dreht die Musik wieder laut. »Ich will nicht mit dir streiten, Kyle. Das bist doch nicht du. Können wir miteinander reden?«

Der SUV kommt mit kreischenden Reifen zum Stehen. »Mir reicht's.«

»Was?«

»Ich halte es nicht mit dir aus.«

Als ich mich nicht rühre, nimmt er mein Handy von der Ladestation am Armaturenbrett, schaltet es ein und sucht nach Marissas Nummer.

»Nicht das Handy benutzen!«

Er ignoriert mich, wählt die Nummer und schaltet auf Lautsprecher. Ich versuche, ihm das Handy abzunehmen, doch er hält mich zurück. Nach ein paarmal klingeln geht Marissa ran.

»Der Van ist gar nicht so übel.« Ihre widerwärtig fröhliche Stimme dringt durch die Leitung. »Hier gibt es ein Kabel, an dem ich mein Handy aufladen kann, und außerdem Satellitenradio.«

»Sag Ben, ich bin raus«, sagt Kyle mit einem finsteren Blick in meine Richtung. »Sie nervt mich. Ich halte es nicht mit ihr aus.«

Ich kann nichts weiter tun, als ihn mit halb geöffnetem Mund anzustarren.

»Kyle?«, sagt Marissa mit leiser, warnender Stimme.

»Oh, hey«, sagt sie dann. »Ich telefoniere gerade.« Sie spricht nicht mit Kyle.

»Was zum Teufel soll das?« Das ist Ben, und allein beim Klang seiner Stimme fühle ich mich sicher. »Bleibt, wo ihr seid. Wir drehen um.«

»Wir sind auf der Flucht und sollten keine kostbare Zeit verschwenden«, sagt Marissa am anderen Ende. »Wahrscheinlich ist die Polizei hinter uns her.«

»Wir kommen euch entgegen und treffen uns auf halber Strecke«, schneidet Kyle ihr das Wort ab. Dann wirft er mir das Handy zu, ohne vorher aufzulegen.

Am liebsten würde ich meinen Handschuh ausziehen und seinen nackten Arm berühren. Es wäre leicht, ihn noch einmal zu verwandeln und dafür zu sorgen, dass ich ihm etwas bedeute. Stattdessen umklammere ich mein Handy wie einen Rettungsanker. »Das bist doch nicht du selbst.«

Mit einer groben Bewegung nimmt er meinen Cardigan vom Sitz und wirft ihn mir auf den Schoß.

Ich sitze da und sehe ihn blinzelnd an. Das kann doch alles nicht wahr sein! »Ganz egal, wie du mich findest, ich hab es nicht verdient, so behandelt zu werden«, sage ich, schnappe mir meine Sachen und steige aus dem Wagen – obwohl wir Ben eigentlich zusammen entgegenfahren sollten. »Sag Ben, ich warte hier auf ihn.«

Ich weiß nicht, was ich erwartet habe. Aber Kyle wendet den Wagen, ohne auch nur eine Sekunde zu zögern, und lässt mich mutterseelenallein am Rand dieser unbekannten Straße stehen.

KAPITEL 29

Ich kicke Steinchen vom Straßenrand, während ich im Kopf den Streit mit Kyle noch einmal durchgehe. So viel ich auch darüber nachdenke, ich weiß nicht, was ich hätte anders machen können. Eins ist jedenfalls sicher: Es wäre ein guter Anfang gewesen, nicht auf Marissa zu hören. Wütend schüttle ich den Kopf und trete nach dem nächsten Stein, verfehle ihn aber und stoße mir nur den Zeh an.

»Echt jetzt?« Ich hebe den Stein auf und schleudere ihn gegen einen Baum.

Die Zeit vergeht quälend langsam, während ich auf dem Seitenstreifen auf und ab laufe. Bis auf das Rascheln der Bäume und hin und wieder ein Vogelzwitschern ist alles still und leer. Ich hocke mich auf einen kleinen Felsen am Straßenrand und krame in der Tasche nach meinem Handy. Als ich es heraushole, stelle ich fest, dass der Akku zum Telefonieren zu schwach ist. Es ist fast schon eine Stunde her, dass Kyle mich rausgeekelt hat.

Inzwischen müsste Ben längst hier sein.

Die Sonne geht bald unter, und ich werde den Gedanken nicht los, dass er nicht mehr kommt. Wenn das wirklich passiert, kann ich wohl kaum hier an der Straße schlafen, so dicht am Waldrand. Ich stehe auf, ziehe meinen Cardigan an und laufe los. Hoffentlich ist es nicht zu weit, bis ich jemandem begegne, der ein Handy hat oder auf dem Weg nach New York ist.

Es ist ein harter Fußmarsch. Mir tun die Beine weh, und mein Magen knurrt. Der Abendwind ist kühl. Ich schlinge die Arme um mich, doch meine Knie sind wie Eiszapfen. Jetzt bereue ich es, Shorts angezogen zu haben. Es ist nicht warm genug, um in diesem Aufzug eine ganze Nacht durchzustehen. Und schlimmer als die Kälte ist die Einsamkeit. Sie ist ein schrecklicher Begleiter. Sie flüstert, ich wäre nicht gut genug, zu absonderlich und ein furchtbares Familienmitglied, weil ich alle in Schwierigkeiten bringe – man müsse sich nur mal ansehen, was ich gerade mit Kyle gemacht hätte.

Ich denke an Nani, die am anderen Ende der Welt sitzt und keine Ahnung hat, was hier los ist. Ma und Dad sind in Gefängniszellen eingesperrt, und Dad schreit sicher die ganze Zeit nach Ma. Bisher habe ich ihn immer bemitleidet, aber vielleicht ist sein Leben gar nicht so übel. Er weiß, was er will, und er kämpft dafür.

Mein Herz tut weh, so sehr vermisse ich die beiden.

Letzten Endes wollen wir doch alle dasselbe.

Liebe.

In meinem Kopf tauchen Mas Worte auf. *»Eros wacht über seine Nachfahren. Wenn du dich der Liebe hingibst, wird Eros dich finden.«*

Ich sehe zum wolkenlosen Himmel hinauf. Mich der Liebe hingeben? Was soll das überhaupt heißen? Nachdenklich räuspere ich mich. »Eros, wenn du irgendwo da draußen bist, könnte ich deine Hilfe gerade wirklich gut gebrauchen.« Schon im nächsten Moment komme ich mir blöd vor, das überhaupt ausgesprochen zu haben. Es ist ja nicht so, als würde er einfach vom Olymp heruntersteigen, um mir zu helfen – einem Mädchen, das hasst, wozu er es gemacht hat.

Ein aufheulender Motor nähert sich, und ich verstecke mich hinter einem Baum. Als ich dahinter hervorspähe, sehe ich Pastor Rons Van auf mich zukommen. Zum ersten Mal seit einer Stunde lächle ich. Ich ziehe meine Handschuhe glatt, renne aus meinem Versteck und winke wie eine Verrückte.

Mit kreischenden Reifen kommt der Van zum Stehen. Ben springt heraus. »Geht's dir gut?« Seine Stimme klingt fest, mit einer Spur Erleichterung darin. Er kommt um die Motorhaube herum und will mich umarmen. Automatisch weiche ich zurück. An seinen Augenwinkeln bilden sich skeptische Fältchen, die ich am liebsten wegküssen würde. Ich möchte ihm sagen, dass er mich festhalten und nie wieder loslassen soll, aber das tue ich nicht. Ich kann nicht. Stattdessen weiche ich weiter zurück.

Auch er geht ein Stück zurück und öffnet mir die Tür.

»Danke, dass du mich abholst«, sage ich beim Einsteigen leise.

»Gern. War gar nicht so leicht, da wegzukommen. Marissa war nicht gerade begeistert, mit Kyle allein zu bleiben.« Ben lächelt, doch sein Lächeln reicht nicht bis zu seinen Augen. »Ich bin froh, dass es dir gut geht.« Er schließt meine Tür und läuft zur Fahrerseite. Im Wagen ist es warm, und langsam taue ich auf.

Schließlich wartet er, bis ich mich angeschnallt habe, und

startet erst dann den Motor. »Wir haben viel Zeit verloren, die wir aufholen müssen. Ich werde so schnell fahren, wie es der Van hergibt. Ist das okay für dich? Ich will dich nicht in Gefahr bringen, aber im Augenblick besteht die größere Gefahr darin, dass wir erwischt werden.«

»Ja«, bringe ich erstickt hervor. Das Maß an Respekt, das Ben mir entgegenbringt, bin ich immer noch nicht gewohnt.

Er schaltet das Radio ein und braust die Straße entlang. Immer wieder bringt einer von uns den Mut auf, den anderen kurz anzusehen. Wenn sich unsere Blicke treffen, lächle ich und sehe schnell wieder aus dem Fenster. Trotz des Brennens unter meiner Haut ist es ein gutes Gefühl, wieder bei Ben zu sein.

»Wir fahren, bis wir tanken müssen«, sagt er. »Dann suchen wir uns eine Tankstelle und besorgen uns was zu essen. Kyle hat mir nur vierzig Dollar gegeben, hoffentlich kommen wir damit bis zur Grenze.«

»Zur Grenze?«, rutscht es mir heraus, ehe mir bewusst wird, dass er noch unseren alten Plan verfolgt, die Polizei in Mexiko abzuhängen. Er weiß ja nichts von meinem Plan, dass ich nach New York zurück muss.

»Das ist ein guter Plan. Und wenn wir irgendwo anhalten, können wir jemanden nach dem Weg zum nächsten Grenzübergang fragen.«

Ich nicke. Solange mir keine Möglichkeit einfällt, nach New York zu kommen, ohne dass wir von den vielen Verkehrsüberwachungskameras – vor denen Ben uns gewarnt hat – erfasst werden, hat es keinen Sinn, mit ihm zu streiten. Außerdem lag Kyle mit seinem Wunsch, sich aufzuteilen, möglicherweise gar nicht so falsch. Vielleicht sollte ich Ben in Mexiko absetzen und allein weiterfahren. Zwar hasse ich die Vorstellung, mich wieder von ihm zu trennen, aber mir fällt keine andere Möglichkeit ein, wenn ich ihn nicht in Gefahr bringen will.

Ich schließe mein Handy an das Kabel am Armaturenbrett an. Es schaltet sich ein, und ich sehe nach, ob Paisley online ist. Sie ist leider nicht zu sehen, aber dafür Marissa. Mein Finger schwebt über ihrem Namen. Zu gern würde ich sie anrufen und hören, ob es ihnen gut geht, aber gleichzeitig will ich ihre Stimme nicht hören.

Das Telefon klingelt auf einmal, und für eine Sekunde befürchte ich, ich hätte versehentlich auf die Schaltfläche gedrückt. Dann erkenne ich, dass es Marissa ist, die anruft. Ich zeige Ben das Handy. »Soll ich rangehen?«

Er zuckt die Achseln.

Ich entscheide mich dafür, schließlich könnte es wichtig sein. »Hallo?«

»Hi, Rachel. Fahren wir immer noch nach Mexiko, oder haben sich durch den Tausch die Pläne geändert?«, fragt Marissa.

»Sag Rachel einen schönen Gruß von mir, Geliebte«, höre ich Kyle im Hintergrund.

»Moment!« Das Handy zittert in meinen Händen. »Warum hat Kyle dich ›Geliebte‹ genannt?«

»Keine Ahnung, Rachel. Sollen wir jetzt weiter Richtung Mexiko fahren oder nicht?«

Ich halte das Telefon fester. »Antworte mir. Warum hat Kyle dich ›Geliebte‹ genannt?«

Sie seufzt. »Ich weiß nicht ... Vielleicht weil du keinen Spaß verstehst und ich wusste, dass du nicht den Mumm haben würdest, die Sache wieder in Ordnung zu bringen. Du hast mir leidgetan, da habe ich das für dich erledigt. Ich habe ihn verwandelt und ihm gesagt, er soll aufhören, dich wie Dreck zu behandeln. Gern geschehen.«

»Du hast was?« Ich sollte mich freuen, dass Kyle mich nicht mehr hasst, doch das tue ich nicht. Gerade fühle ich mich nur egoistisch und innerlich kaputt und mache mir große Sorgen um ihn. »Bitte sag, dass du ihn nicht verwandelt hast, Marissa. Sag mir bitte, dass das ein Witz ist!« Jetzt zittern nicht mehr nur meine Hände, sondern mein ganzer Körper. Marissa antwortet nicht. Ich beiße mir auf die Lippe, um sie nicht anzuschreien, dann schalte ich das Handy auf Lautsprecher und lehne mich zurück, um ihr nicht näher zu sein als unbedingt nötig.

»Keine Sorge, in ein paar Tagen werden meine Kräfte aufhören zu wirken. Dann kommt sein normales Ich zurück, aber diesmal mit der Seite, die Rachel mag. Alles halb so wild.«

Ben schüttelt den Kopf und wirft mir einen mitleidigen Blick zu. »Wo…«, er räuspert sich. »Wo seid ihr?«

»Hi, Ben!« Ihre Stimme wird munterer. »Ich weiß es nicht genau … Es ist schon fast dunkel, darum sind die Straßenschilder schwer zu erkennen.«

Ein laut dröhnendes Störgeräusch dringt durch die Leitung.

Ben verzieht das Gesicht und beugt sich näher zum Handy. »Könnt ihr das Radio leiser drehen? Die Bässe sind so laut, dass ich nichts verstehe.«

»Das ist nicht das Radio …« Der Lärm übertönt Marissa.

Ben runzelt die Stirn, fährt rechts ran und hält an. »Hallo?«

Ich ziehe das Handy vom Ladekabel, um zu sehen, ob die Lautstärke voll aufgedreht ist, doch sofort piept der Akkuwarnton, und ich schließe es wieder an.

»Marissa? Was ist los?«

»Was ist das?«, fragt sie.

Ben beugt sich zum Telefon. »Marissa, was siehst du?«

»Da ist ein Suchscheinwerfer …« Sie unterbricht sich, die Störung wird lauter. »Ich kann euch kaum hören, ihr müsst lauter …«

Sie wird von einem schrillen Kreischen unterbrochen, und es dauert einen Augenblick, bis ich begreife, dass das ihre Bremsen waren.

»Pass auf, Kyle!« Marissas Schrei gellt durch den Lautsprecher.

»Halt dich fest, Geliebte!«, ruft Kyle.

Ich ignoriere die Akkuwarnung und reiße das Handy an mich. »Was ist bei euch los?«

»Straßensperre. Alles voller Polizei. Der Lärm … ein Hubschrauber.« Marissa klingt verwirrt und verängstigt.

»Sie haben sie gefunden.« Ben dreht sich zu mir. »Wir müssen weg von hier. Sofort!«

»Rachel, das ist … *Kyle! Pass auf!*«

Vielstimmiges Schreien und Rufen, das Kreischen von Reifen, krachendes Metall. Ich sehe Ben an, und als auch noch das Splittern von Glas und das Knacken von Knochen durch die Leitung dringen, fällt mir beinahe das Handy aus der Hand.

»Marissa?«

Aus dem Lautsprecher dröhnt ein unheimliches Zischen.

»Marissa! Marissa?« Ich versuche zu atmen, aber meine Lunge

verweigert die Mitarbeit, und meine Hände zittern so stark, dass ich Ben das Handy geben muss.

Er hält das Ohr an den Lautsprecher und legt einen Finger an die Lippen.

Und dann höre ich Marissa husten.

»Rachel? Rachel …« Ihre Worte werden undeutlich. »Rachel? Oh Gott!«

Ich ignoriere Ben, der mich mit seinem Blick ermahnt, leise zu sein. »Ich bin hier, Marissa. Was ist passiert? Geht's euch gut?«

»Rachel, wir haben nicht viel Zeit. Sie kommen … Ich habe so viel Mist gebaut – Ben, Kyle, die ganzen fiesen Sachen, die ich gemacht habe …«, sie holt keuchend Luft. »Ich war eifersüchtig auf dich … auf deine Beziehung zu deiner Mom und deine Kräfte und … ich verspreche mich zu bessern, sehr zu bessern …« Sie unterbricht sich und hustet. Ihr Atem klingt rau. »Rachel, du bist meine beste Freundin. Die … die Einzige, die zu mir gehalten hat …«

»Marissa, sag mir einfach, was bei euch los ist. Wo seid ihr? Wir kommen euch holen!«

Voller Sorge sehe ich Ben an.

»Geliebte? Geht es dir gut, Geliebte? Lasst sie in Ruhe!« Kyles Stimme schwankt, aber abgesehen davon, dass er Marissa ›Geliebte‹ nennt, klingt es nicht so, als wäre er verletzt.

Ich nehme das Handy wieder an mich, halte es so, dass Ben mithören kann, und steige aus dem Van, um frische Luft zu schnappen.

»Rachel, wir müssen *sofort* los.« Ben winkt mich zurück. »Leg auf und steig wieder ein.«

»Aber …?«

»Wir können ihnen nicht helfen, wenn wir auch noch geschnappt werden.«

Er hat recht. Ich will es nicht zugeben, und noch weniger will ich Marissa und Kyle im Stich lassen. Aber im Moment können wir nichts anderes tun, als einen sicheren Platz zu finden und einen Plan zu schmieden. »Wir holen euch da raus«, sage ich in der Hoffnung, dass Marissa und Kyle mich noch hören können. Mit zitternden Händen halte ich Ben das Handy hin. Ich will nicht selbst auflegen. Das bringe ich nicht über mich.

Ben nimmt mir das Gerät ab, schaltet es aus und knallt es gegen den Fensterrahmen, bis es zerbricht. Dann schmeißt er es aus dem Fenster.

»Was ist, wenn sie versuchen uns zu erreichen oder Paisleys Ma anruft, weil es Neuigkeiten gibt?«

»Genau darum mache ich mir ja Sorgen. Wir sind mit den Handys ein Mal zu oft ein Risiko eingegangen. Die Polizei überprüft garantiert ihren letzten Anruf. Hör zu, Rachel, die beiden sind am Leben, das ist im Moment alles, was zählt.«

Gerade spüre ich nur einen einzigen Wunsch, nämlich zu den beiden zu fahren und ihnen zu helfen. Aber Ben hat recht. Wir müssen schlau sein. Nach allem, was Marissa und Kyle mir angetan haben, überrascht es mich, wie viel mir an den beiden liegt. Vor allem an Marissa. Aber ich kann gleichzeitig nicht fassen, dass sie Kyle verwandelt hat.

»Warum?«, murmle ich, während ich den Sicherheitsgurt anlege und die Tür schließe.

Ben lenkt den Wagen wieder auf die Straße. »Ich weiß nicht, warum. Unfälle passieren eben …«

»Ich meine, warum musste sie Kyle verwandeln?«

Er zuckt die Achseln, und sein Adamsapfel hüpft, als er schluckt. »Menschen machen die seltsamsten Dinge, wenn sie Angst haben.«

Ich erlaube mir, ihm in die Augen zu sehen, und er hält mich mit seinem unbeugsamen Blick fest, wie er es mit seinen Armen nicht darf, und irgendwie ist das genug.

KAPITEL 30

Über eine Stunde fahren wir schweigend auf der Wüstenstraße. Kein einziges Auto kommt uns entgegen. Obwohl wir mitten im Nirgendwo sind, wird meine Erleichterung immer größer, je weiter wir ohne Störung gelangen.

»Hoffentlich finden wir bald was«, sagt Ben.

Ich werfe ihm einen fragenden Blick zu.

»Uns geht das Benzin aus, und ich bin am Verhungern.«

»Ich habe auch Hunger.«

Noch vor ein paar Stunden wollte ich nicht mal etwas zu essen sehen. Von der ganzen Sache mit Kyle und Marissa war mir richtig schlecht geworden. Aber in Bens Nähe fühle ich mich sicher genug, um mich zu entspannen und meinen Hunger zu spüren. Meine letzte Mahlzeit war im Diner.

ARROW INER blitzt in meinen Gedanken auf.

Das Schild war ein eigenartiger Zufall. Ich werde die Frage nicht los, ob dieses Schild ein Zeichen war. Die Art Zeichen, von der meine Mutter gesprochen hat. Und falls ja, wüsste ich zu gern, was es zu bedeuten hat. Marissa würde sagen, es bedeutet, ich solle meine Gabe akzeptieren und der Mensch sein, als der ich erschaffen worden bin. Ich kann nicht leugnen, dass es manchmal einfacher wäre – wenn mir meine Kräfte nicht solche Angst einjagen würden. Ich sehe zu Ben hinüber und stelle mir vor, was es für ein Gefühl wäre, ihn zu küssen. Allein der Gedanke daran reicht aus, um die Kräfte in mir zu entfachen. Ein Feuer lodert in meinem Körper auf, so schnell und so heiß, dass ich meinen Cardigan ausziehen muss, um mich abzukühlen. Ich lehne mich an die Tür, weg von Ben, weg von der Gefahr, dass meine Gabe ausbricht. Diese Gefahr ist zu real.

Ich muss an den verängstigten Blick auf dem Gesicht von Paisleys Opfer denken, dem rothaarigen Jungen, der live im Fernsehen durchgedreht ist und allen erzählt hat, er sei von Außerirdischen entführt worden. Er war außer sich vor Angst, und der Reporter hat ihm geglaubt. In New York sind wahrscheinlich immer noch alle auf der Jagd nach den Aliens, die ihre Jungs entführen, was für unsere Situation nicht gerade hilfreich ist. Ich sollte auch dort sein – und alles Erforderliche tun, um meinen Eltern zu helfen. Ganz egal, wie viel Angst mir das macht.

Die Furcht vor dem, was ich bin, hindert mich an vielem. Zu schade, dass ich nicht die Gabe besitze, Angst zu kontrollieren, das wäre sehr viel hilfreicher als dieser dämliche Liebesfluch.

»Angst zu kontrollieren?«, flüstere ich und setze mich aufrechter hin. Plötzlich weiß ich, was ich tun muss, um meiner Familie zu helfen.

»Was?« Ben sieht zu mir herüber.

»Wie weit ist es noch bis zur Grenze?«, frage ich.

Er zuckt die Achseln. »Wir haben kein GPS, und irgendwer hat unser Handy kaputt gemacht, also können wir es nicht überprüfen.«

»Irgendwer?«

Er lacht. »Ich schätze, wir brauchen so etwa zwölf Stunden, vorausgesetzt, wir fahren in die richtige Richtung. Die Sonne geht hinter uns unter, also fahren wir Richtung Osten. Warum?«

»Ich habe einen Plan.«

»Ach ja?« Er lächelt mich an.

»Ich werde mich stellen.«

Er lacht.

»Das ist kein Witz. Es ist die einzige Möglichkeit.«

Sein Lachen erstirbt. »Du meinst das ernst?«

»Ja.«

Der Van schlingert ein wenig. Ben zieht ihn wieder gerade und sieht mich an. »Rachel, überleg dir das gut.«

»Das habe ich.«

»Das bezweifle ich.« Er richtet den Blick wieder nach vorn.

»Was ist es, das dich antreibt?«, frage ich.

»Was hat das mit deinem Plan zu tun?«

»Antworte mir einfach, Ben.«

»Ich weiß nicht … Liebe?«, antwortet er halbherzig.

»Diese ganze Sache hat mir klargemacht, dass es nicht Liebe ist – also, doch, sie ist ein Faktor, aber Angst ist ebenfalls einer. Jedenfalls bei mir.«

»Angst?« Seine Kiefer mahlen, er hält den Blick auf die Straße gerichtet. »Dann ist Angst dein großer Plan?«

»Ich werde sie benutzen, damit mir die Polizei zuhört.«

»Oh, na klar. Du tauchst bei denen auf und erzählst ihnen eine Gruselgeschichte?«

Es ist ein Scherz, er lächelt. Aber das wird er nicht mehr, wenn er den Rest hört. Ich bin mir nicht einmal sicher, ob es wirklich funktionieren kann, oder ob ich das überhaupt will. Aber wenn es je den richtigen Zeitpunkt gab, etwas Falsches zu tun, dann jetzt. Ich hole tief Luft. »Ich werde mich stellen und der Polizei sagen, ich wäre einer von diesen Vampir-Aliens. Und ich mache eine Riesenszene, damit es Zeugen gibt.«

Ben sieht ein bisschen zu schnell zu mir herüber, wieder gerät der Van ins Schlingern.

»Wenn ich die Entführungen gestehe und alles andere, müssen sie meine Familie und Marissa freilassen. Ich werde sagen, ich hätte sie dazu gezwungen. Ich hätte sie einer Gehirnwäsche unterzogen.«

»Das wird dir niemand glauben.«

»Ich muss es versuchen.«

Er seufzt. Sein Blick ist nach vorn gerichtet, doch er nimmt die Straße kaum wahr. »Rachel, du kannst nicht …«

»Was haben wir für Alternativen?«

»Und was ist mit dir?« Ben sieht mich an, und in seinen Augen liegt so viel Entschlossenheit, dass mir der Atem stockt. »Was du für sie tun willst, haben sie gar nicht verdient. Hast du mal daran gedacht, was mit dir passiert, wenn du verhaftet wirst? Du behauptest, ein übernatürliches Wesen zu sein. Das werden sie nicht einfach so hinnehmen.«

Er hat recht. Ich weiß, dass es riskant ist, und ich habe eine Scheißangst deswegen. Aber was bleibt mir anderes übrig? »Es geht um meine Familie und meine beste Freundin. Ich muss etwas unternehmen.«

Ben lässt die Schultern sinken und atmet tief aus. »Und was ist mit mir? Wo komme ich in deinem Plan vor?«

Für einen Moment halte ich inne und lasse seine Worte auf mich wirken. Was ist mit ihm? Ich kann ihm schlecht alles erzählen – nämlich dass ich das seinetwegen tue. Dass er mich gelehrt hat, andere wichtiger zu nehmen als sich selbst, selbst wenn es unbequem ist, selbst wenn es allem widerspricht, woran ich glaube. »Ich setze dich an der Grenze ab und drehe dann um.«

»Du drehst um?«

»Ich fahre nach New York.« Ich hebe das Kinn. »Es gibt keine andere Möglichkeit.«

»Du willst das ganz allein durchziehen? Weißt du überhaupt, wie du dorthin kommst?«

»Das finde ich schon heraus.« Ich richte den Blick aus dem Fenster, damit er die Angst in meinen Augen nicht sieht. Er antwortet nicht, aber ich sehe seine Spiegelung in der Fensterscheibe, und die Art, wie sich seine Kiefermuskeln anspannen und sein Blick über die Straße schnellt, verrät mir, dass er nachdenkt. Was er denkt, lässt ihn das Lenkrad so fest umklammern, dass seine Knöchel bleich werden. Ich verstehe ihn ja – es ist nicht so, als hätte ich Lust darauf, ins Gefängnis zu gehen. Aber wenn ich die anderen damit retten kann – also ein Leben gegen mehrere –, ist das die einzig sinnvolle Möglichkeit.

»Du willst also einfach nach New York fahren und hoffst, dass es niemand bemerkt.«

Fahren – oder jemanden verwandeln, der mich fährt. »Ich kann schließlich nicht einfach in ein Flugzeug steigen. Es gibt keine Alternative.«

Er starrt wieder auf die Straße. »Wenn du ein Boot auftreiben kannst, könnte ich uns hinbringen.«

»Uns?«, frage ich.

KAPITEL 31

Wir fahren seit Stunden. Die Sonne ist längst untergegangen, sodass wir uns nicht einmal mehr an ihr orientieren können. In der Dunkelheit werfen die Bäume ihre verzerrten Schatten auf die Straße. Die Stille und die Finsternis sind unheimlich.

Ben hat immer noch nicht auf meine Frage geantwortet, und das ausbleibende Gespräch droht mich zu erdrücken. Ich versuche die Stimmung aufzuhellen. »Magst du mexikanisches Essen?«

Er starrt mich wütend an. »Über deinen *Plan* reden wir noch.«

»Also kein Mexiko-Fan?«

Ben lacht nicht. Er antwortet nicht einmal.

Bevor ich noch mal nachhaken kann, werde ich von einer weißen Gestalt zwischen den Bäumen abgelenkt. Zuerst halte ich es für die Umrisse eines Menschen. Aber warum sollte sich jemand hier mitten im Nirgendwo aufhalten? Ich drehe mich auf meinem Sitz um und versuche, die Gestalt wiederzufinden, aber Ben rast noch immer wie ein Irrer, und ich entdecke sie nicht mehr.

Also drehe ich mich wieder nach vorn und merke dann, dass Ben mich beobachtet. Dann schnellt sein Blick aus dem Fenster.

»Was ist das?« Er zeigt zum Straßenrand.

Noch so ein weißes Ding. Ich richte mich auf, um besser sehen zu können, und als wir näher kommen, erkenne ich, dass es eine Statue ist, zwei tanzende Menschen, gefährlich nah am Rand der Fahrbahn platziert. Ben fährt so dicht daran vorbei, dass ich erkennen kann, dass die beiden Figuren mit Haaren und Kleidern ausgestattet sind. Es ist unheimlich, wie realistisch sie aussehen. Sie halten ein Schild in der Hand, doch wir fahren so schnell vorbei, dass ich nur das Wort *Little* ausmachen kann.

»Warum hat das jemand dorthin gestellt?«

Er zuckt die Achseln und fährt weiter. »Weil das wohl ein verrückter Jemand ist.«

Ein Stück weiter zweigt eine Straße nach links ab, doch Ben fährt geradeaus weiter. Auf meiner Seite taucht eine weitere Statue auf. Eine Bogenschützin, die Pfeil und Bogen gezogen hat und auf die abzweigende Straße zielt. Von dem Pfeil baumelt ein Schild, auf dem steht: *Hier entlang*. Ich schlucke den turnschuhgroßen Kloß hinunter, der sich in meinem Hals bildet.

Wenn man darauf achtet, sind die Zeichen überall.

Ben ist schon fast an der Abzweigung vorbei, als ich mich auf seine Seite werfe und das Lenkrad herumreiße. Mit kreischenden Reifen schleudert der Van nach links.

»Rachel, verdammt, was soll das?«

»Wir sollten den Schildern folgen«, sage ich.

»Sag das nächste Mal einfach Bescheid.« Er zieht den Van gerade und biegt in die Straße ein. Wir kommen an vielen weiteren Figuren vorbei – ein Kind mit einem Ballon, ein Jongleur, eine kleine Gruppe Touristen samt Hüten und Kameras. Im Licht der Schweinwerfer sehen sie alle aus wie aus Milchglas.

Einige Meter weiter kommen wir zu einem Feld voller solcher Figuren und einem großen Schild, auf dem steht: *Little Tokyo – Skulpturen und Bootsfahrten*. Ben wird langsamer und fährt auf den Seitenstreifen. Mondlicht fällt durch ein Loch in den grauen Wolken und wirft unheimliche Schatten auf die Statuen.

»Was ist das?«, frage ich und verriegele meine Tür. Auch wenn sich die Skulpturen nicht bewegen, traue ich ihnen nicht. Das ist alles zu verrückt.

Mitten durch das Feld führt ein langer, unbefestigter Weg, und aus irgendeinem Grund – sei es Neugier oder vielleicht Wahnsinn – lenkt Ben den Van auf diesen Weg.

»Was machst du da?« Die Schlaglöcher versetzen mich erst recht in Panik. Ich klammere mich an den Türgriff. »Das gefällt mir nicht. Lass uns umdrehen.«

»Du wolltest doch in diese Richtung fahren. Außerdem ist es ein sicherer Ort, an dem wir die Nacht verbringen können. Abseits der Straße und unauffällig.«

»Die Nacht verbringen?« Da begreife ich. Wir würden im Van schlafen. Etwas an dieser Vorstellung entfacht ein Feuer in mir. Es wird schon so schwierig genug, die Sorgen um meine Familie aus dem Kopf zu bekommen. Mit Ben auf so engem Raum eingesperrt zu sein trägt wohl kaum dazu bei, dass ich überhaupt Schlaf bekomme. Er fängt meinen Blick auf und grinst, als könnte er meine Gedanken lesen. Ich wende mich ab, der Gedanke lässt mir die Hitze in die Wangen steigen und mein Herz schneller schlagen.

Ben lenkt den Wagen in eine kleine Lücke zwischen zwei

Statuen und stellt den Motor ab. Er klettert nach hinten und macht sich daran, die Sitze umzuklappen, damit wir eine ebene Fläche zum Schlafen haben. Als die Rückbank verstaut ist, entdeckt er Kyles Decken und wirft mir eine davon zu. Mit der anderen baut er sich ein schlafsackgroßes Bett und benutzt sein Pizza-Sweatshirt als Kopfkissen. Als ich mich nicht bewege, streckt er den Kopf zu mir nach vorn. »Willst du auf dem Beifahrersitz schlafen?«

»Oh, ich …«

Er klopft auf den schmalen, freien Platz neben sich. »Hier hinten ist es bequemer.«

Ich bringe meine inneren Alarmglocken zum Schweigen, klettere nach hinten und lege mich auf die Decke. Meinen Cardigan rolle ich zusammen und benutze ihn als Kissen. Neben mir zieht Ben erst die Schuhe und dann das Shirt aus. Als er seinen Gürtel aufmacht, drehe ich mich um und warte, bis Ben unter der Decke liegt. Der Gedanke, dass er nur eine Armlänge von mir entfernt ist, heizt meinen ganzen Körper auf. Nachdem er sich zugedeckt hat, streife ich meine Converse ab, behalte die Handschuhe aber an. Ich öffne meinen Pferdeschwanz und lasse meine Locken frei herabfallen. Dann schlüpfe ich eilig unter die Decke und klammere mich daran wie an einer Rettungsleine fest. Jetzt, da mein Körper größtenteils verhüllt ist, fühle ich mich sicherer.

Ben raschelt in seinem provisorischen Bett, bis er seine Schlafposition gefunden hat, dann atmet er in tiefen, schweren Zügen, während sich sein Körper entspannt.

»Gute Nacht, Rachel.«

»Gute Nacht.« Dann rücke ich mein Cardigankissen noch

etwas zurecht und ziehe die Handschuhe hoch. Ich liege mit dem Gesicht zur Tür, damit ich Ben nicht ansehen muss. Trotzdem zähle ich seine Atemzüge und frage mich, wie um alles in der Welt ich so dicht neben ihm einschlafen soll. Die Luft zwischen uns knistert vor elektrischer Spannung. Es kann doch nicht sein, dass nur ich das spüre.

Ich gähne.

»Kannst du nicht schlafen?«, fragt Ben.

»Nein.« *Mir geht zu viel durch den Kopf.*

»Machst du dir Sorgen um deine Eltern?«

»Ja.« *Und um dich.*

»Wir finden eine Möglichkeit, ihnen zu helfen.«

»Wir?« Mein Herz setzt für einen Schlag aus. Das ist jetzt das zweite Mal, dass er das sagt.

»Ich gehe nicht nach Mexiko. Nicht ohne dich. Und wenn du immer noch entschlossen bist, nach New York zu fahren, dann komme ich mit.«

Ich will ihm widersprechen, will ihn dazu bringen, nach Mexiko zu gehen, wo er in Sicherheit ist, aber gleichzeitig will ich ihm um den Hals fallen. Zu wissen, dass er bereit ist, bis zum Schluss an meiner Seite zu stehen und mir zu helfen, meine Eltern zu retten, macht die ganze Sache irgendwie viel erträglicher.

»Ben?« Ich drehe mich auf die Seite und sehe ihn an.

»Ja?«

»Warum sprichst du nie über deine Familie?« Im Van herrscht Schweigen, während ich auf seine Antwort warte. Eine unbehaglich lange Zeitspanne verstreicht. »Wenn du es nicht möchtest, ist das okay.«

»Nein«, sagt er und schnappt nach Luft. »Das ist es nicht. Es fällt mir schwer.« Sein Atem geht jetzt in kurzen, flachen Zügen, er setzt sich auf und sieht mich im schwachen Mondlicht an, das durchs Fenster hereinfällt. Und auch ich sehe ihn an. Hitze durchströmt mich, während ich beobachte, wie das Licht die Traurigkeit in seinem Blick reflektiert.

Ich drehe mich auf den Rücken und starre an die gewölbte Decke, weil ich fürchte, dass ich ihn tröstend in den Arm nehmen werde, wenn ich ihn noch länger ansehe. »Warum fällt es dir schwer?«, frage ich.

»Sie sind vor ein paar Jahren gestorben. Genau wie mein kleiner Bruder und mein Opa.«

Ich schnappe nach Luft. Mir fällt wieder ein, welche Traurigkeit ich damals in der Gefängniszelle zum ersten Mal bei ihm wahrgenommen habe. Die abgewetzten Ärmel, die abgetragene Kleidung – er ist also ein Waise. Kein Wunder, dass er nicht darüber spricht. Ich drehe mich wieder auf die Seite, um ihn ansehen zu können, und beobachte die Bewegungen seiner Lippen, die von seinem Schicksal berichten.

»Ich habe damals einen Anruf bekommen, als ich gerade in der Schule war.« Er spricht so leise, dass es kaum zu hören ist. »Beim Mittagessen. Ich weiß es noch, als wäre es gestern gewesen. Der Lehrer kam in die Cafeteria, um mich zu holen.« Er starrt aus dem Fenster, den Blick in weite Ferne gerichtet. »Sie wollten Opa zu einem Arzttermin bringen. Es war Fahrerflucht. Ein Betrunkener. Mitten am Tag. Ist das zu fassen?«

Mir treten die Tränen in die Augen. »Es tut mir so leid.« Ich weiß nicht, was ich sonst noch sagen soll. »Ist das der Grund, warum du nichts trinkst?« Sofort bereue ich meine Neugier.

»Ja …« Ein verlegenes Lachen. »Und das ist auch der Grund, warum ich Polizist werden wollte.«

Es macht mich fertig, dass er *wollte* sagt. Es ist meine Schuld, dass sein Traum womöglich platzt. Und nachdem ich jetzt weiß, warum das so wichtig für ihn war, hasse ich mich richtig dafür.

»Hoffen wir, dass mein Plan aufgeht und du es immer noch werden kannst.«

»Lass uns jetzt nicht über deinen Plan reden.« Er klingt nicht sonderlich hoffnungsvoll.

Ich setze mich auf und drücke mit beiden Armen meine Decke an mich. »Ben?«

Er sieht mich an, sein Blick wandert über mein Gesicht, als würde er mich wirklich gründlich betrachten. Dann greift er nach einer vorwitzigen Locke, zögert dann und zieht die Hand zurück. »Ja?«

Mein Herz rast so sehr, dass ich fast vergesse, was ich sagen wollte. »Also, wenn du mich fragst, ich glaube, du wärst ein toller Polizist.«

»Danke.« Er lächelt und legt sich wieder hin.

»Rachel?«

»Ja?«

»Was willst du werden … du weißt schon, wenn wir aus dieser Sache je wieder rauskommen?«

Ich ziehe die Knie an die Brust. »Ich habe immer davon geträumt, Sozialarbeiterin zu werden. Kindern zu helfen, die keine Eltern haben. Ich habe sogar schon eine Bewerbung dafür ausgefüllt.«

»Rachel?«

»Ja, Ben?«

»Wenn du mich fragst, ich glaube, du wärst eine tolle Sozialarbeiterin.«

Ich lächle. »Danke.«

Er gähnt und dreht sich auf die Seite. Ich folge seinem Beispiel und rolle mich unter der kratzigen Decke zusammen. Eine Weile liege ich da und betrachte seinen Rücken. Nach kurzer Zeit weicht die Anspannung aus meinem Körper, und unter dem Gewicht der Erschöpfung fallen mir die Augen zu. Es dauert nicht lange, und mein Kopf ist ganz leer.

Dann wackelt der Van, und warme Luft streicht über meine Wange. Ich schlage die Augen auf und kann nicht glauben, was ich da vor mir sehe.

Ben?

Er liegt direkt neben mir, die dunklen Haare fallen ihm über die Augen. Diese Augen. Sein Blick fällt auf meine Lippen, und ein Lächeln legt sich auf sein Gesicht. Dann bringt er seine Lippen dicht an meine Wange. Ich halte die Luft an, als er sie auf meine Haut drückt.

»Ben«, seufze ich. Er zieht eine Bahn von Küssen über mein Kinn und meinen Hals. Dann schiebt er den Saum meines T-Shirts zur Seite und küsst mein Schlüsselbein. »Ben, du darfst nicht …«

Er legt den Finger an meine Lippen. »Pssst. Ich weiß, was du sagen willst, und es ist mir egal.«

Ben hält mein Gesicht in beiden Händen. Führt seine Lippen an meinen Mund. Im Moment der Berührung wallt meine Gabe auf, es fühlt sich an wie Magie. Dann bricht sie aus mir heraus – ich werde hochgerissen und er zurückgestoßen. »Ben, nein!«

Er lächelt und zeichnet mit dem Daumen die Kontur meiner Unterlippe nach. »Mit mir ist alles okay, siehst du? Sag mir, dass ich aufhören soll.«

Ich ringe keuchend nach Atem. »Hör auf. Nicht …«

Wieder presst er seine Lippen auf meine.

Er hat nicht auf mich gehört. Er hat nicht gehorcht – er hat immer noch seinen eigenen Willen –, und er küsst mich. Ein kribbelnder, welterschütternder Kuss voller Herzklopfen.

Erleichterung durchströmt mich wie Ebbe und Flut, drängend und ziehend, und ich verschmelze mit seiner Berührung. Ich schlinge die Arme um seinen Hals, vergrabe die Finger in seinen Haaren und ziehe ihn enger an mich.

Er kann nicht nah genug bei mir sein.

Vor Freude darüber, dass meine Gabe bei Ben nicht funktioniert, kommen mir die Tränen.

Ich kann mit Ben zusammen sein!

KAPITEL 32

Zwei starke Hände packen mich an den Schultern und schütteln mich. »Rachel? Rachel!«

Ich fahre hoch, fast stoßen wir mit den Köpfen zusammen. Verwirrt fahre ich mir mit den Fingern über die Lippen, wo noch die Erinnerung an seinen Kuss haftet. Als ich den Mut aufbringe, ihm in die Augen zu sehen, zieht er eine Augenbraue hoch und mustert meinen eigenartigen Gesichtsausdruck.

»Geht's dir gut? Du hast im Schlaf meinen Namen gerufen.«

»Im Schlaf?«, wiederhole ich. Ich will nicht glauben, dass seine Worte wahr sind. »Du meinst, du hast gar nicht … wir haben uns nicht …«

Er runzelt die Stirn. »Was ist los?«

Ich habe geschlafen.

»Oh Gott, das war ein Traum.« Ich werfe die Decke beiseite und stoße Ben zurück, springe aus dem Van und renne los. Die Scham beflügelt mein Tempo. Das Licht der Innenbeleuchtung fällt auf die vielen schaurig aussehenden Statuen. Ich schlängle mich zwischen ihnen hindurch, um so weit wie möglich von Ben wegzukommen. Traum hin oder her, es war zu real, zu gut. Die Erinnerung an die Berührung seiner Lippen werde ich nie abschütteln können. Wenn es je eine Chance gab, meine Gefühle für Ben zu ignorieren, ist sie jetzt dahin.

Bei der Skulptur eines Mädchens, das auf einer Bank sitzt und in einen Schminkspiegel schaut, bleibe ich stehen. Ich setze mich auf den freien Platz neben ihr und sehe in ihren Spiegel. Das schwache Mondlicht lässt meine offenen Locken beinahe leuchten. Sie fallen mir über die Schultern, und auf meinen Wangen glüht immer noch die Schamesröte. Ich bin nicht mehr dasselbe Mädchen, das Ben damals in der Gefängniszelle kennengelernt hat und das er als »Kind« bezeichnet hat. Zu viel ist seitdem geschehen. Mein Gesicht hat sich verändert. Es wirkt mutig. Bereit, die Liebesgöttin in mir zu akzeptieren und alles Notwendige zu tun, um meine Familie zu retten.

Warum fühle ich mich nur nicht so mutig?

Mein Blick fällt auf meine Sommersprossen, und ich muss an den Moment denken, als wir bei Joyce waren und sie Ben zum ersten Mal aufgefallen sind. Das Gefühl, das er in diesem Moment in mir ausgelöst hat, hat meine ganze Welt verändert.

Ich seufze und halte den Spiegel mit beiden Händen fest. Gerade wünsche ich mir sehr, dass ich Wasser hätte, um mir diesen intensiven Traum und die Berührung von Bens Lippen abzuwaschen. Aber schon bald holt mich die Kälte der Nacht in die Realität zurück. Ich bin ein dummes, verliebtes Mädchen. Und ich habe mich in die Hoffnung verrannt, dass er das Gleiche empfindet. Ich habe mir vorgemacht, seine Freundlichkeit wäre mehr als nur Hilfsbereitschaft. Dieser Traum war der Beweis dafür.

»Sei nicht albern, Rachel.« Die Worte aus meinem Mund klingen zu sehr nach Marissa. Ich reibe mir das Gesicht. »Er hilft gern anderen Menschen. Schließlich möchte er Polizist werden.« Das ist Ben. Er hilft der Polizei, er hilft dem Pizzaboten, er hilft sogar Marissa. Ben ist ein Helfer, das ist alles.

Das Beste, was ich für ihn tun kann, ist, ihm seine Freiheit zu geben.

Ich stehe von der Bank auf und atme in der Dunkelheit ein letztes Mal tief durch, bevor ich mir zwischen den Skulpturen einen Weg zurück suche. Das war's. Wenn ich zum Van zurückgehe, werde ich alle Hoffnungen auf ihn hinter mir lassen.

Ben sitzt in der offenen Schiebetür und springt auf, als er mich sieht. Ich halte den Blick gesenkt, damit er nicht zu lange an Ben hängen bleibt.

»Rachel, ich hab mir Sorgen gemacht.« Er läuft mir entgegen und fasst mich an den Schultern, und sobald wir uns berühren, schlägt mein Magen Purzelbäume, meine Hände werden heiß, *und schon wieder bricht mir das Herz.*

Dann legt er sanft eine Hand auf meinen Rücken und begleitet mich zum Wagen. Meine Gabe wallt auf und drängt danach, freigesetzt zu werden. Es erfordert meine ganze Konzentration, sie in Schach zu halten. Ben scheint meinen inneren Kampf zu spüren, denn er tritt einen Schritt zurück und betrachtet mich. »Alles okay mit dir?«

Ich schüttle seine Hand ab und bringe die Kraft auf, ihm in die Augen zu sehen. Sein Blick fällt auf eine Locke, die an meiner Lippe hängen geblieben ist.

»Wird schon wieder.«

Er winkt mich zurück in den Van. Ich steige ein, lege mich sofort ins Bett und ziehe mir die Decke über den Kopf. Es gibt noch ein kleines Kuddelmuddel, als Ben über mich hinwegklettert und die Schiebetür schließt, bevor er sich auch hinlegt. Wieder unter dieser Decke zu liegen, nur Zentimeter von ihm entfernt, lässt auf meinen Lippen das Echo der Erinnerung an unseren Kuss kribbeln.

Es war nur ein Traum!, rufe ich mir ins Gedächtnis und ziehe mir die roten Handschuhe zurecht. Mein Körper ist elektrisch aufgeladen, und Ben ist mir so nahe, dass das Risiko besteht, ihn im Schlaf versehentlich zu verwandeln.

Es war nur ein wunderbarer Traum. Was könnte es schon schaden, noch so einen zu haben? Ich lasse meine Gedanken in Visionen davon abgleiten, wie ein normales gemeinsames Leben mit Ben aussehen könnte, und kurz darauf übernimmt mein Unterbewusstsein die Kontrolle. Ich träume, dass wir im Central Park auf einer Decke liegen, mein Kopf auf seinem Schoß, und ich lerne für meinen Abschluss als Sozialarbeiterin. Dann Ben in seiner Polizeischüleruniform, wenn wir uns zu einem gemeinsamen Mittagessen treffen. Wie er mich von meinem Job im Gemeindezentrum abholt und ich ihn zum ersten Mal in einem Streifenwagen sehe, doch als ich mich zu seinem Fenster hinabbeuge, um ihn mit einem Kuss zu begrüßen, sitzt dort nicht mehr er, sondern ich selbst. Als ich gerade zurückweichen will, fällt ein einzelner Tropfen Blut aus dem Auge, läuft an meiner Wange herab und fängt sich auf meiner Lippe.

Nach Luft schnappend setze ich mich im Bett auf und versuche, den seltsamen Traum wegzublinzeln.

Warm fällt die Morgensonne durch das Wagenfenster und hüllt uns ein. Ich kann nicht fassen, dass ich die ganze Nacht durchgeschlafen habe. Mir kommt es vor, als wären nur Minuten vergangen.

Dann sehe ich Ben an. Die Decke bedeckt seinen Bauch und seine Beine und lässt die Brust frei, die sich unter seinem gleichmäßigen Atem hebt und senkt. Die Sonne verleiht seiner Haut einen goldenen Schimmer. Er ist so schön, wenn er schläft. Selbst die Statuen draußen scheinen ihn anzustarren. Mein Magen fängt an zu flattern, und mein Atem beschleunigt sich. Ich muss meine Gedanken dringend zur Ruhe bringen, deshalb rutsche ich aus dem provisorischen Bett, wickle mir meinen Cardigan um die Schultern und öffne so leise wie möglich die Tür.

Eine kühle Morgenbrise aus den Sümpfen des Mississippi begrüßt mich. Ich ziehe meinen Pullover enger um mich und stecke die Hände mit den Handschuhen in die Hosentaschen, um mich warm zu halten. In tiefen Zügen atme ich die feuchte Luft, während ich umherschlendere und mir das erste Grüppchen von Skulpturen aus der Nähe ansehe. Bei Tageslicht wirken sie viel weniger unheimlich. Etwas an ihnen erinnert mich an New York: ihre Lebendigkeit, ihre Vielfältigkeit. Mein Zuhause fehlt mir. Immer wieder fällt mir eine Statue auf, die so schön oder ungewöhnlich ist, dass ich stehen bleibe, um sie genauer zu betrachten, aber jede Statue ist auf ihre eigene Art bemerkenswert. Es muss Jahre gedauert haben, sie alle anzufertigen. Als ich an einer Mutter mit ihrem Kind vorbeikomme, muss ich an meine Ma denken, und es zerreißt mir das Herz. Ich fühle mich so machtlos, weil ich ihr nicht helfen kann, und vor lauter Verzweiflung zerbricht irgendetwas in mir.

»Eros!«, schreie ich voller Verzweiflung. »Du sollst dich doch um deine Nachfahren kümmern. Dann hilf mir, meine Familie zurückzukriegen!« Ich hebe einen herabgefallenen Ast auf und prügle damit auf eine der Statuen ein. Immer und immer wieder. »Eros!«

Eine flüchtige Bewegung lässt mich aufblicken. »Ben?«, frage ich, besorgt, ihn mit meinem Lärm aufgeweckt zu haben. Als ich keine Antwort erhalte, drehe ich mich zu dem schmalen Pfad zwischen den Statuen um, wo ich die Bewegung gesehen habe.

»Rachel?«

Jemand ruft meinen Namen, jedoch so leise, dass ich nicht sicher bin, ob es nicht nur der Wind ist, der durch die Äste pfeift, und mein Unterbewusstsein daraus meinen Namen formt. Ich halte weiter nach Ben Ausschau, finde aber nichts als weitere Statuen.

Mir läuft ein Schauer über den Rücken. Wahrscheinlich sind nach diesem Traum nur meine Nerven überreizt. Aber mir fällt auf, wie weit ich mich inzwischen vom Van entfernt habe. Ich gehe einen Schritt zurück in die Richtung, aus der ich gekommen bin – und bleibe wie angewurzelt stehen.

Da ist ein Mann, der mich beobachtet.

Zuerst halte ich ihn für eine Statue, doch dann dreht er den Kopf, und seine blonden Locken tanzen im Wind.

»Hallo?« Meine Stimme zittert.

»Hallo, meine Liebe«, sagt er mit einem Akzent, den ich nicht zuordnen kann.

Ich schirme die Augen gegen die Sonne ab, um ihn besser erkennen zu können. Mit seinen unnatürlich blauen Augen sieht er mich fest an, während er auf mich zugeht. Irgendwie kommt er mir bekannt vor. Ich bin mir sicher, ihn schon einmal gesehen zu haben. Er ist auf eine Art attraktiv, die man nicht vergisst – er hat etwas Majestätisches an sich.

Dann macht es klick. Er war damals auf dem Revier, bei unserer Verhaftung – der Polizist, der uns zugezwinkert hat, als wir an ihm vorbeigekommen sind. Ich öffne den Mund, um Ben eine Warnung zuzurufen, doch der Mann hebt den Zeigefinger, und aus irgendeinem Grund klappe ich den Mund sofort wieder zu.

»Ich bin kein Polizist. Ich gebe mich nur manchmal als einer aus.« Er lächelt und stützt sich lässig auf eine Statue.

Zitternd schlage ich mir die Hand vor den Mund. Ich kann mich nicht erinnern, etwas gesagt zu haben.

Er lacht. »Ich kann Gedanken hören.«

Vorsichtig weiche ich einen Schritt zurück und suche dabei Halt an der Statue einer älteren Dame. Dann streife ich einen Handschuh ab und kneife mich ins Handgelenk. Und ich spüre den Schmerz. Das hier ist kein Traum.

Vom Aussehen her scheint der Mann ein oder zwei Jahre älter zu sein als Ben, doch seine Haltung lässt ihn sehr viel älter wirken. Er trägt Jeans und ein lila T-Shirt, und obwohl die Kleidung selbst nichts Ungewöhnliches an sich hat, sieht sie an ihm seltsam aus. Die kalte Luft auf seinen nackten Armen scheint ihn nicht zu stören. Er hält sich aufrecht, die Schultern gerade, statt nach vorn gesunken dazustehen wie so viele andere. Als er auf mich zukommt, hält er eine Hand auf dem

Rücken, die andere schwingt im Takt seiner Schritte, als würde er bei einer Militärparade mitmarschieren.

Wenn er kein Cop ist, was ist er dann? Und warum kann er meine Gedanken lesen?

»Gehörst du zum Gremium?«

»Sehe ich aus wie ein Geistlicher?«

Ich schüttle den Kopf und senke den Blick. Die gute Nachricht ist, dass, wenn er wirklich kein Polizist ist und nicht zum Gremium gehört, ich wahrscheinlich nicht in Gefahr bin.

»Du bist nicht in Gefahr«, antwortet er schon wieder auf eine unausgesprochene Frage.

»Mach das bitte nicht.«

»Ich vergesse immer, wie unheimlich das sein muss.«

Irgendetwas an ihm macht mich stutzig. Ich krame in meinen Erinnerungen. Irgendwoher kenne ich dieses Gesicht. Die Begegnung auf dem Revier war nicht das erste Mal, dass ich ihn gesehen habe.

»Wer bist du?«, frage ich schließlich.

»Du willst nicht weiterraten?« Er lächelt belustigt und fährt sich mit einer Hand durch die Locken. »Man könnte wahrscheinlich sagen, ich bin dein Ur-ur-ur-ur… füge noch ein paar Urs hinzu … -Großvater.«

Meine Beine geben unter mir nach, und ich finde mich auf dem feuchten Boden wieder. Das Bild in St. Valentine's. Das, auf dem …

»Eros?«

KAPITEL 33

Eros reicht mir die Hand. In diesem Moment entdecke ich seinen goldenen Bogen mit dem weißgoldenen Amethystgriff, der zu seinen Füßen an einer Statue lehnt.

»Geht schon«, sage ich, stemme mich hoch und versuche verzweifelt, mir nicht anmerken zu lassen, wie sehr meine Arme zittern, als ich schwankend vor einem echten Gott stehe.

Er lässt die Hand sinken. »Ich heiße zwar Eros, aber du kannst mich auch Grampa nennen, wenn dir das lieber ist.«

»Ich … ich … du …«

»Nicht unbedingt die herzliche Begrüßung, die ich erwartet habe, nachdem du mir den Chat vollgespamt, um Hilfe geschrien und dabei mit Stöcken um dich geschlagen hast wie eine Verrückte«, sagt er grinsend.

»Surrender2Love? Ich kann nicht fassen, dass du das warst.« Und dass er eine herzliche Begrüßung von mir erwartet hat, kann ich genauso wenig fassen. Den Großteil meines Lebens habe ich mir ausgemalt, was ich Eros sagen würde, wenn ich ihm je begegnen würde, und nichts davon ist herzlich.

»Autsch«, sagt er.

Ich schlage mir die Hand vor den Mund. An diese Gedankenleserei muss ich mich erst noch gewöhnen.

Er fasst mich am Kinn, und in dem Augenblick, als er mich berührt, verstummt meine Gabe. Kein Kribbeln mehr, kein Zittern, sie ist weg. Ich atme tief durch und koste dieses Gefühl aus. Bisher war mir nie bewusst gewesen, wie stark ich meine Gabe selbst dann spüre, wenn sie inaktiv ist. Dieses Gefühl hatte ich zuletzt mit zwölf, als ich noch nicht wusste, dass es so etwas wie Liebesgöttinnen überhaupt gibt, ganz zu schweigen davon, dass meine Mutter eine ist. Eros hebt mein Kinn an, sodass ich nirgendwo anders hinsehen kann als in seine strahlend blauen Augen. »Glaub nicht, ich würde es nicht verstehen. Ich habe auch einmal jemanden geliebt, mit dem ich nicht zusammen sein konnte.« Er lässt mich los, und schlagartig ist die elektrische Aufladung wieder da.

Ich weiche vor ihm zurück. Gerade schäme ich mich richtig für meine Gedanken, ich hätte nicht so schroff sein sollen. Als er seinen Pfeil in Psyche steckte, wusste er schließlich nicht, dass er damit mein Leben ruinieren würde. Er hat nur versucht, die Frau zu retten, die er liebte.

»Tut mir leid, ich …«

»Lass gut sein. Hätte ich vorhersehen können, was mein Handeln für zukünftige Generationen bedeuten würde, hätte ich eine andere Möglichkeit gefunden. Aber Liebe kann verletzend sein und in die Irre führen, wie du weißt.«

»In die Irre führen?«

»Du willst doch deine Freiheit gegen die deiner Freunde und Familie eintauschen, oder nicht?«

Meine Augen weiten sich, und ich lecke mir die trockenen Lippen. Wie viel weiß er?

»Mehr, als mir lieb ist.« Er lächelt wieder. »Du hast vor, im Polizeirevier aufzulaufen und die Taten der anderen zu gestehen.« Mit einem gerissenen Grinsen auf dem Gesicht lehnt er sich an die Statue. »Vielleicht solltest du etwas tun, damit sie dich für gewalttätig halten. Je größer die Bedrohung, umso mehr Aufmerksamkeit bekommst du. Ein Geständnis allein ist da gar nicht so eindrucksvoll. Sie werden eine Demonstration sehen wollen.«

Bedrohung? Demonstration? Zum Beispiel jemanden verwandeln?

»Ja«, sagt er. »Aber jemanden zu küssen ist nicht allzu beeindruckend.«

Das hatte ich nicht bedacht. Er hat recht. Ich muss etwas Größeres tun. Etwas Gewaltiges. Aber jemanden verwandeln? Das könnte ich nicht. Das würde gegen alles verstoßen, wofür ich stehe. Was würde Jeanne d'Arc tun? Vor meinem geistigen Auge taucht die Reklametafel von *Mein Leben als Alien-Vampir* auf, an der wir gestern vorbeigekommen sind – ein Mann, der die Zähne in den Hals eines Mädchens schlägt.

»Komm mir bloß nicht mit Jeanne! Was war das für ein Mist? Das Gremium hat sie mir vor der Nase weggeschnappt. Immer werben sie mir meine Kandidatinnen ab. Ich war so sicher, dass sie die Richtige ist …« Lächelnd streicht er sich eine blonde Locke aus dem Gesicht.

»Die Richtige?«

»Nicht so wichtig. Viel wichtiger ist deine Idee, sich diese Vampir-Epidemie zunutze zu machen. Das ist wirklich klug. Im Moment werden die Leute damit so sehr überflutet, dass sie das tatsächlich für echt halten.« Er sieht mir tief in die

Augen, und Entschlossenheit legt sich über seine Züge. »Aber wir wissen beide, dass du niemanden küssen oder beißen müsstest, um ihn zu verwandeln.«

Ich schnappe nach Luft. »Ich kann es durch …«

»… Berührung«, bringt Eros meinen Satz zu Ende. »Du bist ziemlich bemerkenswert, weißt du das? Deine Familie ist die einzige, die …«

»Ich finde es nicht bemerkenswert, einem Mann seinen Willen zu rauben.« Ich bin selbst erschrocken, wie offen ich mit einem Gott spreche. Einem echten, lebendigen Gott. »Ich meine, ich …«

»Ich weiß deine Ehrlichkeit zu schätzen. Es ist viel zu lange her, dass es eine Liebesgöttin mit deiner Einstellung gab. Es war nie das Ziel des Pfeils, den Willen nur eines Menschen zu manipulieren. Sein Zweck war es, *zwei* Menschen in Liebe zusammenzuführen. Leider hat die menschliche Natur die Gabe des Pfeils verdorben. Und das Schulsystem des Gremiums macht es auch nicht gerade besser.«

»Die menschliche Natur?« Ich beuge mich vor.

»Genauer gesagt: Egoismus. Aber aus irgendeinem Grund besitzt du, meine Liebe, diese spezielle Eigenschaft nicht.«

»Oh doch, und wie«, schnaube ich. Was ist mit all den Malen, die ich Bens Aufmerksamkeit von Marissa ablenken wollte? Oder wenn ich mich absichtlich mit Ma angelegt habe, damit Dad mich bemerkt?

»Du bewertest deine eigenen Handlungen falsch«, sagt Eros.

Fragend sehe ich ihn an, während ich auf eine Erklärung von ihm warte.

»Diese Handlungen sind nicht aus Egoismus entstanden. Die Liebe zu deinem Vater bringt dich dazu zu kämpfen, wenn du siehst, dass ihm Ungerechtigkeit widerfährt. Es ist nicht egoistisch, sich das Beste für jemanden zu wünschen, wenn man selbst das Beste für denjenigen ist.«

»Ich? Das Beste?« Die letzten beiden Worte flüstere ich und richte den Blick zu Boden. Das kann nicht sein. Da ist sie wieder, diese verdammte Hoffnung. Diese verdammte falsche Hoffnung. Solange wir Liebesgöttinnen sind, wird Dad nie irgendjemand anderen lieben als Ma. *Und ich werde nie mit Ben zusammen sein können.*

»Du irrst dich. Es gibt immer Hoffnung.«

»Und wie soll das gehen?«, frage ich, nehme die Schultern zurück und hebe herausfordernd das Kinn.

Er durchbohrt mich mit seinem Blick, wie um zu prüfen, ob ich wirklich geeignet bin. »Eines Tages wird der Fluch aufgehoben. Das verspreche ich dir.«

»Aufgehoben …« In meinem Kopf rauscht das Blut. Zu viel Licht fällt in meine Augen, in meinem Blickfeld schwimmen Punkte. Dann hat sich Ma geirrt. Es gibt doch eine Möglichkeit, den Fluch der Liebesgöttinnen zu brechen. Auf meinen Lippen kribbelt das Verlangen, den Kuss aus meinem Traum Wirklichkeit werden zu lassen.

»Du bist ein Gott«, sage ich. »Wenn der Fluch aufgehoben werden kann, warum hast du es noch nicht getan?«

Sein Lächeln wird zu einer schmalen Linie. »Ich habe nicht die Macht, so etwas zu tun.«

»Wer dann?«

»Das ist doch mal eine gute Frage!«

»Also, wer?«

Er grinst. »Du, meine Liebe. Eigentlich jede Liebesgöttin. Unter den richtigen Umständen.«

»Was für Umstände?« Ich klammere mich an die Statue neben mir und hoffe, es ist irgendetwas, wozu ich wirklich in der Lage bin.

»Dazu kommen wir später.«

»Wenn ich dazu beitragen kann, den Fluch aufzuheben, werde ich es tun.«

»Ich hatte gehofft, dass du das sagen würdest. Ich könnte deine Hilfe gebrauchen. Aber dafür musst du lebendig sein und nicht eingesperrt. Weißt du was? Ich habe einen besseren Plan. Lass Ben hier. Hier ist es sicher. Komm mit mir, und ich werde dich vor dem Gremium beschützen.« Er macht auf dem Absatz kehrt, marschiert los und winkt mir, ihm zu folgen. Ich verschränke die Arme und rühre mich nicht vom Fleck. Nach ein paar Schritten bleibt Eros stehen und dreht sich um.

»Lass mich raten«, sagt er. »Deine Familie?«

»Ja. Meine Familie. Bevor ich irgendetwas für dich tue, helfe ich ihr. Selbst wenn dieses ›irgendetwas‹ die Aufhebung des Fluchs ist.« Und das ist alles, was ich will, seit ich erfahren habe, was ich bin.

»Also gut«, sagt er. »Dann sag mir, wie du deine Flucht geplant hast. Du weißt schon, nachdem du deine Familie befreit hast.« Er kommt ein paar Schritte näher und bleibt stehen.

Ich verschränke die Arme fester. Über meine Flucht habe ich bisher noch nicht nachgedacht – ich hatte mich mit der Idee begnügt, festgenommen zu werden.

»Und wenn du ein Geständnis ablegst, ohne eine Demonstration zu liefern, werden sie eine psychologische Untersuchung anordnen.«

»Also gut, ich werde jemanden verwandeln. Wenn der Fluch danach aufgehoben wird, spielt das ja dann keine Rolle mehr.« Noch während ich die Worte ausspreche, tut es mir leid. Ich wollte nie jemanden verwandeln. Niemals.

Eros beugt sich zu mir. »Sieht aus, als hättest du die Sache nicht vollständig durchdacht. Hast du dir überlegt, was du tust, wenn sie auf dich schießen? Ob es dir gefällt oder nicht, du wirst einen der Polizisten angreifen müssen, um ihnen klarzumachen, was auf dem Spiel steht.«

Stimmt. Daran hatte ich auch nicht gedacht. Ich lasse die Arme sinken. Ehrlich gesagt weiß ich nicht, wie ich die Sache durchziehen soll.

Eros lehnt sich an eine Statue und überkreuzt die Füße, ein breites Grinsen liegt auf seinem Gesicht.

»Hilf mir«, flehe ich.

»Dir helfen?«

Ich hebe das Kinn und versuche, einen mutigen Eindruck zu machen. »Wenn du meine Hilfe willst, um den Fluch zu brechen, dann hilf mir, meine Familie freizubekommen.«

»Verhandeln wir jetzt etwa?«

»Ja«, sage ich mit fester Stimme. »Du bist ein Gott, du musst doch irgendwelche Zauberkräfte haben, die verhindern können, dass ich erschossen werde.«

»Verstehe«, sagt er.

»Also, hast du so was?«

»Bei solchen Sachen nützen meine Kräfte nichts. Was du brauchst, ist freie Magie.«

»Freie Magie?«

»Du weißt schon, Pfeile, Tränke, Zauberformeln. Solche Sachen.«

»Hast du so was?«

»Rachel«, seufzt er, »das ist alles sehr kompliziert. Es ist lange her, dass man mich zuletzt in den Olymp gelassen hat. Ich müsste dorthin zurückkehren, um für das wenige, was ich noch habe, Nachschub zu holen. Und zurückkehren kann ich nicht – nicht, solange der Fluch nicht gebrochen ist.«

»Dabei kann ich dir helfen, sobald ich meine Familie gerettet habe, und dann kannst du so viel Nachschub holen, wie du brauchst.«

»Okay. Aber selbst wenn ich dir helfe, nicht erschossen zu werden, warum bemerkt die Polizei dann nicht, dass die Leiche fehlt?«

»Ich besorge eine falsche Leiche.« Das klingt idiotisch, allerdings stehen wir auf einem Feld voller lebensechter Statuen, deshalb bin ich sicher, dass es irgendwie möglich sein muss, einen falschen Leichnam aufzutreiben.

»Kurz gesagt: Ich helfe dir, deinen Tod vorzutäuschen, mit allem, was dazugehört, und du hilfst mir, den Fluch zu brechen?«

»Ja.«

»Wie können wir garantieren, dass jemand auf dich schießt?«, fragt Eros. »Dieser Plan basiert auf reinen Spekulationen. Vielleicht sperren sie dich nur ein, und dann sitzt du hinter Gittern fest und nützt mir überhaupt nichts.«

»Dann schieß doch du auf mich. Du hast dich schon einmal als Polizist ausgegeben.«

Eros runzelt die Stirn. »Ich würde dir wirklich gern helfen.

Aber wir dürfen uns nicht in die Angelegenheiten der Menschen einmischen, und das wäre eine ganze Menge Einmischung.«

Ich will ihn anschreien, will ihm sagen, dass es ein bisschen spät ist, um sich an diese Regel zu halten, nachdem er Psyche mit seinem Pfeil durchbohrt und die Liebesgöttinnen erschaffen hat und den ganzen Kram. Aber ich tue es nicht. Wozu auch – er kann ohnehin meine Gedanken lesen. »Ich glaube, Ma hat sich in dir geirrt«, sage ich stattdessen. »Du interessierst dich nicht für mich oder deine Nachfahren. Du interessierst dich nur für dich selbst.«

Auf seinem Gesicht liegt ein seltsamer Ausdruck, als würde er ein Lächeln unterdrücken. Nach einer langen Pause zieht er eine kleine Glasphiole aus der Tasche, die aussieht, als wäre sie mit flüssigen Rubinen gefüllt. Er dreht meine Handfläche nach oben und legt die Phiole darauf. Das Rot der Flüssigkeit wird auf dem roten Leder meines Handschuhs nahezu unsichtbar. »Ich habe nicht viel Zeit. Wie du weißt, dürfte ich eigentlich nicht hier sein und mich einmischen«, sagt er und malt Anführungszeichen in die Luft. »Aber mir gefällt dein Mumm, meine Liebe. Du erinnerst mich an meine Mutter. Zumindest an ihre guten Seiten. Das hier wird dir helfen, wenn du bereit bist, den Preis zu zahlen.«

Natürlich gibt es einen Preis. Den gibt es immer. Ich nehme die Phiole zwischen die Fingerspitzen und drehe sie hin und her. Die leuchtend rote Farbe glitzert in der Sonne. Wie sollte mir das helfen?

»Das verhindert, dass eine Kugel in deinen Körper eindringt«, antwortet er. »Oder jede andere Waffe.«

Stirnrunzelnd halte ich die Phiole in die Sonne. »Was ist der Preis?«

»Es war übrigens vorherbestimmt, dass wir uns begegnen würden, wusstest du das?«, sagt er, statt auf meine Frage zu antworten. Aber ich bin neugierig genug, um ihm das durchgehen zu lassen.

»Ach ja?«

Er lächelt. »Ich habe dir Zeichen geschickt, um dich zu mir zu führen.«

Die ganzen Pfeile.

Er lächelt. »Seit Hunderten von Jahren versuche ich, den Fluch des Pfeils rückgängig zu machen. Es gab andere Liebesgöttinnen mit deinem Potenzial. Aber auf die eine oder andere Weise ist mir immer das verdammte Gremium in die Quere gekommen.«

»Das Gremium.« Ich schnappe nach Luft und denke an meine Mitschüler in Europa. »Moment, mein Potenzial?«

Er lächelt. »Sie wollten mich aufhalten, um die Kontrolle über euch Liebesgöttinnen zu behalten. Ohne eure Macht fängt ihre Infrastruktur an zu bröckeln. Sie verlieren alles, was sie sich aufgebaut haben. Aber solange der Zauber des Pfeils nicht aufgehoben wurde, kann ich nicht auf den Olymp zurückkehren. Das ist ein Dilemma. Du siehst also, ich habe schon lange auf dich gewartet.«

»Auf mich gewartet? Warum?«

Er sieht mich mit seinen blauen Augen fest an und blickt tief in meine Seele. »Du hast die nötigen Voraussetzungen, um den Fluch der Liebesgöttinnen aufzuheben.«

Fast lasse ich die Phiole fallen. Ich kann sie gerade noch mit einer Hand an meinen Bauch drücken. Fassungslos starre ich ihn an, öffne und schließe den Mund und versuche zu begreifen, wie eine unerfahrene und noch dazu undankbare Liebesgöttin in der Lage sein soll, Hunderte Jahre *der Gabe* aufzuheben. Es ist ein großer Unterschied, ihm helfen zu wollen und über die nötigen Voraussetzungen zu verfügen. Ich weiß nicht, wie viel Zeit vergeht, bis ich ein normales Wort herausbringe. »I…ich? Wie?«

»Gemäß unserer Abmachung«, beginnt er theatralisch, »musst du zuerst deine Pläne perfektionieren, um deine Familie zu befreien. Anschließend werde ich dich finden, und wir heben gemeinsam den Fluch auf. Es ist sehr wichtig, dass niemand etwas davon erfährt. Alle müssen glauben, dass du tot bist.« Er sieht mir fest in die Augen und lässt das Wort in der Luft hängen. *Tot.* »Niemand darf wissen, dass wir versuchen, den Fluch zu brechen. Hast du das verstanden?«

»Das ist ganz schön viel Druck«, sage ich mehr zu mir selbst als zu ihm.

»Rachel, wir dürfen nicht riskieren, dass uns das Gremium entdeckt.« Er greift nach meiner Hand und schließt meine Finger um das Fläschchen. »Sei vorsichtig damit, es ist das einzige, das ich noch habe.«

Ich stecke die Phiole in meinen Strumpf. »Wie muss ich es benutzen?«

»Trink es, wenn du seine Hilfe brauchst. Aber«, seine Stimme wird leise und vorsichtig, und er atmet hörbar aus, »der Preis ist hoch.«

Mein Lächeln entgleitet mir, ich sehe ihn an. »Und wenn mir dieser Preis nicht gefällt?«

»Du bist diejenige, die um Hilfe gebeten hat.«

Ich unterdrücke den Drang, die Augen zu verdrehen. »Was ist der Preis?«

»Das Serum erfordert, dass du deine Liebe opferst. Du wirst Ben vergessen und er dich.«

»Nein«, bringe ich atemlos hervor. Gerade bekomme ich keine Luft mehr, mein Herz hämmert. Mir ist, als müsste ich mich übergeben. Ich lehne den Kopf an die steinerne Statue und denke über Eros' Angebot nach. Selbst wenn die Macht der Liebesgöttinnen aufgehoben wird, kann ich trotzdem nicht mit Ben zusammen sein.

»Es muss einen anderen Weg geben.«

»Soweit ich das sehe, nein. Du musst deinen Tod vortäuschen, dazu ist die Phiole nötig. Wenn du im Gefängnis sitzt, können wir den Fluch nicht brechen.«

»Aber ich kann mich noch verabschieden, oder?«

»Tut mir leid, Rachel. Er darf es nicht wissen. Das beeinträchtigt den Zauber, und wenn du es jemandem sagst, laufen wir Gefahr, dass das Gremium hinter unseren Plan kommt.«

»Ich soll ihn also anlügen und ihn glauben lassen, alles wäre in Ordnung?«

»In Ordnung ist daran überhaupt nichts.«

Ich bringe den Mut auf, ihm in die Augen zu sehen, die fast die gleiche Farbe haben wie Bens, und ich weiß, dass er recht hat. Wenn ich Ben gehen lasse, bekommt er die Chance, seinen Traum zu verwirklichen. Meine Familie zu befreien und den Fluch aufzuheben ist wichtiger als mein Herz. Aber der Preis dafür ist Ben. Schon der Gedanke daran tut schrecklich weh.

»Ohne die Gabe der Liebesgöttinnen wird das Leben deiner Familie sehr viel besser sein«, sagt Eros sanft, aber genauso gut hätte er mir das Herz herausreißen und hineinbeißen können.

Wie könnte ich meiner Familie das verwehren? Den Familien aller Liebesgöttinnen? Diese Sache ist viel größer als ich.

»Okay«, flüstere ich. Die Worte sind wie Gift auf meinen Lippen, aber ich spreche sie dennoch aus, weil ich sie hören muss. »Kein Ben mehr.«

Eros legt mir die Hand auf die Schulter, und seine Berührung dämpft meine Kräfte. Trotzdem ist mir immer noch übel. »Ich weiß, das kommt dir jetzt nicht so vor«, sagt er, »aber eines Tages wirst du mir für all das danken.«

»Das bezweifle ich.«

»Wenn es wehtut, denk immer daran, dass dein Opfer unzähligen anderen Mädchen die Chance verschafft, mit den Menschen zusammen zu sein, die sie lieben.«

Ich ringe mir ein Lächeln ab. Tief in meinem Inneren macht das Wissen, dass alle Mädchen aus meiner Schule, viele andere, die ich nicht einmal kenne, und sogar meine eigenen Eltern eine Chance auf Liebe haben werden, die ganze Sache ein klein wenig besser. Ich allein muss das Opfer bringen, und ich bin das schon gewohnt. Trotzdem ist der Drang zu weinen übermächtig.

Eros legt eine Hand auf meinen Kopf, und die Traurigkeit vergeht. Ich werde ganz und gar von Liebe erfüllt. Genauso ist es, wenn Ma mich umarmt oder in den kurzen Momenten, wenn Dad über etwas anderes als Ma lächelt. Oder wenn Nani wegen einer anderen Sache stolz auf mich ist als nur darauf, dass ich eine Liebesgöttin bin. Es ist alle Güte, alle Freude, alle

Wärme auf einmal. Statt bei dem zu verweilen, was ich verliere, werde ich von alledem erfüllt, das ich gewinnen werde.

»Das sollte dir eine Zeit lang helfen, damit zurechtzukommen«, sagt er. Dann zieht er eine Bankkarte aus seiner Gesäßtasche. »Hier, nimm die mit.«

Ich nehme die Karte und drehe sie um. »Olympus Gold Card? Im Ernst?« Das ist zu platt, um wahr zu sein.

»Zeus' Sinn für Humor.« Er verdreht die Augen. »Die hat er vor einiger Zeit für uns machen lassen. Verlier sie nicht, sie hat kein Limit.«

Ich schnippe die Ecke gegen meinen Handschuh. Marissa würde es lieben, diese Karte in die Finger zu kriegen. Kaum auszudenken, was sie auf einem Shoppingtrip alles anrichten könnte.

»Ich sollte jetzt gehen. Das nächste Mal siehst du mich in einer Polizeiuniform, wenn ich mit einer Spielzeugpistole auf dich ziele«, sagt Eros und drückt sich von der Statue ab. »*Valedico,* Rachel.«

»Was?«

»Ich habe mich von dir verabschiedet.« Lächelnd hebt er den Arm zum Gruß. »Und vergiss nicht, du brauchst eine Leiche.«

»Wo kriege ich die her?«, überlege ich laut.

»Du wirst schon einen Weg finden«, sagt er mit einem aufmunternden Nicken.

Ich betrachte die Olympus Gold Card und denke an seine Warnung. Als ich wieder aufsehe, ist Eros verschwunden.

KAPITEL 34

Die Sonne klettert über die Baumwipfel, und meine neue innere Wärme hält die schlimmste Kälte ab. Ich beiße mir auf die Wange, drehe die Kreditkarte in den Händen und denke über das Gespräch mit Eros nach. Noch immer kann ich nicht glauben, dass er meine Ansicht über die Liebesgöttinnen-Kräfte teilt.

Schnelle Schritte nähern sich, ein lautes Klatschen auf dem feuchten Untergrund. Ben kommt durch einen Durchgang gerannt und sieht sich wild in alle Richtungen um. Er sucht etwas.

»Ben?« Ich stecke die Karte ein.

»Rachel?« Keuchend vor Anstrengung, die Hände in die Hüften gestützt, bleibt er stehen. Als er mich erblickt, gleitet Erleichterung über seine angespannten Züge. Er lässt die Schultern sinken und atmet hörbar aus. »Als ich aufgewacht bin und du nicht da warst, habe ich mir Sorgen gemacht.«

Ich gehe ihm entgegen, und er joggt die restliche Strecke. Kurz vor mir bleibt er stehen und sieht mich an, als würde er versuchen, meine Gedanken zu lesen.

Den Göttern sei Dank, dass er das nicht kann. Ich muss lachen, und er hebt fragend eine Augenbraue.

Dann wandert sein Blick über mein Gesicht, zu meinen Lippen, wo er einen Moment zu lange verweilt.

Mir stockt der Atem.

Ein Windstoß weht mir eine widerspenstige Locke ins Gesicht. Instinktiv tritt Ben einen Schritt vor, hebt die Hand und streicht sie mir hinters Ohr. Seine Hand bleibt auf meiner Schulter liegen. An den Stellen, wo seine Finger meine Haut berühren, brennt ein elektrisches Feuer. Mein Herz schlägt mir gegen die Rippen.

Bei jedem Atemzug, den ich nehme, streift Bens Hand meinen Hals. Die elektrische Energie in mir schwillt an. Unwillkürlich starre ich auf seinen Mund und frage mich, wie es wäre, ihn wirklich zu küssen. Ich versuche, den Gedanken zu verdrängen und zu ignorieren, wie sehr sich mein Körper nach seinem sehnt, doch davon wird es nur noch schlimmer. Noch nie habe ich Ben so lange so nah an mich herangelassen. Ich beiße mir auf die Lippe und reiße den Blick von ihm los. Jetzt ist nicht der richtige Zeitpunkt, um dieses Risiko einzugehen.

Ich bringe meine gesamte Entschlossenheit auf und trete einen Schritt zurück, um ihn und seinen fragenden Blick nicht länger ansehen zu müssen.

»Wir sollten bald losfahren«, sagt er. »Es ist nur eine Frage der Zeit, bis die Polizei anfängt, in unserer Richtung zu suchen – wenn sie es nicht schon längst tut.«

Ich nicke, und wir gehen zurück zum Van. Dabei denke ich an meine Familie, und Ben denkt an … ich weiß nicht, woran.

»Ben?«

»Ja?«

»Wird die Polizei die anderen zurück nach New York bringen?«

Er fährt sich durch die Haare. »Wenn sie sich an die Standardvorgehensweise halten, kümmern sie sich zuerst um die medizinische Versorgung, dann befragen sie den Verhafteten, sofern er vernehmungsfähig ist, bevor sie ihn in seinen Staat überführen. Aber unsere Situation entspricht in keinerlei Hinsicht den Standards.«

»Was glaubst du, wo Marissa und Kyle sind?«

»Ich weiß nicht, wie schwer sie verletzt sind.«

Obwohl mir nicht mehr kalt ist, ziehe ich meinen Cardigan enger um mich.

»Rachel?«, fragt Ben. »Was macht dir zu schaffen? Du machst ein Gesicht wie sieben Tage Regenwetter.«

Die Fürsorge in seinem umwölkten Blick verleiht mir den Mut zu fragen: »Was ist, wenn sie nicht überführt wurden? Wenn die hiesige Polizei sie nicht gehen lässt?« Ich stecke die Hände in die Gesäßtaschen, meine Finger streifen die goldene Kreditkarte. Wenn alles klappt, werde ich erschossen und verstecke mich bei Eros, bis wir den Fluch brechen – und wie lange das dauert, wissen nur die Götter. In diesem Punkt ist Eros nicht gerade konkret geworden. Vielleicht ist das für lange Zeit meine letzte Chance, die anderen zu sehen.

»Geht es um deinen Plan?« Er seufzt. »Das ist nicht richtig.«

Er hat recht. Es ist falsch. Vor allem, weil ich vielleicht jemanden verwandeln muss. Aber jetzt geht es um mehr. Wenn der Fluch gebrochen wird, wird jeder, den ich verwandelt habe, wieder normal. *Auch Ben.* Er kann alles vergessen, was mit uns zu tun hat, und Polizist werden. Aber das kann ich ihm nicht sagen, und deshalb starre ich zu Boden. »Was habe ich für Alternativen?«

»Da fallen mir so einige ein. Zum Beispiel könnten die anderen selbst die Verantwortung für ihr Handeln übernehmen.«

»Was ist mit Kyle, Joyce und meinem Dad? Sie wurden in diese Sache hineingezogen. Ja, ich muss Dinge tun, die mir leidtun werden, und das hasse ich. Sehr. Aber mir fällt keine andere Möglichkeit ein.«

»Willst du wirklich dein Leben im Gefängnis verbringen?«

Ben geht auf und ab. Seine Kiefernmuskeln spannen sich an, er hat die Hände zu Fäusten geballt. Das Brennen der Phiole auf meiner Haut ruft mir in Erinnerung, welche Zukunft für meine Familie möglich wäre.

Plötzlich bleibt er stehen und dreht sich zu mir um. »Sie erleben die Konsequenzen ihrer Handlungen. Du, andererseits, du kämpfst darum, gut zu sein und deine Gabe niemals zu benutzen. Warum solltest ausgerechnet du bestraft werden? Du, die all diese Kompromisse eingeht? Das ist nicht richtig, Rachel. Das hast du nicht verdient.« Wir haben den Van erreicht. Ben springt hinein und lässt den Motor an, bevor ich auch nur an der Tür bin. Ich steige ein, ziehe die Tür zu, und er fährt zwischen den vielen Statuen hindurch den Feldweg entlang.

»Sollten wir nicht auf die Hauptstraße zurückfahren?«, frage ich.

»Der Tank ist fast leer, und das hier ist der allererste Hinweis, der uns zu einer Tankstelle führen könnte. Ich will sehen, wohin wir auf diesem Weg kommen.« Konzentriert blickt er auf die Straße.

»Aber …« Ich klappe den Mund wieder zu, als ein kleines Holzhaus mit einem hell erleuchteten Schaufenster in Sicht kommt. Aus dem Schornstein steigt Rauch auf.

»Komm, wir fragen, wo wir hier sind«, sagt Ben. »Außerdem müsste ich dringend mal zur Toilette.« Er parkt den Van neben einer Reihe von Ballerinenstatuen. Quietschend öffnet sich die Ladentür, und warme Lichtstrahlen fallen auf die im Schatten liegende Veranda. Eine ältere Frau in einem kurzen Blümchenkleid und gelben Gummistiefeln, die grauen Haare zu einem unordentlichen Knoten hochgebunden, winkt uns vom Eingang her zu.

»Willkommen! Willkommen in Little Tokyo«, ruft sie mit starkem europäischem Akzent, den ich nicht genau einordnen kann.

Ben schaltet den Motor ab, öffnet die Tür und dreht sich zu mir um. »Kommst du mit?«

Ich sehe zu, wie er zu der Dame hinübergeht und ihr die Hand schüttelt, ehe ich zögerlich die Tür öffne. Schnell zupfe ich meine roten Handschuhe zurecht und halte mich an meinem Cardigan fest. Die Skulpturen um uns scheinen zusammenzurücken. Ich kann nicht einmal mehr den Weg erkennen, auf dem wir hierhergelangt sind.

»Little Tokyo?«, wiederhole ich. Mir fällt das Schild an der Straße wieder ein.

Die Frau lächelt und winkt uns, ihr zu folgen. »Mein Mann hat einige Jahre dort gelebt und in einem Wachsfigurenkabinett gearbeitet. Als er zurückkam, hat er unter der Abgeschiedenheit hier gelitten, und deshalb hat er das Gefühl von Tokio nachempfunden: überall Menschen, und alle ganz und gar unterschiedlich.«

Der Name passt zu diesem Ort. Was für ein Ort auch immer es sein mag.

»Was kann ich an diesem schönen Morgen für euch tun?«, fragt sie. »Es kommt nicht jeden Tag vor, dass Kunden so weit zu uns rausfahren. Die meisten bestellen online.«

»Wir suchen eigentlich nur eine Tankmöglichkeit«, sagt Ben.

»Tut mir leid, der einzige Treibstoff, den wir verkaufen, ist für Boote.«

»Gibt es irgendwo in der Nähe eine Tankstelle?«

»Unsere Anlegestelle grenzt an das Mississippi-Sumpfland. Hier gibt es nicht viel. Wenn ihr weiter Richtung Osten fahrt, kommt ihr zu einem Sägewerk. In der Richtung ist sonst nichts, nur ein paar wilde Sumpfsiedler wie wir. Nach ein paar Hundert Meilen kommt eine kleine Tankstelle. Oder ihr fahrt auf den großen Highway, rüber nach Jackson. Dort kann man gut einkaufen.«

Ich hatte keine Ahnung, dass wir so weit gefahren sind. Was sollen wir tun? In einem Sägewerk können wir nicht bleiben, und zurück können wir auch nicht.

Ben lächelt. »Könnten wir vielleicht Ihre Toilette benutzen, bevor wir weiterfahren?«

»Natürlich, kommt mit.«

Irgendetwas an der freundlichen Art dieser Frau hilft mir, mich zu entspannen. Ich erwidere ihr Lächeln und folge ihr in den Laden. Gleich am Eingang steht ein Kassentresen, auf dem sich in hübschen Auslagen Angelflyer stapeln. Eine große

Seemannsskulptur hält ein Schild mit der Aufschrift *Angeltouren*, und an einer Pinnwand hängen Bilder von den verschiedenen verfügbaren Booten.

»Heinz, zieh dir eine Hose an«, ruft die Frau, als sie durch eine abgewetzte blaue Tür neben dem Tresen geht. »Wir haben Besuch!« Sie winkt uns, ihr zu folgen, und wir gelangen in eine kleine Küche, die hinter dem Verkaufsraum liegt.

Aus einem weiter entfernten Zimmer ist ein Murren zu hören. »Nein!«, antwortet ein Mann kurz und entschieden.

Die Frau fasst sich mit einem schiefen Lächeln an die Brust. »Heinz!«, versucht sie es erneut, diesmal mit einem mahnenden Unterton.

»Nein!«, wiederholt die Stimme.

Ich werfe Ben einen Blick zu und deute mit dem Kopf auf die blaue Tür. Hoffentlich versteht er den Wink, und wir verschwinden von hier. Doch er grinst mich nur an. Mein Unbehagen macht ihm eindeutig zu viel Spaß.

»Künstler«, sagt die alte Frau, als würde diese Bezeichnung entschuldigen, dass Heinz, wer auch immer das sein mag, sich weigert, Hosen zu tragen.

Sie gibt uns einen Wink, und Ben folgt ihr. Erst bleibe ich in der Küchentür stehen und sehe den beiden nach, doch dann folge ich ihnen seufzend.

Als ich um die Ecke biege, bleibe ich wie erstarrt stehen. Heinz sitzt auf einem olivgrünen Sofa, das gut und gerne älter sein könnte als er selbst. Seine Aufmachung ist nicht so schlimm, wie ich erwarte habe. Ich meine, sie ist wirklich schlimm, aber vor allem irgendwie skurril. Er trägt ein weißes Hemd, das sich eng an seinen Bierbauch schmiegt, und seine grauen Haare liegen platt am Kopf an, als hätte er sie zu lange gekämmt. Schwarze Socken reichen ihm bis zur Hälfte der Waden, und an seiner Unterwäsche sind schwarze Hosenträger befestigt.

Bei seinem Anblick werde ich knallrot. Aber bis auf die fehlende Hose wäre sein Outfit locker Wall-Street-tauglich. Ich stecke die Hände in die Hosentaschen und schließe die Hand um die goldene Kreditkarte.

Ben reicht dem Mann die Hand zum Gruß. »Hallo, ich bin Ben, und das ist meine Freundin Rachel.«

Der Mann betrachtet Bens ausgestreckte Hand mit hochgezogener Augenbraue. Er greift nach der Fernbedienung, um auf einem Projektionsfernseher, der größer ist als ich, die dröhnend laute Fernsehsendung zu unterbrechen.

»Du bist nicht hier, um dich über meine Kunst zu beschweren?«, fragt Heinz.

»Nein, Sir«, sagt Ben.

»Dann sind wir Freunde. Achtet einfach nicht auf mich, ich war gerade dabei, die letzten Folgen aufzuholen.« Er zeigt auf den Fernseher, auf dem ein Standbild mit riesigen blutigen Reißzähnen zu sehen ist. »Schaut ihr auch *Mein Leben als Vampir-Alien?*«

»Selbst wenn ich das täte, ich würde es nicht zugeben«, sagt Ben grinsend.

Heinz lacht. »Wir haben in den Nachrichten gesehen, was gerade in New York los ist, und beschlossen, uns die Serie mal anzusehen. Im Gegensatz zu Frieda bin ich nicht sicher, ob das alles real ist, aber man fragt sich schon, ob es da draußen etwas gibt, das größer ist als wir.«

Ben sieht mich an, ich zucke die Achseln.

»Heinz!« Frieda wirft ein Geschirrtuch nach ihm. »Du hast doch gesehen, was der rothaarige Junge zu dem Reporter gesagt hat: Er sei entführt worden, und diese seltsame Halskette wäre ihr Zeichen.«

Als ich Paisley zum letzten Mal gesehen habe, hat sie genau diese Halskette getragen. Seitdem hat sich so viel verändert.

»Seid ihr hier, um ein Fischerboot zu chartern?« Heinz scheint fest entschlossen, herauszufinden, warum wir in seinem Wohnzimmer stehen. Offenbar bekommen die beiden wirklich selten Besuch.

»Sosehr ich es vermisse, ein Boot zu fahren«, sagt Ben, »aber wir suchen jemanden, der uns sagen kann, wo wir Benzin und Lebensmittel bekommen. Wir haben eine lange Reise vor uns.«

Ich schaue auf den Bildschirm und halte die goldene Kreditkarte, die kein Limit hat, fest umklammert. »Eigentlich«, sage ich auf einmal, »wollen wir tatsächlich ein Boot kaufen.«

Bens Blick schnellt in meine Richtung.

»Ha!« Heinz lacht, ergreift Bens Hand und zieht sich daran vom Sofa hoch. Als er aufrecht steht, umarmt er Ben herzhaft. »Boote haben wir.«

Es ist schwer, nicht darüber zu lachen, wie Ben in den Armen des hosenlosen Manns erstarrt und mich dabei nicht aus den Augen lässt.

»Dann kommt mal mit.« Heinz winkt uns, mitzukommen. »Ich zeige euch, was wir haben.«

Frieda hakt sich bei ihm unter und lächelt Ben an. »Aber erst einen kleinen Abstecher ins Bad.«

Wir folgen den beiden. Ben lässt sich zurückfallen und beugt sich zu mir. »Wir wollen ein Boot kaufen?«

»Wir müssen nach New York kommen, ohne von den Verkehrsüberwachungskameras erfasst zu werden. Du hast selbst gesagt, das wäre eine gute Möglichkeit. Und du kannst doch ein Boot fahren, oder?«

»Ja, aber …« Er bleibt abrupt stehen und seufzt. »Wovon wollen wir das Boot überhaupt kaufen?«

Ich halte die goldene Karte hoch. »Eros. Er hat mir die hier gegeben – sie hat kein Limit.«

Ben runzelt die Stirn. »Eros?«

»Lange Geschichte, erzähl ich dir später.« Ich nicke Heinz und Frieda zu, die in der Küche stehen geblieben sind und auf uns warten.

»Also schön. In Ordnung«, flüstert er knapp, aber ich weiß, dass es überhaupt nicht in Ordnung ist. Er mag es nicht, wenn er nicht über alles genau Bescheid weiß.

»Die Toilette ist hier drüben.« Frieda deutet auf eine Tür gleich neben der schäbigen blauen.

Ben wirft mir noch einen letzten skeptischen Blick zu, bevor er eilig ins Bad läuft und uns drei verlegen in der Küche zurücklässt. Heinz hat die Daumen in seine Hosenträger gehakt und wippt auf seinen Füßen vor und zurück. Frieda, die mein Unbehagen bemerkt, gibt ihm einen Klaps auf den Hinterkopf. »Jetzt geh dir eine Hose anziehen und mach die Boote fertig.«

»Jaja«, sagt er abwehrend, dreht sich um und geht durch eine andere Tür aus dem Raum.

Kurz darauf kommt Ben zurück, schüttelt sich die Hände trocken, und ich husche anschließend ins Bad.

»Bedien dich ruhig an allem«, ruft Frieda mir nach.

Ich stecke die Olympus Gold Card wieder in die hintere Hosentasche, und da fällt mir eine Dose Deospray auf, die neben einem Korb mit verschiedenfarbigen Bändern auf der Ablage steht. Es ist zwar ein komisches Gefühl, das Deodorant von jemand anderem zu benutzen, aber nachdem wir schon seit Tagen unterwegs sind, sprühe ich mich schnell damit ein. Weil Frieda gesagt hat, ich dürfe mich an allem bedienen, schnappe ich mir außerdem ein schwarzes Band aus dem Korb, knote die Phiole daran fest und hänge sie mir um den Hals. Ich stecke sie unter mein Wonder-Woman-T-Shirt, wo sie gar nicht auffällt. Meine Haare sind völlig zerzaust. Ich versuche, sie mit den Fingern notdürftig glatt genug zu kämmen, um sie zu einem Pferdeschwanz binden zu können. Ein paar kleine Erhebungen bleiben, aber es wird schon gehen. Dann spritze ich mir etwas Wasser ins Gesicht und wasche mir Hände und Arme. Eine Dusche und ein paar saubere Klamotten wären mir zwar lieber, aber immerhin fühle ich mich jetzt mehr wie ich selbst als in den ganzen letzten Tagen.

Ich öffne die Badezimmertür, doch dann höre ich das Gespräch zwischen Frieda und Ben und halte inne.

»Ihr zwei seid ein wunderhübsches Paar«, sagt Frieda. »Wie lange seid ihr schon zusammen?«

Mit angehaltenem Atem drücke ich mich an die Wand. Mein Herz klopft so laut, dass ich fürchte, sie werden es hören und bemerken, dass die Tür nur angelehnt ist.

»Rachel und ich? Nein, äh, wir sind nur Freunde.«

Die Worte kommen ihm so schnell über die Lippen, dass es mich unvorbereitet trifft. Er musste nicht einmal darüber nachdenken. Jetzt weiß ich also Bescheid. Eigentlich dürfte es mir nichts ausmachen, vor allem nicht, nachdem ich doch eingewilligt habe, ihn zu vergessen. Trotzdem zittert meine Lippe, und mir wollen die Tränen kommen. Auf gar keinen Fall werde ich wegen eines Jungen heulen. Und wenn Ben mich weinen sieht, wird er nur unendlich viele Fragen stellen. Ich gehe zurück zum Waschbecken und spritze mir noch eine Handvoll Wasser ins Gesicht. Die Tropfen laufen mir wie Tränen über die Wangen.

KAPITEL 35

Wir warten im Laden auf Heinz. Als er zurückkommt, hat er eine Hose an und lässt einen Stapel Bilder vor uns fallen. »Wir haben zwei seetüchtige Boote, die wir verkaufen können. Beide zu einem Sonderpreis.«

»Der Preis ist kein Problem«, sage ich.

»Sie würden um die fünfzehntausend kosten«, sagt er.

Ich zücke die Karte. »Nehmen Sie Plastik?«

Heinz lächelt.

Ein bisschen überrascht bin ich doch, als die Kasse die Buchung bestätigt. Ben wird immer neugieriger, aber bis jetzt hakt er nicht weiter nach. Frieda und Heinz begleiten uns wieder nach draußen. Wir holen unsere Sachen aus dem Van und machen uns durch das verschlungene Labyrinth aus Skulpturen und Bäumen auf den Weg zu den Booten. Es ist ein langer Fußweg, und die ganze Zeit rechne ich damit, dass Eros irgendwo auftaucht, doch das geschieht nicht.

Endlich kommen wir an eine Lichtung, und ich kann den Fluss bereits riechen, bevor ich ihn sehe. Es erinnert mich an den muffigen Pflanzengeruch des Schildkrötengeheges, das wir in der sechsten Klasse im Klassenzimmer hatten. Trotzdem wirkt dieser Ort wie verzaubert. Gelblich grünes, mit Schlick bedecktes Wasser bahnt sich vor unseren Augen seinen Weg. Es windet sich zwischen tief hängenden Ästen hindurch, auf der Oberfläche treiben Blätter und Blüten. Von überirdischen Wurzeln aus jagen weiße Vögel nach Fischen.

»Da wären wir.« Heinz steigt auf einem steilen Pfad zum Wasser hinab. »Vorsichtig«, fügt er hinzu, ehe er sich umdreht, um Frieda zu helfen. Eine Reihe von Booten steht aufgebockt am Ufer, einige weitere sind im Sumpf verankert, und an einem aus dem Schlick herausragenden Baum ist ein riesiger, verwitterter Raddampfer angebunden. Darum herum treiben herabgefallene weiße Farbsplitter wie Schneeflocken auf dem Wasser. »Wunderschön«, sage ich.

»Den möchte ich restaurieren«, sagt Heinz stolz. »Kommt doch irgendwann wieder, dann machen wir eine Tour damit.«

»Sehr gern.«

Wir folgen ihm über einen steil abschüssigen Pfad zu einer kleinen Anlegestelle mit zwei großen Booten. Mir ist völlig schleierhaft, wie so ein kleiner Anleger die busgroßen Boote halten kann.

Heinz deutet auf die Boote. »Welches wollt ihr?«

Ben nimmt sich Zeit, die beiden Boote gründlich zu betrachten, dann zeigt er auf das blaue. »Das hier sieht eher ozeantauglich aus.«

Heinz lächelt. »Oh … *Betsy*.«

Frieda gibt Heinz einen liebevollen Klaps auf den Arm. »Dieses Boot ist wie eine Geliebte für ihn«, erklärt sie. »Wir waren vor Kurzem mit Betsy unterwegs und hatten noch keine Gelegenheit, sie richtig sauber zu machen. Ein paar Konserven, Wäsche und solche Sachen sind noch an Bord. Die könnt ihr haben. Am Flussufer gibt es ein paar Geschäfte, wo ihr gut Lebensmittel kaufen könnt.«

»Ihr werdet ohnehin bald auftanken müssen«, sagt Heinz. »Sie hat noch genug Sprit, um euch an den Keys vorbei zur Outlet Bay zu bringen. Dort könnt ihr auch etwas zu essen kaufen.«

Als wir uns der *Betsy* auf dem Anleger nähern, schwappt Wasser über unsere Füße. Heinz und Frieda treten ein Stück zurück, und der Anleger treibt wieder nach oben. Ben springt aufs Boot und reicht mir die Hand. Ich zögere, bevor ich sie ergreife, und ziehe mir vorher die Handschuhe zurecht. Mit einer mühelosen Bewegung hebt er mich aufs Boot und hält mich fest, bis ich einen sicheren Stand gefunden habe. Doch in mir schaukelt es auch noch weiter, nachdem er mich losgelassen hat.

Heinz kommt wieder zum Boot und macht die Leinen los. »Du weißt auch ganz sicher, wie man *Betsy* fährt?«

»Ja, Sir«, entgegnet Ben lächelnd. »Mein Vater ist früher jeden Sommer mit mir zum Fischen raus aufs Meer gefahren.« Sein Lächeln erlischt leider gleich wieder, und sein Blick verliert sich kurz in der Ferne. Ich kann nur noch daran denken, was er mir gestern Abend erzählt hat. Der Tod seines Vaters.

Vorsichtig lehne ich mich an Ben an. »Kann ich die Schlüssel vom Van haben?«

Er runzelt verwirrt die Stirn, gibt sie mir aber.

»Hier«, sage ich und überreiche Heinz die Schlüssel. »Wir brauchen den Wagen nicht mehr.«

Ben sucht kurz meinen Blick und zuckt dann die Achseln.

»Danke. Damit kann ich meine Skulpturen besser transportieren.« Lächelnd stellt er sich neben Frieda. Er legt einen Arm um sie und lässt mit der anderen Hand die Hosenträger schnalzen. »Folgt einfach den Pfeilen, die führen euch zum Meer.«

Pfeile … war ja klar.

KAPITEL 36

Trotz der engen Sumpfufer navigiert Ben das große Stahlboot souverän durch die verschlungenen Windungen, bis wir den Fluss erreichen. Ich sitze am Bug und zucke jedes Mal zusammen, wenn wieder einer der verwitterten weißen Pfeile an mir vorbeizieht, die sich unter den tief hängenden Ästen verbergen oder auf Pfählen aus dem Wasser ragen.

Wir passieren einen Abschnitt, in dem die Äste so tief hängen, dass ich mich ducken muss. Während Ben die *Betsy* hindurchsteuert, pflücke ich ein Blatt von einem Baum.

Ben lächelt mich an. Ich springe von der Reling, öffne die Tür zur Brücke, strecke den Kopf hinein und gebe ihm das Blatt. »Du hast das also schon mal gemacht?«

»Mein Dad hat mir ein bisschen was beigebracht.« Lächelnd steckt er sich das Blatt hinters Ohr.

Ich will ihn mehr über seinen Vater fragen, doch er richtet den Blick geradeaus und umfasst den Gashebel fester. Jetzt scheint nicht der richtige Zeitpunkt zum Nachhaken zu sein, deshalb setze ich mich wieder auf meinen Platz, genieße den leichten Wind und das beruhigende Schaukeln der Wellen. Als wir an einem großen Schiff vorbeikommen, winke ich den Passagieren zu. Einige winken zurück, und für einen Augenblick ist hier – in der Sonne, auf dem Wasser, mit Ben unterwegs, um meine Familie zu retten – alles perfekt.

Das geht etwas länger als eine Stunde so, dann verlasse ich meinen Platz am Bug, geselle mich zu Ben auf die kleine Kommandobrücke und setze mich auf einen fest angebrachten Hocker neben dem Steuerrad.

»Was hatte das vorhin alles zu bedeuten?«, fragt er.

»Was?«

Er deutet auf das Boot. »Diese ganze Geschichte mit Eros. Und die Kreditkarte?«

»Oh, er hat mir ein paar Sachen gegeben, um mir zu helfen, meine Familie zu retten.«

»Ach ja«, sagt er und umfasst den Gashebel fester. Ich befürchte, er könnte losrasen wie mit dem Van. »Und wann war das?«

»Heute Morgen. Als du mich nicht finden konntest.«

Ben verlangsamt das Boot, bis es nur noch auf dem Wasser treibt, und dreht sich zu mir um. »Ist das dein Ernst?«

»Ja.«

»So nah war ich einem echten Gott?«

An seiner Miene kann ich nicht ablesen, ob er wütend ist oder neugierig oder beides. »Ich war selbst ziemlich überrascht. Jahrelang wurde in der Schule über Eros gesprochen, aber ich hätte nie geglaubt, ihm einmal persönlich zu begegnen. Ich hätte nicht gedacht, dass die Götter wirklich auf die Erde kommen.«

Seine Augen verengen sich, und er wendet sich wieder zum Steuerrad. »Schon komisch, wie wählerisch sie damit sind, wem sie wann helfen.«

Sein Tonfall ist so eiskalt, dass er wie ein anderer Mensch klingt. »Wie bitte?«

»Es ist nur …« Er sieht zu mir herüber, dann richtet er seine Aufmerksamkeit wieder auf den Fluss und gibt Gas. »Es wäre nur nett gewesen, wenn einer von ihnen meiner Familie geholfen hätte. In meinen Augen ist es eine Verschwendung ihrer Macht, irgendeinem Kind zu helfen, ein Boot zu kaufen.«

Da ist wieder dieses Wort. *Kind.* Dass er mich so nennt, schmerzt mich mehr, als ich zugeben möchte. Aber ich versuche es zu ignorieren, weil ich weiß, dass er aufgebracht ist. »Ich geh mich mal unter Deck umsehen«, sage ich darum nur.

Ich steige über die Leiter in die Kombüse hinunter und atme tief durch, um mich zu beruhigen. Mir knurrt der Magen, und so krame ich in den Schränken, bis ich ein paar Dosen Bohnen und einige kleine Gläser Apfelmus finde. Nicht viel, aber es wird reichen, bis wir die Vorräte auffüllen können. Ich setze mich an den kleinen Ecktisch und esse ein Glas Apfelmus. Vor Erschöpfung werden meine Lider schwer. Ich verschränke die Arme, bette den Kopf darauf und gönne mir ein dringend benötigtes Nickerchen.

Als ich einige Zeit danach wieder wach werde, sehe ich mich weiter um. An einer Wand befindet sich ein schrankähnlich hervorspringender Raum. Ich öffne die Tür und finde eine Toilette ohne Waschbecken.

Am Ende der Kombüse entdecke ich eine leuchtend gelbe Tür. Sie sticht aus dem nüchternen Grau hervor, in dem der Rest des Bootes gehalten ist. Meine Neugier siegt, und hinter der Tür finde ich eine Ansammlung bunter Kleidung und Accessoires wie die, die Heinz' Skulpturen tragen.

Ich nehme eine grüne Perücke heraus, setze sie auf und muss kichern, als ich mein Spiegelbild sehe. Dann greife ich mir ein paar weitere Accessoires heraus – eine grellrote übergroße Fliege und rosa Plüschhandschellen, in denen der Schlüssel steckt. Damit gehe ich wieder an Deck, weil ich hoffe, dass meine alberne Aufmachung Ben etwas aufheitern wird.

Als er die grüne Perücke und die rote Fliege sieht, lacht er tatsächlich. Es ist ein dünnes, raues Lachen, aber immerhin ein Anfang. »Was gibt's da unten noch alles?«

»Typisches Heinz-und-Frieda-Zeug, du weißt schon.«

Als ich ihm die plüschigen Handschellen zeige, macht er große Augen. »Sind die für so was nicht zu alt?«

Lachend gehe ich zu ihm und setze ihm die Perücke auf.

»Du hast ein paar Stunden geschlafen. Inzwischen sind wir schon im Golf«, sagt er, zieht sich die grünen Haare vom Kopf und hängt sie ans Steuerrad. »Ich habe noch nicht angehalten, um Essen zu kaufen. Ich dachte, das können wir erledigen, wenn wir tanken.«

»Was?« Ich gehe von der Brücke und blicke über die Reling auf die offene hellblaue Wasserfläche. Die Sonne steht hinter uns, was mir falsch vorkommt. Ich gehe zurück zum Steuerpult und sehe auf den Kompass. Norden ist die entgegengesetzte Richtung zu der, in die wir fahren. Das offene Meer liegt links von mir. Wenn wir Richtung New York fahren würden, müsste links dann nicht das Festland liegen?

»Ben?«, frage ich langsam. »Wohin fahren wir?«

Er atmet tief aus. »Ich hatte gehofft, dass es länger dauern würde, bis du es merkst.«

»Was?« Meine Hände zittern. »Sag schon.«

Er seufzt. »Ich kann deinen blöden Plan nicht unterstützen, selbst wenn die Götter dahinterstehen. Ich werde nicht zulassen, dass du dich für Marissa und Kyle selbst anzeigst.«

»Und was ist mit Ma und meinem Dad? Und Joyce? Es ist einfach nicht richtig, dass du über meine Entscheidungen bestimmen willst!«

Er reißt den Kopf herum. »Du willst darüber reden, was richtig ist? Es ist jedenfalls nicht richtig, dass du für ihre Taten bezahlst. Du bist nicht wie sie, Rachel.«

Meine Brust bebt unter meinem rasend schnellen Atem. Wenn Ben wüsste, wie ähnlich ich ihnen bin. Ich habe vor, einen Polizisten zu verwandeln. Verdammt, ich habe vor, so viele Menschen wie nötig zu verwandeln, um meine Familie zu befreien. Aber um nichts in der Welt will ich, dass Ben mich hasst.

»Wohin bringst du mich?«, frage ich noch einmal.

»Nach Mexiko. Dort wird die Polizei nicht nach dir suchen, und du kannst ein neues Leben anfangen.«

»Ich will kein neues Leben!« Das überrascht mich selbst. Mein ganzes Leben lang habe ich mir ein anderes Leben gewünscht. Doch inzwischen ist mir klar geworden, dass meine Familie, auch wenn sie nicht perfekt ist, eben *meine* Familie ist. Und jetzt braucht sie mich. »Wende das Boot, Ben.«

Er zieht die Brauen zusammen. »Nein.«

»Bitte. Du weißt, wie es ist, seine Familie zu verlieren. Wie kannst du von mir verlangen, dass ich meine aufgebe?«

Meine Worte lassen ihn zusammenzucken. »Nein.«

Entnervt werfe ich die Handschellen auf den Boden. Sie rutschen übers Deck und bleiben vor Bens Füßen liegen, und da kommt mir eine Idee.

Als er nicht hinsieht, hebe ich die Handschellen wieder auf und gehe von der Brücke. Die Tür lasse ich sperrangelweit offen stehen, dann gehe ich zum Heck des Bootes, wo ich über die Reling klettere. Es ist schwierig, einen sicheren Stand zu finden. Ich drehe den Rücken zur Reling und blicke auf die Wellen vor mir. Nur mein eiserner Griff verhindert, dass ich ins Meer stürze.

»Ben!«, rufe ich über die Schulter. »Wenn du das Boot nicht wendest, springe ich.«

»Lass die Spielchen«, ruft er zurück. Der Wind lässt seine Stimme wie aus weiter Ferne klingen.

Unter meinen Turnschuhen brodelt die weiße Gischt. »Das ist kein Spiel, Ben. Es geht um das Leben meiner Familie.«

Ben knurrt und schlägt mit der Hand aufs Steuer. Er verlangsamt das Boot und lässt es treiben. Dann kommt er zu mir, packt mich am Handgelenk und zieht mich über die Reling. Ich wehre mich nicht, als er mich auf der sicheren Seite zu Boden plumpsen lässt und denkt, er hätte gewonnen. Dann stehe ich auf und gehe weg, und als er mir folgen will, wird er am Handgelenk zur Reling zurückgerissen.

»Rachel!« Er hebt den Arm, so weit das mit den Handschellen geht.

»Deine Heldentaten sind vorhersehbar.« Ich gehe auf die Brücke, reiße mit meinem gesamten Gewicht das Ruder herum und schiebe den Gashebel nach vorn.

»Rachel! Hör auf damit!«

Er zieht und zerrt an den Handschellen und veranstaltet bei seinen Ausbruchsversuchen einen höllischen metallischen Lärm.

»Ich muss ihnen helfen«, sage ich.

Meine Unerfahrenheit bringt das Boot heftig zum Schaukeln. Ich versuche, es an den Wellen vorbeizusteuern. Eine große Woge trifft uns von der Seite, Wasser schwappt über den Bug, und ich lande auf dem Hintern.

»Ernsthaft, Rachel, mach mich jetzt los!« Das Klirren des Metalls wird verzweifelter.

»Sag mir, wie ich dieses Ding fahren muss.« Ich rapple mich wieder auf und packe das Steuerrad, um das Boot zu stabilisieren.

»Du weißt nicht, was du tust. Mach mich los, und ich fahre.«

»Nein.«

»Um Himmels willen, du musst es in die Wellen lenken. Frontal kann das Boot sie besser nehmen.«

Ich tue, was er sagt, und bekomme tatsächlich ein Gefühl dafür, diese Kiste zu steuern.

Während die Zeit vergeht, hört das Klirren von Bens Befreiungsversuchen zwar nicht auf, verliert aber an Kraft. Hin und wieder fleht er mich an, ihn zu loszumachen. Ich tue so, als würde ich ihn nicht hören.

»Warum sind diese Dinger so stabil?«, brummt er vor sich hin.

Bald darauf geht die Sonne unter. Der Wind frischt auf, und auch die Wellen bewegen sich immer heftiger. Im schwächer werdenden Licht kann ich schlecht sehen und noch schlechter navigieren. Ich kann kaum Auto fahren, von einem Boot mit den Ausmaßen eines kleinen Busses ganz zu schweigen. Langsam macht mir die Sache Angst.

»Ben, es ist dunkel, ich kann nichts sehen.«

»Mach mich los, dann schalte ich die Lichter an.«

»Wenn ich dich losmache, bringst du mich dann nach New York?«

»Wenn du mich losmachst, kette ich dich an die Reling und bringe dich nach Mexiko.«

Ich kann nicht anders, als über seine Ehrlichkeit und seinen albernen Gesichtsausdruck zu lächeln.

»Oh, und darauf bist du stolz, was?«

»Ein bisschen schon«, sagt er.

Eine große Welle bringt das Boot zum Schaukeln, und ich klammere mich kreischend ans Steuerrad. Das metallische Klirren verstummt. Schließlich höre ich Ben tief seufzen. »Bitte, Rachel. Denk noch mal über Mexiko nach.«

»Das kann ich meiner Familie und meinen Freunden nicht antun.« *Ach Ben, wenn ich dir doch nur alles sagen könnte.*

»Hör zu, ich weiß, das ist schwer zu begreifen, aber dort, wo sie jetzt sind, sind sie wegen ihrer eigenen Handlungen, Rachel. Nicht wegen deiner. Du solltest das nicht tun müssen.«

»Wie kannst du so etwas sagen?«

»Musst du das wirklich noch fragen?«

Im Grunde hat er ja recht, nur ist er derjenige, der die Situation nicht ganz begreift.

Als ich nichts erwidere, fährt er fort: »Wegen der Entscheidung eines einzigen besoffenen Typen habe ich meine ganze Familie verloren. Das Gericht hat ihm nur vier Jahre gegeben. Vier! Dieser Mann hat mir alles genommen. Ich kann nicht fassen, dass ihre Leben so wenig wert sein sollen.« Er macht eine Pause. »Jetzt bist du für mich das, was einer Familie am nächsten kommt, und ich soll dich ausliefern? Keine Chance.«

Es dauert eine Weile, bis ich begreife, was er da gesagt hat. Das muss unvorstellbar schmerzhaft sein. »Es tut mir leid, was deiner Familie passiert ist. Das war nicht richtig. Aber wenn du es nicht für mich tun willst, würdest du es wenigstens für Kyle und Joyce und meinen Vater tun? Sie haben nicht darum gebeten, was meine Ma und Marissa ihnen angetan haben.«

Er hört auf, gegen die Handschellen anzukämpfen.

»Ich bin so wie sie, Ben. Sosehr ich es hasse, es ist so. Ich kann dir und anderen schaden. Es ist nur eine Frage der Zeit. Ich hasse es, aber es ist, wie es ist. Wenn irgendjemand dafür bezahlen muss, dann sollte ich es sein, nicht sie.«

»Also gut.« Knurrend zerrt er ein letztes Mal an seinen Fesseln. »Ich hasse diese Mistdinger.«

Ich verlangsame das Boot. »Hilfst du mir?«

»Rachel?«

»Ja, Ben?«

»Du weißt, dass ich das für dich tue, nicht für die anderen, oder?«

KAPITEL 37

Nur die Innenbeleuchtung des Bootes und das Mondlicht weisen mir den Weg. Es ist dunkel, und es wackelt, deshalb gehe ich langsam, mühsam das Gleichgewicht haltend, zu Ben.

»Beeil dich«, sagt er.

»Ein bisschen Geduld.« Ich mache mich an den Handschellen zu schaffen.

»Du hast den Motor laufen lassen – weiß der Himmel, wo wir hintreiben.«

Der Schlüssel steckt im Schloss, und es bedarf nur noch einer Umdrehung, um Ben zu befreien. Doch ich zögere. »Versprichst du, dass du mich nicht nach Mexiko bringst?«

Er legt den Kopf schief und kneift die Augen zusammen. Von der Brücke dringt nicht genug Licht in die Dunkelheit, um das vertraute Blau zu sehen, und es fehlt mir.

»Das Wichtigste an unserer Freundschaft ist, dass wir ehrlich zueinander sind, Rachel. Und das wird sich jetzt nicht ändern.«

Ein Geständnis will sich auf meine Lippen schleichen. Ich schlucke es hinunter.

Ben beobachtet meine veränderte Haltung und stupst meinen Arm an. »Ich weiß, dass da etwas ist, das du mir nicht erzählst. Du bist so schnell abgehauen, als das Thema auf Eros kam, darum war mir das ziemlich klar. Aber ich vertraue dir. Erzähl es mir, wenn du dazu bereit bist.« Er wackelt mit dem Arm, um mich daran zu erinnern, dass er immer noch an der Reling festgekettet ist.

Lächelnd mache ich ihn los. Er reibt sich die Handgelenke und streckt den Rücken durch. Als ich sehe, dass seine Haut von den Befreiungsversuchen gerötet ist, bekomme ich ein schlechtes Gewissen.

Ich strecke die Hand aus, zögere einen Moment, als ich spüre, wie sich meine Gabe regt, und streiche dann mit dem Handschuh über seine wunde Haut. An den Knöcheln hat er einen verblassten Bluterguss, der von dem Zwischenfall an der Kirche stammt. »Es tut mir leid, Ben …«

»Schon gut.« Lächelnd geht er zum Steuerpult, drückt auf einen Knopf und schaltet ein schwaches Scheinwerferlicht an. »Die See ist unruhiger, als ich dachte, und diese Lampen dringen kaum durch die Dunkelheit. Am besten gehen wir näher am Ufer vor Anker und fahren morgen weiter.«

Ich umfasse die Reling und blicke hinaus auf die Wellen. Gerade bin ich einfach nur unendlich müde. Meine Gabe unter Kontrolle zu halten, kostet mich mehr Kraft, als mir lieb ist. Eine Runde Schlaf könnte ich jetzt gut gebrauchen.

»Außerdem«, fügt Ben mit einem Blick über die Schulter hinzu, »kann ich dich in der zusätzlichen Zeit vielleicht überzeugen, deine Meinung zu ändern.«

»Glaub ich kaum.« Ich stelle mich neben ihn, und er schnippt mit dem Finger gegen die übergroße Fliege an meinem Hals, von der ich ganz vergessen hatte, dass ich sie noch immer trage.

»Da du jetzt ein erfahrener Kapitän bist: Kannst du das Steuer halten, während ich den Anker werfe?«

Ich nicke und stelle mich vor ihn. Seine Körperwärme bringt meine Haut zum Kribbeln. Als er zum Anker geht, fühlt es sich an, als wäre mir eine Decke weggerissen worden und ich läge plötzlich in der Kälte.

Er macht sich daran, den Anker zu setzen. Unter seinem weißen V-Neck-Shirt spannen sich seine Rückenmuskeln, und die Schatten zeichnen die Konturen seiner durchtrainierten Arme nach. Es wird heiß auf der Kommandobrücke.

Als er fertig ist, steht er am Bug und winkt mir durch die Scheibe zu. Der Wind presst ihm das Shirt an die Brust, und meine Bauchmuskeln ziehen sich zusammen. Es wird in den nächsten Tagen ein harter Kampf werden, meine Gefühle zu unterdrücken, während wir hier zu zweit allein sind.

»Sollen wir uns das Bett unten teilen?«, fragt er, als er durch die Tür auf die kleine Kommandobrücke kommt.

Ich schnappe nach Luft. Mit Ben in einem Bett schlafen? Gerade glaube ich kaum, dass ich meine Gabe dann unter Kontrolle halten könnte. Das war im Van schon schwer genug. Aber mir bleiben nur noch wenige Tage mit ihm, bevor wir New York erreichen. Danach werde ich ihn vielleicht nie wiedersehen, und selbst wenn, werde ich nicht wissen, wer er ist. Vielleicht ist diese Reise ja ein Geschenk. Eine Chance, sich ein letztes Mal einfach nur nahe zu sein. Meine Bauchmuskeln sind so verspannt, dass es wehtut, und die Gabe kribbelt unter meiner Haut. Erst als ich den metallischen Geschmack von Blut im Mund spüre, merke ich, dass ich mir auf die Wange gebissen habe.

»Es ist warm draußen«, sage ich. »Lass uns doch ein paar Decken rausholen und oben an Deck unter dem Sternenhimmel schlafen.«

Er kommt auf die Brücke zurück und schließt die Tür hinter sich. »Warm? Wir sind drinnen, und du zitterst schon fast.«

Das liegt nicht an der Kälte, Ben. Das liegt an deiner Nähe.

»Dagegen helfen die Decken.«

»Also gut.« Er steigt über die Leiter in die Schlafkabine hinab. Als er wiederkommt, hat er nur eine Decke und ein Kissen bei sich. »Ich bleibe hier oben, und du schläfst im Bett«, sagt er.

Wie von allein öffnet sich mein Mund. »Aber …«

»Mach dir um mich keine Sorgen, Rachel.«

In Outlet Bay machen wir halt, um aufzutanken. Ich kaufe Lebensmittel ein und gehe dann in ein Internetcafé, wo ich mir einen Computer ganz hinten suche. Schnell rufe ich ein privates Browserfenster auf und suche nach *»Wie täuscht man vor, erschossen zu werden«* und *»Was macht die Polizei mit einer Leiche, die an einem Tatort gefunden wird«*. Ich lese alles, was ich über Schussszenen in Filmen, Autopsien und Gerichtsmediziner finden kann, bis in meinem Kopf allmählich ein Plan heranreift.

In einem neuen Fenster rufe ich Quiver auf und öffne meinen Chat mit Surrender2Love.

ICH: Mach dich bereit. Bald bin ich in New York. Du brauchst eine dieser Stuntman-Patronen, damit es aussieht, als würde ich bluten.

Dann sehe ich noch einmal nach Paisley, die noch immer offline ist. Auch von ihrer Mom gibt es keine neuen Nachrichten. Marissa ist ebenfalls offline, und bei dem Gedanken daran, was sie jetzt durchmachen muss, wird mir ganz flau im Magen. Ich schiebe diese Gefühle beiseite und wende mich wieder den Suchergebnissen zu. Damit werde ich ihnen hoffentlich helfen können. Aus den Augenwinkeln sehe ich, wie Ben ins Café kommt. Panisch schließe ich alle Browser-Fenster und beende meine Sitzung so schnell wie möglich. Ben weiß ja nichts von der inszenierten Schießerei, und er würde das nie zulassen. Ich schnappe mir die Lebensmittel und gehe zu ihm. Er hält ein Comicheft in der Hand und grinst von einem Ohr zum anderen.

»Was hast du da?« Ich deute mit dem Kinn auf den zusammengerollten Comic in seiner Hand.

»Keine Witze über *The Punisher*. Als sich das letzte Mal jemand über mich lustig gemacht hat, weil ich diese Comics lese, habe ich mich geprügelt und mir die Nase gebrochen.« Jetzt, wo er es erwähnt, sehe ich, dass seine Nase tatsächlich ein kleines bisschen nach links geneigt ist.

»Das würde ich nie.« Ich unterdrücke ein Grinsen. »Ich hätte nur nicht gedacht, dass du der Comic-Typ bist.«

Er schmunzelt. »Ich lese gern. Aber die Liebe zu Comics habe ich von meiner Mom. Sie war Spanischlehrerin und konnte mich als Kind nur dadurch zum Lernen bringen, dass sie mir spanische Übersetzungen von *The Punisher* mitgebracht hat.« Lächelnd betrachtet er das Cover und streicht nachdenklich mit der Fingerspitze darüber.

Dann räuspert er sich, nimmt mir die Lebensmittel ab und geht voran aus dem Café.

Ein lautes Rattern erfüllt die Luft.

»Ein Hubschrauber«, rufe ich außer Atem. »Bei der Kirche war einer, und genauso hat es geklungen, als Kyle und Marissa …«

»Es hat wahrscheinlich nichts zu bedeuten, Rachel.« Ben legt mir eine Hand auf den Rücken. »Komm, wir gehen zurück zum Boot.« Er klingt beruhigend, sieht sich im Gehen aber noch einmal um.

Der Nachthimmel erdrückt das Sonnenlicht, bis nur noch ein Streifen flammendes Orange am Horizont steht.

»Wir fahren Richtung Ufer und suchen einen Platz, wo wir vor Anker gehen können. Bist du aufgeregt? Wir sind unserem Zeitplan ein bisschen hinterher, aber … nur noch einmal schlafen.« Ben gießt den Rest Tee in den Deckel der Thermoskanne und reicht ihn mir.

»Ich bin wirklich nervös.« Je näher wir New York kommen, umso größer wird mein Kummer darüber, ihn zu verlieren, und auch die Sorge, ob mein Plan aufgehen wird, wächst zunehmend. Alles hängt davon ab, dass ich meine Kräfte einsetze. Etwas, das ich noch nie zuvor absichtlich getan habe.

Stirnrunzelnd lässt er die leere Thermoskanne auf den Kapitänsstuhl fallen. »Hast du deine Meinung geändert?«

Ich halte den Tee in beiden Händen, genieße die Wärme

und sehe zu, wie der Dampf zur holzgetäfelten Decke aufsteigt und das Licht in Nebel hüllt. Ein Teil von mir möchte mit ihm nach Mexiko gehen. Und sei es nur, um noch länger allein mit ihm auf dem Boot zu sein. »Nein, das weißt du.«

»Also gut. Du bist mit dem Abwasch dran.«

Ich werfe ihm einen finsteren Blick zu, was er mit einem strahlenden Megawatt-Lächeln beantwortet.

Wir finden eine Bucht, in der wir ankern können, und Ben richtet unter dem Oberlicht auf der Brücke sein Bett.

»Weißt du was?«, sage ich.

Die zusammengefaltete Decke in der Hand hält er inne. »Was?«

»Ich überlasse dir doch nicht allein den ganzen Spaß! Ich schlafe auch hier oben.« Entschlossen nehme ich ihm die Decke aus der Hand. »Wir brauchen noch eine Decke.«

Lächelnd steigt er die Leiter hinunter. Ein paar Minuten verstreichen, dann kommt er ächzend wieder rauf.

In der Luke taucht ein Stück Matratze auf. Sie schwankt hin und her, als würde sie jeden Moment umkippen.

»Wie wär's mit ein bisschen Hilfe?«

Ich packe die schwere Matratze an einer Ecke und zerre sie an Deck. Als sie ganz durch die Luke ist, falle ich auf den Rücken, und die Matratze landet auf mir.

Ben hebt sie an einer Ecke an. »Ich hab die Matratze für dich geholt. Ich weiß ja, was für eine Prinzessin du sein kannst, wenn man deine Wünsche nicht erfüllt. Beim letzten Mal wurde ich an die Reling gekettet, Marissa. Äääh, ich meine Rachel.«

»Jetzt reicht's!«, rufe ich, ziehe ihm die Beine weg, und er fällt aufs Deck. Ich klettere unter der Matratze hervor und rapple mich auf. »Wo sind diese verflixten Handschellen?«

Ben stützt sich auf die Ellbogen, seine Augen weiten sich, und ein Lächeln legt sich auf seine Züge. »Die habe ich über Bord geworfen. Was hast du sonst noch zu bieten?«

Ich schlage mit dem Kissen auf ihn ein. »Wenn du nicht so süß wärst, wäre ich jetzt richtig sauer auf dich.« Die Worte rutschen mir heraus, bevor mir bewusst ist, was ich da sage. Mit aufgerissenen Augen halte ich mitten im Ausholen inne und warte auf seine Reaktion.

Sein Lächeln versteinert, wird zu einer schmalen Linie. Er stemmt sich vom Boden hoch und geht einige Schritte auf die Tür zum Außendeck zu. Mein Herz rast vor Nervosität und hämmert wie wild gegen meine Rippen.

Ben ist tief in Gedanken versunken. Zu tief. Seine Kiefermuskeln spannen sich auf dieselbe Art an, wie wenn er wütend ist.

Bitte sag etwas, Ben.

Er öffnet die Tür und tritt hinaus an die Reling. Eine salzige Windbö zerrt Haarsträhnen aus meinem Pferdeschwanz. Mit zitternden Fingern versuche ich, sie mir aus den Augen zu streichen, doch mit den Handschuhen bekomme ich sie nicht richtig zu fassen. Nach einigen Versuchen gebe ich es auf und nehme das Haargummi heraus, um von vorn anzufangen. Ben lehnt mit vor der Brust verschränkten Armen an der Reling und beobachtet mich, während ich am Eingang zur Brücke stehe.

Das Engegefühl in meinem Bauch kehrt zurück. Ich halte meine Haare zurück und versuche, sie zu bändigen. In Bens

Augen liegt ein Funkeln, das ich dort noch nie gesehen habe. Mit langsamen, vorsichtigen Schritten kommt er auf mich zu und bleibt etwa einen Meter vor mir stehen. Meine Nerven fangen Feuer. So etwas Intensives habe ich noch nie in meinem Leben gespürt. Ich könnte jeden Augenblick explodieren.

Gerade sehne ich mich so sehr danach, ihn zu küssen und herauszufinden, ob die Realität besser ist als mein Traum. Ich stecke mir das Haargummi in den Mund, um meine Lippen mit etwas anderem zu beschäftigen, und bemühe mich, auch wirklich alle Haarsträhnen zusammenzufassen.

In einem letzten Akt der Auflehnung übernimmt mein Verlangen die Kontrolle. Ich sehe Ben an und hoffe, noch ein letztes Mal diesen eigenartigen Blick zu erhaschen, doch der ist verschwunden. Sein Gesicht ist leer, ohne jede Emotion. Er kommt auf mich zu.

»Mach das nicht«, sagt er.

Ich erstarre.

»Deine Haare.« Er kommt noch näher, so nah, dass ich mich nur vorzubeugen bräuchte, damit sich unsere Lippen berühren. »Du siehst so …« Zum ersten Mal, seit wir uns kennen, klingt Ben unsicher und stolpert über seine eigenen Worte, »… so hübsch aus, wenn sie offen sind.«

Ich schnappe nach Luft, lasse die Hände fallen und presse sie auf meinen Bauch, der Purzelbäume schlägt.

Zwischen den wehenden Haarsträhnen hindurch sehe ich, wie er mich mit seinen blauen Augen fixiert, meine Haare, meine Haut, meinen Hals, meine Lippen. Seine Blicke hinterlassen eine brennende Spur auf mir. Starke Gefühle wallen in mir auf.

Plötzlich stelle ich alles infrage. Mit ihm zusammen zu sein, ihn ungehindert berühren zu können, seine warme Haut unter meinen Händen zu spüren – das ist besser, als ihn nie mehr wiederzusehen. *Oder ihn zu sehen und sich nicht zu erinnern.* Vielleicht war es richtig, dass Ma Dad verwandelt hat. Vielleicht ist Egoismus für eine Liebesgöttin die einzige Möglichkeit, glücklich zu werden. Ich könnte Ben für immer für mich haben. Dazu bin ich geboren – das ist meine Gabe.

Ich unterdrücke die nagenden Zweifel und koste das beglückende Gefühl aus, das mich durchströmt. Mit geschlossenen Augen konzentriere ich mich auf meine angespannten Muskeln, auf das erwartungsvolle Kribbeln in meinen Lippen. Meine Gabe treibt mich von innen an. Eine Symphonie aus Lust und Macht. Dann schlage ich die Augen auf und sehe Ben fest an. Ich kann ihn haben.

Doch dann lächelt er.

Und auf einmal fühlt es sich so falsch an.

Mehr als mein eigenes Glück will ich, dass Ben glücklich ist.

Als ich gerade zurück auf die Brücke gehen will, tritt er so nah an mich heran, dass ich seinen Atem auf der Haut spüre.

»Ich finde, du solltest noch einmal ernsthaft über Mexiko nachdenken«, sagt er. Sein Blick gleitet kurz über meine Lippen. »Die Vorstellung, dass du im Gefängnis sitzt … das macht mich kaputt, Rachel.«

Ich will es ja. Ich will es so sehr, dass mir alles wehtut. In tiefen Zügen atme ich die salzige Luft und versuche, das Kribbeln in mir zu beruhigen. In jedem Fall muss ich meine Gabe ausschalten, bevor ich etwas tue, das ich bereuen werde. Gerade darf ich mich nur darauf konzentrieren, nach New York zu kommen und diesem Fluch ein für alle Mal ein Ende zu machen. Dann können alle Liebesgöttinnen in der Zukunft mit dem Jungen zusammen sein, den sie lieben.

»Wir sind fast da«, sage ich, schnappe mir eine Decke und ein Kissen und gehe unter Deck.

Ich werde Ben vor allem beschützen. Sogar vor mir selbst.

KAPITEL 38

Ich lehne an der Reling und sehe zu, wie New York in Sicht kommt.

Wir haben nur ein paar Stunden Schlaf gekriegt. Ben hat sich unruhig hin und her gewälzt und schließlich am frühen Morgen den Anker gelichtet. Ich bin vom Dröhnen des Motors aufgewacht.

In Stille und Dunkelheit passieren wir Staten Island und Jersey City. Doch als wir uns der blaugrünen Freiheitsstatue nähern, geht über den Häusern allmählich die Sonne auf und weckt die Stadt aus ihrem Schlaf. Flammender Lichtschein fällt auf das Wasser und reduziert die Gebäude zu einer dunklen Schattenlandschaft. Es ist wunderschön anzusehen, vor allem wie sich der Schatten von Lady Liberty in der aufgehenden Sonne reckt und streckt.

Irgendwie hat diese riesige Statue etwas Tröstliches an sich. Schließlich habe ich vor, genau das zu tun: mein Leben für größere Freiheit zu opfern. Wenn alles läuft wie geplant, werde ich unzählige Männer wie meinen Dad befreien. Männer, denen die einfachen Freuden abhandengekommen sind, wie ihre Liebe frei zu wählen, für ihre Kinder richtig zu sorgen oder selbst ein erfülltes Leben zu führen.

Ich sehe Ben an. Mit starr geradeaus gerichtetem Blick steuert er das Boot tiefer in die Bucht.

Über uns höre ich ein ratterndes Geräusch, und als ich aufsehe, ist dort ein Hubschrauber. Ich gehe auf die Brücke. Ben erstarrt, als ich hinter ihm auftauche.

»Wir sind fast da«, sage ich.

»Ja, fast.«

Durch das Oberlicht sehe ich, dass der Hubschrauber immer tiefer fliegt. »Ist das derselbe Hubschrauber wie in Outlet Bay?«, frage ich.

»Glaub ich nicht.« Ben deutet mit dem Kinn aufs Steuerrad, verlangsamt das Boot, und wir tauschen die Plätze.

Ich konzentriere mich aufs Wasser. Hier sind viele Schiffe und Bojen – es fährt sich nicht so leicht wie auf dem offenen Meer.

»Ich glaube nicht, dass es derselbe ist. Du bist nur paranoid.« Lächelnd stellt er sich neben mich, übernimmt das Steuer und bringt das Boot wieder in Fahrt. Wahrscheinlich hat er recht. Vor der Verwandlung habe ich noch so viel zu erledigen, dass mein Gehirn anfängt, Probleme zu erfinden.

Wir navigieren durch die Meerenge und gleiten an eine der Anlegestellen für Wassertaxis.

»Hilf mir mit den Leinen«, sagt Ben, dessen Muskeln sich unter der schweren Taurolle anspannen. »Wir müssen uns beeilen, bevor jemand nach einer Genehmigung fragt.« Er deutet auf die Taue am Heck des Bootes.

Ich versuche, den Berg von Seilen anzuheben, kriege ihn aber kaum einen Zentimeter vom Deck hoch. Ben hat den vorderen Teil der *Betsy* bereits festgemacht und kommt zu mir.

Weil ich ihm ohnehin keine Hilfe bin, springe ich über die Reling und lasse mich auf den Anleger hinuntergleiten. »Ich geh uns ein Taxi suchen.«

Er steht auf und entrollt das nächste Tau. »Vielleicht sollten wir lieber zusammenbleiben.«

»Ich bin gleich wieder da.« Das ist gelogen, aber ich darf nicht riskieren, dass Ben versucht mich aufzuhalten.

Ich schlüpfe durch das Tor des Anlegers und gehe Richtung Straße. Mein ganzes Leben habe ich in New York City verbracht, aber noch nie zuvor war ich so stolz darauf wie jetzt. Vor meinen Augen erwacht die Stadt zum Leben. Der aufsteigende Dampf aus den Gullys, hupende Autos, schrillende Fahrradklingeln, der Geruch von Menschen, Müll, Verkehr und frischem Kaffee. Das alles bringt eine Vertrautheit zurück, die ich sehnsüchtig vermisst habe.

Ich stehe an der Ecke und winke jedem vorbeifahrenden Taxi. Manche Fahrer lächeln mir zu und fahren weiter, andere nehmen nicht einmal Blickkontakt auf. Selbst dieser Teil des Taxifahrens, der mich sonst immer genervt hat, ist mir jetzt so willkommen wie ein alter Freund. Endlich hält ein Wagen an, und ich strecke den Kopf durchs Fahrerfenster. »Guten Morgen.«

»Guten Morgen, Miss. Wohin soll's gehen?«

»Zum Institut für Rechtsmedizin, bitte.«

Es ist ein schönes Gefühl, wieder in meiner Stadt zu sein. Unwillkürlich muss ich lächeln, als wir an vertrauten Orten vorbeikommen – beinahe vergesse ich darüber, weshalb ich eigentlich hergekommen bin. Das Taxi hat einen dieser neumodischen Touchscreens, auf denen man mit Kreditkarte nicht nur bezahlen, sondern auch das Internet nutzen kann. Also tippe ich auf dem Touchscreen im Vordersitz meine Kreditkartendaten ein, zahle für den Internetzugang und rufe Quiver auf. Surrender2Love ist online. Ich öffne unseren Chat und fange an zu schreiben.

ICH: Bin in New York und auf dem Weg, meinen Plan auszuführen. Wir sehen uns.
S2L: Verstanden. Ich halte mich bereit.

Dann rufe ich meinen Chatverlauf mit Marissa auf und schreibe eine kurze Nachricht, obwohl sie offline ist.

ICH: Ich hoffe, dir und Kyle geht's gut.

Ich möchte noch viel mehr sagen, möchte ihr von der Begegnung mit Eros und allem anderen erzählen, aber sie würde nicht verstehen, warum ich tun werde, was ich tun werde. Außerdem weiß ich nicht mal, ob sie es überhaupt lesen wird.

Das Taxi hält an. »Lassen Sie den Taxameter bitte laufen.« Der große Glasbau droht mich zu erdrücken. Das ist es. Das ist der Ort, an dem sich alles ändern wird. Ich ziehe meine Handschuhe glatt und gehe darauf zu.

Der Pförtner winkt mich mit einem Lächeln herein und weist mich zum Empfangstresen.

»Kann ich Ihnen helfen?«, fragt eine Frau.

»Ich möchte den Leiter der Rechtsmedizin sprechen.«

Sie schickt mich durch den Flur in einen großen, leeren

Warteraum, wo ein Mann an einem Schreibtisch sitzt. Als ich den Raum betrete, sieht er von seiner Akte auf.

»Haben Sie einen Termin?«, fragt er.

»Ich muss zum Leiter der Rechtsmedizin, wenn das möglich ist. Ist er da?«

Der Mann legt die Akte weg, und sein Gesicht nimmt einen genervten Ausdruck an. »Ja, aber er ist nicht zu sprechen. Was ist der Grund für Ihren Besuch?«

Er ist unfreundlich – das sollte es mir eigentlich leichter machen. Doch das tut es nicht. Als er mich finster ansieht, stehe ich schwankend vor seinem Tisch und kämpfe gegen den Drang an wegzulaufen.

Ich schaffe das. Ich bin eine Kämpferin!

»Ich wollte nur ein paar Fragen für ein Schulprojekt stellen. Aber trotzdem vielen Dank für Ihre Zeit.« Ich ziehe meinen Handschuh aus und strecke ihm die Hand hin. Er verdreht ein bisschen die Augen, als er sie ergreifen will. Je näher wir uns kommen, umso stärker zittert mein ausgestreckter Arm. Kurz bevor wir uns berühren, läuft mir eine einzelne Träne über die Wange. Und er begreift, dass irgendetwas nicht stimmt. Schnell zieht er die Hand zurück, doch meine Finger streifen seine bereits. Die Gabe drängt von innen gegen meine Haut, und zum ersten Mal in meinem Leben lasse ich sie mit Absicht frei.

Der Mann verdreht die Augen zur Decke, und sein Körper wird von Krämpfen geschüttelt, als die Kraft mich durchfährt, mich mit schneidendem, stechendem Schmerz zerreißt und mich bei lebendigem Leib verbrennt. Mit aller Gewalt presse ich die Lippen zusammen und unterdrücke den

Drang zu schreien. Dann vergeht das alles wieder, der Schmerz ebbt ab, und in meinen Nerven kribbelt ein befriedigendes Gefühl, das meinen ganzen Körper beruhigt. Doch trotz dieses neuen Wohlbehagens weigere ich mich, diesen Moment zu genießen. Ich bin zu der Person geworden, die ich so sehr hasse. »Bring mich zum Leiter der Rechtsmedizin«, sage ich.

Das Taxi hält bei den Bootsanlegestellen an. Fast eine Stunde ist vergangen – Ben wird stinksauer sein. Ich bezahle die Fahrt und gebe fünfzig Dollar Trinkgeld. »Würden Sie auf mich warten? Ich muss noch woanders hin. Ich will nur meinen Freund abholen. Lassen Sie den Taxameter laufen, es wird sich für Sie lohnen.«

Er wirft einen Blick auf den Trinkgeldbetrag auf der Quittung, dann sieht er wieder mich an und nickt.

Das Taxi fährt auf den Busparkplatz, und ich quetsche mich durch das nachlässig mit einer Kette verschlossene Tor zum Anleger, renne die kurze Rampe hinunter, biege um die Ecke … und bleibe wie angewurzelt stehen.

Ben steht ein paar Meter entfernt am Rand des Kais. Mit dem Rücken zum Wasser, die Hände erhoben. Ein Mann und eine Frau in schwarzer Kleidung richten ihre Waffen auf ihn. Ich schlage mir die Hand vor den Mund, um nicht zu schreien. Mein Herz rast wie verrückt. Sein Blick zuckt so schnell zu mir und wieder zurück, dass die beiden es nicht bemerken, und er schüttelt ganz leicht den Kopf, gerade so stark, dass ich die Warnung verstehe.

Ich sehe mich um und weiß nicht, was ich tun soll. Soll ich

Ben zurücklassen und versuchen, den Fluch zu brechen? Oder soll ich das für ihn tun, was er so oft für mich getan hat? Soll ich ihn retten?

In einem Boot in der Nähe entdecke ich ein Ruder und schleiche mit vorsichtigen Schritten über den Kai. Der rote Trank, der an meinem Hals hängt, brennt auf meiner Haut und erinnert mich daran, was ich hier riskiere.

»Wo ist sie?«, schreit die Frau und wedelt mit ihrer Pistole.

Irgendwie kommt sie mir unangenehm bekannt vor. Zuerst kann ich sie nicht einordnen, doch dann läuft es mir eiskalt den Rücken hinunter – das ist dieselbe Frau, die ich damals vor der Kirche aus dem Hubschrauber habe steigen sehen.

»Rachel ist auf dem Boot.« Ben deutet langsam auf die *Betsy*, und als sie seiner Bewegung folgen, nutzt er die Gelegenheit, mir schnell einen warnenden Blick zuzuwerfen. Ich soll stehen bleiben. Weglaufen. Doch stattdessen stelle ich mich auf die Zehenspitzen und bekomme das Ruder zu fassen, wobei ich darauf achte, nicht versehentlich eine der leeren Bierdosen von der hölzernen Reling zu werfen. Dann schiebe ich das Ruder weiter zur Seite, und gerade als seine Spitze den Bootsrand erreicht, stoße ich doch gegen eine der Dosen. Sie fällt um. Mit einem Ausfallschritt nach vorn kann ich sie im letzten Moment auffangen, doch dabei knallt das Ruder laut gegen die Seitenwand des Bootes. Die beiden Bewaffneten erstarren und drehen sich langsam um.

Ich gerate in Panik und schmeiße die Dose zum anderen Ende des Anlegers. Die beiden drehen sich in die Richtung des Klatschens, und Ben bewegt die Augen zu dem Mann zu seiner Linken. *Keine Zeit zu zögern.* Das Ruder hoch erhoben stürze ich mich auf den Fremden und ziehe ihm mit aller Kraft von hinten eins über. Das Holz splittert auf seinem Kopf, und der Mann stürzt in den kalten Hudson. Hinter mir ist ein Tumult zu hören, dann fällt ein Schuss. Ich werfe mich zu Boden, rolle mich zur Seite und sehe, wie Ben inzwischen mit der Frau ringt. Hastig rapple ich mich wieder auf und packe das zerbrochene Ruder.

Von meiner Position aus wirkt es, als würde die Frau versuchen, ihn zu küssen.

Das Gremium.

Mit einer Hand drückt Ben ihr Gesicht weg, während er mit der anderen versucht, an ihre Pistole zu kommen. Mein Herz rast. Ich knalle ihr das Ruder aufs Handgelenk. Die Frau lässt die Waffe fallen, und Ben landet einen Treffer mit der Faust. Sie taumelt zurück. Ben nutzt die kurze Unterbrechung, nimmt meine Hand, kickt die Pistole ins Wasser und zerrt mich hinter sich her. Das Ruder halte ich immer noch fest umklammert.

Ich keuche so schwer, dass meine Lunge schmerzt. Noch nie war ich so dankbar für die Handschuhe, denn mit meinem rasenden Herzen und Hand in Hand mit Ben habe ich mich überhaupt nicht mehr unter Kontrolle.

Hinter uns kommt die Frau wieder auf die Beine. Der Mann klettert aus dem Fluss. Die beiden sind hinter uns her und rufen uns etwas zu. Ben stößt mich vor sich her durch das Tor. Ich bleibe stehen und drehe mich um.

»Lass es, Rachel!«, schreit er.

Schnell stecke ich das zersplitterte Ruder durch die Ketten, um das Tor zu verrammeln. »Hier rüber.« Bei diesen Worten zeige ich auf das Taxi. Wir rennen darauf zu, während die Angreifer über das Tor klettern.

Ich springe auf den Rücksitz, Ben dicht hinter mir. »Fahren Sie los!«, schreie ich. Der Fahrer schreckt hoch, richtet sich auf und startet den Motor.

»Schnell!« Ungeduldig trommle ich auf den Sitz.

Unsere Verfolger haben inzwischen das Tor überwunden und rennen hinter uns her.

Der Fahrer reißt die Augen auf und fädelt sich gerade in den Verkehr ein, als die Bewaffneten auf die Straße laufen. Sie werfen Steine nach dem Taxi und zerschmettern die Heckscheibe. Ein Regen aus Glasscherben geht auf uns nieder.

»Was zum …«, sagt der Fahrer, duckt sich und nimmt den Fuß vom Gas.

»Fahren Sie!«, sagt Ben. »Links abbiegen!«

Der Fahrer gehorcht, schneidet eine Limousine, und wir schlängeln uns in einem Heidentempo zwischen den Häusern hindurch. Ich klammere mich an Ben, der aus dem Heckfenster schaut.

Endlich biegen wir in die Bowery ein und mischen uns in ein Meer aus Taxis.

»Wir haben sie abgehängt«, sagt Ben.

Alle atmen erleichtert auf.

Als ich mir die Scherben vom Körper wische, bemerke ich, dass ich irgendwo blute. Mein Herz rast immer noch wie verrückt.

Der Fahrer dreht sich auf seinem Sitz um. »Ich rufe die Polizei, und das Fenster werden Sie mir bezahlen!«

»Das werden wir«, sage ich. »Und ich bezahle Ihnen noch eine Woche Arbeitsausfall für die Zeit der Reparatur.«

»Echt?« Er sieht Ben an, um sich zu vergewissern, ob ich das ernst meine.

»Sie hat genug Kohle«, sagt Ben.

»Kein Grund, die Polizei zu rufen«, sage ich.

»Meine Versicherung sagt da was anderes«, entgegnet der Fahrer.

Ich atme tief durch und sehe kurz zu Ben hinüber. *Es ist so weit.* »Bringen Sie uns einfach zum Polizeirevier in der East 67th Street.«

Ben zieht fragend eine Augenbraue hoch. Vom Kampf ist er immer noch außer Atem, doch er lächelt mich an. »Danke für vorhin.« Er legt den Arm um meine Schulter und lässt sich in den Sitz zurücksinken. Ich möchte mich so gern bei ihm anlehnen, möchte genauso bleiben und unsere letzten gemeinsamen Momente auskosten. Doch als ich ihn jetzt berühre, spüre ich nichts als den bevorstehenden Verlust.

»Letzte Chance«, sagt er und stupst mich in die Seite. »Mexiko?«

Über seine Entschlossenheit lächelnd schaue ich aus dem Fenster. Doch als ich über den Verkehrslärm hinweg das vertraute Rattern von Rotorblättern höre, verblasst mein Lächeln.

»Wir sind von lauter Taxis umringt«, sagt Ben, dem meine plötzliche Bewegung aufgefallen ist. »Alles in Ordnung.«

»Solange sie die kaputte Scheibe nicht sehen«, erwidere ich. Daraufhin verschwindet auch sein Lächeln.

Ich versuche, mir keine Sorgen zu machen. In wenigen

Minuten werde ich auf ein Polizeirevier spazieren, einen Polizisten als Geisel nehmen und Freilassung und Straferlass für meine Familie und Freunde fordern. Dann werden mich die Menschen in diesem Hubschrauber nicht mehr aufhalten können. Egal, ob sie von der Polizei sind oder vom Gremium.

KAPITEL 39

Während wir tiefer ins Herz der Stadt vordringen, ist die unbehagliche Stimmung im Taxi kaum auszuhalten. Immer wieder wirft uns der Fahrer misstrauische Blicke zu, und Ben lehnt sich ständig zurück und beobachtet den Helikopter, der dicht über uns kreist.

»East 67th Street, ja? Wollen Sie zu der Demo oder was?«

Ben richtet sich auf. »Demo?«

»Hauptsächlich wegen der Monster, die unsere Jungs entführen. Aber einige Leute demonstrieren auch dagegen, dass die Cops ein paar Ordensschwestern eingesperrt haben. Einige Kollegen beklagen sich über schlechte Umsätze, denn die meisten Straßen sind von Menschenmassen blockiert.«

Mit großen Augen sehe ich Ben an. Davon hat Paisley also gesprochen.

»Seit wann geht das denn schon so?«, fragt Ben.

»Genau weiß ich das gar nicht, aber wohl schon seit einiger Zeit. Die Polizei löst die Proteste ständig auf, aber die Demonstranten kommen einfach wieder. In den letzten Tagen ist es richtig schlimm geworden.«

»Vielleicht sollten wir diesen Teil der Stadt meiden.« Bens Worte klingen hoffnungsvoll.

»Nein, ich würde die Demonstrationen gern sehen.« Ich beuge mich vor, als der Fahrer langsamer wird und rechts ranfährt.

»Warum halten wir auf der Lexington?«, fragt Ben.

Der Mann zeigt auf einen Pulk von Menschen ein Stück weiter die Straße hinunter. »Näher komme ich nicht ran.«

Ein Grüppchen Frauen verteilt Protestschilder, auf denen steht: *Rettet unsere Jungs*, *Die Vampire sind hier* und (mein persönlicher Favorit): *VERTREIBT DIE MONSTER AUS NEW YORK.*

»Seien Sie vorsichtig«, ermahnt uns der Fahrer, als Ben die Tür öffnet.

Ich halte die Olympus-Kreditkarte hoch. Mit der freien Hand taste ich unwillkürlich nach der Phiole an meinem Hals und spüre das kalte, harte Glas. Wieder beschleunigt sich mein Herzschlag. Bald werde ich sie austrinken müssen.

Der Fahrer reicht mir das Kartenlesegerät nach hinten, und ich gebe ein Trinkgeld von zwanzigtausend Dollar ein. Das sollte das kaputte Fenster und seinen Arbeitsausfall abdecken und auch ein kleines Extra für eventuelle Traumata. Als der Beleg ausgedruckt wird, macht der Fahrer große Augen.

»Miss, ich glaube, Ihnen ist da ein Fehler unterlaufen.«

»Nein, behalten Sie es bitte«, sage ich und steige hastig aus dem Taxi.

»Ich rufe nicht die Polizei, versprochen«, ruft er mir nach.

Ben joggt hinter mir her, überholt mich und stellt sich schützend vor mich, um mich durch die Menge zu führen, und so geraten wir immer tiefer ins Herz dieser Meute. Von Zeit zu Zeit dreht er sich zu mir um und formt mit den Lippen: *Mexiko?* Jedes Mal ringe ich mir ein Lächeln ab und schiebe ihn weiter. Das hier ist mein Schicksal. Eros hat es selbst gesagt. Es war vorherbestimmt, dass wir uns begenen würden, es stand immer fest, dass ich die Nächste sein würde, die versucht, den Fluch zu brechen. So wird man mich in Erinnerung behalten – wie Lady Liberty oder Jeanne d'Arc.

Ich taste nach der schützenden Phiole und halte sie fest, damit sie mir nicht unterwegs von einem ausgefahrenen Ellbogen oder einem geschwenkten Schild abgerissen wird.

Von hinten, von vorn, von der Seite werden Menschen gegen mich gedrückt. Es ist unmöglich, ihnen auszuweichen. Ich muss meine Gabe zurückhalten, die sich bei jedem Körperkontakt regt.

Hinter der Menschenmenge kommt der große Backsteinbau der Polizeistation in Sicht, und Ben hebt die Hand, damit ich stehen bleibe. Auf den Eingangsstufen liegen Reste von brennendem Metall, und Bereitschaftspolizisten mit Visieren, Schlagstöcken und Schilden hindern jeden daran, das Gebäude zu betreten.

Über uns schwebt ein Nachrichtenhelikopter in der Luft und filmt die Szene. Und auch ein blau-gelber Hubschrauber ist da.

»Rachel, hier ist es nicht sicher. Wir sollten wiederkommen, wenn sich alles wieder beruhigt hat.«

»Sicher wird es nie sein«, sage ich und dränge mich an ihm vorbei, um besser sehen zu können.

Irgendwie muss ich in dieses Gebäude kommen. Wie soll ich sonst die Show meines Lebens abziehen? *Eine Show!* Dafür brauche ich nicht im Gebäude zu sein. In meinem Kopf nimmt ein neuer Plan Gestalt an, und ich sehe mich um, wo ich am besten Stellung beziehen kann. Was ich vorhabe, ist gefährlich – Ben muss weit genug entfernt sein. Wie ich ihn kenne, wird er versuchen, mich aufzuhalten oder mich zu beschützen, und das wäre für keinen von uns gut.

»Dich werden sie reinlassen«, sage ich. »Geh nachsehen, ob es Marissa und Kyle gut geht. Ich halte nach einem Signal von dir Ausschau. Wenn sie okay sind, gehen wir und kommen ein anderes Mal wieder.« Schon wieder eine Lüge, aber ich kann ihm nicht sagen, dass ich ihn nicht in meiner Nähe haben will, während mein Plan seinen Lauf nimmt. Ich werde ihn nicht mit ansehen lassen, wie ich erschossen werde, auch wenn ich wahrscheinlich eine Fremde für ihn sein werde, sobald ich Eros' Trank getrunken habe.

Fragend kneift er die Augen zusammen. Ich halte die Luft an und hoffe, dass er meine Lüge nicht durchschaut. Wie ich diese ganze Lügerei hasse!

»Wie kommst du darauf, dass sie mich nicht festnehmen?«

»Weil du zu Ammon gehst und ihm sagst, dass du deiner Entführerin entkommen konntest. Das wird uns Zeit verschaffen.«

Er fährt sich mit den Händen durch die Haare und beißt die Zähne zusammen. »Das gefällt mir nicht, Rachel. Ich hasse es zu lügen.«

»Ich weiß. Und ich hasse es, dich darum zu bitten.« Das ist ein noch mieseres Gefühl, als ihn selbst anzulügen. Ich beiße mir auf die Lippe, damit sie nicht zittert.

»Hoffentlich fragt Ammon mich nicht, wie ich hergekommen bin, damit ich nicht auch da noch lügen muss.«

»Danke«, flüstere ich. Insgeheim koste ich diese letzten Augenblicke mit ihm aus und versuche, mir jede Einzelheit seines Gesichts einzuprägen – die kleine Narbe auf seiner Stirn, den Schwung seiner Lippen, seine Nase, die seit diesem Streit um einen Comic ein bisschen nach links gebogen ist, die goldenen Strähnchen in seinem Haar von der Zeit auf dem offenen Meer – unserer gemeinsamen Zeit –, sein markantes Kinn, seine kalten, harten, berechnenden, endlos blauen Augen, die mir mehr Wärme und Liebe geschenkt haben als irgendjemand sonst.

Er wird nie erfahren, welche Wirkung er auf mich hat.

Benjamin Blake hat mir gezeigt, was wahre Liebe ist.

Dann drückt er meine Schulter. Eine letzte Berührung, als wüsste ein Teil von ihm, dass es ein Abschied ist. »Wir sehen uns heute Abend auf dem Boot?«

Ich nicke, kämpfe dabei gegen meine Gabe an und gegen den Drang, ihn zu umarmen. Doch bevor ich dem nachgeben kann, dreht Ben sich schon um und wird gleich von der Menge verschluckt. Meine Knie geben nach, ich bekomme kaum noch Luft. Mit zitternden Händen umfasse ich die Phiole – der Schmerz, ihn zu verlieren, ist so groß, so alles verschlingend, dass ich weiß: Wenn ich sie jetzt nicht trinke, werde ich nie die Kraft dazu aufbringen. Außerdem werde ich ihn umso früher vergessen, je eher ich sie trinke, und dann wird der Schmerz vergehen. Also löse ich die Phiole von ihrem Band und entkorke sie.

»Beschütze meine Freunde und meine Familie. Gib mir den Mut zu tun, was ich tun muss. Beschütze mich, und … bitte mach, dass das Erschossenwerden nicht wehtut.« Ich setze das

Glas an die Lippen, gieße mir das Serum in den Mund und lasse die klebrige, süße Flüssigkeit bis zum letzten Tropfen in meine Kehle laufen.

KAPITEL 40

Ein Teil von mir hat erwartet, dass ich Ben sofort vergessen würde. Eros hat gesagt, der Preis für das Serum sei, dass ich ihn vergesse. Vielleicht dauert so etwas eine Weile. Der Schmerz zu wissen, dass es passieren wird, erfasst jede Faser meines Körpers, aber ich muss trotzdem weitermachen.

Mir bleibt nicht viel Zeit, bis Ben merkt, dass ich ihn reingelegt habe. Ich muss mich beeilen. Links von mir steht ein Mann mit langen, bunten Dreadlocks auf einem auf dem Dach liegenden Auto. In der Hand hält er ein Megafon. »Jagt die Monster aus New York!«, skandiert er ins Mikrofon.

Die Menge spricht ihm nach, und ihre Stimmen übertönen das bedrohliche Dröhnen des Helikopters. Ich bahne mir mit den Ellbogen einen Weg zu dem Mann. Es kostet mich meine ganze Konzentration, meine Gabe zurückzuhalten. Als ich den Wagen erreicht habe, benutze ich den Seitenspiegel als Trittstufe, um hinaufzuklettern.

Der Mann hört auf zu skandieren und sieht mich fragend an.

»Ich werde dieser Sache ein Ende machen«, sage ich.

»Ach ja? Und wie soll das gehen?«

»Ich bin der Grund, warum das alles angefangen hat.«

Er verschränkt die Arme vor der Brust, die Dreadlocks fallen darüber. »Du siehst nicht aus wie ein Vampir-Alien.«

»Hast du denn je eins gesehen?«, frage ich. Als er nicht antwortet, schnappe ich mir sein Megafon.

»Bedien dich nur«, sagt er sarkastisch, dann zieht er sich zum Heck des Wagens zurück, um mir Platz zu machen. Da das Skandieren aufgehört hat, verläuft sich die Menge in verschiedene Richtungen. Die meisten drängen näher zur Polizeiwache.

Ich habe Schwierigkeiten, die Schlaufe des Megafons um mein Handgelenk zu schlingen, bis mir auffällt, dass ich meine Handschuhe noch trage. Also ziehe ich sie aus, werfe sie beiseite und sehe sie auf den Gehweg segeln. Plötzlich fühlt sich meine Haut so kalt und nackt an. Für einen kurzen Moment zweifle ich an allem. Kann ich das wirklich schaffen? Wenn nicht, wird Ben seinen Traum nicht verwirklichen können, mein Dad wird nicht befreit, und die künftigen Generationen von Liebesgöttinnen werden niemals wahre Liebe erfahren. Mit zitternden Händen führe ich das Mikrofon an die Lippen. Mein Herz rast. Blicke richten sich auf mich, die Menschen warten darauf, was die kleine Inderin zu sagen hat. Das ist furchteinflößender, als ich es mir vorgestellt habe. Ich atme tief durch, um mich zu beruhigen, und sehe mich in der Menge um. Manche lachen und trinken, andere präsentieren stolz ihre selbst gemachten Schilder – niemand ahnt, was gleich passieren wird.

Auf den Stufen vor dem Polizeipräsidium entdecke ich eine vertraute Gestalt.

Ben.

Als er sieht, was ich vorhabe, macht er kehrt und stürzt sich wieder in die Menge. Ich muss jetzt sofort handeln – *ich muss jetzt eine Kämpferin sein.*

Nach einigen Versuchen finde ich den Sprechknopf. »Officer Matos!« Meine Stimme quäkt durchs Megafon. »Ammon? Ich habe das, wonach Sie suchen.«

Einer der Ordnungskräfte antwortet mir über einen Lautsprecher. »Du da drüben – was hast du?«

»Ich spreche nur mit Ammon«, erwidere ich.

Der Polizist dreht sich um und deutet auf jemanden, der in der Nähe der Tür steht. »Gehen Sie ihn holen.«

Schwankend stehe ich auf dem umgedrehten Wagen und versuche, so tapfer zu wirken, wie ich nur kann. Die Menge beobachtet mich neugierig. Kurz darauf ertönen Rufe, und einige Leute zeigen auf ein Fenster über den Stufen. Ammon beugt sich heraus, auch er hält ein Megafon in der Hand.

»Hier ist Ammon«, sagt er.

Der Polizist zeigt auf mich. »Das Mädchen auf dem Auto behauptet, sie hätte das, wonach Sie suchen.«

Polizisten kommen aus dem Präsidium gelaufen, drängen sich durch die Absperrung und bahnen sich durch die Menge einen Weg zu mir.

Ammon beschattet seine Augen, lässt den Blick über das Chaos gleiten und entdeckt schnell den auf dem Dach liegenden Wagen.

Jetzt oder nie. Ich hole tief Luft. »Bitte mach, dass das Serum wirkt«, flüstere ich. Dann schaue ich zu der Stelle, an der ich Ben zuletzt gesehen habe. Verzweifelt suche ich die Menge nach ihm ab und entdecke ihn auf halbem Weg zwischen mir und dem Präsidium. Als sich unsere Blicke treffen, überkommt mich ein Gefühl des Friedens. Mich zu vergessen ist das Beste für ihn. Für alle. Ben bekommt seinen Traum zurück. Er wird Polizist werden. Ich nehme die Schultern zurück und setze das Megafon wieder an. »Ich bin die, nach der Sie suchen.«

In der Menge bricht Chaos aus. Menschen rufen Fragen, einige jubeln.

»Ihr verhaftet Nonnen wegen eines Mädchens?«, ruft jemand.

»Das kann kein Vampir sein«, sagt jemand anderes.

»Worauf wartet ihr?«, brüllt Ammon in den Lautsprecher und verursacht damit eine kreischende Rückkopplung. »Ergreift sie!«

Jetzt.

Der Mann hinter mir steigt vom Wagen. »Komm«, sagt er, hält sich die Dreads zurück und winkt mir, ebenfalls hinunterzusteigen. »Die Bullen kommen.«

Doch ich rühre mich nicht von der Stelle, sondern suche mir einen festen Halt für meine Füße und mache mich auf den Ansturm der Polizisten gefasst. Der wütende Mob wird neugierig und teilt sich, um die Polizisten widerstandslos durchzulassen.

Kurz darauf stehen zwei bewaffnete Männer vor dem Wagen.

»Kommen Sie bitte runter, Miss«, sagt einer und streckt die Hand aus, die in einem schwarzen Handschuh steckt.

Ich bewege mich nicht, sehe ihn nicht einmal an. Stattdessen suche ich Eros unter den Polizisten. Als ich ihn nicht finde, erfasst mich Panik, aber ich muss darauf vertrauen, dass er da ist.

Der Wagen wackelt, als der andere Polizist zu mir heraufklettert.

Ich suche mir einen sicheren Stand, als er die Hand nach mir ausstreckt.

»Fass sie nicht an!«, warnt Ammon ihn über das Megafon. Der Polizist will sich zurückziehen, doch ich packe ihn am Arm. Er verliert das Gleichgewicht und fällt vor mir auf die Knie. Mit zwei schnellen Bewegungen bin ich hinter ihm und drücke seinen Kopf zur Seite, damit der Hals freiliegt. Ich schiebe die Hand unter seinen Ärmel und lasse meine Gabe in ihn hineinströmen. Er fängt an zu zucken, und ich muss mich zwingen, nicht zu schreien, sondern weiterzumachen. Als die Schmerzen nachlassen, flüstere ich ihm ins Ohr: »Bewegen Sie sich nicht. Und sagen Sie kein Wort.« Meine Zähne schweben über der empfindlichen Haut an seinem Hals.

Er hört auf, sich zu winden, doch sein Körper zuckt, während meine in ihn einströmenden Kräfte seinem Wunsch entgegenwirken, mir zu gehorchen.

Die Menge ringt nach Luft und weicht zurück.

Polizisten kreisen das Auto ein.

Ammon ruft Befehle in den Raum hinter sich.

Mit zitternden Händen setze ich das Megafon wieder an.

Jetzt kommt's drauf an. Ich muss überzeugend sein.

»Meinetwegen hält die Polizei Ordensschwestern, Schülerinnen der katholischen Schule St. Valentine's und einige ihrer Eltern in Gewahrsam. Lassen Sie sie frei, sonst wird es ein Blutvergießen geben.« Hunderte verwirrter Gesichter starren mich an. Es gibt nur eine Möglichkeit, sie dazu zu bringen, mir zu glauben: eine Demonstration. Beim Gedanken daran, was ich gleich tun werde, muss ich würgen – aber es muss sein. Ich muss ihnen Angst machen.

Also schließe ich die Augen, reiße den Mund weit auf und schlage meine Zähne in den Hals des Polizisten. Er schreit auf, aber nicht nur wegen des Bisses, sondern weil ich wieder und wieder meine Gabe in ihm freisetze. An den Lippen habe ich keinerlei Kontrolle über meine Kräfte. Ich wische mir den Mund ab und wünschte, ich hätte Wasser mitgenommen, um den salzigen Geschmack seiner Haut wegzuspülen.

Überall um mich herum schreien Menschen.

Einige laufen weg, andere sind vom Anblick dieser Ereignisse so fasziniert, dass sie sich nicht abwenden können, und ziehen sich nur hinter die Polizeiabsperrung zurück.

»Ich komme nicht von der Erde!«, schreie ich ins Megafon, und die bebende Nervosität in meiner Stimme lässt mich noch erbitterter klingen. Fast muss ich lachen, als Ammon bleich wird und auf seinen Zügen ein *Ich wusste es!* zu lesen steht. »Meine Art ist eine höher entwickelte Form dessen, was ihr Menschen Vampire nennt. Ich habe vorübergehend diesen menschlichen Körper angenommen, ergreife vom Bewusstsein anderer Menschen in meiner Nähe Besitz und zwinge ihnen meinen Willen auf, genau wie ich es bei diesem Polizisten getan habe. Ich bin die Einzige meiner Art hier auf der Erde, und ich bin gekommen, um meinem Volk den Weg zu bereiten.« Ich mache eine dramatische Pause. Wenn Paisley das sehen könnte!

Alle Blicke und Pistolenläufe der Polizisten sind auf mich gerichtet. Ich hole tief Luft und hebe erneut das Megafon. *Wo bist du, Eros?* »Seht her, welche Kräfte ich habe.« Ich wende mich dem Polizisten zu, den ich in meiner Gewalt habe. »Ich will, dass Sie auf Ammon schießen!«, sage ich und füge so leise hinzu, dass nur er es hört: »Aber ohne ihn zu treffen.«

Der Mann steht vom Wagen auf und zieht seine Waffe.

KAPITEL 41

Das Echo der Kugeln lässt die Menge verstummen. Die Bereitschaftspolizisten bilden eine Absperrung um den Wagen. Ben versucht, sich von hinten zwischen ihnen hindurchzuquetschen.

»Rachel!« Er drängt sich in die Reihe. Einer der Polizisten dreht sich um und rammt ihm seinen Schlagstock in den Bauch. Ben ringt nach Luft und versucht, trotz der Schmerzen weiterzukommen. Ich muss mich zwingen, nicht vom Wagen zu springen und auf ihn zuzurennen.

»Rachel, tu das nicht!« Er streckt die Arme nach mir aus, reckt sich, so weit es nur geht, an den Polizisten vorbei.

Ich kann nicht aufhören. Aufhören ist keine Alternative mehr. Stattdessen befehle ich dem Polizisten noch einmal, auf Ammon zu schießen, um mir Zeit zu verschaffen, bis Eros hier ist. Als ich nach ihm Ausschau halte, fällt mir einer der Bereitschaftspolizisten auf der anderen Seite der Absperrung auf. Er hebt seine Waffe. Mir bleibt fast das Herz stehen. Das ist nicht Eros.

Nicht jetzt. Noch nicht. Nicht bevor …

»Nein!«, schreit Ben, der das Gleiche sieht wie ich.

Er blickt starr auf die erhobene Waffe, auf den Finger, der sich um den Abzug krümmt.

Ich sehe nur Ben.

Ein ohrenbetäubender Knall ertönt.

Dann Schreie. Der Polizist vor mir fällt vom Wagen. Ben ruft irgendetwas und rennt auf mich zu, doch ich kann nicht verstehen, was er sagt, weil ich von dem Knall immer noch ein Piepen in den Ohren habe. Er stößt einen Mann beiseite und kämpft sich zu mir durch. Sein Blick fällt auf meine Hände, die ich instinktiv auf meinen Bauch gepresst habe. Es ist ein so unauffälliger Blick, dass ich ihn beinahe nicht bemerkt hätte. Beinahe. Ich sehe nach unten.

Dickes Blut, *echtes Blut*, sickert zwischen meinen Fingern hervor.

Mit zitternden Händen taste ich unter mein T-Shirt. Es brennt, als ich die offene Wunde berühre.

Das Serum hat nicht gewirkt.

Ich bin getroffen worden.

So schnell, dass niemand versuchen kann ihn aufzuhalten, klettert Ben auf den Wagen. Ich schwanke, mein Körper ist vom plötzlichen Schmerz und dem Blutverlust geschwächt. Als ich auf die Knie falle, fängt Ben mich auf und zieht mich in seine Arme.

»Rachel«, keucht er. Er bettet meinen Kopf auf seinen Schoß und presst die Hände auf meine Wunde. »Du hast mir versprochen, dass du warten würdest. Du hast es versprochen!« Fieberhaft versucht er, die Blutung zu stillen.

»Ben«, bringe ich erstickt hervor. Mein Mund ist voller Blut. »Bitte.« Ich hebe meine zitternde Hand, er ergreift sie und hält sie fest. »Vergiss mich nicht«, flehe ich.

»Niemals.« Ben räuspert sich und streicht mir eine verirrte

Haarsträhne aus dem Gesicht. »Warte im Elysium auf mich.«

Nach allem, was wir durchgemacht haben, geht es also jetzt zu Ende. Ich hätte es wissen müssen. Eros hat mich schon wieder im Stich gelassen.

Die Menge beobachtet aus sicherem Abstand, wie das Leben aus mir heraussickert. Wenn ich schon sterben muss, dann bin ich froh, dass es hier, in seinen Armen geschieht. Lächelnd sehe ich Ben noch ein letztes Mal tief in die Augen und hauche dann langsam meinen Atem aus. Ein Gefühl der Erleichterung, eine nie da gewesene Freiheit überkommt mich.

»Nein!«, schreit er, umklammert meinen kraftlosen Körper und wiegt mich in seinen blutüberströmten Armen. Er legt das Ohr an meine Brust und hört, wie meine Gabe versiegt und mein Herz seinen letzten Schlag tut.

KAPITEL 42

Die Sonne brennt auf die schwarz gekleideten Besucher des Friedhofs von St. Valentine's herab. Ben hält den Blick gesenkt und konzentriert sich darauf, wie das Gras unter seinen Schritten zerquetscht wird. Er folgt der Masse aus schwarzen Hosen und Schuhen, die zur Grabstätte geführt werden. Dann werden sie langsamer und verteilen sich zu beiden Seiten. Doch Ben geht weiter geradeaus, bis er fast in den offenen weißen Sarg läuft.

Darin liegen anstelle einer Leiche eine goldene Urne voller Asche, Leichtathletik-Medaillen, ein Wonder-Woman-T-Shirt, eine Packung Haargummis und zahlreiche Familienfotos. Er streicht mit den Fingerspitzen gedankenverloren über das kalte, harte, mit Asche gefüllte Gefäß, ehe er die Bootsschlüssel aus der Tasche zieht und sie zu den anderen Gegenständen in den Sarg legt. Nach einigen Sekunden des Schweigens hebt er ruckartig den Kopf und sieht sich in der Menge um. Alles Freunde und geliebte Menschen. Er geht davon, sucht sich einen Platz zwischen Paisley und Kyle und blickt starr auf den Sarg.

Kyle hat Marissa seinen verbundenen Arm um die Schultern gelegt. Tränen laufen ihr übers Gesicht, sie zittert. Sie dreht sich zu Ben und nimmt seine Hand. »Jetzt habe ich niemanden mehr«, sagt sie.

Kyle beugt sich zu ihr. »Du hast mich, Geliebte.«

Ben weicht zurück. »Ich kann nicht fassen, dass du ihn *verwandelt* mit hierhergebracht hast. Hast du denn überhaupt keinen Respekt vor Rachel?« Sein Ton verrät, wie sehr er sich dafür hasst, dass er sich einmal zu ihr hingezogen gefühlt hat.

»Sprich nicht so mit ihr«, sagt Kyle und legt den Arm fester um Marissas Schultern.

Marissa weint hinter vorgehaltenen Händen. »Ich kann einfach nicht allein sein.«

Bens Gesicht durchläuft eine ganze Reihe von Gefühlsregungen, Wut, Schuld, Traurigkeit, und endet bei Mitgefühl. Er sieht Marissa an. »Du bist viel stärker, als du dir selbst zutraust. Lass ihn gehen, finde die Stärke in dir selbst, und lass Rachels Opfer nicht umsonst gewesen sein.« Mit geballten Fäusten wendet er sich ab und stellt sich auf die andere Seite der Trauergemeinde neben Ammon.

Ammon beugt sich zu Ben. »Der Leiter der Rechtsmedizin hat sie zur Autopsie freigegeben und die Einäscherung angewiesen. Ist das zu fassen? Nicht einmal eine zweite Meinung zu einem Fall, der eine erste Entdeckung außerirdischen Lebens hätte sein könnte. Er könnte seinen Job verlieren.«

»Lass es einfach gut sein«, sagt Ben. »Ich habe sie gekannt. Sie war kein Monster und auch kein Alien, wie du glaubst. Sie war einfach nur ein ganz normales Mädchen.«

»Wir haben heute Vormittag im Kreis der Familie eine private Einäscherungsfeier abgehalten«, wendet sich Mrs. Patel an die Trauergemeinde. »Rachel hat New York geliebt, und sie hätte sich gewünscht, hier beerdigt zu werden. Auf diesem Friedhof liegen viele bedeutende Liebesgöttinnen. Wir wissen, dass es ungewöhnlich ist, eine Urne in einem Sarg zu bestatten …« Während sie ihre Rede hält, steht sie aufrecht, Schulter an Schulter mit ihrer Mutter. Die beiden halten sich an den Händen, das Kinn erhoben. Zwei Generationen von Liebesgöttinnen, die eine dritte beerdigen. Das einzige sichtbare Anzeichen ihrer Trauer sind ihre Tränen. Mr. Patel betrachtet lächelnd einen blau-gelben Hubschrauber, der über ihnen kreist.

Bald darauf ist die Feier vorbei, der Sarg wird geschlossen, und sechs Schwestern von St. Valentine's setzen ihn auf die Absenkgurte. Das Gestänge quietscht, als der Sarg hinuntergelassen wird. Ben wendet sich ab und konzentriert sich auf irgendetwas in der Ferne. Er möchte am liebsten weglaufen, fliehen. Doch er bleibt bis zum Ende.

Auch ich bleibe und beobachte alles aus dem Schatten eines Grabsteins.

KAPITEL 43

Ich verlagere das Gewicht, um besser sehen zu können. Ben registriert die Bewegung. Seine Neugier gewinnt die Oberhand, er schlängelt sich zwischen den Besuchern hindurch und kommt in meine Richtung.

Und er ist schneller, als ich erwartet hatte. Ich laufe los. Er darf mich nicht erwischen.

Ben wird schneller. »Hey! Hey, warte!«

Ich renne, so schnell ich nur kann, aber schon bald ist er nur noch eine Armlänge entfernt. Er hechtet vorwärts, packt mich und reißt mich auf den harten Friedhofsrasen. Wir ringen miteinander. Ich bin stark, aber er kämpft erbittert. Mit aller Kraft schlage ich seine Arme weg, als er versucht, mir die Kapuze meines Umhangs vom Kopf zu ziehen.

Er hält inne, packt meine Hände und starrt auf meine roten Handschuhe.

»Rachel?« Ein kaum hörbares Flüstern.

Ich höre auf, mich zu wehren, und liege totenstill unter ihm.

»Rachel?«, fragt er noch einmal und schlägt meine Kapuze zurück.

Als er mein Gesicht sieht, meine Sommersprossen, meine

braunen Augen, meine Locken, wird er beinahe ohnmächtig. »Das verstehe ich nicht. Ich habe dich doch sterben sehen. Und jetzt gerade dachte ich, ich hätte gesehen, wie du …«

»Bitte, lass es mich dir erklären«, sage ich und komme auf die Knie. Meine Locken fallen mir ins Gesicht.

Er sieht mich an. »Erklären? Hast du eine Ahnung, wie mein Leben in den letzten Tagen war? Warum … warum hast du mir das angetan? Und deiner Familie, deinen Freunden? Du weißt, wie schlimm Beerdigungen für mich sind.« Seine Stimme schwankt, als er gegen übermächtige Trauer und Wut ankämpft.

»Eros hat gesagt, er würde mir helfen, den Fluch zu brechen«, platzt es aus mir heraus. »Er hat gesagt, du würdest dich nicht mehr an mich erinnern. Es würde dir nicht wehtun. Ich dachte, ich tue das Richtige. Für die anderen, für dich, für alle.« Meine Verzweiflung ist förmlich mit Händen zu greifen.

»Eros?«, flüstert Ben ungläubig.

Ich krieche auf ihn zu und nehme seine Hand fest zwischen meine roten Handschuhe. »Bitte, Ben. Dass es so ablaufen würde, habe ich nicht gewusst. Ich hatte keine andere Wahl.«

»Man hat immer eine Wahl.«

»Ich nicht.« Ich lasse seine Hand los und wende das Gesicht ab, damit er die Träne nicht sieht, die mir auf die Wange fällt. Doch er sieht sie trotzdem.

Deshalb stehe ich auf und gehe ein paar Schritte. Am liebsten würde ich wegrennen, aber seine Gegenwart hält mich wie ein Anker fest.

»Wie … hast du das vorgetäuscht?« Ben stemmt sich vom Boden hoch.

Ich trockne mir die Augen, meine Unterlippe zittert. »Eros. Er ... er hat mir diesen Trank gegeben, der verhindern sollte, dass ich erschossen werde, und ...« Ich weiß nicht, wie ich ihm den nächsten Teil beibringen soll. Zwar weiß ich, wie er über die Gabe der Liebesgöttinnen denkt, aber ich kann ihn nicht länger anlügen. »... ich habe den Leiter der Rechtsmedizin verwandelt, damit mich alle für tot halten.«

»Du hast jemanden verwandelt?«

Ich sehe ihn an, hebe das Kinn und versuche, so tapfer zu sein wie die anderen Frauen in meiner Familie. Aber meine zitternden Hände verraten mich.

»Dass ich erschossen werde, sollte nur inszeniert sein. Es sollte gar nicht wirklich passieren. Aber dann ... ich weiß selbst nicht, wie ...« Ich sehe auf. »... auf einmal bin ich in der Leichenhalle aufgewacht.«

»Warum hast du mich nicht vorgewarnt?«

Jetzt ist der Moment gekommen, in dem ich alles beichten werde. Und ich muss tapfer sein. Ich nehme die Schultern zurück und hebe das Kinn. »Weil ich dich liebe.« Die Worte rutschen mir über die Lippen, mein Herz macht einen Satz nach vorn und versucht, sie wieder einzufangen und sie zurückzunehmen. Zur Sicherheit. »Ich dachte, so wäre es am besten für dich.« Ich warte darauf, dass er etwas sagt. Irgendetwas. Aber ich begegne nur seinem leeren Blick. Irgendwie ist das noch schlimmer, als wenn er mir sagen würde, dass er nicht dasselbe für mich empfindet.

»Bitte, Ben. Du musst das verstehen.« Ich versuche, die Verzweiflung aus meiner Stimme herauszuhalten, aber das ist unmöglich. Inzwischen zittere ich am ganzen Leib. »Ich konnte den Gedanken nicht ertragen, dass meine Berührung dich verändern würde …« Mit dem Geständnis kommen mir die Tränen. »Du bist ohne mich besser dran.«

Die Last meiner Emotionen überwältigt mich. Ich beuge mich vor und presse die Hände auf meinen Bauch, als könnte ich so verhindern, dass ich auseinanderbreche. Dieses Geständnis schmerzt stärker und tiefer, als ich es mir je hätte vorstellen können. Mir wird körperlich übel.

Ein starker Arm legt sich um meine Taille, ein zweiter um meinen Hals, ich werde fest gegen einen Baum gedrückt. Keuchend atme ich aus, öffne die Lippen. Bens Mund landet auf meinem. Er presst die Lippen fest auf meine und erstickt mein Weinen mit seinem warmen Atem. Er verschlingt mich geradezu. Mein Körper sehnt sich nach seiner Nähe, danach, jede Sekunde aufzuholen, die wir voneinander getrennt waren. Mein Körper spricht die Worte aus, die ich nicht finde. Ich klammere mich an Ben fest, ziehe ihn an mich. Und während unsere Lippen miteinander tanzen, erwachen in meinem Inneren kleine Funken. Als Ben mich in seine Arme zieht, breitet sich ein so intensives, beglückendes Wohlgefühl in mir aus, dass es wie ein Streicheln auf meiner Haut ist.

Der erste Kuss zweier Liebender.

Es sollte der Himmel sein. Einfach perfekt. Ich habe ihm gesagt, dass ich ihn liebe, und er hat mir gezeigt, dass er dasselbe empfindet. Aber es ist nicht das, was ich wollte. Ich will ihn nicht haben, nur um ihn zu verlieren. Und das elektrische Kribbeln in meinem Inneren wird ihn mir wegnehmen.

Ich spüre, wie der Wille ihn verlässt und sich das Andere hineinschleicht. Meine Arme und Beine versagen ihren Dienst, und ich hänge schluchzend an seinen Lippen. Eine unendliche Trauer zerfrisst mich von innen heraus. Dies ist mein Abschiedskuss mit dem Jungen, den ich liebe. Alles, was ihn ausmacht, stirbt unter meinen Händen – Schub um Schub wird er von meiner verdorbenen Liebe erfüllt und entfernt sich zugleich immer weiter von mir.

Ich möchte davonlaufen.

Ich möchte weiter mit ihm verschmelzen.

Die Gabe in meinem vergifteten Blut dringt an die Oberfläche, reißt unsere versiegelten Lippen für einen Augenblick auseinander, gerade so lange, dass mein gequältes Schluchzen hervorbrechen kann. Bei jedem Schub zuckt Ben zusammen, doch er lässt mich nicht los, lässt nicht locker. Seine Lippen bleiben hartnäckig fest auf meinen liegen. Dann, plötzlich, zieht er sich zurück, und mein Mund fühlt sich ohne ihn eiskalt an. Seine endlos blauen Augen blicken durch mich hindurch, direkt in meine Seele.

»Meine Geliebte«, flüstert er.

KAPITEL 44

»Nein«, bringe ich erstickt hervor, schüttle den Kopf und mache mich von ihm los.

Tränen strömen mir über die Wangen und lassen sein Gesicht vor meinen Augen verschwimmen. Ich wollte ihn. Und ich wollte diese Worte hören. Aber das hier ist nicht Ben – das ist nur ein Schatten von ihm. Ein kranker Trick, der mich glauben machen soll, ich hätte das bekommen, was ich mir mehr als alles andere wünsche: wahre Liebe.

Meine Arme fühlen sich wie abgetrennt an, sobald seine Körperwärme von meinen Handflächen weicht. »Geh!« Der Schmerz zerreißt mich, und ich sacke unter dem Gewicht der Worte zusammen, die ich aussprechen muss. »Verlass mich!« Meine Stimme bricht. »Geh. Geh weg von hier. Vergiss, dass du mich je gekannt hast. Finde eine andere Liebe.«

Ben taumelt zurück, sein Blick ist zutiefst beunruhigt. Trotzdem dreht er sich um und geht. Und in diesem Augenblick bricht mein Herz noch einmal. Ich falle zu Boden und wünsche mir, ich hätte Eros nie geglaubt, nie sein blödes Serum getrunken. Und ich wünsche mir, niemals Bens Lippen auf meinen gespürt zu haben. Jeder Schritt, den er sich von mir entfernt, droht mich zu zerreißen.

Schritt.

Riss.

Schritt.

Riss.

Er nimmt ein Stück meiner Seele mit sich und trennt mich von innen heraus auf.

Dieser Verlust ist zu viel für mich. Das werde ich nicht überleben. Eigentlich will ich mich von Ben abwenden. Ich ertrage es nicht, ihn so zu sehen. Das ist nicht Ben. Den Ben, den ich liebe, gibt es nicht mehr.

Mit letzter Kraft stehe ich auf. Obwohl der Anblick wehtut, richtig körperlich wehtut, weiß ich, dass ich es tun muss. Zu sehen, wie Bens Körper, sein Schatten, über den Friedhof stolpert, wird mir den Mut geben, weiterzumachen, Eros zu finden und ihn dazu zu bringen, den Fluch aufzuheben, so wie er es versprochen hat.

Ich zwinge meine Beine, mich zum nächsten Baum zu tragen. Jeder Schritt fühlt sich fremd an. Das Gesicht voller Tränen sinke ich gegen die raue Rinde. In einiger Entfernung zögert Ben, bleibt stehen, murmelt etwas vor sich hin und geht dann weiter. Dieser Ablauf wiederholt sich – er ist verwirrt, er versucht, seine Anziehung zu mir mit dem Wunsch zu vereinbaren, meine Anweisung zu befolgen.

Wieder bleibt er stehen und betrachtet seine Füße. Seine Schultern spannen sich an, er lässt den Kopf sinken. Dann hebt er die Hände, fährt sich durch die Haare und dreht sich um. Seine dunkelblauen Augen suchen meinen Blick, und als sie ihn finden, kommt er mit großen, entschlossenen Schritten auf mich zu.

Ich ringe nach Luft.

»Rachel, ich …«

»Das verstehe ich nicht – wie kannst du dich widersetzen? Ich habe dir deinen Willen genommen … du müsstest …« Meine Knie geben unter mir nach, und ich muss mich am Baum festhalten.

Lächelnd sieht er auf meine Hände, die sich in die Baumrinde krallen. Er löst meine Finger, zieht mir langsam die Handschuhe aus und streicht mit den Fingerspitzen über meine nackte Haut.

Ich spüre ein Zittern tief in meiner Seele.

Mit einer Hand löst er seine Krawatte und knöpft sich das Hemd auf, mit der anderen legt er meine nackte Handfläche auf sein Herz und hält sie dort fest. »Ich weiß nicht, warum.« Er macht eine Pause und sieht mir fest in die Augen. »Vielleicht, weil ich seit dem Tod meiner Familie jeden Tag meines Lebens danach gesucht habe, ob es nicht etwas Größeres als uns in der Welt gibt. Oder vielleicht«, wieder macht er eine Pause, »weil ich dir mein Herz schon geschenkt habe, bevor du es genommen hast.«

Ende

»Wir finden die Liebe nicht, wenn wir den perfekten Menschen finden, sondern wenn wir lernen, einen nicht ganz so perfekten Menschen perfekt zu sehen.« Sam Keen.

EPILOG

Schweigend sehe ich zu, wie meine Familie mich beerdigt – eine Schaufel nach der anderen. Erde regnet auf den kleinen weißen Sarg hinab. Ich stelle mir vor, wirklich in dieser Kiste zu liegen, an den gepolsterten Satin über mir zu blicken und auf die rhythmischen Schläge der Erde zu lauschen, unter der er begraben wird. Wäre da nicht Bens Hand in meiner, die mich festhält, ich wäre schon längst hinübergerannt – über den Friedhof von St. Valentine's direkt zu meiner Mutter, zu meiner Familie und meinen Freunden, die um das Grab herumstehen und zusehen, wie der Sarg unter der Erde verschwindet. Mein Sarg. Sie hätten es verdient zu wissen, dass das Mädchen, um das sie da trauern, nicht ich bin. Ich lebe.

Ein gequälter Schrei hallt über den Friedhof. Mein Vater fällt an der Stelle auf die Knie, wo er glaubt, dass meine Leiche liegt, und krallt die Finger in den Boden.

»Ich habe sie nie gekannt«, schluchzt er.

Als Nächstes geht Kyle zu Boden. Eine Bewegung geht durch die Menge.

»Die Gabe«, sagt Ben. »Sie hört auf zu wirken.«

Ich will zu meinem Dad laufen, doch Ben packt meine Hand fester und zieht mich wieder zu sich. »Wir treffen ihn bald«, flüstert er. »Sobald es sicher ist.« Er deutet auf Ammon. Mein Rücken schmiegt sich an Bens Körper, seine Arme halten meine Taille fest und sicher umfangen. Noch nie hat mich jemand auf diese Art berührt. Ich zittere am ganzen Körper.

»Aber …«

»Kein Aber.« Ben drückt kurz meine Hand. »Es ist das Beste, wenn wir es deiner Familie in einem Moment ohne Beobachter sagen. Heute Abend. Bei dir zu Hause.«

Meine Eltern bräuchten nur in unsere Richtung zu sehen, um uns zu entdecken, wie wir sie aus dem Schatten der alten Eiche hinter den Grabsteinen beobachten. Aber die Männer sind zu benommen und zu verwirrt, um irgendetwas wahrzunehmen, und die Frauen flüstern miteinander, wahrscheinlich über die neuesten Veränderungen in ihrem Körper. Auch ich spüre es, das Fehlen des Kribbelns, die Taubheit. Ich war so daran gewöhnt, eine Liebesgöttin zu sein, dass ich mir nicht vorstellen konnte, wie es sein würde, keine mehr zu sein. Irgendwie ist der Fluch verschwunden.

Ich lehne mich fester an Ben. Ob es mir gefällt oder nicht, er hat recht. Wenn ich jetzt hinüberginge, wäre Ammon noch meine geringste Sorge. Meine Familie würde durchdrehen. Ich kann mir genau vorstellen, wie Nani auf mich zeigen und *»Ein Gespenst!«* kreischen würde. Und Ma würde anordnen, den Sarg ausgraben zu lassen, um nachzusehen, ob Nani recht hat.

Fürs Erste muss ich tot bleiben.

Ben streicht mir mit dem Daumen über den Arm, und unter meiner Haut baut sich wieder elektrische Spannung auf. Ich ziehe den Arm weg, die vertraute Panik bringt mein Herz zum Rasen. Dann merke ich, dass es dieses Mal anders ist als die Liebesgöttinnen-Kräfte – diesmal ist es die unbeeinflusste Reaktion meines Körpers auf Bens Berührung. Das ist alles, was ich je wollte, und das ist ein wahnsinniges Gefühl. Ich überwinde den Drang, auf Abstand zu ihm zu gehen, und schmiege mich enger an ihn. Voller Freude koste ich dieses neue Gefühl aus, seine Haut auf meiner zu spüren.

Unsere Zweisamkeit wird von dem lauter und leiser werdenden Dröhnen eines Hubschraubers über uns unterbrochen. Wahrscheinlich will sich das Gremium vergewissern, dass ich kein Problem mehr für sie darstelle. Es verschafft mir eine seltsame Art von Befriedigung zu wissen, dass wir ihnen die Möglichkeit genommen haben, Liebesgöttinnen auszubeuten. Einer der Beerdigungsgäste richtet den Blick zum Himmel. Mein Herz klopft schneller, und ich hoffe, meine Familie wird sich umdrehen und mich sehen. Doch das passiert nicht.

»Nach der Nummer vor dem Präsidium ist das wahrscheinlich nur ein Nachrichtenhubschrauber«, sagt Ben mit einem Blick nach oben. »Die ganze Welt schaut zu … was zum …?«

Ich folge seinem Blick und erwarte, den blau-gelben Hubschrauber des Gremiums zu entdecken, doch stattdessen fällt mein Blick auf eine Gestalt, die, in einen Umhang gehüllt, in den obersten Ästen einer Eiche hockt.

Ben versteift sich und nimmt mich fester in den Arm. »Wer bist du?«, fragt er. In seiner Stimme liegt eine unausgesprochene Warnung.

Ich brauche das Gesicht des Fremden nicht zu sehen und auch seine Stimme nicht zu hören, um es zu wissen – der goldene Bogen und der Pfeil über seiner Schulter sind Beweis genug. Außerdem erkenne ich die eingravierte Szene der himmlischen Schlacht und den in Weißgold gefassten Amethystgriff. Es ist derselbe wie auf dem Bild in der Bibliothek von St. Valentine's, auch wenn ich den Pfeil bei unserer letzten Begegnung nicht gesehen habe. Auf dem Gemälde hat er allerdings nicht geleuchtet, doch jetzt tut er es.

»Eros.«

»Hallo, meine Liebe.« Eros schlägt die violette Kapuze zurück und gibt seine blonden Locken frei. »Ben.« Dann nickt er.

Ben sieht von einem zum anderen, bis sein Blick schließlich an Eros haften bleibt. »Du.« Er schnappt nach Luft und ballt die Hände zu Fäusten. »Du hast Rachel überredet, sich erschießen zu lassen.«

»Ein kleiner Preis für die gute Sache, oder?«

Mit großen Augen wendet Ben sich an mich. »Ist das sein Ernst?« Ich öffne den Mund, um etwas zu antworten, doch Ben unterbricht mich. »Wenn irgendetwas schiefgegangen wäre, hätte sie sterben können!« Er zeigt mit dem Finger auf Eros, als wollte er damit Dolche verschießen.

Eros wirkt kein bisschen beunruhigt. »Gern geschehen«, sagt er, rückt seinen Bogen zurecht und grinst auf uns herab. »Sagen wir einfach, ich wusste, dass das Ambrosia diese Gefahr gründlich ausmerzen würde.«

»Ambrosia?«, frage ich.

»Die Phiole«, sagt er.

Ben stürmt vorwärts, doch ich packe ihn am Arm, weil ich fürchte, er könnte losschreien und damit Aufmerksamkeit auf uns lenken. In meinem Griff entspannt er sich, doch die Frustration auf seinen Zügen bleibt.

»Was machst du hier?«, frage ich. »Und warum sitzt du da oben im Baum?«

Eros lächelt. »Ich wollte sichergehen, dass mein Plan funktioniert hat. Aber ich wollte eure Zweisamkeit nicht stören.«

»Dein Plan?«

»Der einzige Weg, um den Fluch der Liebesgöttinnen zu brechen, ist, dass ein Mann einer Liebesgöttin wissentlich sein Herz schenkt. Ben hat einen zusätzlichen Schubs gebraucht.« Er lächelt Ben an. »Nach dem Tod deiner Familie konntest du niemanden mehr an dich heranlassen. Es war eine weitere Tragödie nötig, um dich zu lehren, keine Sekunde mehr zu verschwenden, in der du jemanden lieben könntest. Rachels Tod hat diesen Zweck erfüllt.« Er schwenkt den leuchtenden Pfeil. »Siehst du, er ist so gut wie neu. Jetzt bestimme nur noch ich über die Liebe, und nicht mehr irgendwelche halbwüchsigen Mädchen.«

Ben lässt meine Hand los und verschränkt die Arme.

»Und warum der Baum?«, wiederhole ich.

»Das war ein unauffälliger Platz.«

Ben lacht bitter. »Wenn du unauffällig sein wolltest, hättest du dir das mit dem lila Umhang noch mal überlegen können.«

»Das ist ein Mantel«, sagt Eros lapidar.

»Der leuchtende Pfeil macht es auch nicht besser.«

Eros ignoriert ihn und sieht stattdessen mich an. »Gute Arbeit, das mit der Beerdigung.« Er deutet auf die Besuchermenge in der Ferne.

Ben murmelt: »Wenn du nicht gewesen wärst, wäre gar keine Beerdigung nötig gewesen.«

»So kann man das wohl auch sehen«, sagt Eros. »Oder du siehst es als Chance, mit Rachel zusammen zu sein. Aber hör zu, ich bin nicht hier, um mit dir zu streiten, Ben …« Eros' Aufmerksamkeit wird von dem Hubschrauber abgelenkt, der über uns kreist.

»Warum dann?«, frage ich, doch er macht sich nicht einmal die Mühe, zu mir herabzusehen. Ich unterdrücke den Drang, ihn anzuschreien, weil ganz in der Nähe meine Beerdigung stattfindet. Auf keinen Fall will ich Aufmerksamkeit auf uns drei lenken. Eros' Pfeil allein ist schon auffällig genug.

»Ist der immer so?«, fragt Ben.

Ich zucke die Achseln.

»Eros«, seufze ich. »Warum?«

Er senkt den Kopf und beugt sich vor, als wollte er uns ein Geheimnis verraten. Ben und ich treten näher heran, achten aber darauf, nicht auf das Grab vor uns zu treten. Eros beugt sich noch weiter vor.

»Das ist etwas zu dramatisch«, flüstert Ben, als Eros sich ein Stück zu weit vorbeugt. In einem Wirbel aus violetter Robe und goldenem Bogen rutscht er auf einmal von seinem Ast und schlägt hart auf dem anonymen Grab vor uns auf.

Ich schnappe nach Luft, lasse mich auf die Knie fallen und wühle in den Stoffschichten nach seinem Kopf. Als ich endlich sein Gesicht freilege, sind keine blauen Flecken zu sehen und auch kein Blut, aber er ist auch nicht bei Bewusstsein. Hastig lege ich die Finger an seinen Hals und taste fieberhaft nach seinem Puls. Als ich das sanfte Pochen spüre, atme ich erleichtert auf.

»Eros?« Ich tätschle ihm die Wange.

Ben geht neben mir in die Hocke und versucht mich wegzuziehen. »Hör auf, Rachel.«

»Vielleicht ist er verletzt.« Ich mache mich von Ben los und stupse Eros an.

»Rachel«, sagt Ben mit mehr Nachdruck, doch ich höre nicht auf, den Gott zu schütteln, bis seine Locken wackeln und seine Zähne aufeinanderschlagen.

»Rachel, *hör auf!*«

Ich erstarre und lasse Eros los. Sein Kopf fällt zurück. So hat Ben noch nie mit mir gesprochen. »Aber …«

Ben packt mich und zerrt mich weg, als glaubte er, der Gott würde jeden Moment explodieren. Er bringt uns hinter einem Grabstein in Deckung und schirmt mich mit seinem Körper ab. »Rachel, er wird nicht mehr aufwachen.«

»Sag so etwas nicht.« Ich stoße mich von ihm ab und drehe mich zu ihm um, doch Ben sieht an mir vorbei. Dann folge ich seinem panischen Blick und entdecke einen kleinen blau-gelben Wurfpfeil, der aus Eros Schulter ragt, teilweise von seinem bläulich roten Blut bedeckt. Mein Herz schlägt schneller, und eine neue Angst ergreift von mir Besitz.

»Bleib hier«, befiehlt Ben. Auf dem Bauch kriecht er über Gräber und bräunliches Gras hinweg und macht dabei seinen hübschen schwarzen Anzug schmutzig. *Ein Anzug, den er mir zu Ehren angezogen hat.* Etwa einen Meter vor Eros angekommen zieht er den Pfeil heraus, dreht und wendet ihn zwischen den Fingern und mustert ihn prüfend.

Ben gibt mir einen Wink, mich zurückzuhalten, doch ich achte nicht darauf und eile an seine Seite. Dort knie ich, halte Eros' Hand und erinnere mich daran, welche Erleichterung mir seine Berührung einst verschafft hat. Ich wünschte, er würde einfach aufwachen. »Was ist das?«, frage ich.

Er kneift die blauen Augen zusammen, ganz auf seine Inspektion konzentriert. »Ich weiß es nicht genau. Ich vermute, ein Betäubungspfeil. Mein Vater hatte so einen in seiner Angelausrüstung. Was es auch ist, wir müssen weg von hier. Sofort.«

»Wir können ihn nicht einfach hierlassen.« Ich betrachte Eros, der friedlich zu schlafen scheint. Nur zu gut kann ich mir vorstellen, wer gerne einen Gott in die Finger bekommen würde.

Ben packt mich am Arm und zieht mich zu Boden. Seine Kiefermuskeln spannen sich an. »Wir wissen nicht, wer auf ihn geschossen hat. Wahrscheinlich sind sie noch in der Nähe.«

Bei dem Gedanken zieht sich mir der Magen zusammen. »Erst recht ein Grund, ihn von hier wegzubringen.«

Sein Griff lockert sich. Er beugt sich zu mir. »Bleib wenigstens unten, bis uns ein Plan eingefallen ist.«

Sein Blick ist so besorgt, dass ich auf ihn höre. Ich kauere zu Eros' Füßen, ignoriere den Kies, der sich schmerzhaft in meine Knie bohrt, und beschäftige mich damit, seinen Mantel um seine Beine zu wickeln. Keine völlig unnütze Beschäftigung – ich will später nicht darüber stolpern. Es wird auch so schon schwierig genug werden, unbemerkt einen leblosen Körper von einem Friedhof zu tragen. Da brauche ich unsere Flucht nicht noch zusätzlich zu verzögern.

»Das sollten wir nicht hierlassen«, sage ich mit einem Blick auf den leuchtenden Pfeil und den Bogen, die zur Hälfte von Blättern bedeckt sind.

Ben sieht sich gründlich um, bevor er die Lage für sicher genug befindet und hinüberflitzt. Er schnappt sich Pfeil und Bogen, kommt zu mir zurück und hilft mir, beides in den Mantel zu wickeln.

»Du nimmst seine Arme und ich seine Beine«, sage ich, doch das Einzige an Ben, das sich bewegt, sind seine Augen. Sie suchen meine, und dann sieht er mich mit *diesem* Blick an. Derselbe Blick, mit dem er mich auf der überfüllten Straße vor dem Präsidium angesehen hat, bevor ich erschossen wurde.

Es ist sein Abschiedsblick.

Seine Augen verdrehen sich zum Himmel, das Sprechen fällt ihm schwer. Aber ich bin sicher, die Worte, die er über die Lippen zu bringen versucht, sind: *»Lauf weg!«*

»Nein!«, keuche ich, lasse Eros' Beine fallen und greife nach Ben.

Es ist zu spät.

Er gleitet mir aus den Händen und bricht auf Eros zusammen – ein blau-gelber Pfeil ragt in einem eigenartigen Winkel aus seinem Hals.

So schnell es geht, reiße ich ihn heraus, presse Ben fest an mich und versuche ihn in den Schutz der Bäume zu schleifen. Eros liegt ungeschützt da. Ich kann sie nicht beide retten, und wenn ich mich entscheiden muss, wähle ich Ben.

Immer Ben.

Mit aller Kraft schlucke ich meine Tränen hinunter und räuspere mich. »Benjamin Blake, du glaubst doch wohl nicht, dass du dich auf diese Art davor drücken kannst, meine Nani kennenzulernen.« Ich sage das, als könnte er mich hören. In Wirklichkeit weiß ich nicht, ob er mich hört, aber daran darf ich jetzt nicht denken. »Bleib bei mir«, hauche ich. »Bitte.«

Er liegt kraftlos zusammengesackt da, und ich kann ihn unmöglich bewegen, ohne aufzustehen. In meiner aktuellen Position bin ich ein leichtes Ziel. Ein Stück entfernt, auf einer kleinen Lichtung, setzt der blau-gelbe Helikopter zur Landung an. In meinem Kopf höre ich Bens Stimme, die sagt, ich sei in Gefahr. Es kostet mich meine ganze Kraft, ihn fallen zu lassen und mich selbst in Deckung zu bringen.

Ich lehne mich gegen den Stamm der Eiche, versuche zu Atem zu kommen und zu überlegen, was ich jetzt tun soll. Eros und Ben liegen als zwei leblose Haufen am Boden. Ich weiß nicht, wie ich ihnen helfen soll. Mit aller Kraft schlucke ich den Schluchzer hinunter, der in meiner Kehle steckt, und ziehe mich am Stamm hoch. Ich will sehen können, ob der Schütze im Helikopter sitzt.

Ein scharfer Stich dringt auf einmal brennend in meine Haut ein und jagt ein Lauffeuer durch meine Wirbelsäule. Ich schnappe nach Luft und fasse mir an die Schulter. Mit zitternden Fingern ertaste ich die Federn eines Pfeils, der zwischen meinen Schulterblättern steckt. Der Schaft zeigt nach oben.

Schnell breitet sich der Schlaf in meinem Körper aus, die Schwärze nimmt mir die Sicht. Die Äste der alten Eiche werden zu verzerrten Armen, die nach mir greifen. Meine Augen wollen Ben festhalten, sich eine letzte Erinnerung an ihn einprägen, unserer kurzen gemeinsamen Zeit noch einen Moment hinzufügen.

Jeder Rotorschlag des Helikopters jagt mir einen Schauer über den Rücken. Meine Knie zittern. Von der Seite nähern sich schattenhafte Figuren. Ich blinzle, versuche, einen klaren Kopf zu bekommen, und umklammere mit zitternden Fingern den Pfeil, während ich mir so sehr wünsche, stattdessen nach Bens Hand zu greifen.

Doch die Schwerkraft zerrt mich auf die Knie, ich falle …

… und lande auf Ben und Eros.

Und dem anonymen Grab.

Eden dachte, sie hätte ein Problem – bis sie Tyler trifft und wirklich eins hat

ISBN 978-3-453-27063-3

ISBN 978-3-453-27064-0

ISBN 978-3-453-27065-7

»Estelle Maskame ist eine brillante Autorin. Sie schreibt ganz wundervolle Liebesgeschichten – und das in diesem jungen Alter!«

Anna Todd

heyne.de **HEYNE**